# 우리 옛 가사문학의 이해

전일환 지음

제이앤씨
Publishing Corporation

필자가 1990년 처음으로 『조선가사문학론』을 발간한 이후, 1994년 전주 대학교 출판부의 지원으로 재판을 내었고, 2002년 다시 동 기관의 지원을 받아 『우리 옛 가사문학의 이해』 삼판을 출간하였다. 올해 제이앤씨 출판사 와의 인연으로 다시 제4판을 출간하게 됨으로써 그간 모자라고 미진했던 부분을 바로잡을 수 있었던 것은 더 없는 기쁨과 행복이었다.

1985년부터 필자가 가사문학의 종합적 연원설을 학계에 제시한 이래, 1990년 이 책이 발간되면서 류연석(『가사문학의 형태적 고찰』. 1991, 『한국가사 문학사연구』. 1994), 박순영(『가사와 사부와의 관계』. 1994), 정재호(『가사문학의 사적개관』. 1996), 원용문(『가사문학의 연원문제』. 1991) 등 사계의 여러 학자들 이 견해를 같이하기도 했다. 그 결과 1998년 임기중은 그해 발간한 『한국가 사문학연구사』에서 90년대 진행된 가사문학의 연원설로 이를 인정하기도 했다.

가사의 장르적인 성격도 서구문학 갈래와 같이 서정이나 서사, 극 등과 같이 단일한 장르의 성격을 지니는 것이 아니라, 이 셋의 성격에 교술적 내용이 어우러진 종합적 장르라는 사실도 아울러 구명되었다. 또한 임진왜 란을 분기점으로 확연히 구분이 되는 문학적 환경에 따라 가사작품을 조선 전기와 후기로 구분하여 조선 전기의 문학적 배경을 중심으로 가사문학의 유형별 특성을 분석해 보았다.

특히 우리 가사문학은 고유의 전통시가문학의 바탕 위에 외적으로 중국의 사부문학과 병려문 등 수사기교의 영향을 복합적으로 받아 이루어진 우리만의 자랑스러운 문학장르다. 이러한 작업은 10년 전에 필자가 북경어언대학 한국어과 초빙교수로 재직하면서 중국의 여러 자료들을 수집하고 분석하는 과정 속에서 더욱 명확하게 정립할 수 있었다.

우리 가사문학은 고대민요를 중심으로 한 우리 고유의 전통시가의 바탕 위에 외적으로 중국 한문학의 여과와 상승과정을 거치면서 이루어낸 우리만의 문학장르다. 또한 서정과 서사, 교술적인 성격을 아우른 복합적 장르 특성을 지닌 우리만의 독창적인 장르라는 점에서 세계적인 자랑이 아닐 수 없다.

이 책이 이런 특성을 지닌 가사문학을 통해 우리 선인들의 삶속에서 피어난 멋과 풍류를 제대로 평가하고 그 가치를 향유할 수 있는 자그만 지침이 되었으면 하는 소박한 마음으로 다시 책을 펴내는 바이다. 언제든 모자라고 잘못된 부분들은 늘 다듬고 고치면서 다시 또 반듯하게 만들어 갈 셈이다. 강호제현의 질정을 기다리면서 다시금 이 책의 4판 출판을 기꺼이 맡아주신 제이앤씨 윤석원 대표께 감사를 드린다.

2008년 삼복지절에
德津 鶴汀齋에서
著者 識

**차 례** | 우리 옛 가사문학의 이해

우리 옛 가사문학의 이해

# 제1부 │ 우리 옛 가사문학의 이해

# 서론

## 1.

가사는 문학사적인 측면에서 보면 고대민요로부터 향가, 고려속요, 경기체가 등 창 위주의 시가를 거쳐 국문자가 창제된 조선조 초에 창보다는 주로 음영(吟詠)을 위해 창출됨으로써 오랜 세월 동안 창작, 향유되어 온 우리만의 문학 양식이라고 할 수 있다. 가사는 전대의 여러 시가 양식이 창작, 발전하는 과정을 거치면서 조선조의 독특한 문학적 환경과 한국인 특유의 성정에 가장 합당한 양식이 되어 다른 어느 양식보다도 우리들에게 가장 자연스럽게 수용되었다고 보여 진다. 그런 만큼 이 양식은 전대의 여러 시가의 복합적이고도 종합적인 성격을 지니게 되어 복잡하고도 다양하게 발전해왔다.

가사는 애초부터 이러한 복합적인 성격을 지녀 왔기 때문에, 그 동안 이에 관한 연구도 여러 이견들도 많았다. 그러므로 그 연원이나 형성, 장르적인 성격을 말함에 있어서도 조선 전기 사대부들의 가사문학에 대한 형성 동인(動因)이나 배경 등 면밀하고도 본격적인 검토를 거치지 아니하고 외형상의 특질이나 유사성만을 들어 어느 한 작품이 기원되었다던가, 그 형성에 커다란 영향을 주었다던가 하는 단일적이고도 종적(縱的)인 주장들을 펴 오기도 하였다.

또한 장르 성격도 서구적인 장르 이론에 대입시켜 수필이라거나 서정적 양식, 서사적 양식, 혹은 교술 장르라고까지 주장하기도 했다. 그러나 가사가 어느 한 문학 양식에 의하여 형성될 수 있다는 단일적인 연원고찰은 성립될 수 없을 뿐만 아니라, 서구와는 전혀 다른 문학적 배경아래 이루어졌다는 점을 감안한다면 서구식 문학 방법상의 이론이나 해석은 반드시 재고되어야 한다.

문학 양식상의 이러한 혼착현상(混錯現狀)은 본디 유개념(Generic concept)과 종개념(Specific concept)을 잘못 파악한 데서 온 것[1]이며, 특히 가사의 경우는 부분과 전체의 유기적인 파악이 부족하였다. 뿐만 아니라, 문학적 환경, 즉 토양과 풍속 및 사상이 독특한 장르라는 사실을 고려하지 않은 채 양(洋)의 동서에 관계없이 동질적인 시각으로 파악해 보려는 데서 빚어진 현상이었다.

비록, 다양한 소재를 다루었을지라도 그것이 모두 선인들의 감정이나 생각을 담으려고 하는 문학 정신의 소산이었으니 만큼 이러한 것들이 응축된 가사야말로 주제도 넓어질 뿐만 아니라, 장르의 성격도 단일적인 것보다 복합성을 띨 수밖에 없었다. 또한, 가사는 전대의 향가나 고려속요와는 달리 창(唱) 뿐 아니라, 읊조리기 위해 음영(吟詠)으로까지 발전해 나간 양식임을 파악해야 하고, 조선조 사대부들이 음영물로서 향유해 온 수용방식상의 성격도 아울러 이해하여야 한다.

가사의 형성기에 대한 주장도 정확한 문헌적인 자료의 분석이나 고찰을 거치지 아니하고 고려 말 나옹화상이 지었다고 전해지는 구전가사들을 그대로 최초의 것으로 믿어 왔는데[2] 뒷날 이두로 표기된 승원가를 발견했

---

1) 崔勝範, 隨筆論, 전국 국어국문학 연구발표대회초 (창립 30주년 기념), 1982, p.205
2) 李秉岐, 白鐵, 國文學全史, 新丘文化社, 1957, p.107을 필두로 具壽榮, 崔康賢,

다는 사실만을 가지고 그것이 확실한 근거가 되는 것처럼 생각하였다.3)
또 신득청이 공민왕께 지어 바쳤다는 역대전리가도 본시 풍격(諷格)의
한시였다는 사실과 국문자가 창제된 이후에 가사체와 같이 구두현토 했다
는 점 등을 고려해 본다면 가사의 고려 말 발생설을 무비판적으로 받아들
여서도 아니 된다.

그러므로 이러한 특수한 문학적 여건과 내용상의 특질을 지니고 있는
가사를 우선 문헌적인 자료를 통해 분석하고 작품 그 자체를 면밀하게
검토함으로써 외형상의 특징이나 유사성만을 들어 그 연원이나 형성을
논하여 온 문제를 본질적으로 규명하여야 한다. 또, 가사를 서구의 문학장
르 이론에 무조건적으로 대입시키려는 고정적인 관념에서 벗어나 한국이
라는 특수한 문학적 토양 위에 형성된 가사의 장르성격을 올바로 파악해
야 한다. 가사의 형성에 대한 문제도 외적 요인과 내적 요인을 면밀히
분석하고 문헌자료와 작품을 아울러 살펴본다면 고려 말 형성과 조선
초 형성 문제도 아울러 해소될 것으로 생각한다.

가사는 조선조 초기에 사대부들에 의해 창작, 향유되어 오다가 조선
후기에 접어들면서 평민, 부녀자, 불신도 등으로 작자층이 넓어짐에 따라
지금까지 창작, 수용되어서 국문학의 질량을 풍부하게 한 문학장르다.
실제로 우리말에 따른 표기 문자가 없어 불편을 느낀 사대부들은 세종
조에 언문일치의 국문자가 창제되자 이를 가지고 어떠한 내용도 어려움
없이 마음대로 진술하였고, 절묘한 경물의 묘사나 시상도 길이의 제약을
느끼지 아니하고, 우리의 호흡에 맞게 무엇이든 영출(詠出)해 낼 수 있었다.

한문만을 진서(眞書)나 문자로 생각했던 사대부들이었으나, 한문은 우

---

李相寶, 張德順등 제씨가 있다.
3) 金鍾雨, 懶翁과 그의 歌辭에 대한 연구, 釜山大論文集, 17집, 1974, pp.1-23.

리의 사상과 감정에 맞게 경물(景物)이나 정서를 자유자재로 표출하는데 한계를 느꼈음으로 아름답고도 섬세한 감각을 리얼하게 묘사하기 위해서는 말과 글이 일치한 국문을 빌지 아니할 수 없었다. 이러한 국문자로 말미암아 가사는 3·4조나 4·4조의 독특한 음수율과 민요적인 4음보의 율격으로 고정되어 장구한 세월동안 길이의 장단과 장르적인 약간의 변이 현상을 제외하고는 거의 흐트러짐 없이 발전되어 왔다. 하지만, 가사에 대한 본질적인 연구는 작품의 질량에 비해 극히 미진한 상태에 머물고 있는 느낌이다.

첫째, 현재 학계에서 혼용되고 있는 가사(歌辭)와 가사(歌詞)의 명칭을 사전상의 의미와 문헌상의 용례에서 변별함으로써 명칭상의 개념을 확립해야 하고, 종래 여러 갈래로 논의가 많았던 장르상의 본질에 관한 문제도 구명되어야 한다. 가사 장르는 생물의 종(種)이나 유(類)를 나누듯이 명쾌하게 분류할 수가 없는 것이며, 서구의 장르 이론적 해석으로도 해결할 수 없는 일이다.

왜냐하면 문학작품이란 인생을 언어 수단을 빌어 표현하는 문학적 진술이기 때문에 작자가 살아가는 풍토와 환경 등 문학적 환경이나 사상이 양(洋)의 동서나 국가에 따라 공통적이거나 동질적일 수가 없기 때문이다.[4] 즉 조선조의 시조나 가사문학은 창작자나 향유자가 모두 사대부 계층으로서 텍스트 자체가 대부분 음영의 방법을 통하여 거의 같은 서정으로 수용될 뿐더러 장르상의 성격도 서정을 바탕으로 하면서도 서사와 교술성이 복합된 특수한 장르[5]라는 점을 고려해야 한다는 것이다.

또 가사는 선율상의 구조를 지니기보다는 음영을 중심으로 한 문법상의

---

4) Ulrich, Weissten, Einfuhrung in die Vergleichende Literaturwissenschaht, 이유영 譯, 弘盛社, 1981, p.126.

율격적 특징을 지닌다는 사실이다. 고대민요나 향가, 경기체가, 고려속요 등은 창을 중심으로 하기 때문에 한 음절만을 가지고서도 몇 음보만큼 길게 늘일 수 있는 양식임으로 일정한 율격을 필요로 하지 않는다.

그러나 가사는 이러한 양식과는 달리 음영을 위주로 출발된 것이므로 호흡조절을 의식하지 아니 할 수 없기 때문에 일정한 음수율과 음보율을 필요로 한다. 즉 가사는 전 2음보와 후 2음보의 중간에 반드시 휴지(休止)를 두어서 두 개의 호흡군을 이루는 특수한 구조를 지닐 수밖에 없다는 것이다.

둘째, 가사문학의 연원에 관한 논의의 문제다. 주지하는 바와 같이 한 문학 양식의 형성은 기존시가의 영향 아래 분파되거나 생성된다는 일반론적인 원리를 적용해 본다면 가사의 연원은 경기체가나 고려속요 및 향가, 고대민요체 시가에까지 소급해 볼 수 있다. 종래의 연구들은 전대의 시가 가운데 외형상의 유사성이나 부분적인 특징만을 들어 어느 한 작품이 기원이 되었다던가, 생성에 커다란 영향을 주었다는 단일적이고도 종적인 개념의 주장들이 있어 왔다.

예컨대 이병기·장덕순의 한시체 연원설6), 김기동·김사엽·이능우·서원섭·이택 등의 시조체 연원설7), 김태준·고정옥·조윤제·이

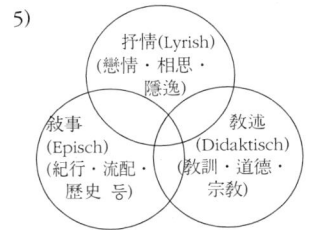

5)

拙稿, '歌辭文學 장르의 複合性 硏究' (李奇雨 敎授 回甲 紀念論叢, 1986. 12)에서 가사의 장르 성격을 抒情과 敍事, 敎述의 複合性으로 파악하고 그중 어느 한 성격이 중심적 차원을 형성하고 다른 두 성격은 보조적 성격을 이룬다고 하고서, 이를 각각 서정적 가사, 서사적 가사, 교술적 가사로 하위분류한 바 있다.

6) 漢詩體說, 李秉岐, 白鐵, 國文學全史, 新丘文化社, 1957, p.107.
　　張德順, 國文學通論, 新丘文化社, 1960, p.186.
7) 時調體說, 金起東, 歌辭文學의 形態的 考察, 도남 조윤제 박사회갑논총, 1954,

동영·정재호·박성회의 경기체가 연원설[8], 정익섭의 고려가요 연원설[9], 최강현·김상선의 향가문학연원설[10], 김동욱·정형용·유창균의 악장체 연원설[11] 등이 그것이다. 그러나 문학사적인 측면에서 한 시가의 형성에 대해 단일적인 관점으로 어느 한 기존시가를 변형하거나 그것을 모태로 하여 발전되었다고 생각할 수가 없다. 특히, 가사가 특유한 율격을 바탕으로 형성되어 창작 발전할 수 있었다는 것은 전대에 시도되었던 어떤 시가와도 별도의 영향관계를 갖게 된다는 것이다.

　다시 말하면, 가사는 우리들의 정서를 표출해 내는데 가장 알맞은 시형으로 고정된 양식이기 때문에 사대부들로부터 평민, 부녀자 계층에 이르기까지 광범위한 작자층과 향유 계층을 포용할 수 있었던 만큼이나 적절한 양식이었다는 말이며 오랫동안 창작, 향유될 수 있었다는 것이다. 적어

　　　　　　　　p.147.
　　　　　　李泰極, 歌辭槪念의 再考와 장르考, 국어국문학 27, 1964, p.80.
　　　　　　徐元燮, 歌辭文學硏究, 형설출판사, 1979, pp.50-71.
　　　　　　金思燁, 李朝時代의 歌謠硏究, 大洋出版, 1956, p.301.
　　　　　　李能雨, 入門을 위한 國文學槪論, 以文堂, 1950, p.125.
　　　　　　李　鐸, 國文學論攷, 正音社, 1958, p.332.
　 8) 景幾體歌說, 高晶玉, 國語國文學要講, 국립서울大學出版, 1949, p.497.
　　　　　　李東英, 歌辭發生說에 대하여, 靑丘大倂設工專論文集, 4號, 1967, p.39.
　　　　　　鄭在鎬, 歌辭文學硏究, 高大大學院, 1964, p.53.
　　　　　　朴晟義, 韓國詩歌文學史, 韓國文化史大系, 高大民族文化硏究所, 1967, p. 882.
　　　　　　金台俊, 別曲의 硏究, 東亞日報, 1932년 1월 15일.
　　　　　　趙潤濟, 韓國詩歌辭綱, 乙酉文化, 1954, pp.240-243.
　 9) 高麗俗謠說, 丁益燮, 歌辭形式의 淵源的 考察, 韓國言語文學 6, 1966, p.72.
　10) 鄕歌說, 金相善, 韓國詩歌形態論, 一潮閣, 1979, p.233.
　　　　　　崔康賢, 歌辭의 發生史的 硏究, 새국어교육, 1974, pp.10-18.
　11) 樂章體說, 金東旭, 國文學槪說, 普成文化社, 1982, p.69
　　　　　　鄭亨容, 우리어문학회 國文學槪論, 一成堂書店, 1949, p.176.
　　　　　　兪昌均, 韓國詩歌形成의 基調, 가람 李秉岐 博士論叢, 1966, p.268.

도 이러한 양식으로 고정되기까지는 종래의 어느 한 시가가 결정적으로 영향을 끼쳐서 가사가 형성되었다기보다 그 이전 시가의 복합적인 영향 하에 가장 보편적이고도 객관성이 높은 문학양식으로 고정, 형성되었다고 보는 게 타당하다.

셋째, 가사문학이 형성된 요인이 무엇이었을까 라는 점이다. 어느 나라나 제나라 말을 자유롭게 기록할 수 없던 시대는 암송상의 이유로 음악위주의 가요가 존재할 수밖에 없다. 그러므로 자연 길이가 짧은 노래가 연첩되어지는 형식을 취할 수밖에 없고, 가사와 같이 100행 내외의 긴 형식이거나 또 한없이 길어질 수도 없다. 그러나 제나라의 말을 마음대로 표기할 수 있는 언문일치의 문자가 있을 때에는 시상에 따라 무제한으로 무엇이든 담을 수 있기 때문에 여러 가지 시험 과정을 거치다가 점차 음영하기 좋은 가사의 형식으로 정착될 수 있었으리라고 생각된다. 그러므로 가사 형성의 가장 주요한 요인은 말과 글이 일치한 국자의 창제였다는 점을 지나칠 수가 없다. 동시에 가사의 창작과 향유 계층인 사대부들의 국어문과 국문학의식이 어떠했는가도 이의 큰 요인이 된다.

대체로, 한문만을 진서나 문자로 여기던 사대부들도 우리말과 글에 대하여 남다른 생각을 했기 때문에 가사문학을 창출할 수 있었던 것이다. 그러므로 조선조 사대부들은 자국어문에 대한 의식이 대단했을 것이라는 점은 스스로 자명해 진다.

넷째, 가사문학의 형성기에 대한 여말설과 선초설에 관한 문제다. 종래에는 가사의 효시가 조선 성종 대 정극인의 상춘곡이라고 보아왔다. 그러나 1974년 이두로 표기된 '나옹화상승원가라'한 가사가 학계에 발표된 이래, 학계에서는 이의 면밀한 검토나 분석을 거치지 아니하고 이두표기라는 점만을 생각하여 고려 말에도 가사를 이두로 표기해 가며 제작하였

을 것이라는 가설을 세우고 여말설을 주장하는 견해도 있었다.12)

하지만, 승원가나 서왕가 이외에 고려 말 작품으로 인정되고 있는 신득
청의 역대전리가 등에 관한 문헌 자료의 분석과 작품내용의 검토를 통하
여 이의 허상을 밝힘과 동시에 조선 초 정극인의 상춘곡과 매창월가,
여계출현가(麗季忠賢歌) 등을 면밀히 분석해 본다면 문학사적인 입장에서
가사문학의 형성기에 관한 문제는 자연히 쉽게 해결되어질 것으로 보인다.

끝으로 가사의 주제나 내용에 따른 분류법도 조윤제의 11유형설, 정형
용의 작자별 10유형설, 김준영의 15유형설, 권영철의 규방가사 21유형설,
서원섭의 7유형설, 이상보의 8유형설, 최강현의 34유형설 등 수천 여 수에
달하는 500여 년 간의 가사작품을 한꺼번에 싸잡는 분류작업도 문제다.
주지하는 바와 같이 어느 문학장르 이든지 오랜 세월이 지나면 형식이나
내용적인 측면에서의 변이현상이 일어나 양식상의 분화나 소멸 등의 변모
가 이루어진다는 점을 생각한다면, 가사도 시대 사회적 배경이나, 작자나
내용에 따라 그 형성배경을 고려하여 분류하고 그 유형별 특성을 추출할
필요가 있다.

조선조 전기의 가사가 형성된 사회적 배경은 조선조를 지배해 온 사회
적 계층인 사대부들에 의해 그들이 출(出)하느냐, 아니면 처(處)하는가에
따라 각기 다른 양상을 보여 왔다. 사대부들은 과거에 오르게 되면 으레
관직에 올라서 목민관으로서의 뜻을 펴다가 더러는 지방을 두루 돌면서

---

12) 徐首生, 松江의 前後思美人曲研究, 慶北大論文集, 1962, p.242.
　　鄭炳昱, 歌詞文學과 儒敎, 法施65號, 1970, p.25.
　　金鍾雨, 懶翁과 그의 歌辭에 관한 研究, 국어국문학회편, 歌辭文學研究, 1797,
　　　　p247.
　　崔康賢, 歌辭의 發生史的 研究, 국어국문학회편, 歌辭文學研究, 1797, p.37-61.
　　李相寶, 韓國歌辭 文學의 研究, 형설출판사, 1974, p.35-40.

자신의 감회를 읊기도 하고, 더러는 전쟁에 임하여 웅혼한 남아의 기상을 작품화하는 소위 현달형(顯達型)의 문학을 낳기도 하였다. 그러다가도 자의든 타의든 간에 관직에서 물러나 향리에 처하게 되면 소위 강호형(江湖型)의 문학을 생산하였다.

즉 득기(得機)하여 현달하게 되면 충군애민(忠君愛民)의 관료적 생활을 하면서 그들의 사상과 정서를 형상화하게 되어 이른바 관료형 문학을 이루게 되고, 불행히도 실기(失機)하면 산림이나 강호에 묻혀 처사(處士)가 됨으로써 마치 가어옹(假漁翁)이나 가농부(假農夫)가 되어 한정(閑情)을 노래하는 소위 강호문학 혹은 처사적인 문학을 형성해왔다는 것이다. 사대부들이 과거에 올라 현달하게 되면 관료적인 문학작품을 써서 사람들이 나아가야 할 도를 노래하게 됨으로 교화에 목적을 둔 공리주의(功利主義)적인 문학관에 서게 되고, 물러나면 강호에 묻혀 자연을 읊거나 연군지정(戀君之情)을 읊는 강호형 문학을 형성하게 된다는 말이다. 그러다가도 또 다시 때를 만나게 되면 관계(官界)에 나가 이와는 다른 문학의 경향을 보이게 됨으로써 마치 자웅동주(雌雄同株)와 같은 상보적(相補的)인 관계를 형성하게 되어 사대부 문학의 근본을 이룬다는 것이다.

그러므로 가사의 내용이나 주제에 따른 분류는 이러한 소인(素因)들을 바탕으로 하여 종합적이고도 분석적인 시각으로 이루어져야 하는데 현재 일반적으로 행해졌던 유형별 분류는 상술한 바와 같이 문학적 상황이나 작자층의 구별도 없이 조선 전·후기의 모든 작품을 한꺼번에 싸잡아 버리는 우(愚)를 범하고 있기 때문에 이의 올바른 분석과 특성의 고찰이 요구되는 시점에 놓여 있는 것이다. 이러한 일련의 분석 과정을 거친다면 지금까지 논란을 거듭해 온 가사(歌辭)와 가사(歌詞)의 변별에 따른 개념과 장르적인 성격이 규명되고, 여러 이견으로 대두된 가사의 연원의 문제

및 형성의 실제가 파악되어 여말설의 허상과 선초설의 실상이 밝혀지게
됨으로써 가사의 형성기와 형성배경 및 유형별 특성에 관한 문제도 스스
로 해명될 것으로 믿는다.


2.


　문학 연구는 많은 사람에 의하여 다양한 방법론이 제기되어 왔다. 모든
문학작품은 반복될 수 없는 역사적 일회성(一回性)을 바탕으로 그 나름의
독자성을 지닌다. 문학연구는 본디 사람에 의해서, 사람에 관하여, 사람에
의해서 의지적으로 조성된 반복될 수 없는 독특한 역사적 산물로 취급하
려는 데서13) 역사주의 비평이 시작된 이래 형식주의비평, 심리주의비평,
신화주의비평 등 다양한 방법론이 문학 연구 방법의 주류를 형성해 왔다.
그러나 그러한 방법론은 문학 연구의 한 필요 수단으로 연구의 방향을
제시할 뿐 문학연구의 절대적인 방법이 될 수는 없다.
　더구나, 문학이란 국가마다 그 시대 사회적 배경이라는 독특한 토양과
기후조건 속에 독특한 개성을 지닌 작자에 의해서 창출된 창조의 세계이
기 때문에 개별성을 인정하지 않을 수 없으므로, 단일적인 어느 한 방법만
을 가지고서는 제대로 소기의 목적을 달성할 수가 없다. 이러한 까닭으로
가사문학 연구 가운데 그 연원이나 형성에 관한 문제는 역사주의 비평방
법과 형식주의 비평 방법을 원용하여 분석 고찰하지 않으면 안 된다.
　왜냐하면, 고전문학 연구의 근원적인 요소 중 원전(原典)의 확정은 말할

---

13) 李商燮, 문학연구의 방법, 探求堂, 1975, p.9.

것도 없고, 그 작품의 제작연대, 작자의 생애, 표기된 작품의 언어 변천, 문학의 장르, 문학적 관습 등에 주안점을 두어야 하고, 때로는 작품의 형식을 해부하여 기본골격을 분석해야 하기 때문이다. 특히, 가사의 연원에 대한 분석은 종래의 단일적이고도 종적인 관점에서 벗어나 음률적인 측면에서 그 기본 율조를 탐색하는 형식주의적인 방법을 동원하여 전대의 시가를 치밀하게 분석함으로써 기존 시가와의 관계를 살펴야 한다.

그러기 위해서는 작자층인 사대부들이 즐겨 창작, 향유했던 시가 장르를 분석하고, 또 그들의 기본적인 의식도 아울러 고찰해야 하며, 특히 사대부들이 즐겨 읊고 창작했던 시경, 한시, 사부(辭賦) 등이 기존 가사와 어떤 관련이 있는지 상호 분석을 통하여 그 영향 관계도 분석되어야 한다. 또한, 무엇보다도 사대부들이 가사를 창출하게 된 동기와 작자의 국문의식도 중요한 요인이 되며, 아울러 가사의 독특한 전형을 이루는데 주요 소인(素因)이 된 운율구조와 우리말의 음성생리도 고찰되어야만 한다. 그러므로 이러한 관점에서 가사의 연원과 형성의 문제를 탐색하기 위해서는 단일적인 관점에서 벗어나 여러 요인들이 복합적으로 작용되어진다는 전체적이고도 종합적인 시각이 요구된다.

가사의 형성기에 관한 논란도 가사가 형성된 기본요인, 즉 장르상 창위주의 문학이 아닌 음영 위주의 문학이라는 성격을 파악한다면 표기수단인 언문일치의 국문자가 필수적이라는 전제 조건을 인식해야 한다. 또 고려 말 작품이라는 역대전리가나 서왕가, 승원가가 실려져 있는 문헌자료를 재분석하여 작품의 제작연대, 작자나 작품의 진위문제 등을 분석하여 형성기에 관한 기존 사실의 허실(虛實)을 밝혀야 한다. 동시에 조선 성종 때 창작되었다는 불우헌 정극인의 상춘곡에 대해서도 관계된 문집이나 역사실록 등의 제 자료를 분석하여 그 진위(眞僞)를 다루어야 하고,

또 언어 변천에 따른 표기 문자를 통해서도 면밀히 검토되어야만 한다.

다음으로 가사 장르상의 다양한 규정문제는 가사문학이 조선조 사대부들에 의해 창출된 양식이므로 조선사회라는 문학적 환경 속에서, 사대부라는 특수한 작자층에 의해 산출(産出)되었다는 전제하에 서구의 장르 이론을 억지로 대입시켜 해석하려 해서도 안 된다. 다시 말하면, 가사문학은 한국인에 의해 한국적 문학 환경과 관습 위에서 한국인의 독특한 문학 양식으로 이해되어져야 하기 때문에 작품의 어느 한 일면이나 부분적인 특징, 또는 유사성만을 들어 서구의 문학양식의 범주에 억지로 포함시키려는 우(愚)를 범해서도 아니 된다는 것이다.

가사문학은 조선 초기로부터 1910년대까지 500여 년의 긴 세월동안 창작 향유되어 왔고, 지금도 일부에서는 창작되고 있는 장르다. 작자층도 평민, 부녀자, 동학이나 천주교도 등으로 확대되고, 작품도 수천 수에 달하기 때문에 부득이 작자가 사대부 계층으로 한정된 조선전기의 가사로 한정할 수밖에 없다. 또, 문학 연구에서 원전을 확정하고 작품의 원본을 정하는 일도 매우 중요한 작업이므로 조선 전기의 작품이 실려 있는 문집을 중심으로 하되, 이상보가 최근에 발간한 「한국가사선집」과 대비하여 모자란 점을 보완코자 한다.

# 제2부 | 우리 옛 가사문학의 이해
# 가사의 명칭과 율격

## 1. 가사(歌辭)와 가사(歌詞)의 구별

종래 가사문학은 'ㄱ〈, 가〈, ㄱ〈'나 '가사(歌辭)' '가사(歌詞)'라고 두루 혼용하였고, 더러는 장가(長歌), 장사(長辭), 장단가곡(長短歌曲)이라고도 불리어 왔다. 오늘날에는 노랫말에 해당되는 말이나 시를 일컬어 '가사(歌詞)'라 하고, 문학양식상의 명칭으로는 '가사(歌辭)'라고 구분하여 쓰는 경우가 학계의 보편적인 현상이다.

가람 이병기는 '가사(歌詞)와 가사(歌辭)는 이자동의(異字同義)로되 그 뜻하는 바는 어떤 소리(詞)의 노래(歌)를 말함이었다. 근조 말엽에 이르러 12가사(十二歌詞)라는 것이 불리게 되자 가사체(歌詞體)의 문학은 하나의 뚜렷한 시가형으로서 자리를 굳히게 되었다'[1]고 하면서 또, '옛날 춘천 기생은 관동별곡(關東別曲)을 잘 불렀으며 의유당 동명일기(意幽堂 東溟日記)에도 함흥 기생이 이걸 불렀다 하고 사미인곡은 청음 김상헌이 매양 가비(家婢)를 시켜 불리고 탄상(嘆賞)하였다 한다'[2]고 하여, 가사(歌詞)는 창을 수반한다는 양식으로 '가사(歌詞)'로 써 왔다. 그러나 이를 구분하지 아니하고 '가사(歌詞)'로 써온 이들은 이병기 외에도 정병욱, 박노춘 등이

---

1) 李秉岐, 白鐵, 國文學全史, 新丘文化社, 1980, p.107.
2) 李秉岐, 國文學槪論, 一志社, 1973, p.140.

있다.

정병욱은 이들의 개념을 구별하지 않고 쓰는 경우가 일반적인 통례라고
하면서도 구분하여 쓰자는 견해는 가사(歌詞)의 경우 음악과 관련이 있을
때 쓰는 것이며, 가사(歌辭)의 경우는 음악과 관계없이 낭송할 수만 있는
작품을 지칭하자는 견해3)라고 하였다. 실제로, 현재 학계에서는 이 둘의
견해를 구분하여 쓰자는 경우가 일반적인데 창 중심의 시나 말을 '가사(歌
詞)'라고 하고, 음영중심의 글이나 말을 '가사(歌辭)'라고 사용하고 있다.
그렇지만 창 중심의 가사는 수천 수를 헤아리는 작품 가운데 수십 수도
채 되지 않는데 가창 위주의 '가사(歌詞)'로만 명명함은 가사문학 양식의
올바른 명칭이라고 볼 수가 없다.

이러한 명칭상의 혼용을 바로 잡기 위하여 우선 '사(辭)'와 '사(詞)'에
대한 어의적(語義的) 규명이 선행되어야 하고, 또 양식상의 특징도 아울러
검토되어야만 '가사(歌辭)'와 '가사(歌詞)'의 개념상 변별이 이뤄질 것으로
보인다.

## 1.1 사전상의 변별

### 1.1.1 사(辭)의 의미

사(辭)의 자의상(字義上)의 의미는 대부분의 사전이나 사원(辭源) 등에
거의 비슷하게 기술되어 있음을 알 수 있다. 모로하시 레츠지(諸橋轍次)는
'사설(辭說)'이라고 했고, '사(詞)'와 통한다고 하면서 사(詞)대신에 가차(假
借)하여 쓴다고 하였다. 또, 사(辭)는 마음에 느끼어 일어나는 것을 털어
내어 어구나 성구가 되는 것이며, 순자정명(荀子正名)에는 설(說)과도 부

---

3) 鄭炳昱, 한국고전시가론, 新丘文化社, 1980, p.196.

합됨으로써 문장을 이루어 사(辭)가 된다고도 하였다. 그리하여 하나의 문체의 명칭이 되며 소(騷)의 변이체로 추풍사(秋風辭)나 어부가류와 같이 압운을 두어 노래하기에 적절하다고 설명하고 있다.4)

고바야시 노부아키(小林信明)는 '사(辭)'란 언어, 어구, 의견, 변명, 호소, 고(告)함, 거절, 양보, 공박, 사양, 스스로를 낮춤, 가다, 사과하다, 헤어지다 등 자의(字義) 풀이를 하고서 '일종의 운문'이란 양식상의 특성을 지적하기도 했다.5) 사원유집(辭源酉集)에서는 '사(辭)란 사설(辭說)인데 말로서 문을 이룬 것을 가리키는 것이며, 정(情)이 없는 사람은 사(辭)에 다다르지 못한다고 하였다. 그리고 고(告)한다는 뜻과 사양한다는 뜻을 아우른다6)'고도 하였다.

### 1.1.2 사(詞)의 의미

고바야시 노부아키(小林信明)는 '사(詞)'의 뜻을 언어, 고(告)함, 사문(詞文), 운문의 하나로서 송나라 때 성했던 자유시를 말한다고 하고서 진시(塡詩) 또는 시여(詩餘)와 같다고 하였다.7) 모로하시 레츠지(諸橋轍次)도 '사

---

4) 辭①【段注本設文】辭設也……③詞通【設文通訓定聲】辭假借爲詞 1)言語 陳設論述【曲禮上】(疏) 辭言語也 (禮表記) (注) 1)辭所以通情也…… 3)語句 成句【筍子正名】辭合語說(注)成文爲辭……⑥文體の名 騷の變 押韻歌適 秋風辭 漁父辭類【文體名辯楚辭】自是辭之家悉祖此體 故宋宋祁有云 離騷 爲辭賦之祖【古文眞寶後集 辭類箋解】休齋云 詩變而爲騷 騷變而爲辭 皆可 歌辭卽兼詩騷之聲而尤簡逢焉者 (諸橋轍次, 大漢和辭典, 卷十, 大修館書店, 1968, p.1087.)
5) 辭①〈ことは〉－言語 －語句 －意見 －いいらけ ②〈つける〉－いいらけぉい う…－話しかける… ③〈ことわる〉④〈やめる〉⑤あやまる ⑥去る・別れる ⑦一種の韻文 (小林信明, 新選漢和辭典 小學館〈東京〉, 昭和 58, p.1025)
6) 辭①辭說也 言之成文者曰辭【易】修辭立其誠 ②訟者之辭今惹【大學】無 情者 不得盡其辭 ③告也…… ⑥與辭同辭讓也 (辭源〈正續編合訂本〉酉集, 台灣商務印書館, 1939, p.89.)

(詞)'는 언야(言也), 고야(告也), 문언(文言)이라고 하고서 말로서 문을 이루는 것을 사(詞)라 하였는데 사곡(詞曲)의 문체로서 당나라 때부터 비롯된 고악부의 변체, 또는 남북조 시대에 관현과 더불어 가장 성했던 악부라고 한 것을 보면 음악과의 깊은 관련이 있음을 알 수가 있다.8) '중국문학발달사'에서도 사(詞)는 음악과 더불어 쓰고 있다는 것이나, 곡보(曲譜)가 주가 된다든지, 음악이 생명이라거나, 음악적 형식에서 결정되거나 가무적 곡조(歌舞的 曲調)와 배합된다9)고 하여, 결국 사(詞)는 음악과 가무와 함께 존재해 왔던 양식임을 분명히 해 주고 있다.

상술한 바와 같이 '사(辭)'와 '사(詞)'는 서로 통한다거나, 사(辭)는 사(詞)를 가차(假借)하여 쓴다든지, 다 같이 언어(言語), 고(告)함, 일종의 운문이라는 것들에서 이들의 동질성을 찾을 수가 있다. 고바야시 노부아키(小林信明)도 '가사(歌詞)'는 노래에 쓰여 지는 말, 성악과 가극 등에 사용되는 노래의 문구, 보통의 언어나 산문에서는 사용하지 않고 노래에만 쓰여 지는 말이라고 하였고, '가사(歌辭)'는 노래의 문구, 노랫말, 가사(歌詞)라 하여 이들의 동질성을 말하였다.10)

---

7) 詞①〈ことは〉 ②告ける ③詞文 ④韻文の一つ. 宋代に盛んいなつた 自由詩 = 塡詩. 詩餘は (小林信明 전게서, p.960)

8) 詞 1)言也 告也 【禮】 其詞於賓曰 2)文言也 言之成文爲詞 【史記】 「是時天子方好文詞」 通作辭 參看辭字名條 3)文體之一詞曲也 始於唐時 爲古樂府之變體……南北宋爲最盛當時 卽以爲樂府 被之管絃者也 (전게서 小林信明 pp.434-435)

9) 詞①廣義的說, 詞就是詩……詞只是音樂的附庸……而詞是以曲譜爲主……詞的音樂生命 更於樂府詩了 ②關於詞的起源的理論 古人有 名種各樣的說法, 要之, 以詞出於樂府與由於唐代的近體詩變化而來的兩說最有力 ③詞的成長的進展 詞在唐代尤其是中晚唐時代 迅速地成長起來, 一面足與唐代音樂的關係 ④詞的形式 雖由於音樂的形式所決定……詞是配合歌舞的曲調 是歌工, 歌妓所唱的, 它們 - 面適合宮廷, 豪門, 當商的需要, 同時也適合平民的需要 (中國文學發達史, 華正書局, 中華民國 六十六年 五月, p.504-513)

그러나 그러한 동질적인 성격을 지니고 있으면서도 마치 종이의 앞면이 나 뒷면과 같이 서로 다른 이질성을 찾아 볼 수가 있다. 즉 '사(詞)'는 노랫말이며, '사(辭)'는 사(詞)를 가차하여 쓴다거나 일종의 읊조리기 위한 운문에 가깝다는 점이다. 모로하시 레츠지(諸橋轍次)가 제시하고 있는 것 처럼 사(詞)는 문체 중 하나의 사곡이며 고악부의 변체라는 표현에서 음악 과의 깊은 관련을 지적할 수 있다. 중국문학발달사에서도 사(詞)는 음악과 함께 쓴다거나, 곡보를 위주로 하며, 사의 형식은 음악적 형식으로 결정되 고, 가무적 곡조와 더불어 배합된다고 하여 곡보, 음악, 가무와 불가분의 양식으로 존재해 왔음을 알 수 있다. 이 외에도 고바야시 노부아키(小林信 明)의 말처럼 '가사(歌詞)'는 보통의 언어나 산문에는 사용하지 아니하고 노래에만 쓰여 지는 말이라고 하였고, '가사(歌辭)'는 노래의 문구라고 하 였다는 것으로 보아 이 둘은 모두 가영(歌詠)과 불가분의 관계에 있으면서 도 약간의 차이를 느낄 수가 있다는 것이다. 본디 '사(辭)'는 먼저 작품을 쓰고, 그 가운데서 창할 수 있는 것을 노래하였다는 것에 비해 '사(詞)'는 전술한 바와 같이 아예 곡보를 위해서 창작되었다는 것을 알 수 있다.

이렇게 본다면 조윤제, 이태극, 서원섭, 김준영, 정익섭, 정재호 등이 주장한 바와 같이 '가사(歌詞)'는 가창을 위주로 한 사곡(詞曲)이라고 해야 하고, '가사(歌辭)'는 창을 하는 것도 있지만 어디까지나 음영을 위한 문장 위주의 작품이라고 정리되어야 한다. 다시 말하면, 가사(歌辭)도 음악에 맞추어 가창할 수 있는 작품이 있기도 하지만, 무엇보다 음영을 위한 사대부들의 운문적인 양식이라고 보는 것이 합당하다는 것이다.

---

10) 歌詞 : ①歌に使われることは ②聲樂や歌劇なとの歌の文句 ③ふたんのことは や散文には使われす歌にたけ使われることは (小林信明, 전게서, p.566)

## 1.2 문헌상의 용례

우리의 고전에서는 '가사(歌辭)'와 '가사(歌詞)'를 각각 다른 양식으로 보지 아니하고 같이 병용해 오고 있음을 찾아 볼 수 있다. 첫째 '가사(歌辭)'로 쓴 경우는 송달수의 '송강별집 추록유사'와 이긍익의 '연려실기술', 남하정의 '동소만록'11) 등이 있고, 서명으로 송강가사, 노계가사, 고산가사가 있다. 둘째 '가사(歌詞)'로 쓴 것은 김춘택의 '북헌집'과 신흠의 '상촌집', 이수광의 '지봉유설', 이식의 '택당집', 서유구의 '누판고집류'12) 등이 있다. 이러한 까닭은 앞의 자의적(字義的)인 해석과 같이 거의 같은 것으로 취급하여 혼용했기 때문임을 알 수 있다.

그러나 '가사(歌辭)'는 문장위주로 씌어진 운문과 산문성을 띤 양식으로 가창할 수도 있는 선작후창(先作後唱)의 작품이며, '가사(歌詞)'는 본디 악곡에 맞추어 가창할 수 있게 한 사곡(詞曲)으로 구분하여야 한다. 현재 학계에서도 음악의 곡조에 대한 작품의 내용을 의미하는 것과, 이와는 달리 문장 위주의 양식으로 양분하여 전자를 '가사(歌詞)'라 하고, 후자를 '가사(歌辭)'라고 구분하고 있는 실정이다. 이러한 명칭 이외에도 '장가(長歌)', '장사(長辭)', '장단가곡(長短歌曲)' 등으로 아울러 통칭되기도 하였다.

---

11) ·世所傳誦星山別曲一篇及酒問答三疊 訓民歌十六章 松江先生鄭文淸公歌辭也 (松江別集 追錄遺詞, 卷二·十六章, 宋達洙書) ·公善歌辭嘗作關東別曲 星山別曲思美人曲一世傳誦 (李肯翊·燃黎實記述, 卷十八, 宣祖朝相臣條 〈鄭澈〉) ·善作俗歌 其思美曲 勸酒歌辭俱淸壯可聽 (南夏正, 桐巢漫錄)

12) ·東方歌詞中 如鄭松江 前後思美人曲 最勝 (金春澤, 北軒集, 松江 別集 追錄 遺詞 卷一, 二十七張)……書芝峯朝天錄歌詞 (申欽, 象村集) 我國歌詞雜以方言 (李睟光, 芝峯類說 卷十四, 十三張)

松江先祖 歌詞 - 此是我先王考丈巖府君 觀察關北時入刊者 (松江別集, 追錄遺詞, 卷二, 三張) 歌詞前後思美人曲 (李植, 澤堂集, 畸岩答澤堂別集) 松江歌詞 二卷 鄭澈撰 星州牧藏 (徐有榘, 鏤板考集類)

① 장가(長歌) 곧 감군은, 한림별곡, 어부사는 가장 오랜 것이며 근세에 퇴계
  가, 남명가, 송순의 면앙정가, 백광홍의 관서별곡, 정철의 관동별곡, 사미
  인곡, 속미인곡, 장진주사가 세상에 성행하고 있다.[13]

② 관동별곡, 사미인곡, 속미인곡 3편은 곧 송강 정문청공의 저작이다.……
  진실로 인구(人口)에 회자(膾炙)하는데 그 가곡이 매우 절묘하다.[14]

③ 선조께서 지은 장단가곡은 사람의 입에 즐겨 오르내리는데 백백년이 지난
  지금에 와서 관동별곡을 청음, 서포와 이양렬이 한문으로 번역하였다.[15]

④ 새로 번역한 면앙정장가 일편.[16]

⑤ 장가 1장과 2장은 모두 우리말로서 이루어진 것인데 또 여기에 시2장이
  있다.[17]

⑥ 또 노래를 지으니 무등장가 따위와 같은 것이 있다. 술이 얼근하게 되면
  매양 노래 부르는 아이와 춤추는 여자로 하여금 이를 부르게 하였다.[18]


　　상술한 내용을 보면 장가는 ④와 ⑤, ⑥과 같이 면앙정가나 상춘곡,
무등산가 등의 가사를 지칭하기도 하지만, ①에서 보는 것처럼 감군은이
나 한림별곡, 어부가 같은 경기체가나 악장까지도 싸잡아 장가라고 하였
다. 퇴계가, 면앙정가, 관동별곡 등도 이의 범주에 총괄하고 있는 걸로
보면 연형(聯型)이나 비연형의 시가를 지칭하지 아니하고, 길이 상 긴
형식이라는 점만을 들어 단가에 대칭적인 개념으로 일컫는 명칭이었다.

---

13) 長歌卽 感君恩 翰林別曲 漁父詞 最久而 近世 退溪歌 南冥歌 宋純 俛仰亭歌
　　白光弘 關西別曲 鄭澈 關東別曲 思美人曲 續美人曲 將進酒詞(李睟光, 芝峯
　　類說, 卷十四, 十三張)

14) 右關東別曲 思美人曲 續美人曲三篇 卽松江相國鄭文淸公之所著也, 公詩思淸
　　新 警拔固膾炙人口 而歌曲尤妙絶 (松江別集 追錄遺詞 卷一 一張)

15) 先祖所著 長短歌曲 膾炙人口 今過百餘年 關東別曲 卽淸陰西浦及李進士楊烈
　　各以文字飜之 (松江別集 追錄遺詞 附錄 四張)

16) 新飜 俛仰亭長歌一篇 (俛仰集 卷四 雜著)

17) 敎誨子弟 聞儒常事 而褒之三品好爵……長歌一章 短歌二章 皆雜以俚語 又有
　　詩二章 (成宗實錄 十一年 庚子十月 壬申條)

18) 且作歌曲如無等長歌等 酒酣輒使歌兒舞女唱之 (溪陰漫筆)

②는 관동별곡과 전후사미인곡 등 3편이 사람들이 즐겨 부르는 가곡인데 긴 노래라는 뜻으로 장가라 하고, 짧은 노래는 단가라 했는데 이를 두루 일컬어서 장단가곡이라고 하였다.

이러한 사실은 ③에서도 더욱 확연하게 나타나는 바, 관동별곡과 같은 비연형의 긴 노래는 장가이며, 훈민가 같은 짧은 노래는 단가라 하여 일반적으로 통칭해 왔음을 알 수 있다. 또, ④나 ⑤에 나타나는 것처럼 면앙집에서 면앙정가를 한문으로 번역하여 면앙정장가라 하였다. 성종실록에서 상춘곡을 일컬어 장가 1장이라 한 듯 하지만 이는 어디까지나 길이의 길고 짧음에 따라 장가나 단가라 하였기 때문에 장르상의 명칭으로는 적합하지 못하다. 더구나 국문학 상 고려속요나 경기체가들도 장가라고도 두루 통칭하였기 때문에 가사를 장가나 장사(長辭) 또는 장단가곡 등으로 혼용하는 것도 적합하지 않다.

상술한 바와 같이 가사(歌辭)는 창을 수반하는 것도 있지만 주로 음영상의 장르로 향유해 온 장르이기 때문에 가사(歌詞)라 혼용하여 왔고, 또 장가, 장사(長辭), 장단가곡 등으로 범칭 되었다. 이 가운데 장가나 장단가곡은 길이의 장단에 따라 붙여진 것이기 때문에 재론할 여지가 없다.

우선 사전이나 문헌상에 보여 지는 사(辭)와 사(詞)는 이자동의(異字同義)처럼 생각되지만 '사(詞)'는 본디 당나라 때부터 고악부의 변체로서 특히 관현과 더불어 불리어진 노래로 곡보를 위해 창작된 것이기 때문에 훨씬 음악적인 요소가 짙게 깔려 있다. 사(辭)는 일종의 운문으로서 산문적인 요소를 바탕으로 하고 있다는 점에서 마치 종이의 앞면이나 뒷면과 같은 차이점을 느끼게 한다. 그러므로 '사(詞)'는 넓은 의미로 보면 시이지만, 음악에 딸린 것이며 당나라 때 근체시의 변화로부터 비롯되었다. 그 형식도 가무적인 곡조와 배합되면서 기생들에 의해 불려 졌는데 궁정이나 호족, 부상층(富商層)에서 즐기게 되다가 점점 평민층으로 확대된 것이다.

　이러한 여러 가지 측면을 종합해 보면 가사(歌詞)는 가창을 위해 악보에 맞추어 지어진 시나 노랫말이다. 그리고 가사(歌辭)는 본디 문장위주로 씌어진 운문과 산문적인 성격을 지닌 양식으로 작품에 따라서 가창할 수도 있는 선작후창(先作後唱)의 양식으로 대개 음영을 통해 향유되는 양식이라고 보아야 한다.


## 2. 가사의 율격적 특징

　가사문학의 형성기를 고려 말로 보려는 견해와 조선 초로 보는 견해가 맞서고 있는 형편인데, 1974년 김종우가 이두로 기록된 승원가를 나옹화상의 작품이라고 한 논문을 발표한 뒤, 작품의 면밀한 검토도 없이 최근에는 가사의 형성기를 고려 말로 보려는 견해를 많이 따르고 있는 실정이다. 이러한 문제는 어떤 것을 가사로 취급할 것인가 하는 가사의 장르적 개념이나 규정문제가 선행되어야만 풀 수가 있다. 왜냐하면, 창 중심의 고려속요와 같이 여러 절이 연달아 이어나가는 분절형식의 고려속요 등 연시형의 시가형식을 모두 가사로 취급한다면 고려 때에도 가사가 존재했었던 양식으로 볼 수도 있기 때문이다.

　그러나 현재 우리가 가사라고 인정하고 있는 3·4조 4·4조의 음수율에 4음보 진행구의 전형을 이루면서 음영으로 향유되는 가사가 고려 때에도 존재했었다는 수긍할만한 근거를 찾아 볼 수가 없다.

　처용가와 어부가의 경우를 살펴보자.

신라성대(新羅盛代) / 소성대(昭盛代) / 천하대평(天下大平) / 나후덕
(羅候德)
/처용(處容)아바 //
이시(以是) / 인생(人生)애 / 상불어(相不語) / ㅎ시란딕 //
이시(以是) / 인생(人生)애 / 상불어(相不語) / ㅎ시란딕 //
삼재(三災) / 팔난(八難)이 / 일시소멸(一時消滅) / ㅎ샷다 //
어와 / 아빈즈이여 / 처용(處容)아빈 / 즈이여 //
만두삽화(滿頭揷花) / 계유샤 / 기울어신 / 머리예 //
아으 / 수명장원(壽命長遠)ㅎ샤 / 넙거신 / 니마해 //
산상(山象)이슷 / 깅어신 / 눈섭에 //
애인(愛人) / 상견(相見)ㅎ샤 / 오올어신 / 누네 //
풍입(風入) / 영정(盈庭)ㅎ샤 / 우글어신 / 귀예 //
홍도화(紅桃花)ᄀ티 / 붉거신 / 모야해 //
오향(五香) / 마투샤 / 웅긔어신 / 고해 //
아으 / 천금(千金)머그샤 / 어위어신 / 이베 //
백옥(白玉) / 유리(琉璃)ᄀ티 / 히어신 / 닛바래 //
인찬(人讚) / 복성(福盛)ㅎ샤 / 미나거신 / 특개 //
칠보(七寶) / 계우샤 / 숙거신 / 엇게예 //
길경(吉慶) / 계우샤 / 늘의어신 / ᄉ맷길헤 //
설믜 / 모도와 / 유덕(有德)ㅎ신 / 가ᄉ매 //
복지(福智) / 구족(俱足)ㅎ샤 / 브르거신 / 빈예 //
홍정(紅鞓) / 계우샤 / 굽거신 / 허리예 //
동락(同樂) / 대평(大平)ㅎ샤 / 길어진 / 허튀예 //
아으 / 계면(界面)도ᄅ샤 / 넙거신 / 바래 //
누고 / 지어셰니오 / 누고 / 지어셰니오 //
　　　　　　　　　(중략)　　　〈악학궤범 소재 처용가〉

설빈(雪鬢) / 어옹(漁翁)이 / 주포간(住浦間) / ㅎ야셔 //
자언(自言) / 거수(居水)ㅣ / 승거산(勝居山)이라 / ㅎᄂ다 //
빈떠라 / 빈떠라 /

조조(早潮)ㅣ / 재락(纔落)거를 / 만조(晩潮)ㅣ / 래(來)ᄒᆞᄂᆞ다 //
지곡총 / 지곡총 / 어ᄉ와 / 어ᄉ와 //
일간(一竿) / 명월(明月)이 / 역군은(亦君恩) / 이샷다 //
청고(靑菰) / 엽상(葉上)애 / 양풍(凉風)이 / 기(起)커를 //
홍료(紅蓼) / 화변(花邊)에 / 백로(白鷺)ㅣ / 한(閑)ᄒᆞᄂᆞ다 //

닫드러라 /
동정(洞庭) / 호리(湖裏)예 / 가귀풍(駕歸風) / 호리라 //
지곡총 / 지곡총 / 어ᄉ와 / 어ᄉ와 //
일생(一生) / 종적(蹤跡)이 / 재창랑(在滄浪) / ᄒᆞ두다 //
진일범주(盡日泛舟) / 연리거(煙裏去)ᄒᆞ고 //
유시(有時) / 요도(搖棹)ᄒᆞ야 / 월중환(月中還) / ᄒᆞ놋다 //
이어라 / 이어라 /
아심수처(我心隨處) / 자망기(自忘機) / 호리라 //
지곡총 / 지곡총 / 어ᄉ와 어ᄉ와 //
일강(一江) / 풍월(風月)이 / 진어선(趁漁船) / ᄒᆞ두다 //
만사(萬事)를 / 무심(無心) / 일조간(一釣竿) / ᄒᆞ요니 //
삼공(三公)으로도 / 불환(不換) / 차강산(此江山) / 이로다 //
          (중략)       〈악학궤범 소재 어부가〉

이 두 시가가 어느 때 형성된 것인지는 알 수 없지만, 고려 때부터 있었다고 생각한다면—사용된 어휘와 형식은 문헌에 기록된 성종대의 것으로 바뀌었다 하더라도—이런 창 위주의 노래도 따지고 보면 처용가는 2·3조, 3·4조의 음수율과 4음보격을 이루어 가사(歌辭)와 대동소이하다. 어부가 역시 '빅뻐라 빅뻐라' '지곡총 지곡총 어ᄉ와 어ᄉ와' '이어라 이어라' '닫드러라' 등의 음악적 여음만 빼면 가사와 같은 형식이라고 할 수 있다. 그렇다고 이것을 가사라고 하거나 가사의 모체나 전신이라고 생각하여 가사로 취급한다면 고려 때에도 가사는 이미 존재했다고 보아야 할 것이다.

또 한문의 시, 부 등과 같은 형식에 토를 달아 읊는 것도 형식상으로는 가사의 형식과 상사한 것이 많고, 어부가와 같이 7언시에 토를 달아 읊는 형식은 고려 때에도 있었을 것이므로 가사의 형성에 상당한 영향을 주었다고 할 수가 있다. 그러나 그것은 어디까지나 한문 작품일 뿐이지, 우리 국문학 상의 가사문학이라고 할 수는 없는 일이다.

가사는 문학 중심의 음영시가로 호흡 조절을 의식하고 쓴 장형시가를 지칭한다. 음악 본위의 가요는 일정한 음수율을 필요로 하지 않고도 얼마든지 길게 늘이거나 줄이어서 노래의 리듬에 부합되도록 할 수가 있다. 그것은 향가나 고려속요, 악학궤범의 처용가나 기타 극가, 잡가, 민요 등의 예로서도 충분히 확인이 되는 일이다.

그렇지만, 음영위주의 시가는 음수율이 어느 정도 일정하지 않거나 4음보구가 되지 않으면 호흡이 조절되지 못함으로 음영하기가 어렵다. 즉 우리의 가사 문학은 두 음보씩 짝을 지어 대응하면서 특유의 율격을 형성하기 때문에 율격적으로 매끄럽게 느껴지는 진행 구조를 가진다는 것이다.

음영독(Scansion)에 있어서는 생리적 조건으로 인하여 대개는 전2음보와 후2음보의 중간에 휴지(Cesura)를 넣어서 두개의 호흡군(Breath group)으로 나뉘는19) 독특한 구조를 보이는 것이 가사문학이다.

---

19) 鄭炳昱, 韓國詩歌 韻律과 形態, 金學成 共編, 古典詩歌論, 1984, p.29.

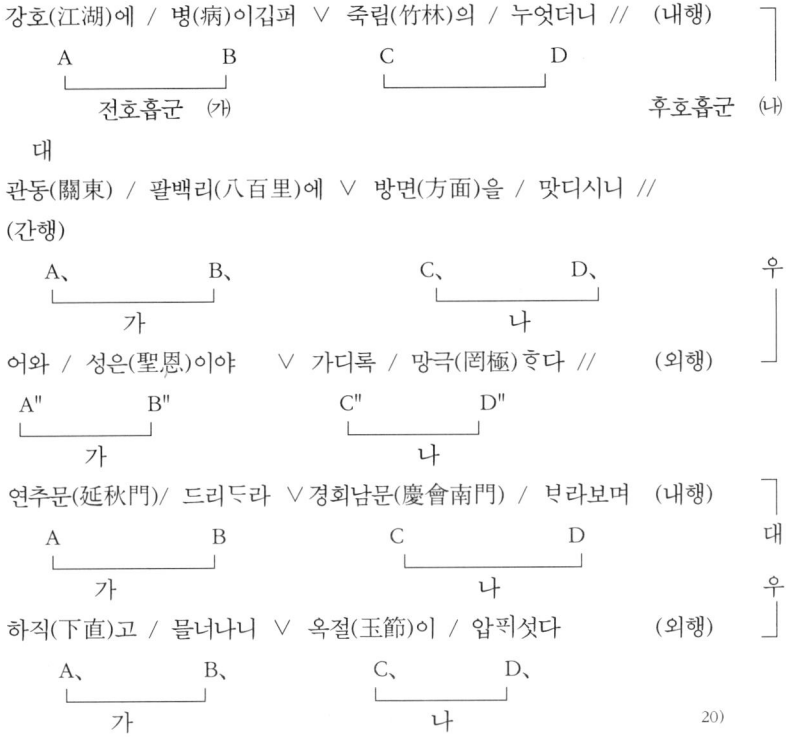

위에 든 관동별곡은 음영상 전호흡군 ㉮와 후호흡군 ㉯로 한 행을 이루는데, 각 호흡군마다 각각 A와 B, C와 D가 상응되어 호흡절을 이룬다. 따라서 대부분의 한 음보는 4음절을 벗어나는 일이 드물고, 각 호흡군의 둘째 음보 B, D군은 거의 4음절로 꼭 맞아떨어짐으로써 안정되고 있음이 특이하다. 그러나 대개 각 호흡군의 첫째 음보 A, C군은 2음절이나 3음절이 많은데, 둘째 음보 B, D군과 함께 4mora를 맞추기 위해 말음절을 장음화함으로써 각 음보간의 등장성(等長性)에 기여하고 있는 것이

─────────────

20) 松江歌辭, 星州本 (通文館影印, 1954), 關東別曲中 序詞부분.

다.[21]

　우리나라 시가의 음영독의 경우는 음의 장단에만 기준을 부여하는 게 아니다. 두 음보 사이에 상대적인 강약이 존재되어 각 음보의 말 음절과 첫 음절이 강하게 발음되는 '약강 / 강약'의 규칙성이 존재하고 있을 뿐만 아니라, 등장성인 음보가 2음보씩 대응 연첩함으로써 규칙성을 지니는 것이 특징이라고 할 수가 있다. 그러므로 등장성을 지닌 두 음보가 각각 호흡군을 이루어 제2음보 끝과 제4음보 끝에서 한 번 호흡하도록 되어 있는데, 만약 그 율조가 변칙을 하게 되면 호흡이 조절되지 않아 스스로 율격미를 잃게 된다.

　만일, 관동별곡에서 제3행이 '어와 / 성은이야 ∨ 가디록 / 더욱 / 망극ㅎ다'라고 한다면 '더욱'이라는 한 음보가 더해져서 호흡에 변화가 생기고 리듬에 갑자기 균형을 잃게 되어 율격적인 음영독에 변격이 생기게 된다. 따라서 문학 본위의 읊는 시가는 호흡조절을 의식하고 쓰게 되지만, 중간에 2음보가 아닌 3음보가 끼는 경우는 2음보에서 호흡을 하고, 나머지 한 음보는 길게 늘여 거기에서 다시 한 번 호흡을 하거나 아니면 다음 음보에 합쳐져 4음보의 등장성에 맞추어진다.

　때때로 한 행에 2음보가 더 합쳐져서 6음보가 되는 경우도 있으나 이는 스스로 호흡에 맞기 때문에 상관이 없지만 2음보, 3음보, 4음보, 5음보구가 곳곳에서 뒤섞일 수는 없다. 또 5음절이나 6음절이 한 음보로 구성되면 호흡이 맞지 않아 곤란을 느끼게 되므로 이런 경우는 부득이 4 mora에 맞추기 위해 빨라질 수밖에 없는 것이다. 음악 위주의 시가가 일정한

---

21) 金大幸, 韓國詩歌의 構造研究, 三英社, 1976, p.41.
　　Mora의 단위는 대체로 단음을 1, 장음을 2로 하나 1½, 2½ 등을 포함해서 대략 4등급으로 나누는 수치다.(L. Pike Phonetics. ELMA. 1965, p.128)

음수율이 요구된다는 것은 중국이나 일본 양국의 학자들이 고대시가를 논할 때 반드시 언급하는 일이다.

한시도 본래는 음악 위주의 시가였다. 시경시는 물론 5언, 7언의 고시체 시대에는 음수율에 예외도 있었고 평측(平仄)도 일정치 않았다. 5언, 7언의 고체시가 성당(盛唐) 이후 문학위주로 발달한 금체시(今體詩)에 이르러서는 음악보다는 주로 읊조리게 되므로 율격의 선율적 효과를 거두기 위하여 음수율과 평측이 엄격해졌다. 일본에서도 음악 위주의 고대시가에서는 음수율이 일정하지 않다가 후대 문학 중심의 와카(和歌)나 하이쿠(俳句) 등에 이르러서는 일정한 음수율을 취하게 되었다. 그러므로 가사가 3·4조나 4·4조를 기본적인 음수율로 한 4음보 진행으로 고정되었다는 것은 음악면보다 문학 위주의 시가였다는 것을 입증하는 것이고, 음영하기 위해 호흡의 조절을 의식했던 것이라고 할 수 있다.

이렇게 말한다면 시가의 장르를 설정할 때 그것이 음악 위주의 노랫말이냐, 아니면 문학 위주의 작품이냐에 따라 분별할 수도 있다. 또 음악의 노랫말이었을 때 일정한 음수율을 취하지 않았다가 그것이 후대로 내려오면서 문학성이 가해지자 일정한 음수율을 취했다고 하더라도 결국 한 계통의 시가로 취급해야 한다고 할 수도 있다. 그러므로 앞에서 가사의 개념이나 규정문제가 정립되지 않고는 가사의 형성기에 대한 문제를 논할 수 없다고 하였다.

실로 우리의 문학에 있어서는 시가의 장르 분별에 있어 여러 모순이 개재되고 있다. 공후인, 황조가, 구지가 등은 한역시만 전해오고 있지만, 원 가사는 4구체 민요형일 것이며, 향찰로 표기했다는 점으로 향가라고 하면서도 똑같은 향가형인 10구체 정과정곡은 국문으로 표기되었다는 점을 들어 향가에 포함시키지 않고 고려속요에 포함시키는 모순을 안고 있다. 고려속요는 원래 일반 대중의 민요나 국가의 속악가사로 채택됨으로써 외래악곡에 맞추기 위하여 변형된 것인데, 그것이 본시 민요로서의 원형은 각 절 4구체로 향가의 4구체와 같은 민요계통의 것이다.[22]

즉 고대민요는 한 절 한 절이 독립된 것인데, 고려속요는 속악가사로 취용됨에 따라 주악시간에 맞추기 위하여 4구체 민요의 여러 절을 모아 놓은 것에 지나지 않는다. 환언하면, 청산별곡 8절은, 현대의 아리랑과 마찬가지로 8절을 모아 놓은 것과 다름이 없다는 것이다. 그러므로 고려속요 특히 청산별곡에 있어서 7연이 시상의 비약이라고 하거나 또는 난해하다고 하였고, 그 해석에 있어서도 각 연의 연계성을 이루지 못한다고도 했다.

특히 정석가의 경우는 서경별곡에 있는 가사가 삽입되어 있어 이를 뒷받침하고도 남음이 있다. 따라서 고려속요는 그것을 4구체 향가와 같은 계통으로 취급하거나 고려민요로 취급하든지 아니면 속악가사로 별도 취급해야 할 일이지만, 그와도 다른 독립적인 시가로 취급하는 것이 보통이고 그러한 학문적인 관례에 따라 대부분의 학자들이 그렇게 취급하고 있는 실정이다.

가사문학에 대한 현대 학계의 공통적인 개념은 음악적인 측면보다 문학적인 목적에서 쓴 작품으로 음영하자면 스스로 호흡의 조절을 의식하게 되므로 3·4, 4·4조의 음수율이 대칭적 구조를 이루어 4음보를 형성하게 되고, 제2음보와 4음보 끝에 휴지를 두어 호흡하게 되는 상춘곡이나 관동별곡과 같은 시가를 지칭하고 있는 것이다. 그러기 때문에 우리의 가사문학은 창을 전제로 한 노래라거나 혹은 읽기를 위주로 한 노래라기

---

22) 金俊榮, 詩經風詩의 本體에 대한 考察, 全北大國語國文學會, 국어문학22집, 1982, p.27.

보다는 차라리 아무런 전제 없이 그저 감동과 흥취에 젖어 자연스럽게 영출(詠出)한 것이라고 보아야 한다.

이러한 관점으로 보면 악학궤범의 처용가나 악장가사의 어부가는 가사의 형식과 같은 음악 위주의 시가로서 가사의 형성에 영향을 주었을 것으로 보이지만 이를 가사의 초기 형태나 형식으로 볼 수가 없다는 것이다.

# 제3부
우리 옛 가사문학의 이해
# 가사의 연원

## 1. 종래 제설(諸說)의 검토

### 1.1 한시문학의 바탕

가사문학이 한시체에서 발생했다고 보았던 이는 가람 이병기였다. 그는 '고려중엽에 이규보의 동명왕편, 이승휴의 제왕운기, 오세문의 역대가 등에서 가사의 원형을 찾을 수 있다고 하고서 우리 조상들이 글을 읽을 때 축문이나 치사 외에는 반드시 우리말로 토를 달아 읽었기 때문에 장편 한시에 토를 달아 읽든지 시조체의 초, 중장을 연속하면 가사체가 형성될 수 있다.'[1]고 하였다. 이러한 생각은 가사의 양식적 성격이 문필적 요소가 있다는 것과 일정한 외형률을 지니고 있다는 데서 출발된 것으로 보인다.

이 주장과 견해를 같이한 장덕순도 고려속요가 3음절이 우세하다는 율격분석을 인용하여 속요의 3음절, 경기체가의 4음절의 특징을 들어서 이것이 후대의 시조나 가사에 절대적 영향을 주었다는 결론을 내려, 시조는 속요에서, 가사는 경기체가에서 발전되었다고 하면서도 횡적으로 한시의 영향을 받았다고 하였으며, 그 중에서도 가사는 더 많이 한시의 영향 밑에 발생했다[2]고 주장한 바 있다. 그러면서 그는 가사가 한시체에서

---

1) 李秉岐, 白鐵, 國文學全史, 新丘文化社, 1957, p.107.

발생했으리라는 추정은 '봉황음'에서도 이해될 수 있고, 문학사적인 상식으로 볼 때에 그 발생은 전대의 시가에서 발전했다는 생각을 할 수 있으므로 가사의 발생은 세조년간을 훨씬 거슬러 올릴 수 있다고 하였다.

사실 가사 이전의 장형시가로 한문으로 된 사(辭), 부(賦) 등이 있었는데 이러한 양식은 사대부들 간에 많이 창작 향유되어 왔다. 외국문학이 유입해 들어와서 우리의 국문학에 새로운 양식을 형성시킬 때에는 우리나라의 문학적 상황이 그것을 수용할 수 있을 만한 터전이 있어야 한다는 선행적 조건이 필수적이다. 당시 우리나라엔 향가, 고려속요, 경기체가가 향유되었고, 사와 부 등이 창작되는 문학적 환경이 존재해 있었다는 점에서 이의 영향관계를 살필 수가 있다. 즉 당시엔 이제현을 중심으로 이인로, 이색, 정몽주, 김부식, 이규보 등과 같은 한문대가 등에 의해 5언, 7언시 및 사·부의 창작도 활발했다는 점이다.3)

이러한 문학적 상황은 외국시가의 영향 가능성을 제고해 주는 것으로, 우선 우리 가사 문학의 형성기나 발전기에 있어서 고려속요와 달리 가사 작자의 대부분이 유학에 전념했던 한시, 사, 부의 창작, 향유계층이라는 점에서 이의 농후한 가능성을 배제할 수가 없다. 또한 비록 후대의 문헌에 기록된 가사작품일지라도 그 후손에 의해 간행된 문집에 실려 있다는 점으로 보더라도―출간 당시만 해도 언문시가에 대한 사대부들의 폄시(貶視)하는 태도는 변함이 없을 뿐더러 다른 어떤 문헌에도 실려 있지 않다는 것으로도 확신할 수 있다.―작자에 대한 문제는 의심할 여지가 없고, 다만

---

2) 張德順, 國文學通論, 新丘文化社, 1960, p.186.
3) 金富軾(1075~1151)의 啞鷄賦 仲尼鳳賦 (金文烈公集). 李奎報(1168~1241)의 春望賦, 畏賦, 夢悲賦, 放彈賦, (東國李相國集) 李仁老(1146~1214)의 紅桃井賦, 玉堂栢賦, 和歸去來辭(破閑集) 李穡(1328~1396)의 流水辭, 山中辭(牧隱歌) 鄭夢周(1337~1392)의 思美人辭 (圃隱集), 李崇仁(1349~1392)의 哀夕辭 (陶隱集)

당시의 어법이나 표기에 맞춰 약간 개찬(改撰)되었을 가능성을 안고 있지만 형성기 가사작품의 대부분이 한시의 우리말 번역과 같은 것이라는 점과 한시에 토를 단 것의 두 가지 유형이 있다는 점만으로도 알 수가 있다.

다시 말하면, 가사작품을 창출할 때는 한시에 우리말식의 토를 달아 읊던가, 아니면 연상된 한시를 풀어 우리말로 옮기는 경우가 많았다는 것을 지적하지 아니할 수 없다는 것이다.

(개) 설빈(雪鬢) / 어옹(漁翁)이 / 주포간(住浦間) / ᄒ야서 //
　　　자언(自言) / 거수(居水)ㅣ / 승거산(勝居山)이라 / ᄒᄂ다 //
　　　빈뻐라 / 빈뻐라 //
　　　조조(早潮)ㅣ / 재락(纔落)거를 / 만조(晚潮)ㅣ래(來) / ᄒᄂ다 //
　　　지곡총 / 지곡총 / 어ᄉ와 / 어ᄉ와 //
　　　일간(一竿) / 명월(明月)이 / 역군은(亦君恩) / 이샷다 //
　　　　　　　　　　　（중략）　　　　　（어부가）

(나) 여조성고시동명(麗朝姓高謐東明) 여조의 / 성은 고요 / 시호는 / 동명인데//
　　　선사고이주몽명(善射故以朱蒙名) 활잘쏘는 / 까닭으로 / 이름은 / 주몽이라
　　　　　　　　　　　　　　　　　　　　　//
　　　부해모수모유화(父解慕漱母柳花) 아버지는 / 해모수요/어머니는 / 유화인
　　　　　　　　　　　　　　　　　　　　　데//
　　　황천지손하백생(皇天之孫河白甥) 하늘의 / 자손이며 / 하백의 / 외손이라//
　　　　　　　　　　　（중략）　　　　　（필자 역）

(다) 매창(梅窓)에 / 들리쓰니 / 매창(梅窓)의 / 경(景)이로다 //
　　　매(梅)는 / 엇더흔 / 매(梅)고 //
　　　임처사(林處士) / 서호(西湖)에 / 빙기(氷肌) / 옥혼(玉魂)과 //

맥맥(脈脈) / 청소(淸宵)에 / 음영(吟詠)ㅎ던 / 매화(梅花)로다 //

               (중략)            (매창월가)

매창월명 매창청경(梅窓月明 梅窓淸景)　　月明於梅窓 梅窓之淸景
매가하매(梅其何梅)　　　　　　　　　　梅其何梅也
서호선생 빙기옥혼(西湖先生 氷肌玉魂)　西湖林處士 氷肌與玉魂
맥맥청소 음영지매(脈脈淸宵 吟詠之梅)　脈脈爲淸宵 吟詠之梅花

㈃ 나도 / 이럴망정 / 세상애 / 인재러니 //

무샹을 싱각ㅎ니 / 다거즛 / 거시로쇠 //

부모의 / 기친얼골 / 주근후애 / 속절업다 //

               (중략)            (서왕가)

아역여차 세상인〈我亦如此 世上人(子)〉
무상사념 개망탄〈無常思念 皆妄誕(語)〉
부모유형 사무상〈父母遺形 死無常(也)〉
                  (이상보 역)

㈄ 산색(山色)은 ∨침침(沈沈)하고 ∨ 송연(松烟)은 / 막막(冪冪)이라 //

공림(空林) / 지하(之下)와 ∨ 반타지석(盤陁之石) / 이로다 //

석상(石上)에 / 유승(有僧)ㅎ니 ∨ 결가(結跏) / 횡석(橫錫)하고 //

송백(誦白) / 연경(蓮經)ㅎ딕 ∨ 종조지석(從朝至夕) / 이로다 //

허적(虛跡) / 낭적(狼跡)이요 ∨ 십편(十片) /오편( 五片)에 //

이화(異花) / 낭적(狼籍)이로다 //

         (중략)    (당수라법사 청송법화경가)

산색침침(山色沈沈)　　송연막막(松烟冪冪)
공림지하(空林之下)　　반타지석(盤陁之石)
석상유승(石上有僧)　　결가횡석(結跏橫錫)
송백연경(誦白蓮經)　　종조지석(從朝至夕)
허적낭적(虛跡狼跡)　　십편오편(十片五片)

이화낭적(異花狼籍)4)

예로 든 (가)는 고려 말에 불려진 것으로 보이는 어부가다. 어부가는 7언시에 토를 단 것으로 '빅뻐라 빅뻐라' '지곡총 지곡총 어슷와 어슷와' 라는 여음만 빼면 마치 가사와 같은 율격구조를 지니고 있다.

(나)는 고구려 28왕 705년간의 역사를 읊은 대서사시로, 시조 동명왕의 출생으로부터 장성하여 개국한 일과 유리(琉璃)에의 사위(嗣位)까지 읊고 있는 7언시로 토를 달면 가사의 율격에 아주 가깝다.

또한 (다)는 아직 가사의 전형을 이루지 못한 조선 초 가사형성기의 가사형태를 짐작할 수 있는 작품이다. 4음보가 주류를 이루나 간혹 고려 속요와 같은 3음보가 섞이고 3, 4음보가 아닌 5음보구가 가끔 나타나는 작품으로 4언 시경시체의 잔영(殘影)을 보인다. 뿐만 아니라 용비어천가 와 상사한 형태까지 보여주는 작품으로 당시 사대부들이 가사를 창작하는 데 있어 한시와 사, 부에 얼마나 큰 영향을 받았는지 짐작이 가고도 남는 다. 그러나 가사의 원형을 시조에서 찾고자 하는 이들도 있는데5) 그러한 까닭은 가사가 시조의 율격과 동일하고 특히 시조 종장의 형식이 가사의 낙구(落句)에 그대로 드러난다고 하는 형식상의 이유 때문이었다.

시조의 경우 한시 중에서도 7언절구의 변격인 3구시에서 시조의 형식

---

4) 위의 '唐修雅法師 聽誦法華經歌'는 四言詩에 吐를 단 것인 바 필자가 뽑아 본 것이다.
5) 金起東, 歌辭文學의 形態的 考察, 도남 조윤제 박사 회갑논총, 1954, P.147.
　金思燁, 李朝時代의 歌謠硏究, 大洋出版社, 1956, P.301.
　李能雨, 入門을 위한 國文學槪論, 以文堂, 1950, P.125.
　李　鐸, 國文學論攷, 正音社, 1958, P.332.
　李泰極, 歌辭槪念의 再考와 장르考, 국어국문학27집, 1964, P.80.
　徐元燮, 歌辭文學硏究, 형설출판사, 1979, P.50-71.

이 배태(胚胎)되었다고 보는 이[6]도 있다. 정병욱은 외형적인 특징만을 들어 고려속요 가운데 만전춘별사가 시조의 원형적 형태라고 주장한 바 있지만, 자세히 보면 만전춘별사 2연은 다름 아닌 7언 한시임을 쉽게 이해할 수 있다. 즉 '경경고침상(耿耿孤枕上)에 어느즈미 오리오 / 서창(西窓)을 여러ᄒᆞ니 도화(桃花)ㅣ 발(發)ᄒᆞ도다 / 도화(桃花)는 시름업서 소춘풍(笑春風)ᄒᆞᄂᆞ다 소춘풍(笑春風)ᄒᆞᄂᆞ다 /'의 제1행 '어느즈미 오리오'와 '여러ᄒᆞ니', '시름업서'를 각 2음절의 한자로 고치게 되면 7언3구시의 원형을 쉽게 재구해 낼 수 있다는 것이다.

즉 '경경하면고침상(耿耿何眠孤枕上) / 서창퇴간도화발(西窓推·開·看桃花發) / 도화무심소춘풍(桃花無心笑春風)'으로 재구된 것은 분명 7언3구시이며 이것을 4음보의 율격에 맞춰 우리말로 풀어썼다는 가능성을 시사한다고 할 수 있다는 것이다. 이를 뒷받침하는 것으로 정병욱이 시조 2,500여 수를 조사한 것 가운데는 한시를 완전하게 대응한 시조가 70여 수라고 밝히고 있는데 그가 내용별로 분류한 유형은 (1) 시조화한 한시의 종류 (2) 원시에 없는 것이 첨가된 경우 (3) 원시를 축약 또는 생략하는 경우로 하였다.[7]

다시 말하면 한시를 시조화 하는데 가장 편리한 시형은 5언과 7언절구 체라는 것인데 5언의 절구형이 3행시인 시조로 되는 데는 부득이 한시의 어느 시행을 축약하거나 생략하는 방법을 취하든지, 또 이와 비슷한 다른 시행을 첨가하는 길이 있다는 것이다.[8] 이와 같은 시조의 한시 영향설을

---

6) 李圭虎, 韓國古典詩歌論, 새문사, 1985, P.131.
7) 정병욱, 한국고전시가론, 신구문화사, 1980, P.146-154.
8) 千山鳥飛絶 / 萬逕人蹤滅 /孤舟簑笠翁 / 獨釣寒江雪 (柳子厚 全集45권, 江雪)
　은「千山에 鳥飛絶이요 萬逕에 人蹤滅을 / 孤舟簑笠翁이 / 獨釣寒江雪이로다
　/ 낙시에 절로무ᄂᆞ 고기기분인가 하노라 /」(甁窩歌曲集)로 되었고, 春水滿四澤

미루어 볼 때 가사의 형성에 한시가 지대한 영향을 주었을 것이라는 가능성을 높이고 있다.

즉 3구시를 연속한다든가 7언절구형을 제약받지 않고 시상에 따라 펼쳐 간다면 가사형과 같은 양식으로 발전할 수 있다는 것이다. 이러한 측면에서 가사의 형성에 커다란 영향 가능성을 제고하는 것으로 한시와 사, 부가 큰 역할을 감당했다는 사실을 쉽게 알 수가 있다.

㈃의 경우도 이상보가 서왕가를 7언시로 재구해 본 것이지만 차라리 괄호 속의 '자(子), 어(語), 야(也)'를 살려 4언시로 보면 가사의 율조와 동질적인 요소가 있음을 발견할 수가 있다. 이외에 ㈄는 필자가 발견한 자료로서 실제 4언시에 토만 달아 가사와 같은 율조를 이룬 대표적인 경우라 할 만 하다. 장형의 이 법화경가는 처음에 4음보격을 유지하다가 7언시에 토를 달아 읊게 됨으로써 4음보의 정격에서 5음보의 변격으로 율조가 바꿔지기도 하였다.

이와 같이 사대부들이 가사를 창작할 때에는 그들에게 익숙했던 한시를 바탕으로 우리의 언어구조에 가장 적합한 4언이나 7언에 현토하는 것이 가장 용이했고, 그러자면 자연 4음보진행이 자유로웠을 것이며 간혹 5음

---

/ 夏雲多奇峯 / 秋月楊明輝 / 冬嶺秀孤松 / (陶淵明全集 8권, 四時)은 「春水 │ 滿四澤ᄒ니 물이만ᄒ 못오던야 / 夏雲多奇峯ᄒ니 산이높아 못오던야 / 秋月의 楊明輝여든 무음탓슬 ᄒ리요 / (歌曲源流, P.170, 靑丘永言 P.158)로 되었으며, 「淸江一曲抱村流 / 長夏江村事事幽 / 自去自來堂上燕 / 相親相近水中鷗 / 老妻畵紙爲碁局 / 稚子敲針作釣鉤 / 但有故人供祿米 / 多病所須惟藥物 / 微軀此外更何求 / (杜詩鏡銓, 江村)을 「淸江一曲이 抱村流ᄒ니 長夏江村事事幽을 自去自來堂上燕이오 相親相近水中鷗│다 / 老妻는 畵紙爲碁局이오 稚子는 敲針作釣鉤│로다 / 多病所須│ 惟藥物이니 微軀此外에 更何求를 ᄒ리오」 (靑丘永言, P.97)로 되었다. 千尺絲綸直下垂 / 一波自動萬波髓 / 夜靜寒魚不食餌 / 滿船空載 月明歸」 (冷齋夜話, 華亭船子和尙詩)는 「추강에 밤이드니 물결이 츠노민라 / 낙시 드리우니 고기아니 무노민라 / 무심흔 달빗만 싯고 뷘빈홀노 오노메라」 (月山大君, 靑丘永言, P.154.)

보가 섞였을 것으로 보여진다.

실제로 가사작품들 중에는 4언 한시체에 토를 달아 쓴 것 같은 작품들이 많이 있다. 예컨대 조선전기 사대부 가사의 대부분은 4언시나 7언시에 토를 단 것과 같은 작품들이 많다는 것이다.

가) 향면남면(向明南面) 즉위(卽位) ᄒ시니 선리건곤(仙李乾坤) 왕춘(王春)이라
　　서주문물(西周文物) 팔백(八百)이요 동노의관(東魯衣冠) 칠십(七十)이라
　　당우태평(唐虞太平) 오백년(五百年)의 탕무휴치(湯武休治) 일천재(一千載)라
　　천우신조(天佑神助) 아동방(我東方)의 팔백처처(八百處處) 명산(名山)이라
　　경기도(京畿道)는 왕성(王城)이니 불가승수(不可勝數) 기봉(奇峯)이오
　　황해도(黃海道)라 구월산(九月山)은 연년세세(年年歲歲) 구월(九月)이오
　　강원도(江原道)라 금강산(金剛山)은 일만이천(一萬二千) 제봉(諸峯)이오
　　충청도(忠淸道)라 속리산(俗離山)은 운외특립(雲外特立) 고봉(高峯)이요
　　평안도(平安道)라 묘향산(妙香山)은 해상웅진(海上雄鎭) 기관(奇觀)이오
　　경상도(慶尙道)라 태백산(太白山)은 촉천압지(矗天壓地) 불로(不老)ᄒ고
　　함경도(咸境道)라 석황산(石荒山)은 파무장하(罷霧粧霞) 춘색(春色)이오
　　전라도(全羅道)라 지리산(智異山)은 만팔천년(萬八千年) 청청(靑靑)ᄒ고
　　호남천리(湖南千里) 명구(名區)되여 오십삼주(五十三州) 각(各)고을의
　　성렬기포(星列棋布) 버런ᄂᆞᄃᆡ 추월산(秋月山)이 담주(潭州)로다
　　　　　　　(중략)　　　　　(이서, 몽한영고 낙지가)

나) 주순(朱盾)이 등라(滕羅)ᄒ고 백인(白刃)이 교휘(交揮)어늘
　　주장(主將) 삼령(三令)ᄒ고 종사(從事) 오신(五申)ᄒ니
　　대군(大軍) 숙숙(肅肅)ᄒ고 사사필마(士士匹馬) 규규(糾糾)어늘
　　동성(東城)에 티드라 적병(賊兵)을 구버보니
　　이재목중(已在目中)이로다
　　민피(閔彼) 명궁(明宮)이 선성(先聖)의 소향(所享)이오
　　학사(學士) 유기(攸墍)어늘 원거(爰居) 원처(爰處)ᄒ야

오예(汚穢) 정무(庭廡)ᄒ니 극적(劇賊)의 무도(無道)ㅣ
경오년(庚午年)이 이러턴가
　　　　　(중략)　　　　　(양사준, 남판윤유사 남정가)


다) 치국(治國) 안민(安民)은 성상(聖上)의 훌일이오
　　섭리(燮理) 음양(陰陽)은 재상(宰相)의 훌일이오
　　승류(承流) 선화(宣化)ᄂ 방백(方伯)의 훌일이오
　　면절(面折) 정쟁(廷爭)은 대간(臺諫)의 훌일이오
　　절충(折衝) 어모(禦侮)ᄂ 장수(將帥)의 훌일이오
　　근농(勤農) 흥학(興學)은 수령(守令)의 훌일이오
　　입효(入孝) 출제(出悌)ᄂ 선비의 훌일이오
　　무본(務本) 역색(力穡)은 백성(百姓)의 훌일이오
　　방적(紡績) 주식(住食)은 부녀(婦女)의 훌일이오
　　친상(親上) 사장(事長)은 군사(軍士)의 훌일이오
　　　　　　(중략)　　　　(이황, 고금가곡 상저가)


라) 의불식 / 쥬쇽ᄒ고 ∨님군 / 보라갓ᄂ // (義不食周粟)
　　일모 / 창산원ᄒ니 ∨날져무러 / 못오ᄂ가 // (日暮蒼山遠)
　　텬한 / 빅옥빈ᄒ니 ∨하늘이차 / 못오ᄂ가 // (天寒白屋貧)
　　츈면을 / 불각효ᄒ니 ∨잠못씨여 / 못오ᄂ가 // (春眠不覺曉)
　　구일 / 뇽산음ᄒ니∨술취ᄒ야 / 못오ᄂ가 // (九日龍山吟)
　　싱이 / 부잠한ᄒ니∨ 길이업서 / 못오ᄂ가 // (生涯不暫閒)
　　와병의 / 인ᄉ절ᄒ니∨ 병듕ᄒ야 / 못오ᄂ가 // (臥病人事絶)
　　일모 / 긱슈신ᄒ니∨ 실음계워 / 못오ᄂ가 // (日暮客愁新)
　　동풍의 / 도로 ᄒ니∨길히머러 / 못오ᄂ가 // (東風道路長)
　　대셜이 / 만궁도ᄒ니∨눈이막혀 / 못오ᄂ가 // (大雪滿弓刀)
　　츈슈가 / 만ᄉ퇴ᄒ니∨물이막혀 / 못오ᄂ가 // (春水滿四澤)
　　하운이 / 다긔봉ᄒ니∨뫼히만하 / 못오ᄂ가 // (夏雲多奇峯)
　　셜쳥운산/북풍한ᄒ니∨바룸이라/못오ᄂ가//(雪晴雲散北風寒)
　　쵸슈오산/도로난ᄒ니∨길이글어/못오ᄂ가//(楚水吳山道路難)[9]
　　　　　　　　　　　　　　(중략)

상게한 ㈎는 7언 한시를 현토한 것이 틀림없고, ㈏는 4언시를 현토하여 각 2음보씩으로 나누어 배열하였으며, ㈐ 역시 7언시에 토를 단 것에 지나지 않는다. 대개 4언시나 7언시에 현토하는 방법은 두 가지로 대별되는데, 그 하나는 4언을 토를 달아 2음보로 나누는 방법과 다른 하나는 7언을 전 4언과 후 3언으로 나누되 후 3언은 술어가 되는 부분을 풀어쓴다.

전자의 방법으로 구성된 가사는 ㈏에서 볼 수 있는 것으로 '주순등라 백인교휘(朱盾滕羅 白刃交揮), '주장삼령 종사오신(主將三令 從事五申), 대군숙숙 사사필마(大軍肅肅 士士匹馬)'를 '주순이 등라ᄒ고 백인이 교휘어늘 / 주장 삼령ᄒ고 종사오신ᄒ니 / 대군 숙숙ᄒ고 사사필마 규규어늘'로 토를 달아 나열한 것이다. 그러다 보면 4언을 2음보로 나눌 때 토를 달아 3·4조가 되는 경우도 있고 전 2음절은 토를 달지 않아 2·4조를 형성하는 경우도 있다. 후자의 서술방식은 ㈎의 경우와 같이 전 7언은 4·4조로, 후 7언도 4·4조로 구성된다. 즉 '향면남면위즉위(向明南面 爲卽位) / 선리건곤시왕춘(仙李乾坤是王春) / 서주문물시팔백(西周文物是八百) / 동노의관시칠십(東魯衣冠是七十)'을 ㈎와 같이 '향명남면 / 즉위ᄒ시니 / 선리건곤 / 왕춘이라 // 서주문물 / 팔백이요 / 동노의관 / 칠십이라'와 같이 서술한다는 말이다.

그러나 7언시를 가사로 서술할 때는 ㈎외에 ㈏와 같이 7언시를 4음보로 서술하는 방식도 있다. 즉 '치국안민위성상(治國安民爲聖上) / 섭리음양위재상(燮理陰陽爲宰相)'을 '치국 / 안민은 / 성상의 / 홀일이오 // 섭리 / 음양은 / 재상의 / 홀일이요'와 같이 7언시 중 전 4언은 2·3조로, 후 3언은 3·4조로 나누어 서술한다는 것이다. 이와 같이 사대부들에

---

9)  崔勝範, 首陽歌小攷, 국어국문학, 55-57합병호, 1972, P.537-538.

의해 창작된 가사는 자연 그들에게 익숙했던 한시문학이 그 바탕을 이룰 수밖에 없었을 것으로 보여진다.

㈔는 최승범이 발굴한 수양가인데 한시를 찾아내어 대조한 것으로 5언 내지 7언시가 주류를 이루는데 전 2음보는 한시를 끌어내어 짜 맞추고 후 2음보는 여의치 못한 사유를 설명적인 형태를 취하여 표출하고 있는 특이한 가사다. 이 역시 한시가 가사의 형성에 얼마나 중요한 토양 구실을 해 왔는지를 대변하고도 남음이 있다. 여기에 인용된 한시는 한 작가의 작품이 아니라 수 십 인의 당나라 시인들 작품 중에서 작자의 서정에 알맞은 시구만을 인용하여 작품을 구성하고 있는 특성을 발견할 수도 있다.

실제로 가사작품에는 4언시나 5언시, 7언시를 풀어 쓴 경우가 허다한 데, 남정가의 경우는 4언시구가 119구중 87구를 차지하고 있을 정도이며, 태평사는 145구 가운데 66구나 된다. 거의 4언시구로 이루어진 가사는 이서의 낙지가를 들 수가 있다. 이 낙지가는 154구 가운데 126구가 4언시 로서 형성되었고, 퇴계가는 20 / 66, 서호별곡은 81 / 125, 도산가는 거의 전체가 4언시를 제1음보로 하고, 제2음보는 제1음보를 구체적으로 설명하는 형식을 이루고 있음이 특이하다. 예컨대, '심산궁곡(深山窮谷) ᄎᄌ가니 도화유수(桃花流水) 써오난데 / 나월송풍(蘿月松風) 님직업다' 를 보면 1·3음보가 4언시이고 2·4음보는 수양가와 같이 설명적인 형태 (expositive form)를 취함으로써 작자의 정서를 직접적으로 표출하여 구체 화하는 시작태도를 취하고 있다는 것이다.

그러므로 실제로는 2·4음보가 없다하더라도 작자가 의도하는 중심의 미는 통할 수가 있다. 다시 말하면 4언시 '심산궁곡 도화유수 나월송풍(深 山窮谷 桃花流水 蘿月松風)'이라고 하면 원 가사와 같이 '심산궁곡 찾아가

니 복숭아꽃이 떠오는데 나월에 솔바람이 분다'라는 뜻으로 통할 수 있다
는 말이다. 또 가사를 이루는 한 방법으로 이러한 설명적인 형태를 취하지
아니하고도 토를 달아 각 음보로 나뉘는 형식을 취할 수도 있다. 즉 가사
에는 현토하는 방식으로 예컨대 '심산(深山)에 궁곡(窮谷)하고 도화(桃花)
는 유수(流水)한데'와 같은 방식으로 씌어진 것들도 많다는 것이다.

　이와 같은 예는 정철의 관동별곡 가운데 '영중(營中)이 무사(無事)ᄒ고
시절(時節)이 3월(三月)인제'나, 이이의 낙지가 중 '요우(潦雨)가 새로개고
청월(淸月)이 조요(照耀)ᄒ니 / 분명(分明)한 산색(山色)이오 삽량(爽凉)ᄒ
야기(夜氣)로다 / 전계(前溪)의 폭포(瀑布)소리 만학(萬壑)의 뇌명(雷鳴)ᄒ
고 / 죽림(竹林)의 셧권ᄇᆞ람 야천(夜天)의 유성(流星)이오 / 야당(野塘)의
와명(蛙鳴)ᄒ니 산가(山家)의 고취(鼓吹)로다'에서 찾아 볼 수 있는 바와
같이 완연한 4언시를 현토한 것에 불과하다. 그러나 이러한 현토방식
외에 송강의 관동별곡에서 보여주는 '궁왕대궐(弓王大闕)터희', '천고흥망
(千古興亡)을', '서호(西湖) 옛 주인(主人)을'과 같이 4언을 둘의 음보로
나누되 후자만 토를 다는 방식으로 쓰여 지는 경우도 많다는 것이다.

　또 고려대의 가사로 보고 있는 역대전리가도 '화해사전(華海師全)' 하권
에 '민조 신해동 이유헌주 역대전리가 풍헌(愍朝辛亥冬 理獻軒做 歷代轉理
歌 諷獻)'이라 하여 실어 놓았는데 이를 보면 공민왕조 겨울에 이유헌
신득청(신숭겸의 15세손)이 역대전리가를 지어 왕께 바쳤음을 알 수가 있
다. 그러나 그때 지어 올린 역대전리가가 현재 우리가 보는 바와 같이
한시에 이두로 현토한 형식이었을까 하는 의문을 배제할 수 없다. 이러한
의문은 이 노래 바로 뒤에 있는 '복애 증손 범승락 경술 지설(伏厓曾孫
范承洛 景述 誌說)'10)로서 쉽게 해결이 된다.

　앞에서도 상술한 바와 같이 범승락이 역대가를 구두현토한 시기는 세종

32년과 세조 2년 사이로 추정할 수가 있다. 그러므로 이때에 현재 우리가 보는 역대전리가로 현토했다면 그 당시에 가사체가 이미 형성되었다는 사실을 도출해 낼 수 있다. 그리하여 한시를 현토 하자매 자연 당시의 가사체에 맞추어 현토했다는 것과 또 4음보나 5음보가 뒤섞이다 보면 율독(律讀)에 부자연스런 불편을 느끼게 되므로 스스로 우리의 호흡에 알맞은 가사의 전형으로 고정될 수밖에 없었을 것으로 보여진다.

## 1.2 고려속요 및 경기체가의 영향

가사의 연원은 경기체가에서 찾으려는 경기체가설과 서경별곡과 같은 고려속요에서 찾으려는 두 가지 경향이 있다.[11] 전자를 주장하는 이들은 경기체가의 창작과 향유층이 유학을 숭상했던 사대부들이었다는 점과 서정과 서경적인 것들을 나열 서술한다는 특징 외에 분절식의 시가가 연속체로 발전해 왔었다는 시가사적인 관점에서 이루어졌다. 후자를 지지하는 이들은 고려속요의 형식적 특색이 분련체의 연시(聯詩)로 장형이라는 점

---

10) 於高麗 申先生 理猷軒 歷代歌唱之 乃因成梅竹謹甫所製 諺文方言, 先生歌節, 句讀懸討(吐) 所以直言左邊以諺竝懸解成文 (華海師全下, 高麗大所藏本)

11) 景幾體歌淵源說, 高晶玉, 國語國文學 要講, 국립서울大學出版, 1949, p.397.
　　　李東英, 歌辭發生說에 대하여, 靑丘大倂設工專論文集 4號.
　　　　　　 1967, p.39.
　　　鄭在鎬, 歌辭文學硏究, 高大大學院, 1964, p.53.
　　　朴晟義, 韓國詩歌文學史, 韓國文化史大系, 高大民族文化
　　　　　　 所, 1967, p.882.
　　　金台俊, 別曲의 研究, 東亞日報, 1932. 1. 15.
　　　趙潤濟, 韓國詩歌史綱, 乙酉文化社, 1954, p.240-243.
　　　鄭炳昱, 한국고전시가론, 신구문화사, 1980, p.199.
　　高麗俗歌淵源說, 丁益燮, 歌辭形式의 淵源的 考察, 韓國言語文學 6집, 1966,
　　　　　　 p.72.

과 자연의 경물이나 장면의 배합 및 3·4조의 음수율이 기조가 되었다는 점을 들었다. 즉 가사도 형태상 연속체의 형식을 갖추고 있으나 자세히 분석해 보면 고려속요와 같이 경물이나 장면의 배합이 교합(膠合)적 성격을 띨 뿐 고려속요와 거개가 상사하다는 것이다.

김태준은 가사문학이 근조 중기에 별곡이 붕괴되면서 형식상의 분화를 일으켜 장가와 단가로 분립할 때 장가는 가사의 형태로, 단가는 시조의 형태로 발전한 것이라고 주장한 것을 필두로 조윤제, 고정옥, 이태극, 이동영, 정재호 등이 이 견해를 더욱 구체화하는 작업을 시도하였다. 특히 조윤제는 가사문학 형식은 고시가체인 고속가 혹은 경기체가 등의 장가에서 발달한 것 같다고 하고서, 시가의 형식은 분절체에서 연속체로 발달하는 근본적인 과정에서 발전해 온 것으로 그 근본 시형은 아마도 경기체가일 것이라 하였고, 경기체가가 붕괴되는 날이면 가사가 새로 발생할 것은 결코 의심스러운 일이 아니라는 결론을 내렸다.

이들은 하나의 시가형식의 형성이 기존 시가의 파생이나 분화의 기본적인 원칙에 서서 전대의 시가형식에서 그 연원적인 고찰을 시도하였다. 그러나 시가의 소멸과 생성법칙을 적용한 이러한 전통적인 관점은 시가의 파생이나 형성을 하나의 종적인 단일선상에서 고찰해 보려는 오류에 빠질 수가 있다.

주지하는 바와 같이 시가는 반드시 소멸하고 생성하는 것이지만 일시에 그러한 변화가 이루어지는 게 아니고 같이 병존 발전해 오다가 그 시대적, 사회적 환경에 따라 차츰 세력을 잃거나 얻게 되어 소멸, 분화, 생성과정을 거치게 된다는 병렬적이고도 복합적인 관점을 벗어난다면 시가사적인 측면에서 올바른 고찰이 되기가 어렵다. 사실 모든 시가의 발생이 기존시가의 영향아래 형성된다고 하는 사실을 지나칠 수는 없으나 그렇다고 하여 전래의 시가가 3음절이나 4음절이 우세하고 연장체의 긴 가사가 후렴이 없어지면서 가사가 형성되었다고 하는 것[12]은 그 연원이나 형성을 밝히는데 큰 도움이 되질 못한다.

왜냐하면 우리 국어는 2음절이나 3음절어가 압도적으로 많거니와 이 어휘에 있어서 체언에는 조사가 붙거나 용언이 활용하게 되면 자연 4음절이 많게 될 것이므로 우리 국어의 음성 생리상 3·4음절이 많은 것은 당연한 귀결이기 때문이다. 또 연장체의 긴 가사가 후렴이 없어지면서 가사가 형성되었다는 것은 후렴이 왜 소멸되었는지를 알 수가 없고, 분련(分聯)이 깨지고 연장체가 이루어졌다는 시가사적인 확증을 댈 수 없으므로 이 역시 설득력이 없다.

뿐만 아니라 고려속가는 시용향악보의 무가적(巫歌的) 일부가요를 제외하고는 전래민요가 국가의 의식이나 유연용(遊宴用)으로 취용된 것[13]으로 보아야 하는데 이러한 민요는 외래악곡에 맞추기 위해서 어떤 노래는 조선조에 들어와 곡만 취하고 가사를 개찬한 것 등이 있다는 사실[14]을

---

12) 鄭炳昱, 韓國詩歌의 운율과 형태, 金學成外編, 古典詩歌論, 新丘文化社, 1980, p.15.
   丁益燮도 '歌辭形式의 淵源的 考察'에서 고려가요의 형식적 특색이 長型이라는 점과 聯詩라는 점, 장면(경물)의 배합, 3.4음수율이 기조로 되어 있다는 점으로 가사 형식에서는 그대로 드러나는 일이라 하여 고려가요에서 가사문학 형식의 연원적 고찰을 시도한 바가 있다.

13) 그러한 까닭은 그것이 궁중악의 필요에서 출간된 시용향악보, 악학궤범 등에 실려 있을 뿐만 아니라 經國大典 鄕樂 工取材曲目중 동동, 이상곡, 만전춘 등이 들어 있다는 점과 성종실록에 남여상열지사를 궁중에서 부른다는 시비(成宗實錄 十九年, 四月條 宗廟之樂 如太平定大業 卽善矣 其餘俗樂如西京別曲 男女相悅之詞 甚不可也, 樂譜 卽可卒改 宣依曲調別製歌)가 있었으며 太宗實錄에도 麗末에 음란한 노래로 朝會宴享에 썼다는 기록(太宗實錄 卷二 二年六月條, 臣等親觀前 朝 承三國之季 因用其樂 又樂從宋朝 請敎坊之樂 乃其季世 又多蛙淫之聲, 朝會宴享 一切用之 無足可觀 今當國初 不可因襲)등에 당시 민중들에게 즐겨 불려지던 속된 민요들이 취용된 것이라는 사실을 입증한다.

직시한다면 전자의 이러한 연원적인 주장이 결코 합당한 논리가 될 수
없다는 결론에 이른다. 즉 고려속요는 우리 민요 가사를 외래악 3구체
악가에 맞추기 위해 가사를 재편(再編)했다는 사실이다.

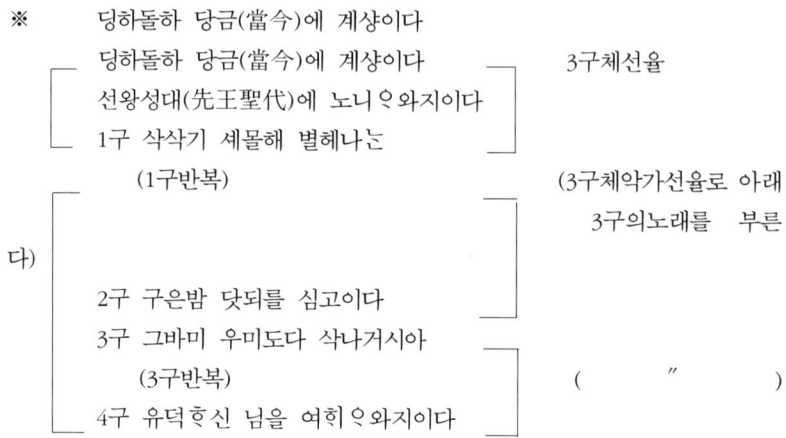

상게한 정석가는 서사(※)를 제외하고 보면 원형은 우리 고대 민요의
4구체형이라는 사실을 알 수가 있다. 실제적으로 2구인 것을 3구체악가에
맞추기 위하여 제1구를 반복하였고, 또 제3구를 반복하여 실제 3구체선율
에 맞추고 있다는 것을 누구나 쉽게 알 수 있다. 문제는 서사를 2구로
보든 3구로 보든지 간에 가사상의 내용이 이하의 가사내용과 일치하지

---

14) 靖東方曲은 西京別曲의 선율이고 定大業중 赫整은 滿殿春의 일부 선율과 같으며
    시용향악보의 쌍화점은 가사가 한시로 개작되었고 納氏歌는 靑山別曲의 악곡을
    취하였다. 또한 鳳凰吟은 처용가의 가사가 바뀌어 지어졌고 英祖35년에 된 大樂後
    譜에는 滿殿春의 곡조만 있고 가사가 없는걸 보면 鮮初文獻에 실려진 高麗俗歌는
    외래악곡에 맞추기 위해 여럿의 민요가 합쳐졌다든지 여음이 생겨났다는 생각은 자연
    적인 현상이 아닐 수 없다. (金俊榮, 詩經風詩의 本體에 대한 고찰, 全北大 國語文
    學22집, p.26-28)

않을 뿐더러, 또 2절 이하에는 그와 같이 2구나 3구로 된 것이 없으므로 같은 노래에 이와 같은 이질적인 요소를 가지고 있을 까닭이 없다는 데서 서사는 아마 당악원에서 지어 넣었을 가능성이 크다[15]는 것을 알 수 있다.

정석가는 첫 절을 제외하고는 8절로 되어 있는데 가사의 성격이 비슷하다. 따라서 본사는 각 절이 독립적인 것이 합쳐졌거나, 아니면 그 중 한 두절이 민간 유행의 민요가사였고 나머지는 새로 지어서 첨가했을 가능성이 크다. 더욱이 6절의 '구스리 바회예 디신돌 / 구스리 바회예 디신돌 / 긴힛돈 그츠리잇가 / 즈믄히를 외요곰 녀신돌 / 즈믄히를 외요곰 녀신돌 / 신(信)잇돈 그츠리 잇가'가 서경별곡의 제2절과 동일한 것을 보면 외래악곡에 맞추기 위해서나 궁중연락에 사용하기 위하여 4구체 원형의 민간 유행의 가사를 재편했다는 사실을 추정할 수 있다.

이와 같은 현상은 국문학을 연구하는데 있어 텍스트를 어떻게 보아야 할 것인가의 문제를 던져주는 어려운 난제의 하나라고 생각된다. 실상 고대 시가의 경우 이 원 텍스트를 탐색하는 비평작업은 더없이 중요한 일이지만 필사 과정이나 인쇄과정에서 잘못이 일어난다기보다 우리의 고려속요는 외래악에 맞추거나 궁중연락에 사용하기 위한 목적적인 의도 하에 재편되었다는 점이다. 불행히도 고려대의 문헌에서는 고려속요를 찾아 볼 길이 없고 훨씬 후대인 조선 성종 조에 이르러서 악장가사, 악학궤범, 시용향악보 등에 수록된 것만을 대할 수가 있다. 그러므로 적어도 3, 4백 년 동안 구전에 의해 유전해 왔을 것이므로 이러한 과정에서 원형의 모습을 찾아 볼 수 없다는 것이다.

뿐만 아니라 궁중악으로 채택하면서 외래악곡에 맞추기 위해 첨삭(添

---

15) 金俊榮, 韓日古代俗樂歌詞에 대한 고찰, 全北大 人文論叢八輯, 1980, p.47.

削)이 가해졌다는 것과 또 남녀상열지사(男女相悅之詞)라 하여 사리부재
(詞俚不載)할 수밖에 없었으므로 가사의 일부를 개작한 것들도 많았다.
그러므로 고려속요는 본디의 원형을 찾을 수 없고 작자층이 누구인지조차
알 수 없는 일반 민중의 노래라는 점16)에서 가사문학의 연원적인 문제를
고구(考究)하는 작업이 어려울 수밖에 없다. 이렇듯 고려속요의 원형을
확정할 만한 그 무엇도 없으면서 현재 문헌에 전하고 있는 작품들 중에
형태상 율조가 비슷하다고 하여 시조나 가사의 연원을 논하는 것은 의미
가 없다는 것이다.

　　그러나 경기체가의 경우는 고려속요와 달리 가사문학을 형성시킬 수
있는 요인을 상당히 내포한 것처럼 보인다. 그것은 고려 제23대 고종
조에 발생했으리라고 보여지는 경기체가 한림별곡이 고려속요와는 달리
당대 혁혁한 문사인 유학자들에 의해 지어졌다는 점과, 당시 몽고의 침입
과 무신들의 득세로 인한 부조리한 정국을 피해 그들이 산야에 은둔하면
서 스스로를 자위하고 드디어는 향락과 퇴폐에 빠져 시가를 읊조렸다는
점이 가사의 경우와 상통하는 것이기 때문이다.

　　경기체가는 고려속요와 같이 연시체(Stanzaic poems)로 연은 제한이 없
지만 매연은 6행으로 제한되었을 뿐더러 3·3·4 , 4·4·4조의 음수율
로 고정되었고, 한 연은 시상의 표현상 전대절 4행과 후소절 2행으로
분단되었음을 알 수가 있다. 이러한 형식상의 특성은 비련체의 연속성과
3·4조, 4·4조의 음수율에 4음보를 가지고 있는 가사체와는 별개의 형
태이며 아무런 공통인자를 갖지 못하고 있다. 또한 수사적인 측면에서도

─────────────

16) 成鎬周도 高麗俗謠의 再照明과 硏究史的 反省(1985, 睡蓮語文論集12, 釜山女
　　大, p.66)에서 고려속요는 대개 그 바탕은 민요지만 민요 그대로가 아니라 새로운
　　상층 수요자의 요구에 따라 새로운 악곡(궁중음악)에 맞게 개편 재창작의 과정을
　　거친 것이라는 견해를 피력하였다.

경기체가는 거의 모두가 한자어의 나열에 불과하고 매연 4행과 6행에는 거의 필수적으로 '○○경(景)긔 엇더ᄒ니잇고'나 '○○경기하여(景幾何如)' 등과 같은 독특한 설의법을 쓰고 있는 시가형으로 가사와는 판이한 형태를 띠고 있다.

따라서 이와 같은 이질적인 시가를 놓고서 가사의 연원적 고찰을 시도할 수 없는 일이다. 다시 말하면 경기체가가 붕괴되면서 가사가 발전하였다고 할 경우, 경기체가의 3음보격이 4음보로 어떻게 발전하였는지 그 과정을 밝힐 수가 없고, 연시체가 갑자기 비련체로 발전한 과정을 분석해낼 수가 없다는 것이다. 다만 고려속요에서와 같이 한림별곡 제3행 '금학사(琴學士)의 옥순문생(玉筍門生) 금학사(琴學士)의 옥순문생(玉筍門生)'처럼 상대별곡이나 화전별곡 등에도 앞 2음보를 반복하여 4음보를 형성하고 있는 것만이 가사의 4음보격과 상사하다. 이는 가창상의 필요나 악보에 의한 자연 발생적인 소산으로 보아야 한다.

즉 경기체가는 그것의 향유층이나 작자층이 가사의 경우와 동일하고, 또 사물이나 정경을 한자로 나열하여 제시한다는 표현상의 특징과 발화자 자신의 흥취와 감탄을 토로해 나간다는 성격이 두드러진다는 점에서 가사와 상통하기 때문에 가사의 형성적 기원을 찾고 있는 것 같다는 것이다. 그러나 연시의 비련시화나 3음보가 4음보로의 발전과정 등을 해명하기 어렵다는 데서 경기체가에서 가사의 연원을 찾는 것은 무리가 아닐 수 없다.

## 1.3 악장체의 계승

악장체설을 주장한 사람은 정형용, 김동욱, 유창균 등인데 이들은 용비어천가의 장편시가가 125장이나 되는 장형이라는 것과 창작층이 당시의 혁혁한 문사들에 의해 이루어졌다는 점을 들어 조선 궁정문학인 용비어천가와 같은 악장의 영향으로 가사가 창작되었을 것이라는 단편적인 주장을 한 바 있다.[17] 특히 김동욱은 문헌에 남아 있는 가사의 전통으로 볼 때에는 조선 세종대의 용비어천가와 세종이 지은 월인천강지곡이 가사의 실질적인 원류가 될 것이라고 한 뒤, 이 양가가 연장체를 벗어나지 못하고 중국의 부나 우리의 가사와 같이 일관성 있는 서술이 되지 못하고 있다는 점을 들어서 가사에의 교량(橋梁)적 존재가 될 것이라는 과도기적 형태를 지적한 바 있다.

이러한 견해는 우선 용비어천가가 우리의 사상과 감정을 자유로이 표출할 수 있는 국자창제 이후의 문학이라는 점[18]과 가사는 원래 선비들의 탄금(彈琴)과 더불어 향유되어 왔다는 점[19]에서 항상 음악성을 띄고 있다는 점을 감안한다면 가사의 형성에 있어 지대한 영향을 끼쳤을 것이라고 짐작할 수 있다. 그러나 김상선은 형식주의 비평 방법을 원용하여 용비어천가와 상춘곡을 대비 분석한 결과 가사와 엄청난 차이가 있다고 하여 악장체설을 일축하였다.

즉 그는 용비어천가를 분석해 본 결과 상춘곡은 6문절로 이루어진 것인

---

17) 金東旭, 國文學槪說, 晋成文化社, 1982, p.69.
　　鄭亨容, 우리어문학회 國文學槪論, 一成堂 書店, 1949, p.176.
　　兪昌均, 韓國詩歌形成의 基調, 가람 李秉岐博士論叢, 1966, p.268.

18) 金俊榮도 (古典文學史, 금강출판사, 1971, p.271)제나라 말을 기록할 수 있는 문자가 없던 시대는 음악 위주의 가요가 존재할 뿐 문학본위의 장형시가가 존재할 수 없다고 하고서 당시의 한문학자들이 향찰식으로 표기해 가면서 가사를 쓸 수 없다는 전제하에 가사의 발생을 국자 창제 이후로 본 바가 있다.

19) 孤山遺稿에도 尹善道가 彈琴으로 세월을 보냈음을 알 수 있는 '古琴詠'과 松江歌辭上 星山別曲에도 '거문고 시  언저 風入松이야고야'라는 구절이 있고 孟思誠, 曹植, 楊士彦 등 名流 士大夫들의 기록에도 琴愛琓한 것들이 보인다.

데 반해 용비어천가는 (4장까지) 6문절, 4문절의 글귀가 똑같이 4회, 5문절
이 3회, 3문절이 1회가 나타났다는 통계를 낸 후 용비어천가는 6문절,
4문절로 구성되었을 뿐만 아니라 2, 3음절이 주가 되었으므로 가사문학과
는 엄청난 차이가 있다[20]고 주장하였다.

　이러한 형식주의적 분석방법은 나옹화상의 작품이라 전하는 서왕가가
가사가 아니라는 자가당착에 빠지고 만다. 즉 서왕가 15행을 분석해 보면
6문절 형식의 가사형식에서 벗어나 6문절은 겨우 2회 정도일 뿐이고 오히
려 4문절, 7문절이 우세하며 마지막 행은 10문절이 되기 때문에 김상선의
논지대로라면 서왕가는 가사가 아니라는 결론에 도달해 버리기 때문이다.

　그러므로 앞서 상술했던 가사문학 장르의 규정에 따른 시각에서 가사형
식을 보아야 올바른 고찰을 할 수 있지 않을까 한다. 즉, 가사는 문학정신
에 입각한 음영시가로서 호흡조절을 의식하고 쓴 장형시가이기 때문에
음영하자면 생리적 조건으로 인하여 대개 전2음보와 후2음보 사이에 휴지
를 두어서 호흡군(breath group)을 형성하는 특수한 구조를 지닌 우리 특유
의 문학양식이라는 것이다. 이러한 관점으로 보면 서왕가는 가끔 변칙적
인 음보군을 형성하기도 하지만, 가사 특유의 형식적 특징을 보유하고
있을 뿐더러 내용상 가사의 장르 성격을 지니고 있는 문학양식이다.

　　나도 / 이럴만정 ∨ 세상에 / 인재(人子 │ )러니 //

---

20) 金相善 (韓國詩歌 形態論, 一潮閣, 1979, p.223)이 龍歌의 분석을 통하여
　　一章 1(2), 2(2), 3(3) / 1(3), 2(2), 3(3), 4(3), 5(5)
　　　　 1(2), 2(2), 3(2), 4(3), 5(2), 6(2) / 1(1), 2(2), 3(2), 4(3)
　　二章 1(2), 2(2), 3(2), 4(3), 5(2), 6(3) / 1(2), 2(2), 3(3), 4(3)
　　三章 1(2), 2(3), 3(3), 4(3), 5(3), 6(4) / 1(2), 2(2), 3(3), 4(3), 5(3), 6(4)
　　四章 1(2), 2(3), 3(2), 4(2), 5(4) / 1(2), 2(4), 3(2), 4(4)로 나눠본 후 2음절
　　26회, 3음절 22회, 4음절 8회, 1음절이나 5음절이 각 1회로 나타난다고 하였다.

무상(無常)을 / 생각ㅎ니 ∨ 다거즛 / 거시로쇠 //
부모(父母)의 / 기친얼골 ∨ 주근후애 / 속절없다 //    (서왕가)

위에서 보는 것처럼 서왕가는 전2음보와 후2음보 사이에 휴지를 두어
호흡군을 이루고 있고 불교정신에 입각하면서도 서정성과 서사성이 녹아
내리는 가사 특유의 장르적 복합성을 함유하고 있다. 그러므로 김상선이
시도한 형식적인 분석방법을 통하여 서왕가가 가사가 아니라는 주장은
논리적이질 못하다.

그러나 용비어천가의 경우는 창작목적이 여타의 다른 시가와는 본질적
으로 다른 측면에서 이루어졌고, 또한 음영위주라기보다 조선조의 궁중악
에 맞추기 위해 창작되었다는 의도적인 측면에서 가사와 본질적으로 차이
를 느낄 수 있는 형식이다. 하지만 세종이 국자를 창제한 이후에 조선건국
의 천리(天理)적 타당성을 우리말 우리 문자로 시험 창작했다는 점에서
월인천강지곡과 함께 실험적 장르라고도 할 수 있다.

고려속요와 같이 연 구분이 확실한 연장체로서 장형의 시가인 점이나,
매행마다 '흐시니, 하나니, 가ᄂ니, 여르시니, 쁘디시니'와 같은 '니'종지형
이 있다는 형식상의 특징 외에도 제왕운기와 같이 중국의 사실(史實)과
조선개국의 역사적 숙명의 조영(照影)으로 개국을 합리화했다는 특수성을
지닌 시가다. 이러한 성격을 지닌 용비어천가는 국어가 제정되면서 산출
된 우리 언어생활과 일치한 시가라는 점에서 이를 다시 한 번 분석해
볼 필요가 있다.

① 해동륙룡(海東六龍)이 / ᄂᆞᄅᆞ샤 ○∨ 일마다 / 천복(天福)이시니 ○/
② 고성(古聖)이○ / 동부(同符) / 흐시니
③ 불휘기픈 / 남ᄀᆞᆫ○ ∨ ᄇᆞᄅᆞ매 / 아니뮐씨 ○/

④ 곶됴코 ○/ 여름 / 하ᄂᆞ니
⑤ ᄉᆡ미기픈 / 므른○ ∨ ᄀᆞᄆᆞ래 / 아니그츨ᄊᆡ○ /
⑥ 내히이러○ / 바ᄅᆞ래 / 가ᄂᆞ니
(제1장)
⑦ 주국(周國) / 대왕(大王)이○ ∨ 유곡(幽谷)애 / 사ᄅᆞ샤○ /
⑧ 제업(帝業)을○ / 여르시니 /
⑨ 우리 / 시조(始祖)ㅣ○ ∨ 경흥(慶興)에 / 사ᄅᆞ샤○ /
⑩ 왕업(王業)을○ / 여르시니
(제2장)
⑪ 적인(狄人)ㅅ / 서리예가샤○ ∨ 적인(狄人)이○ / ᄀᆞ외어늘○ /
⑫ 기산(岐山) / 올ᄆᆞ샤도○ ∨ 하ᄂᆞᇙ / ᄠᅳ디시니 /
⑬ 야인(野人)ㅅ / 서리예가샤○ ∨ 야인(野人)이○ / ᄀᆞ외어늘○ /
⑭ 덕원(德源) / 올ᄆᆞ샤도○ ∨ 하ᄂᆞᇙ / ᄠᅳ디시니 /
(제3장)
⑮ 칠저(漆沮)ᄀᆞ새 / 움흘 ∨ 후성(後聖)이 / 니르시니○ /
⑯ 제업(帝業) / 우근(憂勤)이○ ∨ 뎌러 / ᄒᆞ시니 /
⑰ 적도(赤島)안해 / 움흘 ∨ 지금(至今)에 / 보ᅀᆞᆸᄂᆞ니○ /
⑱ 왕업(王業) / 간난(艱難)이○ ∨ 이러 / ᄒᆞ시니
(제4장)

상계한 용비어천가를 음악적인 측면에서 벗어나 음영상으로 분석해 보면 제1장이 외형상 전2음보와 후2음보 사이에 휴지를 두는 호흡군으로 나뉘었음을 알 수 있다. ①, ③, ⑤행 등은 홀수행이라 할 수 있지만, 짝수행 ②, ④, ⑥행도 자세히 보면 4음보구의 진행으로 볼 수 있어 외형상으로 보아 3음보 내지 2음보라고 일축해 버릴 수가 없다. 즉 각 음보는 음절수의 과다에 관계가 없이 보통 4 mora 정도의 등장성(等長性)을 유지하기 때문에 음절수가 적은 음보는 자연 길게 늘이어 다른 음보와 동일한 길이를 유지하게 된다는 것이다.

'②고성(古聖)이○ /동부(同符) / ᄒ시니'는 '고성ʃ / 이 - ∨ 동부
/ ᄒ시니'로 장음화하여 각 음보간의 등장성을 유지하면서 4음보와 같이
음영되며 '④곳됴코○ / 여름 / 하ᄂ니'도 '곳− / 됴코○ 여름 / 하ᄂ니'
와 같이 읊어져 각 음보의 길이는 4 mora정도로서 같아지면서 따라서
각 행은 16 mora의 등장성을 유지하게 된다. 마찬가지로 3장과 4장도
짝수행 ⑫, ⑭, ⑯행은 가사와 같은 4음보의 율격구조를 지니고 있고
홀수행도 전술한 바와 같이 가사의 일반적인 구조와 하등 차이가 없다는
것을 발견할 수가 있다.

또한 제1장은 시경과 같이 각각 4언 4구의 형식을 지니고 있어 음영상
등장성을 암시할 뿐더러 옛 사대부들이 오히려 창보다는 음영독의 측면에
서 시가를 창작하고 향유했다는 사실을 알 수가 있다.[21] 또 ⑫, ⑭, ⑯행
도 각 3음보격이어서 가사와 다르다는 견해를 가지는 사람들도 있지만,
'기산(岐山) 올ᄆ샴도', '덕원(德源) 올ᄆ샴', '제업우근(帝業憂勤)이', '왕업
간난(王業艱難)이'는 모두 1음보격이 아닌 엄연한 2음보격이라는 사실이다.

즉 '기산(岐山)', '덕원(德源)'은 각 음절이 2 mora 정도로 읊거나 첫음절
을 1, 말음절을 2로 하여 길게 늘이고 쉼을 1정도로 함으로써 4 mora
정도 음보의 등장성에 부합케 한다는 것이다. 또한 '제업우근(帝業憂勤)이'
나 '왕업간난(王業艱難)이'는 가사의 전형적인 율격을 지닌 상춘곡의 '수간
모옥(數間茅屋)을', '도리행화(桃李杏花)는', '녹양방초(綠楊芳草)는', '조화
신공(造化神功)이' 등의 음보처럼 각기 2, 3조의 율조를 형성하여 1음보가
아닌 2음보와 같은 음영독이 된다.

---

21) 世宗實錄 卷一四七, 龍飛御天歌序 海東六龍飛, 莫非天所扶, 古聖同符 右第一
　　章, 此章總敍, 我朝王業之興, 皆有天命, 根深之木, 風亦不扤, 有灼其華, 有蕡
　　其實, 源遠之水, 旱亦不渴, 流斯爲川, 于海必達, 此章托物爲喩以詠, 王業積累
　　之深長也.

　그러므로 용비어천가는 원래 궁중악의 필요에 의해 창작된 장르이지만 율격적 측면에서 보면 가사의 형식과 유사한 율조를 도출해 낼 수가 있는 국자창제 이후 가사가 출현하기 이전의 과도기적인 장르라는 것을 알 수가 있다. 다만 고려속요나 경기체가와 같이 분절형식을 취하고 있다는 점이 특이하다 할 것이지만 용비어천가가 125장의 장형을 이루고 있다는 것은 100행 내외의 가사가 연장체 형식은 아니라 하더라도 대개 3, 4단락 이 사실상 교합(膠合)된 형식22)이라는 데서 가사의 초기단계의 장르라고 할 수가 있다.

　또한 고려 말 개성 외곽 만수산에 은거하여 충절을 지킨 유신들 180여 인들을 추모하여 배향했던 경현사지(景賢祠誌)에 '향사시거용(享祀時擧 用)'했다는 악장23)은 종래의 악장과는 달리 비연형 시가로 악장과 가사의

---

22) 丁益燮(歌辭의 淵源的 考察, 韓國言語文學 六輯, p.67)은 가사의 연원을 고려속 가의 정형으로부터 비롯된 것이라고 하고서 그 첫째의 이유로 가사는 聯型, 또는 聯의 결합으로 이뤄진 것이라고 주장한 후 그 예로서 丁學遊의 農歌月令歌를 비롯 하여 思親歌, 달거리, 관등가의 가사 가운데 월령체 가사가 麗謠의 動動으로 비롯되 며, 자경별곡, 瀟湘八景歌 등은 여요의 별곡체 또는 기타 聯型의 형식에서 유래된 것이라고 주장하였다.

23) 樂章 享祀時 擧用

　麗季忠賢 / 貞忠大節 / 죽어죽어 / 一百番 / 다시죽어 /
　白骨이 / 塵土되고 / 魂魄이 / 잇든지 / 업든지 /
　人君 / 싱각ᄒᆞ난 / 一片丹心이야 / 엇지곤칠소냐 /
　天命이 / 도라가이 / 國事가 / 이미 글넛도다 /
　王氏의 / 鬼神이 / 차라리 / 될지언정 /
　李氏의 / 臣下난 / 되지 / 안컨네 /
　　　　　　　　　　　　(中略)
　新朝에 / 北面마소 / 二人心이 / 붓그럽게 /
　高麗山이 / 어듸잇나 / 차자가기 / 願이로다 /
　田橫島가 / 어듸잇나 / 차질길이 / 茫然하다 /
　國破君亡 / 하얏시니 / 나난 / 어듸로 갈고 /
　時代가 / 글넛시니 / 무어설 / 求할소냐
　　　　　　　　　　(景賢祠誌 所載)

중간적인 모습을 보여주는 좋은 자료가 된다. 그러나 이 악장은 국한혼용의 표기에 총 20행의 시가로 대부분 가사의 전형적 율격구조를 이루지만 7행 정도는 5음보나 6음보격의 파격을 보이고 있다. 허두(虛頭)에 정포은의 단심가와 거의 같은 내용이 들어 있고 내용적으로도 불사이군(不事二君)의 충절을 노래하고 있다.

## 1.4 향가 및 시조의 영향

가사의 발생적 연원을 향가나 시조에서 구하려고 하는 이들은 한결같이 시조나 향가의 외형적 구조가 가지는 특징이 가사와 동질적이라는 데서 비롯되고 있다. 시조는 3, 4음절로서 각 행 4음보구를 형성하고 있을 뿐더러 특히 시조의 종장은 양반가사의 결사형식과 동일하다는 이유만으로 가사의 원형적 장르임을 강조한 바 있다. 시조 연원설을 내세우는 이들은 가사의 결사 부분이 시조와 같이 제3행적 리듬을 보유하고 있는 것으로 보아 가사 장르에 시조의 형식적 본질이 잠재하고 있다는 주장[24]을 하였다.

또 말을 바꾸어서 가사는 4·4조의 연첩식에 최종 말에 가서 예외없이 낙구를 첨가하여 단가 종장과 일반이다[25]는 형태론적 주장을 하거나, 가사는 시조의 초, 중장을 시상에 따라 무제한으로 연속한 장시조와 같다[26]고도 하였다. 대개 이들은 가사의 율조가 시조와 흡사하다는데

---

24) 李能雨, 入門을 위한 國文學槪論, 以文堂, 1950, p.125.
25) 金思燁, 李朝時代의 歌謠研究, 大洋出版社, 1956, p.301.
26) 李 鐸, 國文學論攷, 正音社, 1958, p.332.
   金起東, 歌辭文學의 形態的 考察, 도남 조윤제 박사 회갑논총, 1954, p.147.
   李泰極, 歌辭概念의 再考와 장르考, 국어국문학27집, 1964, p.80.

착안을 하여 음보와 음수율이 일정하다든가, 특히 낙구의 율격에 대한 통계적인 처리를 하여 논증을 하고 있다.

이 외에 고려속요의 특색을 찾아서 가사와 대비함으로써 고려속요가 연시형이지만, 장형의 형태가 가사와 상통하다는 점과 기조(基調) 음수율이 3 또는 4음절이며 공통적으로 낙구를 지녔다는 점을 들어 가사가 발생할 수 있는 태반은 멀리 신라가요에서 찾아야 한다[27]는 주장도 하였다. 또 형식론적인 비평방법을 원용한 김상선은 한국 고대시가 형태를 문절로 분석하여 가사나 시조가 모두 6문절 위주의 형식으로 동일한 형식을 취하고 있으며 또 향가의 형식과도 거의 같은 형식이라는 점을 들어 가사도 시조와 마찬가지로 향가에서 그 원형을 찾아볼 수 있다[28]고도 하였다.

실제로 시조의 형태와 가사는 그 음수율이나 음보율적인 면에서 아주 상사한 장르일 뿐더러 향가와도 동궤(同軌)의 형태를 지니고 있다. 특히 가사 낙구의 결사법과 시조 종장이 똑같은 형태를 취하고 있는 작품들이 상당수에 이른다. 이러한 공통적인 소인이 내재한다고 하여 반드시 그 발생적 연원을 시조나 향가에서 찾을 수 있는 근거가 없다. 고전문학의 사적고찰에서 시조의 발생을 고려 중, 말엽으로 추정하고 있지만, 300여 년간 구전되어 온 시조 작품이나 작자를 그대로 믿을 수도 없고, 또 그렇게 볼 수 있는 문헌적인 근거도 찾지 못하고 있는 실정이다.

고려 말 작품으로 현존하는 하여가(何如歌)나 단심가(丹心歌), 회고가(懷古歌) 등이 구송(口誦)되다가 문헌에 정착된 시기가 영조대일 뿐이며 작자라고 알려진 작품이 문집 등에 한역됐다거나, 그러한 시조의 시상과

---

徐元燮, 歌辭文學연구, 형설출판사, 1979, p.50-71.
27) 崔康賢, 歌辭의 發生史的 硏究, 새국어교육, 1974, p.10-18.
28) 金相善, 韓國詩歌形態論, 一潮閣, 1979, p.233.

같은 작품도 이들의 문집 속에서 찾아볼 수도 없다. 또 향가처럼 시조가 가사보다 선행했다는 문헌적인 자료도 찾아볼 수도 없다는 것이다. 또한 가사의 효시작(嚆矢作) 등 발생적 논의도 여말설(麗末說)과 선초설(鮮初說) 가운데 여말설을 따르고 있지만, 여말설을 인정하기에는 여러 가지 난제가 남아 있는 실정이다. 더구나 3행의 단조로운 단가형식인 시조가 형성되자 곧바로 3행의 규칙성에서 벗어나 무제한의 가사형식으로 이행했다는 논거를 밝힐 수도 없고, 또 4, 5백 년 동안이나 2개의 장르가 같이 병존해 왔다는 사실로 보아 이를 밝혀 낼 수도 없다.

즉 김사엽 등이 주장하고 있는 것처럼 단가인 시조에서 장가인 가사로의 이행소인(移行素因)을 준엄한 유교전횡의 구속감으로부터 자유분방한 인간의 심지성정(心志性情)의 유로(流露)의 결과로 본다면 고려속요나 경기체가와 같이 연시형으로 얼마든지 긴 장가형식으로 늘일 수도 있고, 또 조선 초기의 악장이 모두 연장체의 긴 장가였다는 점에서 단형인 시조도 얼마든지 연이어 유장한 인간의 서정을 펼칠 수 있다는 점도 그렇다. 이러한 연시조는 맹사성의 강호사시사를 비롯하여 율곡 이이의 고산구곡가나 고산 윤선도의 어부사시사 등에서 볼 수 있듯이 조선 초로부터 후기에 이르도록 꾸준히 시도 발달되었다는 점에서 시조가 가사로 이행 발전했다는 주장을 수긍할 수가 없다.

또한 가사는 시조의 종장과 같은 형식을 취하는 것도 있지만, 그렇지 않은 가사도 훨씬 더 많다는 점을 유념해야 한다. 다시 말하면 시가의 사적 고찰에서 유의해야 할 점은 종래에 논의되었던 이러한 단일적이고도 획일적인 관점에서 벗어나 종합적이고도 복합적인 영향관계를 고려해야 한다는 것이다. 이를테면 향가 → 고려속요 → 경기체가 → 시조 → 가사와 같이 시가의 발생과 소멸이 종래 논의되어 왔던 단일적이고도 종적인

한 line 상의 개념으로 파악할 수 있는 아무런 과학적인 증거를 갖지 못한다는 말이다.

즉 향가가 신라와 더불어 소멸하고 고려건국과 더불어 고려속요가 형성된 게 아니라 고려 중엽까지 고려속요와 함께 향가가 창작 향유되어 왔고, 시조나 가사 장르도 조선조 500여년을 같이 병존해 왔다는 것이다. 또한 조선 선조 때 권호문이 독락8곡(獨樂八曲)을 지었다는 사실을 보더라도 경기체가가 조선 중기까지 사대부들 사이에 창작 수용되었다는 점도 이를 뒷받침하고 있다. 다시 말하면 한 시가 양식은 종래의 단일적이고도 종적인 관점에서 갑작스레 발전하고 쇠퇴했다기보다는 병렬적이고도 복합적인 영향관계로 이해되어져야 한다는 것이다.

## 2. 연원의 실제

한 시가 장르의 형성은 종래의 단일적이고도 획일적인 관점보다 오히려 전체적이고도 복합적인 시각에서 고찰되어야 한다. 더구나 음영 위주의 시가형식을 지니면서도 창조적(唱調的)인 율격을 지닌 가사문학 장르는 문학과 음악적인 측면을 아우르지 아니하고는 형성의 본질적 고찰이 되기 어렵다. 다시 말하면 종래에 논의되어 온 바와 같이 가사가 시조의 영향을 받아 파생되었다던가, 고려속요 또는 경기체가, 한시체에서 기원되었다는 단일적인 성격규명은 시가사적인 측면에서 올바른 주장이 될 수 없다는 말이다.

우리의 의사를 마음대로 표기할 수 없었던 시대에는 주로 구송(口誦)의 방법에 의해 향유, 전수되어 오다가 국자의 제정으로 인해 그것이 문헌에 정착이 되었고, 따라서 그 여적(餘滴)이나마 상고해 볼 수 있는 것은 다행한 일이 아닐 수 없다. 다만, 신라의 향가만은 수 백 년 간 구송의 방법에 의해 가창되어 왔거나 삼대목과 같은 가집에 수록되기도 했지만, 현재 전하는 건 고려 제 25대 충렬왕(1236~1308) 11년에 명승 일연에 의해 향찰로 삼국유사에 수록된 것들이다. 그리하여, 그 나마의 잔영을 찾아볼 수 있기도 하나, 본래의 모습을 재현해내는 데는 여러 가지의 제한점이 가로놓여 있어 그 진면목을 대할 수 없음이 안타까울 뿐이다.

그러나 이러한 과정을 통해 종래 신라 가요인 향가가 소멸되고 고려속요가 바로 출현했다는 관념적이고도 단일적인 관점에서 벗어나 향가가 고려 말엽까지도 애송되어 왔다는 사실을 알 수가 있다. 또 제16대 예종이 팔관회에 나가 신숭겸과 전락 등29) 두 장수가 순절함으로써 태조를 도와 개국에 큰 공헌을 세운 두 장수의 충절을 가상히 여겨 향가체 도이장가(悼二將歌)를 지었다는 사실을 보더라도 향가가 고려중엽까지 상류층에 창작 향유되어 왔다는 사실을 알 수가 있다. 그러므로 향가는 종래 민요형과 함께 일반에 유행되면서 병존해 왔고, 일반 사대부 계층에서는 중국의 사, 부와 같은 한림별곡류의 경기체가를 창작 향유하여 왔다30)는 사실도 파악할 수가 있다.

또한 사대부들이 즐겨 음영해 온 시경은 시경시의 원시형인 4언시로서 3, 4음절의 국어 음성생리에 적합하였으므로 가사에 많이 사용된 4언성구가 2, 3조나 3, 4조로 하여 시상을 전개하는 작법이 많이 나타나고 있는

---

29) 拙稿, 悼二將歌 '二將'에 관한 小考 一山金俊榮先生 停年紀念論叢, 1985, p.161 -178.

30) 한림별곡류가 중국의 詞樂에서 이루어졌다는 견해는 方鍾鉉 (東亞日報 1932. 1. 15. 「別曲의 硏究」), 李明九(景幾體歌의 形成過程 硏究, 成大論文集5집)와 金俊榮의 「韓國古典文學史」중 景幾體歌條에서 시도한 분석이 있다.

것만 보아도 이의 영향을 부정할 수 없을 것 같다. 5언시나 7언시도 현토하면 가사와 같은 형식과 일치할 뿐더러 현존하는 가사 작품 속에는 5언이나 7언이 근간이 되어 시상을 전개해 나간 것들이 많다는 점에서 이의 영향을 인정할 수가 있다. 현대에 유전하고 있는 어부가는 전술한 바와 같이 7언시를 현토하여 노래한 것이므로 이 작품은 중국문학과 한국문학의 접목에 있어 하나의 성공적인 시도라고 할 만하다.

여기에 4음보의 선율적 구조를 가지는 민요의 율조를 바탕으로 하여 국자창제 이후 음영상 2음보를 읊조린 다음에 호흡을 해야 하는 율조를 근간으로 하여 가사가 형성되었다고 보여진다. 그러므로 고대민요가 지니는 4음보 진행에 처용가와 같은 4음보 진행형식과 만전춘별사의 4음보 진행 형식으로 이어지고, 또 4언의 시경시체와 5, 7언시 및 사부(辭賦)의 유장성이 가세되고 경기체가의 나열적이고도 서경적인 성격이 복합되어 가사와 같은 새로운 장르로의 자연스런 이행을 가져왔다는 것이다.

실제로 사부는 자신의 서정보다 오히려 객관적인 경물을 미사려구를 늘어놓으면서 펼쳐 나가는 것으로 문장적 재치를 보이는 것이나, 직서체나 문답체의 문체적 특징 외에 기, 서, 결의 문장 구성법을 취하는 것 등이 가사의 양식과 동일하다. 뿐만 아니라 6조시대로부터 당대에 이르기까지 미문유려(美文流麗)한 문체로서 산문의 형식을 취하면서도 운문적 요소를 지닌 병려문(騈儷文)의 지대한 영향도 지나칠 수가 없다.

우선 4자와 6자구로 정연하게 이뤄지는 외형율은 말할 것도 없으려니와 당구대(當句對), 쌍구대(雙句對), 격구대(隔句對) 등의 대우적 수사기교 등이 가사와 일치한다. 4자구는 2자씩으로 나눠지고 6자는 3자씩 혹은 2자씩으로 정연하게 분리되어 음영되며 비슷한 것들의 대우인 유대(類對)와 동질적인 것의 정대(正對), 전혀 상반되는 것의 반대(反對), 주종관계의

관대(串對)의 기교를 보임으로써 유려한 문장수사를 보이는 수법이 가사
와 상사하다는 것이다.

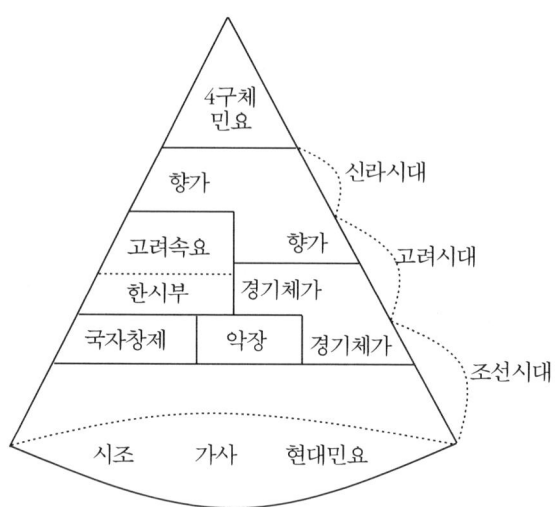

외국문학이 들어와서 우리 국문학에 새로운 장르를 형성시킬 때에는
우리나라의 문학적 상황이 그것을 수용할 수 있을만한 터전이 선행되어야
만 한다. 이러한 일반론적인 입장으로 본다면 전술한 바와 같은 문학적
상황아래 조선 세종 조에 이르러선 국자가 창제되었기 때문에 사대부들이
우리의 언어구조와 일치한 국문으로 스스로의 사상과 정서를 자연스럽게
유로(流露)시킬 수 있는 독특한 가사형식을 창출한 것은 극히 자연스러운
일이다.

주지하는 바와 같이 우리 시가 속에는 3, 4조가 발달하였고 3음보나
4음보 진행이 우세하였다. 본시 우리말은 2음절이나 3음절의 체언이 대부
분이며 용언은 3, 4음절이 가장 많음으로 조사나 접속사쯤은 붙거나 생략

해도 무방하고 또 같은 뜻의 낱말을 붙이고 늘여서 감정을 표현할 수 있었기 때문에 가사와 같은 형식이 일반화된 것은 자연스런 현상이다. 게다가 고대 중국 시경의 원시형은 4언으로 되어 있어 우리 언어상의 호흡과 일치하고 우리의 4구체 고대시가의 형식과도 상통함으로 4음보 선율을 근간으로 한 민요적인 율조의 바탕 위에 향가, 고려속요, 경기체가 형식을 거쳐 국자가 창제된 이후에 가사에의 정착은 필연적인 것이라 할 수가 있다.

이와 같이 조선조 가사형식의 형성엔 전대의 어느 특정한 시가의 단일적인 영향이나 기원이라기보다 여러 시가의 복합적인 작용에 의한 것[31]으로 보아야만 한다. 그것은 가사가 조선 500년간의 장구한 세월동안 창작되어 애송된 장르였고, 또 다른 국문학의 작품보다 훨씬 많은 양의 가사가 현존하고 있을 뿐더러 1890년대 창가가 형성되기 이전까지 활발하게 향유되어 왔고 지금도 일부에서 창작해 왔다는 점에서도 찾아볼 수가 있다.

뿐만 아니라 작자 층도 처음엔 사대부 계층으로 한정되었던 것이 임란을 분수령으로 하여 차츰 평민, 부녀자 계층 등 훨씬 광범위한 작자 층을 포괄했던 장르라는 점과, 현재 애창되고 있는 한국가곡의 80% 이상이 가사의 전형적인 율조와 동일하다는 데서도 찾아볼 수가 있지 않을까 한다.

---

31) 李泰極 (朝鮮朝 前期詩歌의 展開와 特性「조선 전기의 言語와 文學」형설출판사, 1980, p.357)은 樂章, 別曲, 時調, 歌辭의 형식을 신비평적인 방법으로 분석한 뒤 이런 양식들은 서로 긴밀한 有機的 關聯性을 가지고 있음을 발견할 수가 있다고 한 바 있다.

# 제4부 가사의 형성

우리 옛 가사문학의 이해

## 1. 외적 영향

### 1.1 사부(辭賦)와 가사와의 관계

사부란 중국의 초나라로부터 발전한 초사(楚辭)와 부계열(賦系列)의 운문을 두루 일컫는 말이다. 그러므로 부문학은 초사로 시작되어 한나라 때 흥성한 일종의 운문학으로 대개 서정적인 내용을 지니는 것은 '사(辭)'라 하고, 서사적인 것은 '부(賦)'라 하였다. 한나라 이후에는 부(賦)도 시문학의 변천에 따라 체격(體格)에 변화가 일어나 '고부(古賦)', '배부(排賦)', '율부(律賦)', '문부(文賦)' 등 4종으로 대별되었다.

고부는 한위시대(漢魏時代)의 부를 말하는 것으로 시가 그랬던 것처럼 부의(賦意)를 존중하고 외형의 장식에는 유의를 하지 않았고, 배부는 병부(騈賦)라고도 하는데 대우(對偶)와 부구(賦句)의 조탁에 힘썼던 6조시대의 부를 일컫는다. 율부는 당나라 때에 과거의 과목으로 부가 채택됨에 따라 부는 마치 시와 같이 음운 수사상 하나의 전형이 정해져 평측(平仄)의 해협(諧協)과 대우의 정교에 치중했는데, 송나라 때 문인들이 당나라 때의 부식(賦式)을 타파하고 산문과 흡사하게 부를 지었는데 이를 문부라고 하였다.

실제로 부에는 조사상(措辭上) 일정한 형식이 없으나 역대의 부에는 대체적으로 '○○○지(之)○○혜(兮), ○○○지(之)○○'식의 형식을 취하는 것이 가장 많고, 부의 결구법에는 시종 평탄하게 서술해 나가는 직서법과 내용을 문답식으로 서술해 나가는 설문법의 두 가지가 있었다.[1] 굴원의 작품을 중심으로 나타나는 초사는 우수(憂愁)나 격정 같은 서정을 중심으로 하여 남방의 아름다운 형식을 빌어 표현된 양식이었으나, 한대의 부는 어떤 사물을 멋지고도 아름답게 표현하려는 서사적인 것도 많았기 때문에 6조 시대에 이르러서는 굴원계의 서정적인 것을 '소(騷)'라 하고 서사적인 작품들을 부(賦)라고 하였다.

그러나 본디 소 자체는 굴원의 대표적 작품인 이소(離騷)에서 따온 것이므로 후세에 이르러서는 소체(騷體)의 작품도 아울러서 사(辭)라고 하였다. 사부와 시와의 차이도 시는 본디 가창적인 것인데 반하여 사부는 처음부터 음송을 전제로 한 운문이라는 점이다.

이를 뒷받침하는 것으로 차상원은 그의 '중국문학사'에서 '부는 구중에 압운된 것이 있어 약간의 음악적인 요소가 남아 있기는 하나 음악의 제한을 거의 배제한 이른바 「불가이시(不歌而詩)」하는 일종의 낭송체의 시라고 할 수 있다'고 하였고, 장심현도 '부'의 제일 특성이라면 아무래도 그 변화무궁한 장단 산문율을 자유로이 구사하여 문장 자체로서의 독특한 선율을 구성케 하는 점이 되지 않을까 한다…… 따라서 나는 한부의 특성을 한 마디로 아래와 같이 결론해 본다. "가창 위주의 시경시계열 정형고체시에 반하여 철저히 부송(賦誦)위주의 장단율을 고수해 온 산문시체이었노라"고[2] 하였다.

---

1) 文璇奎, 韓國漢文學史, 正音社, 1961, p.55.
2) 張深鉉, 詩와와 賦의 系譜考(成均館大 論文集, 第6, 7輯, 1962)

　김동욱도 한대의 부가 일어났으니 이는 도가(徒歌), 즉 노래 부르지 않고 음송하는 것으로 일종의 서경문으로서 우리의 가사는 여기에 영향 받은 것이다[3]라 했다. 그리고 사부는 본시 낭송적인 문학, 즉 율독(律讀)을 위해 창작된 문학양식으로 이러한 양식적 특징의 영향아래 가사가 창출되었다고 보았다. 이는 사부와 가사가 모두 율독적인 측면으로서의 문학이라는 공통적 자질을 지적한 셈이다. 양자가 모두 묘사적이고 서술적이며 유장한 서정과 서사를 담아내는데 알맞은 양식이기 때문에 가사와의 공통성이 많다고 할 수 있다.

　실제로 한부(漢賦)가 자신의 감정이나 개성보다는 객관적인 사물을 미사려구를 늘어놓으면서도 아름답게 표현하려 하였는데 가사의 진술 방법도 이와 동일한 성격을 지니고 있다. 뿐만 아니라 부의 작자들은 사물을 진지한 관찰을 통한 진술보다는 자신들의 문장적 재치를 유희적으로 발휘하는데 힘썼던 점도 또한 가사문학과 상통된다는 점에서 이의 영향가능성을 높여주고 있다. 또한 부의 구성적 측면을 보면 크게 직서체와 문답체로 대별되는데 굴원의 작품이 대부분 전자에 속하고 송옥의 작품들은 후자인 문답체가 많다.

　그리고 대부분의 부 작품은 기, 서, 결의 3단 구성법을 취하고 있는데 가사의 작품도 이와 똑같은 구성법을 취하고 있다는데서 공통적 자질을 찾을 수가 있을 뿐만 아니라 이의 충분한 영향가능성을 엿볼 수가 있다. 더구나 앞장에서 논술한 바와 같이 외국문학이 자국문학에 영향을 미치기 위해서는 그것을 수용할 만한 문학적 환경이 이루어져야 하는데 우리나라엔 향가를 비롯한 고려속요나 경기체가 등의 창작과 수용이 활발하였고,

---

3) 金東旭, 韓國文學槪說, 背成文化史, 1982, p.69.

고려 고종 조 이후엔 유자들에 의해 많은 사부문학이 활발하게 창작, 향유되어 왔다는 데서 사부의 문학 양식은 가사문학의 형성에 커다란 요인이 되었다고 보여 진다.

사부나 가사는 단순히 운문이라고 하거나 쉽사리 산문이라고 하기가 어려운 양식이며 내용적 측면에서도 상당한 복잡성을 내포하고 있다. 우선 그 제재 자체가 무엇이든 선택할 수 있는 광범성을 지닐 뿐만 아니라 종횡무진으로 서술, 묘사해가는 양식이기 때문이다. 서정적인 것이 있는가 하면 서사적인 것도 있고 수필적인 것 등이 주조를 이루면서 주로 음영물로서 수용되는 복잡성을 지닌다는 면에서도 양자에 공통적인 소인(素因)이 존재한다.

즉 서정적인 것으로는 가의의 '조굴원부'와 굴원의 '이소'가 있고, 가사로는 송강의 전후사미인곡이 있으며 서사적인 것으로는 박인로의 선상탄이나 태평사 등의 가사와 사마상여의 '자허부', '상림부'등을 들 수가 있다. 또 실제 가사 작품을 사부의 형식으로 번역한 것들이 많다는 것으로도 한시와 사부에 능한 사대부들에 의해 가사가 창작되었다는 사실을 알 수가 있다는 점이다.

신번 면앙정 장가일편 (新翻 俛仰亭 長歌 一篇)

| | |
|---|---|
| 無等山兮 一枝東逝出兮 | 무등산(無等山) 흔활기 동(東)다히로 버더이셔 |
| 遙絶斯爲 霽月峯兮于其上兮 | 멀리 쎄쳐와 제월봉(霽月峯)이 되여커늘 |
| 登陟無邊兮 大野曷爲兮斟酌而 | 무변(無邊) 대야(大野)의 무슴짐작 흐노라 |
| 出去之九曲兮 偕掩遮兮 | 일곱구비 흔듸움쳐 믄득믄득 버러는듯 |
| 群布其中兮 一曲若潛窟老龍 | 가온듸 구비는 굼긔든 늘근뇽이 |
| 罷初睡兮 矯首寬廣兮 | 선잠을 굿쎄야 머리를 안쳐시니 |
| 巖上有松竹兮 披拓爰置兮 | 너르바회 우희 송죽을 헤혀고 |

亭子若乘雲靑鶴千里兮 張翼　　정자룰 안쳐시니 구름탄 靑鶴이
　　　　　　　　　　　　　　두나릭 버렷는 듯
玉泉山兮龍泉有兮　　　　　옥천산 용천산 느린믈히 정자압
其水亭子前兮 廣野條復條兮　너븐들히 兀兀히 퍼진드시
派勢綠何爲兮 母白廣何爲兮　넙쩌든 기노라 프르거든 희지마니
　　　　　　(중략)　　〈면앙집, 권4〉


　위에 든 신번 면앙정장가는 전국시대 송옥의 '9변(九辯)'과 같은 초사의
형식임을 일견 느낄 수 있다. 이와 같은 실증적인 예를 보더라도 비교
문학적인 관점에서 사부문학이 가사에 절대적인 영향을 끼쳤다는 것을
알 수가 있다. 비단 가사뿐만 아니라 시조 등의 시가에도 이러한 중국
문학적인 영향관계를 생각할 수가 있겠으나 가사의 경우에서는 혹심한
현상이라고 아니 할 수가 없다. 특히 관동별곡을 소식(蘇軾)의 후적벽부와
대비해 보면 그러한 사실이 더 확연해 진다.


　후적벽부(後赤壁賦)

시야장반(時夜將半)　사고적막(四顧寂廖)　적유고학(適有孤鶴)
횡강동래(橫江東來)　혈처차륜(翅處車輪)　현상호의(玄裳縞衣)
알연장명(戛然長鳴)　약여주이서야(掠予舟而西也)　수수객거(須臾客去)
여역취수(予亦就睡)　몽일도사(夢一道士)　우의편선(羽衣翩躚)
과림고지하(過臨皐之下)　읍여이언왈(揖予而言曰)
적벽지유락호(赤壁之遊樂乎)　문기성명(問其姓名)　면이부답(俛而不答)
오호희희(嗚乎噫噫)　아지지이(我知之矣)　주석지야(疇昔之夜)
비명이과아자(飛鳴而過我者)　비자야야(非子也耶)　도사고소(道士顧笑)
여역경오(予亦驚悟)　개호시지(開戶視之)　불견기처(不見其處)

> 송근(松根)을 베여누어 픗줌을 얼픗드니
> 쑴애 흔사름이 날드려 닐온말이
> 그딗롤 내모르랴 상계(上界)예 진선(眞仙)이라
> 　　　　〈중략〉
> 말디쟈 학(鶴)을 튼고 구공(九空)의 올나가니
> 공듕(空中)의 옥쇼(玉簫)소리 어제런가 그제런가
> 나도 줌을 찌여 바다홀 구버보니
> 기픠롤 모르거니 ㄱ인들 엇디알리
> 　　　　　　(이선본, 송강가사)

　위에서 소식의 후적벽부와 아주 상사한 송강의 관동별곡을 대비시켜 보았다. 후적벽부의 밑줄 친 부분과 인용된 관동별곡은 새로 번역한 듯이 혹사하다. 내용과 정조적(情調的)인 측면에서 송강은 소식의 후적벽부를 그대로 이어 받아서 환골탈태(換骨奪胎)하였다고 보는 게 옳다. 이상과 같은 작품상의 비교로서도 그 영향관계가 확실하고, 더구나 우리나라의 사대부들은 중국의 유명한 시인들의 작품을 평소에도 즐겨 읊었을 뿐만 아니라, 작품을 쓸 때에도 전고용사의 대상이 되어 왔음으로 가사에의 절대적인 영향관계를 살필 수가 있다 하겠다.

## 1.2 가사의 구성과 병려문(騈儷文)과의 관계

　병려문의 '병(騈)'이란 말의 자의(字義)에서 보는 바와 같이 두 마리의 말이 나란히 수레를 끌며 달리는 것을 뜻하고, '려(儷)'는 한 쌍의 남녀를 뜻한다. 이것만 보더라도 문체의 구조가 거의 짝을 이루는 대우법을 중심으로 하고 있음을 짐작할 수가 있는데 6조 시대부터 시작된 병려문은 당나라 때부터는 거의 4자와 6자구로 이루어지기 때문에 사륙문 또는 사륙병려문이라고도 하였다.

김학주는 병려문의 조건을 다음과 같이 세 가지로 특징 지워서 설명하였다.[4] 그 첫째로 이 양식은 거의 모두가 4자 6자구로 이루어지는데 4자구는 다시 두 자 두 자로 떨어지고 6자구는 석 자와 석 자로 나누어진다. 그러나 6자구의 경우는 2자와 4자나 2자씩으로 나누어지기도 하며 3자구는 다시 한 자와 두 자로 나누어진다고 하였다.

둘째로, 이 글은 문장 전체가 완전한 대우로 이루어졌다는 것이다. 글자 자체도 대우에서 벗어나는 게 없고 거의 한 구도 대우적인 기법에서 벗어나질 아니하며 그 방법도 정대(正對), 반대(反對), 유대(類對), 관대(串對)와 당구대(當句對)와 쌍구대(雙句對) 또는 격구대(隔句對)의 방식을 취한다는 말이다.

셋째로, 이 글은 산문의 형식을 취하면서도 구마다 용자(用字)의 음율에 일정한 운율적 규칙이 존재한다는 것이다. 즉 문장 리듬의 미와 음운의 조화를 꾀하기 위하여 매구에 평측 배열상의 법칙과, 한 쌍의 대구들은 평측의 배열을 서로 정반대의 순서로 배열하는 방법, 대구의 윗편 억양을 그 앞에 놓아 대구 아랫구의 억양과 같도록 평측을 배열하는 이 세 가지 방식을 취한다는 것이다.

또한 병려문의 장르적인 성격은 산문적인 요소를 지니면서도 운문적인 요소를 띤 복합성의 특성을 지적할 수가 있다. 그것은 앞에서도 설명한 바 있거니와 중국병문사에서도 더욱 확연하게 나타난다. 즉 병문이 운문이면서 산문적 성격을 지니고 있는 것이 가사의 장르적 성격과도 상통하고 있다는 점이다.

---

4) 金學主, 中國文學槪論, 新雅社, 1977, p.160-164.

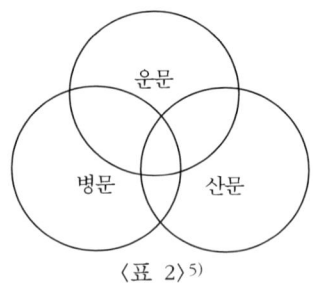

〈표 2〉5)

병려문이 갖는 운문요소와 가사문학이 갖는 운율적 구조가 너무도 상사
한 점이 많다는 것도 이를 대변해 준다. 가사문학이 당구대, 쌍구대, 격구
대의 대우법을 주로 하고 3·4조 또는 4·4조의 정연한 구조(句調)를
이루고 있는 것도 병려문과 흡사하다. 이러한 수사적인 특징을 관동별곡
을 중심으로 대비해 보면 훨씬 더 쉽게 이해할 수가 있다.

### 가. 대우의 수사기교

〈당구대의 예〉

천고흥망(千古興亡)을 아ᄂ다 몰ᄋᄂ다                              (반대)
하직(下直)고 믈너나니 옥졀(玉節)이 알ᄑᆡ셧다                      (유대)
평구역(平丘驛) 믈을ᄀ라 흑슈(黑水)로 도라드니                     (유대)
궁왕(弓王) 대궐(大闕)터희 오작(烏鵲)이 지지괴니                   (정대)
화쳔(花川) 시내길히 풍악(楓岳)으로 버더잇다                        (정대)
호의(縞衣) 현샹(玄裳)이 반공(半空)의 소소ᄯᅳ니                     (반대)
쇼향노(小香爐) 대향노(大香爐) 눈아래 구버보고                      (정대)
졍양사(正陽寺) 진헐ᄃᆡ(眞歇臺) 고텨올나 구버보고                   (유대)

---

5) 劉麟生, 中國駢文史 (中國文化史叢書)－臺灣商務印書館, p.7.

늘거든 쥐디마나 셨거든 솟디마나          (반대)

묽거든 조티마나 조커든 묽디마나          (정대)

동산(東山) 태산(泰山)이 어ᄂᆞ야 놉돗던고      (유대)

넙거나 넙은텬하(天下) 엇찌ᄒᆞ야 젹닷말고    (정대)

천심(千尋) 졀벽(絶壁)을 반공(半空)애 셰여두고   (정대)

녕농(玲瓏) 벽계(碧溪)와 수성뎨됴(數聲啼鳥)ᄂᆞᆫ  (이대)

진쥬관(眞珠館) 듁서루(竹西樓) 오십쳔(五十川) ᄂᆞ린믈이  (유대)

구만리(九萬里) 댱공(長空)애 져기면 날리로다   (유대)

공듕(空中) 옥쇼(玉簫)소리 어졔런가 그졔런가   (반대)

어와 조화옹(造化翁)이 헌ᄉᆞ토 헌ᄉᆞᄒᆞ샤     (정대)


〈쌍구대〉


강호(江湖)애 병(病)이깁퍼 듁림(竹林)의 누엇더니   (유대)

연츄문(延秋門) 드리ᄃᆞ라 경회남문(慶會南門) ᄇᆞ라보며  (유대)

셤강(蟾江)은 어듸메오 티악(雉岳)이 여긔로다   (반대)

화천(花川) 시내길히 풍악(風岳)으로 버더잇다   (반대)

빅쳔동(白川洞) 겨틔두고 만폭동(萬瀑洞) 드러가니  (유대, 반대)

은(銀)ᄀᆞᄐᆞᆫ 무지게 옥(玉)ᄀᆞᄐᆞᆫ 룡(龍)의초리   (반대, 이대)

들을제ᄂᆞᆫ 우레러니 보니ᄂᆞᆫ 눈이로다     (반대, 이대)

부용(芙蓉)을 쏘잣ᄂᆞᆫ듯 빅옥(白玉)을 믓것ᄂᆞᆫ듯  (이대)

동명(東溟)을 박ᄎᆞᄂᆞᆫ듯 북극(北極)을 괴왓ᄂᆞᆫ듯  (반대)

놉흘시고 망고ᄃᆡ(望高台) 외로울샤 혈망봉(穴望峯)이  (이대, 유대)

ᄀᆡ심ᄃᆡ(開心台) 고텨올나 듕향셩(衆香城) ᄇᆞ라보며  (유대, 반대)

형용(形容)도 그지업고 톄셰(體勢)도 하도할샤   (정대)

오ᄅᆞ디 못ᄒᆞ거니 ᄂᆞ려가미 고이ᄒᆞᆯ가     (반대)

풍운(風雲)을 언졔어더 삼일우(三日雨)ᄅᆞᆯ 디련ᄂᆞᆫ다  (유대, 반대)

실ᄀᆞ티 플텨이셔 뫼ᄀᆞ티 거러시니       (유대, 이대)

산듕(山中)을 ᄆᆡ양보랴 동ᄒᆡ(東海)로 가쟈ᄉᆞ라  (반대, 이대)

공슈(工倕)의 셩녕인가 귀부(鬼斧)로 다ᄃᆞᆷ ᄂᆞᆫ가  (정대, 유대)

고쥬(孤舟) 히람(解纜)ᄒ야 뎡ᄌ(亭子)우희 올나가니          (이대)
태빅산(太白山) 그림재를 동힉(東海)로 다마가니             (반대)

〈격구대〉

┌궁왕(弓王) 대궐(大闕)터희 오작(烏鵲)이 지지괴니
└천고(千古) 홍망(興亡)을 아는다 몰ᄋᄂ다                  (유대)
┌회양(淮陽) 녜일홈이 마초아 ᄀ틀시고
└급댱유(汲長孺) 풍칙(風彩)를 고텨아니 볼게이고          (유대)
┌호의(縞衣) 현상(玄裳)이 반공(半空)의 소소ᄯ니
└셔호(西湖) 녯주인을 반겨서 넘노는 듯                    (유대, 반대)
┌부용(芙蓉)을 고잣는 듯 빅옥(白玉)을 믓것는 듯
└동명(東溟)을 박츠는 듯 북극(北極)을 괴왓는 듯          (이대)
┌졍긔(旌旗)를 썰티니 오싴(五色)이 넘노는 듯
└고각(鼓角)을 섯부니 히운(海雲)이 다겻는 듯            (유대, 이대)
┌바다히 ᄶ녀날제는 만국(萬國)이 일위더니
└텬듕(天中)의 티쓰니 호발(毫髮)을 혜리로다              (반대)
┌댱숑(長松) 울흔소개 슬ᄏ장 펴더시니
└물결도 자도잘샤 모래를 혜리로다                        (반대)
┌고쥬(孤舟) 히람(解纜)ᄒ야 뎡ᄌ(亭子)우회 올나가니
└강문교(江門橋) 너믄겨틱 대양(大洋)이 거긔로다          (유대, 이대)
┌결효(節孝) 졍문(旌門)이 골골이 버러시니
└비옥(比屋) 가봉(可封)이 이제도 잇다 홀다              (유대)
┌션차(仙槎)를 씌워내여 두우(斗牛)로 향ᄒ살가
└션인(仙人)을 ᄎᄌ려 단혈(丹穴)의 머므살가            (유대, 반대)
┌부상(扶桑) 지척(咫尺)의 명월(明月)을 기드리니
└셔광(端光) 천댱(千丈)이 뵈는 듯 숨는고야              (반대)[6]

---

6) 李慶善, 歌辭와 辭賦의 比較硏究 (歌辭文學硏究, 正音社, 1979), p.117-118의 對偶的 기교를 참조하여 이 논문에 필요한 수사를 대폭 예거하여 그 논거를 확실하게 하였음.

위에 든 바와 같이 병려체의 주된 수사인 대우법이 송강의 관동별곡에서도 동일한 기교로 나타남을 알 수가 있다. 당구대의 예는 비슷한 것들의 대우인 유대(類對)와 동질적인 정대(正對), 전혀 상반되는 반대(反對)의 기교가 무려 20여구가 발견되고 쌍구대의 기교도 당구대와 비슷한 용례를 보이며 격구대도 이와 마찬가지다. 실로 송강의 관동별곡이 경물의 묘사에 있어 순국어의 반복과 대조가 한데 어우러진 송강 특유의 수사기교는 병려문에서 주로 사용된 그러한 수사법을 그대로 습용한 때문이라고 할 만하다.

즉 '늘거든 쉬디마나 셧거든 솟디마나'나 '묽거든 조티마나 조커든 묽디마나' 등은 전혀 상반되는 개념의 당구대를 배열하거나 비슷한 것들의 대우를 형성함으로써 맑고도 신선한 감각을 느끼게 한다는 것이다. 또 '회양(淮陽) 녜일홈이 마초아 ᄀᆞ틀시고, 급댱유(汲長孺) 풍치(風彩)를 고텨아니 볼 게이고'와 '바다히 써날제는 만국(萬國)이 일위더니 / 텬듕(天中)의 티쓰니 호발(毫髮)을 혜리로다'는 격구대의 수사기교인 바 유사한 개념의 대우와 전혀 이질적이거나 상반되는 대우로서 생동감을 불러일으킨다.

이외에 '강호(江湖)애 병(病)이 깁퍼 듁님(竹林)의 누엇더니', '연츄문(延秋門) 드리ᄃᆞ라 경회남문(慶會南門) ᄇᆞ라보며', '은(銀) ᄀᆞ튼 무지게 옥(玉) ᄀᆞ튼 용(龍)의 초리', '들을제는 우레러니 보니는 눈이로다' 등의 쌍구대는 유사한 것들을 1·3음보에 배열하고 2·4음보는 이를 구체적으로 설명하는 진술방법을 취하는 기교를 보여 생략과 직유, 은유의 수사기교가 한데 어우러져 동원됨으로써 멋과 아름다움을 더해주고 있다.

이와 같은 실증적인 예만 보더라도 가사의 구성이나 수사기교는 중국의 사부나 병려문체의 그것에 많은 영향을 받았다고 할 수밖에 없다. 뿐만 아니라 병려문은 4자, 6자로서 그 음조가 정연한데 가사도 이에 못지않게 3·4조나 4·4조의 정연한 율조를 형성하며, 국한문을 혼용하되 내구 (1·3음보)는 한문으로 쓰고 외구(2,4음보)는 국문으로 씌어지는 정연미를 보이는 가사도 많다.

또 우리말의 음운성질이 한문과는 다름으로 사부나 병려문의 음운적 특질과 대비적으로 고찰하기 어려우나 우리 국어는 압운의 조건으로 풍부한 자음과 모음을 지니고 있어 대부분 모음에서 그 음조의 조화를 찾아볼 수가 있다. 그리하여 구초(句初)끼리 쌍성과 구미(句尾)의 압운격인 운이 우리의 가사에 얼마든지 존재하면서 미적 감동을 도와주고 있다.

예를 들면 '이 마음 이 사랑', '마음의 매친실음', '머흐도 머흘시고', '뎨가는 뎌 각시', '혬가림도 하도할샤' 등은 쌍성(雙聲)이요, '짓나니, 디나니', '잠간드니, 님을 보니', '오라며 나리며', '잡거니 밀거니', '산인가 구름인가', '님이신가 아니신가', '늦기는 듯 반기는 듯' 등은 압운이라는 것이다.

그밖에 사부나 병려문체의 영향말고도 사문학(詞文學)의 영향 가능성도 배제할 수 없다고 할 수 있다. 고려사 속악조에 실린 풍입송, 야심사, 자하동 등의 한문 시가는 그것에서 압운형식만을 제외한다면 사(詞)의 형식과 상통함을 알 수가 있고, 특히 풍입송의 창법은 사(詞)의 창법임[7]을 깨달을 수 있다. 그러므로 고려 초인 문종 조에 송악(宋樂)이 수입되기 시작하여 예종 대에는 사악(詞樂)이 대대적으로 들어왔고, 한림별곡이 성행하던 고려 고종 조에는 여러 시인 묵객들에 의해 많이 창작 향유되어 왔기 때문에 우리고유의 시가에 커다란 영향을 주었을 것이며 한국 시가

---

7) 실제 風入松 등의 시가는 그것이 중국의 詞였다는 사실과 원작자가 누구였는지도 밝혔을 뿐만 아니라 原文과도 대조한 논문으로 車柱環의「高麗史樂志 唐樂考」(震檀學報23호), 內藤虎次郎氏의「宋樂과 高麗樂과의 關係」(支那學 제4권 1호), 李明九「麗志收載宋詞에 관한 考察」(成大論文集 10호)등이 있다.

의 기본적인 율격형성에도 상당한 영향을 끼쳤음을 알 수 있다.


## 2. 내적영향

### 2.1 고시가의 율격

한국시가의 기본적 율격은 멀리 원시민요로부터 비롯되었다. 고대원시민요는 본시 2구 진행에서 4구 진행의 기본형을 형성하는데 매구마다 4음보의 등장적인 율격을 기본으로 하고 있다. 이는 삼국유사 권2 가락국기조에 기록된 서사적인 내용과 더불어 영웅적인 부족장을 맞이한 것을 노래한 구지가(영신군가)와 삼국사기 권13 고구려 본기 유리왕 3년 조에 있는 황조가 및 진나라 최표의 고금주에 기록된 공무도하가 등에서 볼 수가 있다. 이 노래는 4언시로 한역되어 시경과 같은 율조를 띠고 있으나 4구를 기본 단위로 하고 있음을 알 수 있다.

한시의 4언구도 우리말과 마찬가지로 읊거나 노래하는데 알맞은 율격적인 요소를 띠고 있다. 한역되기 이전의 원형을 완벽하게 재구할 수는 없더라도 우리말로 이를 번역해 보면 쉽게 우리 언어 구조상 공통적 요소인 3, 4음절이 한 음보를 형성하고 2음보 내지 4음보가 되면서 하나의 통사적인 의미구조를 형성하게 된다.

삼국유사의 기록 가운데 '니등수굴봉정 촬토가지운(你等須掘峰頂 撮土歌之云)… 답무즉 시영대왕 환희용약지야(踏舞則是迎大王 歡喜踊躍之也) 구간등여기언 함흔이가무(九干等如其言 咸忻而歌舞)'의 기록을 보면 구지가는 음악과 춤, 사설이 동원된 집단가무요였다는 사실을 알 수 있다.

하지만 모계사회에 있어 원시인들의 성욕에 대한 강렬하고도 소박한 정서의 표현으로 파악한다면[8] 이것은 여성이 남성을 유혹하는 원시집단 민요의 한 형태로 파악할 수도 있다. 또 황조가의 경우도 Marcel Granet가 지적한 바[9]와 같이 남녀 간의 사랑을 꾀꼬리라는 자연물의 소재를 빌어 단순하고도 소박한 사랑의 감정을 노래하고 있다는 데서 유리왕 작이라기보다 원시집단무요의 하나로 파악할 수가 있다. 공무도하가 역시 서민의 민가 등에 유행하던 민요였던 것이 후한 영제 때 중국인에 의해 한역된 것[10]이라 하였던 바, 이 노래도 구지가나 황조가와 같이 강가, 강물이라는 이별의 모티브를 자연물에서 찾고 있다는 점과, 신화적인 요소를 띠고 있다는 점 등에서 원시무요의 한 형태로 취급할 수 있다.

이 시가 역시 모두 한역되어 전해오는 바 시경의 원시형처럼 4언시로서 우리 국어와 같이 읊거나 노래하는데 불편하지 않은 호흡군으로 나눌 수 있다. 그리고 원가는 각구 2음보 내지 4음보 진행의 기본적인 율격을 갖추고 있다는 점에서 한국시가 율격구조의 원류로 파악할 수 있지 않을까 한다. 본시 원시가요는 2구체로 시작되어 2구체에 여음이 붙어 3구체로 발전하는 길(일본편가, 중국의 상고 3구체가)과, 2구체가 반복되는 4구체

---

8) 정병욱, 전게서, p.51.
9) Marcel Granet (Festival and Song of Ancient China E.D.Edwards. p.49)는 시경은 사랑의 고뇌를 읊고 있으면서 계절적인 제례의식에 의해 무용이나 즉흥적인 창가로 불려질 뿐만 아니라 고대시가의 일반적인 공통점으로 자연물로부터 주제를 이끌어 본다는 사실을 지적하였다. 또 황조가는 장덕순, 이명선 등이 우리나라 최초의 서정시로 보고 있지만, 유리왕 자신이 신화적인 출생으로부터 왕위에 오른 인물로 황조가의 작자를 유리왕으로 부회한 것으로 보아야 한다. 정병욱도 위지 동이전이 전하는 바 많은 제례의식 중 남녀간 배우자를 선정하는 기회에 불려진 사랑의 한 노래로 보아야 타당하다는 의견을 제시한 바도 있다.
10) 양재연, 공무도하가소고, 국어국문학 5호, 1953, p. 서수생, 국문학논고, 대구문리당, 1965, p.51.

가(원시 한국의 집단무요, 중국의 고대시가, 일본의 혼본가)로 발전하는 길, 3구체의 배형인 6구체, 4구체의 배형인 8구체로 발전하는 것[11]을 감안한다면 위에 제시한 상대가요들은 모두 4구체 기본형의 노래라는 점에서 모든 시가의 기본적 원류가 된다는 사실을 쉽게 이해할 수가 있다.

이러한 기본적인 율조는 민요에 그대로 이어져서 3·4음절을 단위로 대부분 4음보 1행을 구성하게 되었다. 본디 2·3음절인 국어의 어휘가 그것이 활용하게 되면 3·4음절을 이루게 되고, 이 3·4음절을 기본으로 휴지(休止)의 1주기로 의식하게 되던 것이 구전민요, 시조, 가사, 잡가, 창가에 이르러선 3·4음절이 하나의 휴지의 단위로 나타나게 된다.

즉 구전민요나 시조, 가사 등은 고려속가와는 달리 강약 4음보라 할 수 있는데 그 독법(讀法)에 있어서는 생리적인 조건으로 인하여 전2음보와 후2음보의 중간에 쉼을 넣어 호흡군으로 나뉘게 된다는 것이다. 또한 각 음보간 율독(律讀)의 경우는 등장성을 유지해야 하므로 4음절이 못되는 음보는 최종 음절을 1-2 mora[12] 정도 장음화하여 일정한 리듬을 형성하게 된다.

예를 들면 황조가의 경우 '꾀꼬리는 / 훨 - 훨 / 쌍쌍이 / 즐겁구나'와 같이 2음보나 3음보는 끝 음절을 장음화하여 음보간의 등장성을 이루면서 음영독의 리듬에 스스로 부합이 된다는 것이다. 우리의 고대시가인 황조가나 공무도하가, 구지가 등은 중국의 고대시가인 시경의 원시형과 같은 4언시체일 뿐더러 신라의 풍요, 서동요, 헌화가 등이 모두 4구체 형식인데 이는 가사의 전형인 4음보 진행과 동질적이어서 가사의 원초적인 모태가

---

11) 金俊榮, 韓國古典文學史, 금강출판사, 1971, p.18.
12) L.Pike, 'Phonetics' ELMA. 1965, p.128에 mora의 수치는 단음절1, 장음율2로 하나 1½, 2½ 등을 포함하여 대략 4등급으로 나누고 대개 율격기조는 장·단 둘만이 유효하므로 1, 2로 측정하는 게 보통이다.

되는 기본적인 율격단위라고 할 수가 있다.

특히 고대원시무요의 형태를 '쾌지나 칭칭나네'와 같은 구전민요에서 그 편린을 찾는다[13]면 우리나라 원시민요의 원형적 형태는 4·4조의 음수율에 4음보 진행의 율격구조를 지닌 것으로서 가사의 원초적 율조를 지녔다고 할 만하다. 이러한 형태는 우리나라 구전민요의 율격으로 대표되는데 그러한 근본적인 까닭은 국어는 언어의 조어상(造語上) 5음절어보다 큰 단어가 발견되지 않고 거의 대부분의 언어가 2음절에서 5음절 사이에 조직된다는 언어학적 요인 때문이다.

또한 한 호흡군의 발화량(發話量)이 5mora를 넘기가 어렵고 그렇게 되면 자연적인 리듬이 파괴된다는 음성생리상의 문제라고도 할 수가 있다. 이러한 모습은 채록된 구전민요집[14] 가운데 대부분의 민요가 가사의 전형적인 율조를 띠고 있다는데서 얼마든지 찾아 볼 수가 있다. 실제로 가사와 다른 3음보 율조를 취하는 민요도 문학적 측면에서 가사만을 고려했을 때는 3음보구에서 벗어나지 않는다.

그러나 가창적인 율조로 보면 3음보 끝 음절을 장음화하여 1음보의 역할을 하게 됨으로써 자연 4음보 진행으로 변환되고 선율적으로 스스로 조절되어 균형을 잃지 않는다. 민요 가운데 비교적 연대가 오랜 것으로

---

13) 정병욱은 (한국고시가론 p.45) '쾌지나 칭칭나네'의 주요소재인 하늘 별, 강변 등 가장 원초적인 자연물의 풍성에서 고대집단무요의 가능성을 Curtsachs「World History of the dance」의 조사보고를 예증으로 제시하였고, 또 삼국지 위지 동이전의 기록과도 일치하는 점이 많아 그렇게 생각할 수 있다.
  (三國志 魏志 東夷傳, 馬韓, 常以五月下種訖, 祭鬼神 群聚歌舞飮酒 其舞數十人 俱起相隨 踏地低昻 手足相應 ……이것은 모두 종교적인 의식요나 집단요의 성격을 띠는 것으로 오늘날 호남지방에 전해지고 있는 집단군무 '강강수월래'나 농악놀이로 그 잔영이 남아있는 것 같다.)
14) 金素雲 (朝鮮口傳民謠集, 第一書房, 昭和八年, 1933년)이 1931년에 채록한 2000여수의 민요의 대부분이 가사와 같은 율격을 보이고 있다.

추정되는—고려 말 망국의 한이 서린 것으로 처음에는 한시로 불려졌다고 하는—정선아리랑[15]은 상술한 바와 같이 가창성을 고려하지 않고 문법적인 측면에서 가사만을 보면 고려속요와 같이 3음보 진행으로 생각된다.

그러나 가창적 선율로 보면 3음보 끝 음절이 장음화되어 4음보 민요의 일반적 형태에 부합된다. 또한 시용향악보에 16정간을 1음보장으로 나타낸 상저가는 전술한 '쾌지나 칭칭나네'와 같이 '히얘', '히야해'와 같은 기능적 여음이 첨가됨으로써 4음보 진행이 된다.[16] 이와 같이 3음보 진행의 불안정한 율조가 음악적 가창성으로 인해 4음보구로 변환됨으로써 균등한 숨의 안배와 여유를 갖게 되고 유장한 아름다움을 지니게 된다.

우리 전통적인 민요는 거개가 4음보격을 이루고 있으나 문법적 측면에서 볼 때 그 가운데 3음보격이 존재하는 것은 주지의 사실이다. 그러나 이러한 3음보격은 어절중심의 문법적 분석에 따른 외형적 분석 방법이지만 선율적 분석법[17]에 의하면 3음보가 아닌 4음보격이 근간을 이루고 있다는 사실을 확인할 수가 있다. 즉 진도아리랑의 경우 '정든 님이 / 오셨는데 / 인사를 못 해 // 행주치마 / 입에 물고 / 입만 방긋'을 전통적인 창조(唱調)의 측면을 고려하지 않고 문법적 어절을 기준으로 했을 때는 3음보 진행으로 생각할 수 있다. 그러나 이를 선율적 측면에서 보면 '정든 님이 / 오셨는데 / 인사를 못 / 해 - - // 행주치마 / 입에 물고 / 입만방

---

15) 아리랑 / 아리랑 / 아라리요 // 아리랑 / 고개고개로 / 날넘겨주게 //
눈이 올라나 / 비가 올라나 / 억수장마 / 질라나 //
만수산 / 검은구름 / 막 밀려든다 //
16) 李光雨, 歌辭樣式 發生說에 대하여, 一山金俊榮先生 停年論叢, 1985, p.128.
17) R.Wellek (Theory of Literature, Harcourt, Brace and World, 1968, p.166-173)에 의하면 운율구조를 연구하는 태도에는 도해의 방법(Graphic), 음향분석의 방법(Acoustic), 선율분석의 방법(Musical), 통계적 방법(Statisical)의 네 가지가 있다고 하였다.

/ 긋 - -'으로 됨으로 창조상 4음보격의 율격임을 쉽게 파악할 수가 있다. 제4보격 '해'나 '긋'은 각각 길게 늘어져 다음 음보와 동일한 등장성을 형성하면서 대중적 기억을 살리는 선율적 특성을 이루어서 결국 4음절의 역할을 하게 된다.

이와 같이 일반대중들의 무의식적 선율방식에 따라 음영독에 있어서도 똑같은 방법으로 음영되기 때문에 외형상 3음보격은 선율상 4음보격의 율격을 형성한다는 것을 알 수가 있다. 이러한 율독적 특색은 사와 부의 경우에도 나타나는 바, 특히 굴원이 그의 작품에서 시도한 구법18) 가운데 북방시경과 같이 4자의 율격을 취하고 있다는 점과 우리나라에 있어서도 사, 부를 열성적으로 받아들여 수용 향유해 왔다는 것으로도 알 수가 있다. 이러한 문학적 상황은 향가, 고려속가, 경기체가 등 시가문학과 어우러져 가사의 특유한 율조와 틀을 이루는데 커다란 영향을 주었을 것이라고 생각한다.

## 2.2 국문자 창제와 사대부의 국문의식

가사문학의 형성은 기존시가의 영향이 복합적으로 작용된 것이지만, 그 무엇보다 영향을 끼친 결정적 동인이 된 것은 우리의 정서와 사상을

---

18) 金學主, (中國文學槪論, 新雅社, 1977, p.124)가 屈原의 다섯가지 句法을 아래와 같이 소개하였다.
　　ⓐ가. □□□兮□□　　　五音紛兮繁會 / 君欣欣兮樂康 (九歌東皇太一)
　　　나. □□□兮□□□　　悲莫悲兮 生別離 / 樂莫樂兮新相知 (九歌小同命)
　　ⓑ□□□○□□兮　　　　長太息以掩涕兮
　　　□□□○□□□　　　　哀民生之多艱 (離騷)
　　ⓒ□□□□ □□□□　　東西南北 其脩孰多? (天問)
　　ⓓ□□□□ □□□些　　天地四方 多賦姦些

올바로 표기할 수 있는 언문일치의 국자제정이라고 할 수 있다. 국자창제의 동기는 세종어제서문과 해례문 말미의 정인지 서문에 명확하게 제시되어 있다. 즉 일반 백성이나 사대부 계층을 망라한 모든 사람이 일상 언어생활에 불편을 크게 느꼈으므로 국자의 제정은 학문연구나 국가의 정치, 국민의 교화에 이르기까지 보익(補益)이 된다[19]는 것이다.

국자의 창제는 국문학상 획기적인 변화를 일으켰는데 그 첫째가 진정한 의미에서 언문일치의 국문학이 발생하였다는 사실이다. 신라의 향가나 고려 때의 노래도 향찰식 기사법으로 기록했지만 표기법이 불완전했고 또 정확한 어음을 기록할 수 없었으므로 불편하기 이를 데 없었다. 또한 구송으로만 전해지던 시가가 문헌에 정착되어 기록문학이 싹틈과 동시에 번역문학의 융성을 가져왔고, 한자어 나열식의 경기체가가 쇠퇴함과 더불어 서민문학이 발흥함으로써 문학의 대중화가 싹트기 시작하였다.

게다가 국자가 없던 시대에는 기록해 가며 작품을 쓰기가 어려웠으므로 자연 암송적인 음악 위주의 단형시가 외에 문학 위주의 긴 시가가 발달할 수 없었는데 용비어천가, 월인천강지곡과 같은 장형시가의 교량(橋梁)을 지나 가사문학과 같은 음영위주의 새로운 장형시가가 발달할 수밖에 없었다.

김동욱도 가사의 전통으로 볼 때 세종대의 용비어천가나 월인천강지곡 등은 연장체를 벗어나지 못하고 중국의 부나 우리의 가사와 같이 일관성 있는 서술이 되지 못하고 있다는데서 가사와의 과도기적인 교량적 존재가 된다고 한 바가 있다. 더욱이 이 양가가 국자창제 이후의 장형의 독특한

---

19) 國之語音, 異乎中國, 與文字 不相流通, 故 愚民 有所欲言 而終不得 伸其情者 多矣 予爲此憫然 新制二十八字, 欲使人人易習 便於日用耳 (御制序文)
吾東方禮樂文章侔擬華夏 但方言俚語不與之同, 學書者患 其旨趣之 難曉治獄者, 病其曲折之難通 (鄭麟趾 序文)

문학양식이라는 점과 가사는 원래 선비들의 탄금(彈琴)과 더불어 향유되어 왔다는 점을 감안한다면 가사는 국자창제 이후에 형성되었다고 봄이 옳겠다.

　문헌적인 정확한 자료가 없는 화해사전(華海師全)을 보면 고려 공민왕조에 신득청이 지어 왕께 바쳤다던 역대전리가나, 400여 년간 유전되다가 조선 후기에 이르러서야 문헌에 정착된 서왕가 등을 들어 고려 말에 가사가 형성되었다고 하는 것은 믿을 수 없는 일이며 그러한 문제는 다시 한 번 재고하지 않으면 안 된다. 더욱이 김종우가 이두로 기록된 승원가의 자료를 제시하고 이 고려말설에 좌단(左袒)한 일이 있으나, 승원가 역시 조선 후대에 기록된 이두표기일 뿐더러 나옹집이나 그 어록, 가송의 어디에도 서왕가나 승원가를 썼다는 기록도 없다.

　또 더러는 시상이 나옹과 흡사하다는 점을 들어 작자를 나옹으로 생각한 이들도 있으나 이는 더욱이 믿을 수 없는 일이다. 왜냐하면 우리의 고전작품 중에는 작품의 품격을 높이기 위해 자기가 쓴 작품일지라도 고승(高僧)이나 대덕유자(大德儒者)에 작자를 부회(附會)하는 일이 흔히 있는 일이기 때문이다.

　전술한 역대전리가도 세조 조 범승락의 지설(誌說)에 의하면 본디는 한문 시가였던 것을 국문자로 현토하여 이루어진 것이라는 점과, 이두표기 또한 고려 말의 그것과 전혀 다르기 때문에 고려 말의 가사 작품으로 보기가 어렵다. 그러므로 제나라 말을 기록할 수 있는 문자가 없던 시대에는 자연히 음악위주의 가요가 성행할 뿐 장형시가가 존재할 수 없었고, 더욱이 한문학자들이 향찰식으로 표기해 가며 가사를 쓸 수 없다[20]는

---

20) 金俊榮, 韓國古典文學史, 금강출판사, 1971, p.271.

전제하에 가사의 발생은 국문자의 창제 이후로 보아야 한다. 즉 가사
발생의 가장 기본적이고도 확실한 동인(動因)은 기존시가의 율격적인 요
소에 스스로의 정서와 사상을 자유로이 표기할 수 있는 국문자의 창제라
고 보아야 마땅하다는 것이다.

고려 말엽부터 지배세력으로 등장한 계층은 유가(儒家)의 사대부들이었
다. 이들은 조선조의 문인지식층인 동시에 관인지배층으로서 정치권력을
전담하는 문화 창조의 큰 역할을 담당하였다. 이들 대부분은 한문학만이
자신들의 문학의 전부라고 생각하였고, 우리 국문은 문자가 아니라는 관
념아래 국문자로 이룩된 국문학에 대한 인식도 희박하였다. 오늘날 세계
적으로 우수한 문자로 인정받고 있는 한글도 이들 사대부들의 슬기와
지혜를 모아 이룩한 독창적인 문자였지만, 이러한 국문자를 자신들의 문
학 창작에 활용하는 이들이 적었고, 다만 가창의 필요에 의해 겨우 사용되
는 정도에 그쳤다.

왜냐하면 한문학은 그 표현수단이 국어로부터 유리되었을 뿐만 아니라
특히 한시가 가창으로 전용되기 어려웠기 때문이었다. 그러므로 사대부들
이 정감을 노래하고자 할 경우에는 하는 수 없이 우리말과 글로서 엮어서
부르지 아니할 수 없었는데 시조, 가사가 이의 결과에서라고 말할 수
있다.

사대부들은 한시가 가창에 있어 대단히 불편한 것이었을 뿐만 아니라
자신들의 진솔한 생활감정을 섬세하게 담아내는데도 어려웠기 때문에 어
쩔 수 없이 국자를 빌어 쓰지 아니 할 수 없었다. 또한 여흥이나 여기(餘技)
로 생활의 한정(閑情)이나 영탄을 펼칠 때도 역시 국문을 사용하지 않을
수 없었다. 국문은 말과 글이 일치하기 때문에 어떠한 풍경에서 일어난
탄성이나 감정의 진솔한 표현도 가능하였으므로 그들에게 큰 매력과 감명

을 주었지만, 다른 한편 한문을 진서(眞書)로 생각했던 사대부들은 전고(典故)나 용사(用事)가 없는 국문학은 단조롭다는 생각을 떨치지 못하였다.

그것은 지금까지 발간된 문집들 모두가 한문으로 된 기(記), 서(書), 부(賦), 시(詩) 등이 주조를 이루고 간혹 국문으로 된 작품은 맨 뒤에 싣거나 따로 발간했다는 것과, 또 현존하는 국문학 작품이 한문학 작품보다는 그 수적인 면에서 극히 비교가 되지 않는다는 것 등에서도 알 수가 있다. 그러나 그러한 사대부들 가운데는 국문학 작품을 창작하여 문집에 싣는가 하면, 시평에도 국문으로 씌어진 작품들을 극찬한 경우도 상당수에 이른다는 점에서 그들의 남다른 국문학적 의식을 헤아려 볼 수 있지 않을까 한다.

특히 선조 조에 정철은 한문시에 능한 사대부였지만 그의 작품 가운데는 유려한 국문필치를 보인 성산별곡, 관동별곡, 사미인곡과 속미인곡의 가사 작품이 있고, 장진주사와 훈민가 16수를 비롯한 시조 80수가 송강가사와 송강별집추록유사에 전해오고 있다. 또 인조 조와 효종 조의 고산 윤선도는 관계(官界)와 유찬(流竄)의 긴 세월 속에서 필경 강호에 묻혀 쓰라린 인생체험을 바탕으로 한 몽천요 3수, 어부사시사 40수, 산중속신곡 등 20여수의 작품들을 남겼는데, 모두가 유려하고 섬세한 우리의 정서를 세련된 국문으로 고산유고에 전해지고 있음은 사대부들의 남다른 국문의식을 대변해 준다고 할 수가 있다.

국문학에 관한 시평으로도 이황의 도산12곡발, 심수경의 견한잡록과 홍만종의 순오지, 김만중의 서포만필 등이 있는데 여기에서도 그들의 철저한 국문의식을 엿볼 수 있지 않을까 한다.

## 2.2.1 이황의 도산12곡발(陶山十二曲跋)

이황은 중종 29년에 등과하여 부정자(副正子), 박사, 암행어사, 대사성, 형조, 병조참의, 첨지중추부사, 공조, 이조, 예조판서를 거쳐 선조 1년에 우찬성을 지내고 양관대제학(兩館大提學)을 역임한 후 다음 해인 선조 2년(1569년)에 치사(致仕)하고 고향에 은거하였다. 퇴계가 은퇴하기 4년 전인 명종 20년(1565)에 친필로 쓴 도산12곡 목판본이 도산서원에 전하는 것으로 보아 도산12곡은 이때쯤 창작된 것으로 보인다. 이것은 전6곡과 후6곡으로 구성된 총 12수의 연시조로서 늙음을 잊고 천석고황(泉石膏肓)과 강학과 사색에 침잠된 생활을 솔직담백하게 표백한 작품이다.

이 작품의 발문에는 노래하기 위해서는 '이속지어(俚俗之語)'를 써야만 한다고 기록되어 있다.

> 그러나 지금의 시는 옛 시와는 달라서 가히 읊을 수는 있어도 노래할 수만 은 없다. 만일 노래 할 수 있도록 하자면 반드시 이속지어(俚俗之語)로 엮어 야만 하는데 우리나라 풍속의 음절이 그러하지 아니할 수 없기 때문이다. 그러한 까닭으로 일찍이 이씨의 노래를 간략하게 모방하여 도산6곡을 지은 것이 둘이니 그 하나는 언지(言志)요, 다른 하나는 언학(言學)으로 학문을 말한 것이다. 아이들로 하여금 아침저녁으로 익혀서 노래하게 하고 의자에 기대어 듣게 하며 또한 아이들로 하여금 스스로 노래하고 스스로 춤추며 뛰게 하고자 함이므로 아마도 이는 비루한 마음을 씻어내어 감발(感發)하고 온화하게 됨으로써 노래하는 자와 듣는 자가 모두 서로 유익하게 됨이 없지 않을 것이다.[21]

---

21) 然今之詩異於古之詩, 可詠而不可歌也, 如欲可之, 必綴以俚俗之語, 蓋國俗音 節所不得不然也, 故嘗略倣李歌而作, 爲陶山之曲者二焉, 其一言志, 其二言 學, 欲使兒輩朝夕習而歌之, 憑尤而聽之, 亦令兒輩自歌而舞踏之, 庶幾何以蕩 滌鄙吝感發融通, 而歌者與聽者不能無交有益焉 (李滉, 退溪全書, 退溪先生文 集, 卷之四十三, 陶山十二曲跋)

상게한 인용문 속에서 우리는 몇 가지의 사실을 추출해 볼 수가 있다. 우선 옛 시는 노래할 수 없다는 것이다. 옛 시란 두말할 것도 없이 한시를 일컫는다. 그러므로 임천에 묻혀 일어나는 상념과 시상을 솔직담박하게 진술하기 위해서는 한문보다는 우리말과 글이 없어서는 이루어질 수 없다고 생각하였다. 이 말은 홍만종이 송강의 관동별곡을 평할 때 사물형용의 묘함과 조어(造語)의 특출함이 참으로 악보의 절조(絶調)라고 했던 의중과 상통이 된다고 할 수가 있다. '사물형용의 묘함'과 '조어의 특출함'은 우리말과 글이기 때문에 가능한 일이지, 한문으로서는 불가능한 일이기 때문이다. 이러한 생각은 서포만필에

　　'송강가사는 동방의 이소(離騷)인데 한문으로 표기할 수는 없고 다만 우리나라 글로만 관동별곡을 7언시로 번역한 사람이 있으나 그렇게 번역해서는 결코 아름다울 수 없다.'[22]

는 데서 더욱 확실하게 펼쳐 있음을 알 수가 있다. 그러므로 퇴계도 자신의 서정을 진솔하게 펴내기 위해서는 반드시 이속지어(俚俗之語), 즉 우리말과 우리글이 아니어서는 엮어낼 수 없다고 하였던 것이다.

　　또한 '개국속음절 소부득불연야(蓋國俗音節 所不得不然也)'라는 말에서 우리나라 말의 문법적인 음성생리를 터득하고 있었다는 점도 찾아 볼 수가 있다. 이 말은 우리나라의 국문자가 언문일치가 되어 다른 문자가 따를 수 없을 만큼 경물의 묘함이나 감정의 섬세함도 사실대로 묘사할 수 있다는 이치를 일찍이 깨달았다는 것이다.

---

22) 松江關東別曲 前後思美人曲 乃我東之離騷, 而其以不可以文字寫之, 故惟樂人輩口相授受, 或傳以國書而已人有以七言詩翻, 關東曲而不能佳, 或謂澤堂少年時作非也 (金萬重, 西浦漫筆下)

다른 하나는 조선조 사대부 문학에서 찾아볼 수 있는 재도주의적(載道主義的) 문학관이다. 퇴계가 도산십이곡을 쓴 것은 뜻을 말한 전6곡과 학문을 말한 후6곡인데 '이 작품은 아이들로 하여금 익히게 함과 동시에 노래하게 함으로써 노래하는 자나 듣는 자 모두 비루한 마음을 씻어 내어서 모두 감발하고 온화하게 하기 위한 교훈적인 입장에서 쓴 것'[23]이라는 점이다. 이 노래를 듣는 이 모두가 이러한 목적이 달성되어야만 이 노래의 가치가 높아지는 바, 노래를 하거나 듣는 자 모두가 감동되어 일어나야 하는데 그러기 위해서는 부득이 우리말과 글을 사용하지 않을 수 없다는 것이다.

### 2.2.2 심수경의 견한잡록(遣閑雜錄)

심수경은 명종조로부터 선조 조에 이르기까지 54년간 3사호당(三司湖堂)을 비롯한 내외 9경(九卿)을 두루 역임하였다. 선조 25년 임진왜란 당시에는 76세의 노령에도 불구하고 도체찰사(都體察使)로 구국에 앞장을 섰으며, 임란이 평정된 이후에는 전리(田里)로 돌아가 80세의 고령에도 불구하고 파적(破寂)으로 지난날을 회고하면서 몸소 겪었던 일, 눈으로 보았던 일, 귀로 들었던 것들을 있는 대로 자신의 견해를 피력한 것이 견한잡록(遣閑雜錄)이다. 이 견한잡록에는 우리말 우리글로 씌어진 송순의 면앙정가와 진복창의 만고가에 대한 평설이 있는 바 주목할 만하다.

근세에 우리말 우리글의 장가가 많이 엮어서 나오는데 그 중에서 송순의 면앙정가와 진복창의 만고가가 사람의 마음을 끈다. 면앙정가는 그윽한 산천과 넓디넓은 전야의 형상이라든가 정대(亭台)와 높고도 낮게 굽이도는 지름

---

23) 註 20參照

길의 형상을 두루 포서(鋪敍)하고 굽이도는 형상이며 사시사철 변모하는 아침 저녁의 경치를 빠짐없이 기록하지 않는 것이 없으니 문자를 섞여가며 그 운치 있게 도는 표현-아름다운 가사와 곡-을 지극히 잘 나타냈으므로 진실로 볼만하고 가히 들을만한 노래다. 송순이 평생에 많은 노래를 지었으나 이 면앙정가가 그 중 으뜸으로 최고작이라 할 만하다.

만고가는 먼저 역대 제왕의 어질고 그렇지 못함과 치적을 서술한 다음 군신(群臣)의 우열과 선악을 다루었는데 대개 중국의 양절반씨의 논을 근본으로 하여 우리 글로 풀어 가사를 짓고 곡을 붙인 것인데 가히 들음직한 노래다. 전하는 사람들의 말에 의하면 진복창이 삼수(三水)에 유배되었을 당시에 지은 작품이라 하는데 참으로 이른바 재주가 덕보다 나은 자라고 하겠다.[24]

이 글은 흔하게 이루어진 한시평이 아니라, 우리말 우리글로 지은 장가 곧 가사에 대한 국문학 비평으로 볼 때 홍만종이 순오지에 14수의 가사를 평한 것과 더불어 아주 드물게 보는 국문시평이 아닐 수 없다.

심수경은 송순과 진복창의 작품에서 국문학적인 가치를 발견하고 있음을 알 수 있다. 즉 한문으로 쓰지는 않았지만 우리말과 우리 글로 쓴 가사가 사대부들의 마음을 끈다는 것과 진실로 볼만하고 들을만하다는 생각을 가졌다는 것은 당시 사대부 사회에서는 흔한 일이 아니었다는 데서 그 가치를 찾을 수 있다는 말이다. 또 '근세작리어장가자다이(近世作俚語長歌者多矣)'라는 말에서도 당시의 사대부들은 우리말로 된 가사를 많이 창작하였고 향유했었다는 사실을 아울러 고찰할 수가 있다.

---

24) 近世作俚語長歌者多矣, 唯宋純 俛仰亭歌 陳復昌萬古歌差强人意, 俛仰亭歌 則鋪敍山川田野幽藪曠濶之狀, 亭臺蹊徑高低回曲之形, 四時朝暮之景, 無人 備錄, 雜以文字極其宛轉, 眞可視而可聽也, 宋純平生善作歌, 此乃其中之最 也, 萬古歌則先敍歷代帝王之賢否, 次敍臣下之賢否大槪祖述陽節潘氏之論, 而以俚語塡詞度曲, 亦可聽也, 人言復昌, 在三水時所作, 眞所謂才勝德者也, (沈守慶, 遣閑雜錄, 白夜文化社, 1980, p.53)

그중 송순은 평생 동안 노래를 잘 지었다는 것만으로도 평소 탄금(彈琴)과 시주(詩酒)를 즐겼음도 알만하다. 그가 지은 면앙정가는 면앙정 주위에 철 따라 갈아드는 아름다운 정경을 아주 훌륭하게 묘사했는데, 이러한 세부적인 묘사나 감정의 진솔한 표현은 한문보다 국문이 훨씬 더 적합하였다는 점도 짐작할 수가 있다. 그러므로 한문만이 문자라고 생각했던 사대부들이 그들의 유장한 정서와 사상을 펼치는데 문자의 한계성을 실감하고 어쩔 수 없이 우리 말 우리글을 사용하지 않을 수 없었다는 점에서 국문학적인 의의를 발견해야 하리라고 생각한다. 그것도 '송순 평생 선작가(宋純平生善作歌)'가 말해 주듯 한 두 작품에 그친 것이 아니라 평생 동안 아주 좋은 작품을 많이 창작했다는 것과 그중 송순의 면앙정가가 가장 최고작이라는 평설에서 심수경의 독특한 국문의식을 찾아볼 수가 있다.

또 면앙정가가 '잡이문자 극기완전 진가시이가청야(雜以文字極其宛轉 眞可視而可聽也)'하며, 만고가도 '이리어 전사탁곡 역가청야(以俚語 塡詞 度曲 亦可聽也)'라 한 것만 보아도 문자 곧 한문을 섞어가며 아름답게 표현했음을 알 수 있다. 더구나 이 두 작품 모두 들을 만하다는 찬사를 보이고 있는 점으로 보아 작자나 평자 모두 당시 상층부의 사대부들로서 국문에 의해 이룩된 가사문학 작품에 대한 유별난 국문학 의식을 지니고 있었음을 알 수가 있다.

### 2.2.3 홍만종의 순오지(旬五志)

홍만종은 인조 조에 정두경의 문하에 출입하면서 김득신, 홍만주 등과 친교가 두터운 사이로서 문학지사로 자처하면서도 정통적인 시문을 등한시하고 시화, 소설에 흥미를 가져 많은 저술을 남긴 사람이다. 그의 저작으로는 우리나라 시와 시인을 중심으로 쓴 '소화시평(小華詩評)'과 이것을 보유(補遺)한 '시평보유(詩評補遺)', 역대시화를 수집 편찬한 '시화총림'이 있고 시화를 겯들인 필기(筆記)로 보름 만에 완성했다는 '순오지'와 민담 야설을 모아서 기록한 '명엽지해(蓂葉志諧)'가 있으며 '역대총목'과 '해동이적'이 있다.[25] 이 가운데 시 창작에 대한 홍만종의 관점을 밝힌 것 중 '소화시평'과 '순오지'는 그 중 국문학적인 가치가 가장 높다.

특히 순오지는 진복창의 역대가로부터 원부사(怨婦詞)에 이르기까지 총 14편의 가사를 작자와 작품평을 겯들여 실은 것으로 홍만종의 높은 국문학적 문학관을 엿볼 수 있다.

가) 원분가－인재 홍섬이 지은 것으로 젊었을 때 김안로에게 모함을 받아 참혹하게 고문을 당해 죽어가다가 겨우 살아나 흥양에 귀양 간 일에 있어 그 원통하고 분한 사실을 서술한 것이니 참으로 불평의 울음이다.

나) 면앙정가－이상(貳相) 송순이 지은 것으로 산수의 경승을 설진하고 유상(遊賞)의 낙을 펼친 것이니 가슴속에 저절로 호연(浩然)의 의취가 생겨난다.

다) 관서별곡－기봉 백광홍이 지은 것으로 공이 평안평사가 되어 강산의 아름다움을 두루 편력하고 우리나라와 중국의 접경까지 유람하고 지은 것이니 관서지방의 가려(佳麗)함이 이 한편의 가사에 사출(寫出)되어 있다.

라) 관동별곡－송강 정철이 지은 것으로 관동 산수의 아름다움을 열거하

---

25) 國語國文學事典, 서울大 東亞文化硏究所 編, 新丘文化社, 1981, p.690.

고 그윽하고 기괴한 경관을 설진한 것이니 사물 형용의
묘함과 조어(造語)의 특출함이 참으로 악보의 절조(絶調)다.

마) 사미인곡－역시 송강이 지은 것으로 시경의 '미인(美人)' 두 글자를
　　조술(祖述)로 하여 시사(時事)를 걱정하고 임금을 그리워
　　하는 뜻을 붙인 것이니 역시 영중(郢中)의 백설(白雪)이다.

바) 속미인곡－역시 송강이 지은 것으로 앞의 가사(사미인곡)의 미진한
　　사연을 다시 편 것이니 말이 더욱 교묘하고 뜻이 간절하여
　　제갈공명의 출사표와 백중(伯仲)이 됨직한 것이다.

사) 장진주－역시 송강이 지은 것으로 대개 이백과 장길(당 시인, 이하)의
　　권주의 의취를 모방하고 거기에다 두보의 '세마복(細麻服)
　　입은 이만도 백이나 따르는 저 행렬 그대는 보았으니 아무렇
　　게나 묶여져 가는 것을'이라고 한 시구를 취해 본 것이니
　　사지(詞旨)가 통달하고 글귀가 처량해서 만일 맹상군이 이
　　가사를 들었더라도 눈물을 흘림이 옹문(雍門)의 거문고 정도
　　뿐만이 아니리라.

아) 강촌별곡－오산 차천로가 지은 것으로 강산의 승치(勝致)를 풍성하게
　　논하고 한거(閒居)의 흥취를 갖추어 서술한 것이니 비록
　　상선(上仙)의 청복(淸福)이라 하더라도 또한 이에서 넘어
　　설 수 없으리라.

자) 원부사－허균의 첩 무옥(巫玉)이 지은 것으로 휑뎅그레한 외로운 규
　　방의 정경을 설진하고 지분염태(脂紛艶態)가 곡진하게 그려
　　져 있으니 비록 고금사인(古今詞人)의 염태(艶態)라 하더라도
　　어찌 이를 능가할 수 있으랴.

차) 유민탄－현곡 조위한이 지은 것으로 혼조(昏朝)의 정령(政令)의 번거
로움과 열읍(列邑)의 징렴(徵斂)의 가혹함을 자세히 서술
했으니 정협의 「유민도」와 서로 표리(表裏)가 됨직하다.

카) 목동가－휴와(休窩) 임유후(任有後)가 지은 것으로 공이 광해시대를
당하여 진출에 뜻이 없어 이 가사를 지어 우유자적(優遊自
適)의 취미를 붙이고 화복영욕(禍福榮辱)의 문에서 초연했으
니 초사의 유의(遺意)에서 나왔다.

타) 맹상군가－무명씨가 지은 것으로 대개 세간(世間)의 번화로움이 일장
춘몽과 같음을 슬퍼하고 죽은 뒤의 명성이 살아 생전의
환락보다 못하다는 뜻을 자세히 설파했으니 만약 설군(맹
상군)의 영혼이 이 가사를 들었다면 필시 구원(九原) 아래
에서 옷깃을 적시리라.26)

26) 寃憤歌, 忍齊 洪遑所製, 公少時爲安老所陷, 慘被栲掠死而, 僅甦竄于興陽, 述
其寃憤之事, 實不平之鳴也, 俛仰亭歌, 宋二相純所製, 說盡山水之勝, 鋪張遊
賞之樂 胸中自有浩然之趣, 關西別曲, 岐峯白光弘所製, 公爲平安評事, 歷遍
江山之美, 騁望夷夏之交, 關西佳麗寫出於一詞
關東別曲, 松江鄭澈所製, 歷擧關東山水之美, 說盡幽遐詭怪之觀, 狀物之妙造
語之奇, 俗樂譜之絶調也.
思美人曲亦松江所製, 祖述詩經美人二字, 以寓憂時戀君之意 亦郢中之白雪,
續思美人曲 亦松江所製, 復申前詞未盡之辭, 語益工而意益功, 可與孔明出師
表爲伯仲看也.
將進酒亦松江所製, 盖倣李白長吉勸酒之意, 又取杜工部 麻百夫行君看束縛
去之, 語詞旨通達, 句語悽惋, 若使孟君聞之淚下 不但雍門琴也, 江村別曲, 五
山車天輅所製, 盛論江山之趣, 備述閑居之興, 雖上仙淸福, 亦無以踰此也哉,
怨婦辭, 許筠之處 巫玉所製, 說盡空閨情境, 曲有脂粉艷態 雖古今詞人盦體何
以過此也.
流民歎, 玄谷趙緯韓所製, 備述昏朝政令之煩, 列色徵斂之酷, 可與鄭俠流民圖
相爲表裏也, 牧童歌休窩任有俊所製, 公常光海時無意, 於進取作此歌 以奇優
遊自適之趣, 超然於禍福榮辱止門, 出於楚辭之遺意 孟嘗君歌無名氏所製, 盖
傷世問繁華, 有似一場春夢備說身後名 不如眼前樂止意, 若使薛君止靈聽此

　이상에서 보는 것처럼 홍만종은 우리말과 글로서 작자의 서정을 유려한
필치로 이룩한 14편의 가사를 그 표현기법이나 내용, 작품동기, 작자 등을
밝히는 평설을 가하였다. 14편의 가사들이 모두 누구나 공명할 수 있도록
세부적인 묘사나 산수의 승경(勝景)을 리얼하게 표현할 수 있었던 것은
말과 글이 다른 한문이 아니라 국문이었기 때문이었음을 알게 한다. 즉
가사가 실전(失傳)되어 상고하기 어려운 일이지만, 홍섬이 지은 원분가는
그 원통하고 분한 사실을 진술하였는데 누구나 공감할 수 있는 참으로
'불평의 울음'이라 평할 수 있음도 그 감정을 세밀하게 묘사할 수 있는
문자가 있었기에 가능했을 것이다.

　관서별곡이 평안도 강산을 두루 돌아다니면서 그 곱고도 아름다움이
이 한 편의 가사에 사출(寫出)되어 나타남도, 또 사물형용의 묘함과 조어
의 특출함이 참으로 악보의 절조라는 단평도 언문일치의 국문이 아니고서
는 불가능할 수밖에 없다. 그러므로 송강의 속미인곡이 말이 더욱 교묘하
고 뜻이 그렇듯 간절할 수밖에 없고, 장진주는 사지(詞旨)가 통달하고
글귀가 처량해서 맹상군이 들었다면 눈물을 흘림이 옹문(雍門)의 거문고
정도가 아닐 것이라는 시평을 할 수 있었다.

　또한 강산의 승치(勝致)를 풍성하게 논하고 한거(閒居)의 흥취를 서술하
여 상선(上仙)의 청복(淸福)도 능가할 수 없다고 한 강촌별곡이나, 규방의
외로운 정경과 지분염태(脂紛艶態)가 곡진하게 그려져 고금사인(古今詞
人)의 염태라도 능가할 수 없다는 원부사, 만약 설군 즉 맹상군의 영혼이
들었다면 필시 구원 아래에서 옷깃을 적셨을 것이라는 맹상군가 등도
어떤 것이든 그대로 그려 낼 수 있는 국문이 있었기 때문에 가능했던

---

則必沾襟於九原止下矣 (洪萬宗 旬五志下)

것이다. 그러한 작품이 절조(絶調)라거나 죽은 넋이라도 옷깃을 적시지 않을 수 없었다는 작품평이 나온 것도 국문이 없었다면 불가능했다는 것이다.

이렇듯 홍만종은 자국의 어문에 각별한 관심을 가질 만큼 자주의식이 강했을 뿐만 아니라 우리 문학에 대한 자부와 긍지도 대단했다고 보여진다. 그는 순오지에서 '우리나라 사람이 지은 가곡은 우리나라 말을 전용하고 간혹 문자를 섞었으며 대개가 언문으로 씌어져서 세상에 전파되어 행하여지고 있다고 하였다. 그러므로 우리나라 말을 전용하는 것은 국속(國俗)에 있어서 그렇게 하지 않을 수 없을 것이며, 그 가곡들이 비록 전용하는 악보와 나란히 비교할 수 없지마는 역시 볼만하고 들을만한 것들이 있다'[27]고 하였다. 즉 우리나라 사람이 노래를 지을 때는 방언(方言), 곧 우리나라 말을 쓰지 아니할 수 없었고 간혹 문자 곧 한문을 언서(諺書)와 섞어서 썼음(我東人所作歌曲 專用方言 間雜文字率以諺書)을 알 수가 있다.

여기서 말한 간잡문자(間雜文字)는 심수경이 말한 잡이문자(雜以文字)와 같은 말인데 문자란 두말할 것 없이 한문을 지칭하는 것이므로 당시 사대부들만이 갖고 있었던 사대(事大)의 결과라 할 수 있지 않을까 한다. 또 가사를 짓기 위해서는 당연히 우리말을 쓰지 않을 수 없다(蓋方言之用 在其國俗不得不然也)는 필연성을 제시했을 뿐만 아니라 그러한 가곡들이 중국의 악보와는 비교할 처지가 아니지만 볼만하고 들을 만하다고 하였다. 이러한 국문학 의식은 민족문화 전통을 존중함과 아울러 말이 달라서

---

27) 我東人所作歌曲, 專用方言, 間雜文字率以諺書 傳行於世, 蓋方言之用 在其國俗不得不然也, 其歌曲雖不能與中國樂譜此竝, 亦有可觀而可聽者 (洪萬宗 旬五志下)

는 민족고유의 문학이 성립될 수 없다는 것으로 귀결된다. 더 나아가 홍만종은 어우야담을 인용하면서 밭 가운데 남녀들이 김맬 때 부르는 노래를 명나라 장수 양경리(楊經理)의 접반사 이항복이 번역한 것을 보고 들은 명나라 장수가 아주 좋다고 칭찬했다는 기록을 예시해 놓고 있다.

> '중국사람으로서도 그 가사가 곡조에 맞지 않고, 음률과 어울리지 아니 할 때가 있거늘 항차 멀리 떨어져 있는 우리나라에서 사곡(詞曲)을 지을 수 있기를 어찌 바라겠는가?… 글자 글자마다 억지로 따져서 음률에 맞추고자 하는 것은 공연한 헛수고가 아닌가'[28]

즉, 중국의 사곡은 중국 고유의 노래이기 때문에 풍속과 풍토가 다른 먼 우리나라 사람이 아무리 한문이 능하다 할지라도 도저히 흉내도 낼 수 없다는 것이다. 다시 말하면 중국의 사곡에 바탕을 두지 않은 우리 민요라 할지라도 중국의 그것에 비하여 결코 천하다는 논리는 성립할 수 없으며 참다운 노래를 짓기 위해서는 반드시 제나라 말을 사용해야 한다는 말이다.

이러한 성격을 더욱 입증해 주는 것으로 홍만종이 순오지에 백 수십 조가 넘은 경향 원근 각처의 속담을 모아다가 함께 수록했다는 기록이 있는데, 이는 결코 '우리나라 사람은 한문으로 글을 쓰는 경우라도 우리말 을 버릴 수 없다'[29]는 투철한 국문의식의 반영이라고 할 수가 있다. 이러 한 국문의식을 지닌 홍만종이었기 때문에 순오지에 역대가로부터 맹상군 가에 이르는 14편의 가사를 작자와 내용, 작품동기 등을 밝혀 실었고,

---

28) 以中華之人, 其詞或不入腔, 或不叶音, 寧望其能爲詞曲乎……字字强究, 希合 音律者, 不亦勞乎哉 (상게서)
29) 趙東一, 韓國文學思想史試論, 知識産業社, 1978, p.227.

특히 면앙정가나 송강가사 조에서는 우리말과 글로 묘사된 표현기교나
문학적인 면까지 평설한 그의 폭넓은 국문학적 안목을 느끼게 한다. 그러
므로 그는 '비평에 있어 독자적인 의의를 인식하고 그 방법을 탐구한 사람
이었고 특히 작품에 밀착된 비평방법을 개발하고자 했으며, 그렇기 때문
에 시평을 시학으로 정립하려고도 했다.'30)고 할 수가 있다.

　홍만종의 장가평(長歌評) 가운데 면앙정가가 '산수의 승경(景勝)을 설진
(說盡)하고 유상(遊賞)의 낙을 펼친 것이니 가슴속에 저절로 호연의 의취
가 생겨난다'고 한 것은 작자의 마음을 평가한 것이다. 관서별곡에 '관서지
방의 가려(佳麗)함이 이 한 편의 가사에 사출(寫出)되어 있다'는 것과 '관동
산수의 아름다움을 열거하고 그윽하고 기괴한 경관을 설진하여 사물 형용
의 묘함과 조어(造語)의 특출함은 참으로 악보의 절조(絶調)'라 했던 관동
별곡, '상선(上仙)의 청복(淸福)이라도 또한 이에서 넘어설 수 없으리라'는
강촌별곡은 작품의 표현방법과 작품에서 이루어진 기풍을 평가한 것들
이다.

　또한 원부사에서 '고금사인(古今詞人)의 염태(艶態)라 하더라도 어찌 이
를 능가할 수 있으랴'라고 한 것은 고금의 애정시류 작품과의 비교에서
다른 작품이 따를 수 없다는 작품평이며, 맹상군가의 '만약 설군(薛君)의
영혼이 이 가사를 들었다면 구원(九原)에서 옷깃을 적시리라'라 한 것은
독자가 받는 수용자 측의 독자감흥을 평가한 것이라고 할 수 있다.

　이와 같이 홍만종은 자주의식에서 싹튼 국문의식 뿐만 아니라 국문학의
식도 투철했다고 보여진다. 홍만종의 순오지에서 보여준 관동별곡 앞부분
의 평설은 경험을 불러일으키는 수단이나 방법에 관한 온갖 진술인 기술

---

30) 趙東一, 상게서, p.229.

적 진술(Technical remarks)이며, 뒷부분은 경험의 가치나 가치의 유무를 정하는 이유에 관한 진술인 비판적 진술(Critical remarks)을 꾀하여 완전한 비평을 이룩하고 있다는 것이다.31)

또한 사미인곡을 초나라 백설곡에, 속미인곡을 제갈공명의 출사표에, 장진주사를 이백, 이하(李賀)의 장진주와 두보의 견흥시(遺興詩)에, 정협의 유민도(流民圖)에 비교하는 비교 문학적인 비평의식을 찾아볼 수 있다는 점에서 그의 폭넓은 국문의식과 국문학 의식을 엿볼 수가 있다.

## 2.2.4 김만중의 서포만필(西浦漫筆)과 기타

김만중은 사계(沙溪) 김장생(金長生)의 증손으로 병자호란 때 아버지 익겸이 김상용을 따라 강화에서 순절했기 때문에 유복자로 태어났다. 그는 시문 등에도 남다른 재주를 보였는데 특히 그의 서포만필에는 국문학상 탁월한 문학관이 남아 있다. 또 북헌집에 전하는 바에 의하면 경신환국과 기사환국 등 거센 정정(政情)의 바람에 휘말려 적소(謫所)에 있을 때 그의 어머니 윤씨를 위로하고자 언문소설을 많이 썼는데 이 때 창작된 작품이 우리 국문학사상 커다란 위상을 점하고 있는 구운몽과 사씨남정기이다. 특히 구운몽은 그가 남해 적소(謫所)에서 어머니의 근심을 덜어드리기 위해 쓴 것이라 하고, 사씨남정기는 숙종이 민비를 폐출하고 올바른 정사(政事)를 돌보지 않음을 풍간(諷諫)한 것이라 전한다.

그러나 무엇보다도 그의 업적 가운데서 서포만필은 남다른 국어문에

---

31) "All remarks as to the ways and means by which experiences arise or are brought about are technical, but critical remarks are about the value of experience and the reasons for regarding them as valuable or not valuable" (L.A.Richards principles of Literary Criticism. London. Routledge and Kegan Paul LTD. 1960, p.15.)

대한 자주의식이 뚜렷하게 부각되어 있을 뿐만이 아니라 우리 문학에 대한 강렬한 의식을 시사해 주고 있다는데서 큰 의의를 찾을 수가 있다.

　　지금 우리나라의 시문은 본디의 언어를 버리고 다른 나라의 언어를 배워서 이루어진 것이다. 설령 십분 아주 흡사하다고 하더라도 다만 그것은 앵무새가 사람의 말을 지껄이는 것과 같을 뿐이다. 그러나 여항(閭巷)의 나무꾼과 물 긷는 아낙네들이 노래하며 서로 화창하는 것이 비록 저속하고 비루한 것이라고들 하지만 그 진가를 논한다면 진실로 타국의 언어를 배워서 쓴 사대부들의 소위 시부(詩賦)라는 것과 같이 논할 것이 못된다.[32]

이 글에서 보는 바와 같이 서포는 우리나라 사대부들이 창작하고 음영하며 즐기는 시문이란 아무 의식도 없이 사람의 말만을 흉내 내는 앵무새와 다를 바 없다는 극단의 자기성찰론을 역설하였다. 본디 사대부들의 시문이란 자국의 말을 버리고 타국의 말을 배워서 쓴 것이기 때문에 앵무새와 약간 흡사할지 모르지만, 거기엔 진솔한 사상과 정서가 용해되어 표출될 수 없다는 한계성을 내포하고 있다. 이것은 맹목적이고도 사대적인 사대부들에 대한 경종과 자성이 아닐 수 없다. 그러므로 앵무새와 다를 바 없는 사대부들의 시문보다는 차라리 진솔한 서정에서 우러나오는 초동목부나 물 긷는 아낙네들의 화창이 훨씬 더 진가가 있다는 자주의식을 가진 선각이라 아니할 수 없다.

김만중은 사대부들에 의해 이룩된 국문학이야말로 가장 이상적인 문학의 형태라고 강조하면서 특히 송강가사에 대하여 다음과 같은 단평을 하였다.

---

32) 今我國詩文, 捨其言而學他國之言, 設令十分相似, 只鸚鵡之人言, 而閭巷間樵童汲婦, 咿啞而相和者, 雖曰鄙俚, 若論眞價則固不可, 與學士大夫, 所謂詩賦者, 同一而論. (金萬重, 西浦漫筆 下)

항차 이 세 별곡은 천기(天機)가 스스로 펴남이 있으며 아주 속됨이 없으니 자고로 우리나라에 있어 참다운 문장은 다만 이 세 편뿐이다. 또 이 세편을 논하자면 후미인곡이 아주 훌륭하다. 관동별곡과 전미인곡은 오히려 한문의 어귀를 수식했기 때문이다.[33]

서포는 송강가사 3편을 천기(天機)가 스스로 펴남이 있을 뿐만 아니라 속됨이 없어 자고이래로 우리나라에 있어 참다운 문장이라고 극찬하였다. 또 전대의 사대부들은 국문 작품은 속된 것이라 폄시(貶視)하여 왔음에도 불구하고 오히려 속됨이 없다고 하는 신선한 관점을 지니고 있었다. 더구나 이 세 편 중 속미인곡이 가장 훌륭하다고 하고서 그러한 까닭을 관동별곡과 사미인곡이 이 작품에 비해 한문 시구를 많이 사용한 것으로 보았다는 것이다. 바로 이 말에서 김만중은 자국어문에 의한 진솔한 정서의 표출만이 가장 훌륭한 작품이라는 관점을 지니고 있었다는 것과 유별난 자주의식을 가지고 있었음을 발견할 수가 있다.

또 '송강가사는 동방의 이소(離騷)인데 한문으로 표기할 수가 없고 악인(樂人)의 무리에 의해 입으로 전수하거나 국서(國書), 즉 우리나라 글로만 전하는데 관동별곡을 7언시로 번역한 사람이 있으나 그렇게 번역해서는 아름다울 수 없다'[34]고 한 그의 높은 문학관을 대할 수가 있다. 즉 문학적 가치는 아름다움에 있는 것이지 그 표기수단인 한문이나 국문에 있지 아니함으로 한문만이 품위가 있는 아름다운 글이 아니며 특히 송강가사의 경우는 국문으로 썼기 때문에 오히려 더 아름다움이 절정에 달했다는

---

33) 況此三別曲者, 有天機之自發, 而無夷俗之鄙俚, 自古左海眞文章, 只此三篇, 又就三篇而論之, 則後美人尤高, 關東前美人, 猶借文字語, 以飾其色耳 (金萬重, 西浦漫筆)

34) 松江歌 關東別曲前後思美人歌, 乃我東之離騷, 其不可以文字寫之, 故惟樂人輩口相授受, 或傳以國書而己, 人有以七言詩翻關東曲而不能佳 (金萬重 전게서)

것이다. 이는 앞에서 관동별곡을 7언시로 번역한 사람이 있으나 그렇게 해서는 아름다울 수 없다고 한 김만중의 견해 속에 더욱 확연히 나타나 있다.

다시 말하면 한문으로 번역한 관동별곡은 대강의 뜻은 통할 수 있으나 그 미적 가치를 상실해 버리기 쉽기 때문에 '동방의 이소(離騷)'가 될 수 없다는 말이다. 그러므로 뜻만 전하기 위해서는 번역이나 다른 나라의 문자를 사용해도 좋지만 문학적 가치가 상실되기 쉬워서 문학작품은 반드시 언문이 일치한 자국어로 해야만 십분 창작의도에 접근할 수가 있다는 것이다. 따라서 언문일치의 자국어로 써야만 진정한 문학적 가치를 지닐 수 있다는 서포의 관점은 오늘날의 문학관과 다를 바 없는 선견이 아닐 수 없다.

그러한 관점을 지닌 서포였기 때문에 국문을 사용하여 구운몽이나 사씨남정기와 같은 명작을 생산해 낼 수 있었으리라고 보여진다. 김만중은 분명 '표기된 것(signifiant)과 그 내용물 사이의 간극(間隙)을 깨닫는 선'35)에 이르렀으며 말과 글이 일치해야만 좋은 문학작품이 될 수 있다는 언문일치관에 접근한 진보적이고도 자주적인 언어관을 지니고 있었다. 이러한 언어관은 조선 후기에 접어들면서부터 사회구조적 모순의 결과에 따라 문체반정(文體反正)이 노골화되고 조선사회에 내재해 있는 갈등을 극복하려고 애를 쓰면 쓸수록 고문과는 다른 형태의 글을 쓸 수밖에 없게 되었는데 이러한 경향이 박제가나 박지원에게서 투철하게 드러나고 있다.

'중국은 말로 인하여 글자가 나왔고 글자를 찾아서 말을 풀이하지 아니한다. 고로 외국에서 비록 문학을 숭상하고 글 읽기를 좋아하는 것이 중국과

---

35) 金允植, 김현, 韓國文學史, 民音社, 1973, p.37.

비슷하다 할지라도 마침내 간격이 없지 아니함은 이 언어라는 꺼풀을 벗어날 수 없음이다. 우리나라는 지역적으로 중국과 가깝고 성음(聲音)이 같으니 온 나라 사람이 본국말을 버린다 해도 불가할 것은 없다.'36)

박제가의 이 진술은 말과 글자로 언어가 이루어진다는 논리 하에 우리나라는 말과 글이 일치하지 않다는 점을 제시해 준다. 즉 그는 문자의 근원을 국어가 아닌 한어(漢語)로 보았고 한어와 일치해야 한다는 입장에서 있었지만 어문이 일치해야 한다는 관점을 내세우고 있다는 것이다.

이러한 입장도 박지원의 열하일기 속에 '비로소 우리나라에 글짓는 사람이 중국과 다른 것을 알았으니 중국은 바로 문자로서 말을 삼고 있으므로 경, 사, 자, 집(經·辭·子·集)이 모두 입 속에서 흘러나오는 성어(成語)였다. 그 기억력이 남과 달라서 그런 것은 아니다…… 그러므로 우리나라에서 글을 짓는 자는 조어(齟齬)해서 틀리기 쉬운 옛날 글자를 가지고, 다시 알기 어려운 우리말로 번역하고 나면 그 글 뜻은 캄캄해지고 말은 모호하게 되는 것이 이 까닭이 아니겠는가?'37)라는 말에서도 잘 나타난다. 이 역시 풍속과 이념이 다르고 말과 글에 차이가 난다면 올바른 문장이 될 수 없다는 박지원의 지론인 셈이다.

다시 말하면 이는 우리나라에 맞는 한문의 문체가 이뤄져야 한다는 것으로 문자는 비록 다르더라도 언문이 일치해야 한다는 언어관이 아닐 수 없다. 그러므로 박지원은 그의 소설에서 보는 바와 같은 독특한 한국적 한문문체를 구사했고, 김립(金笠)도 그의 독특한 풍유적인 한국식 한시체

---

36) 蓋中國, 因話而生字, 不求字而釋話也, 故外國雖崇文學喜讀書 幾於中國, 而終不能 無間然者, 以言語之一大膜子莫得而說也, 我國地近中華, 音聲略同, 擧國人而盡棄本話, 無不可之理 (朴齊家, 北學議, 內篇, 漢語)
37) 金允植, 김현, 상게서, p.38, 再引用.

의 시구를 사용하였다고 보여진다.

또 허균은 서류(庶流)에 대한 부정한 차별대우를 하는 모순된 당시의 사회제도에 과감히 반기를 들었던 당대의 기인이었듯이 우리의 것에 대한 시각도 남달라 우리 문학의 독자적인 의의를 강조해 왔을 뿐만 아니라, 또 적극적으로 평가하여 국문학 의식을 드높이기도 하였다.

> '정송강은 속구(俗謳)를 잘 지었는데 그 중에서 사미인곡과 권주가는 청장 (淸莊)을 갖추어서 가히 들을 만한 것이다. 다른 논자들은 그것이 사(邪)하다 고 배척하기도 하지만 문채(文采)와 풍류를 또한 부정할 길이 없다.'[38]

김만중이 송강가사를 아주 아름다운 것이라고 규정하여 가히 들을 만하고 볼만한 것이라고 평가한 것과는 대조적으로 사대부들의 일각에서는 그것을 사(邪)한 것이라 규정함으로써 우리 문학으로 인정하지 않으려는 경향에 대해 허균은 이를 비난하면서 오히려 송강가사의 문채와 풍류를 인정하지 않을 수 없음을 강조하였다. 즉 송강가사는 서포가 말한 바와 같이 한문을 가지고서도 그 뜻을 나타낼 수는 있지만 그 문학적인 아름다움을 제대로 표현할 수 없고, 다만 국문이라야만 그 가치를 발할 수 있다고 하였던 것이다.

김천택이 시조를 수집 정리하여 청구영언가집을 편찬할 때에도 이와 같은 국문학적인 뚜렷한 신념을 가지고 출발하였다.

> '우리나라 사람이 지은 가곡은 오로지 우리말을 사용하고 그 가운데 한문을 섞어 언서(諺書)로서 세상에 전하고 있다. 대개 우리말을 사용한 것은 나라의

---

38) 鄭松江, 善作俗謳, 其思美人曲及勸酒辭, 俱淸莊可聽, 異論者斥之爲邪, 而文采風流亦不可掩(許筠, 惺所覆瓿藁, 惺所詩話)

풍속을 나타내기 위하여 불가불 그렇게 한 것이다. 비록 우리나라의 가곡이 중국의 악보와 나란히 비교되지 못한다 하더라도 또한 볼만하거나 들을 만하다. 중국에서 소위 가(歌)라고 하는 것은 고악부와 신성(新聲)이 관현에 올려진 것을 말한다. 우리나라는 우리말로 나타내고 문어(文語)로서 협조(協調)하여 비록 중국과 다르다 해도 그 정경(情境)을 제대로 싣고 궁상(宮商)의 음율이 서로 조화를 이루어 사람으로 하여금 영탄, 음질(淫佚)하게 하고 수무족답(手舞足蹈)하게 하는 것은 마찬가지일 것이다.'39)

앞에 인용한 김천택의 만횡청류(蔓橫淸類) 서문에 홍만종의 순오지의 내용이 많은 걸 보면 김천택이 청구영언을 편찬할 때에 순오지의 내용을 많이 참조한 것으로 보여진다. 이는 김천택이 가집을 편찬할 때 아마도 홍만종의 생각과 견해를 같이 했기 때문이 아닌가 한다. 여하튼 김천택은 우리말로 우리의 풍속과 정경을 표현한 시가를 높이 평가하고 있을 뿐만 아니라, 시가는 우리말로 표현해야만 우리 민족 문학적 성격을 잘 나타낼 수 있다고 하였다.

그러한 그였기 때문에 우리말로 우리나라 사람의 정서를 제대로 싣고 문어(文語)로서 협조(協調)하여 음률과 서로 조화를 이루기 때문에 영탄, 음질(淫佚)하게 되고 수무족답하는 것이 극히 자연스럽다는 견해를 나타내었던 것이다. 그러므로 그러한 정신을 바탕으로 청구영언, 해동가요 등 여러 종의 시조집이 편찬되었고, 또 서민문학이 크게 발흥한 것으로 보인다.

---

39) 我東人所作歌曲, 專用方言, 間雜文字, 率以諺書, 傳行於世蓋方言之用, 在其國俗不得不然也, 其歌曲雖不能中國樂譜比竝, 亦有可觀而可聽者, 中國之所謂歌, 卽古樂府曁 新聲, 被之管絃者俱是也, 我國則發之藩音協以文語, 此雖與中國異, 而若其情境咸載, 宮商諧和, 使人詠歎淫扶, 手舞足蹈, 則其歸一也 (金天澤, 淸丘永言, 蔓橫淸類 序)

상술한 바와 같이 조선조 사대부들은 한문만을 진서(眞書)로 생각하여 시가를 창작, 향유해 왔지만, 말과 글이 일치되지 않은 상황에서는 문학의 한계성을 인식했으므로 그들은 자국어문에 대한 각별한 관심을 보였다. 그러므로 그들의 사상과 감정을 유로시키는데 있어서는 비교적 불편이 따르지 않는 국문이 있어야 한다는 생각에서 국문의 실험을 시도해 보기도 하였다.

용비어천가는 이러한 뜻에서 처음으로 국문을 써서 조선건국의 당위성과 천리성(天理性)을 125장에 걸쳐 펼쳐나간 실험적인 장르가 아닐 수 없다. 이후 조선조 사대부들은 한시, 부(賦) 등에 진력하면서도 이의 한계를 느낀 나머지 우리말과 글로서 우리의 정서를 그려내면서 향유하여 왔는데, 이러한 모습은 많은 국문작품들이 사대부들의 문집이나 별도 가집 속에 실려져 현재까지 유전되고 있음을 보아도 알 수가 있다.

실제 국문으로 가사를 창작한 사대부들은 성종 원년에 상춘곡을 쓴 정극인, ─텍스트 자체에 있어 후대에 첨삭(添削) 과정이 추정되어 진위(眞僞)가 문제되고 있지만─ 성종 6년에 매창월가를 쓴 이인형을 비롯하여 연산 조 때의 조위, 중종 때 이서, 송순, 명종 때 양사준, 양사언, 백광홍, 이황, 조식, 선조 대에 허강, 이이, 정철 등 혁혁한 사대부들이 있었다. 세조대에 범승락도 신득청의 역대가를 우리말과 글로 현토하여 가사형식과 같이 재편했다는 사실 등에서 조선조 사대부들이 가사를 창작하는데 있어 그들이 지녔던 유다른 국문의식을 엿볼 수 있지 않을까 한다.

## 2.3 국어의 통사적 구조

우리 국어는 본시 어떤 사상이나 의미를 전달하는데 기본적인 문장

형식으로 주어와 술어로 되어 있는 단문이 가장 원시적인 형태다. 예를 들어 '꽃이 피었다'라는 것은 어떤 사상(事象)을 서술하는 가장 원시적인 표현이라고 할 수 있는데, 이러한 단문이 차차 인지(人智)와 정서가 발달함에 따라 감정이 풍부해지고 감상하는 감각이 진보하게 되면 여기에 수식어나 한정어가 덧붙어 감성이 풍부한 제2차적 단문이 형성되기 마련이다.

즉, '꽃이'라는 주어 앞에 '아름다운'이라는 관형어가 붙으면 미적 감성이 부가되고 '피었다'앞에 '여기저기'라는 부사적 한정어가 붙어 구체화되면 '꽃이 피었다'에서 느끼는 단순한 정서의 서술보다 '아름다운 꽃이 여기저기 피었다'라는 문장은 전자보다 훨씬 구상적이며 미적 감성도 풍성해진다.

고대시가 가운데 그래도 국어의 잔영(殘影)으로 남아 있는 것으로는 향가와 고려속요가 있는데 그 시가의 문장구조는 대체로 단문과 여럿의 단문으로 이뤄진 복문의 문장 형태가 대부분이다. 처용가의 경우는 주로 복문과 연합문의 복합으로 이루어졌는데 '동경 ᄇᆞᆯ기ᄃᆞᆯ애 밤들이 노니다가 ✔ 들아사 자리보곤 가로이 너이아라 ✔ 두흘은 내하엇고 두흘은 뉘하언고 ✔ 본ᄃᆡ 내하이다마언 아ᅀᆞᆯ 엇디ᄒᆞ리고'를 보면 첫 행은 주어인 '나'가 생략된 단문이며 2행은 주어가 생략된 연합문이라 할 수 있고, 3행은 단문, 4행은 연합문의 문장형식을 갖추고 있음을 알 수가 있다.

이 처용가를 읊거나 노래하는 사람은 누구나 작자와 동일한 서정적 입장에서 자신을 투영하며 동일시함으로 독자적 반응을 하게 된다. 그리하여 작자의 미적 정서에 근접하면서 향유될 뿐만 아니라 반복된 음영과 가창으로 대중화 내지 일반화하게 된다. 어떤 사상(事象)이나 의미를 전달하는 통사구조는 단순한 단문의 형태가 알맞지만 미적 감상에 따라 좀더 구상화하는 데는 처용가의 경우와 같이 중복된 단문이나 복문, 연합문 등이 훨씬 더 적절하다는 것을 알 수 있다.

또한 처용가는 시조나 가사와 같이 3·4음절을 기저로 한 4음보 진행의 형식이라는 점도 쉽게 이해할 수가 있다. 이러한 점은 고려속요 만전춘 별사에서도 동일하게 나타나기도 하지만 고려조엔 주로 문법구조상 3음보 진행으로 일관되다가 상저가와 같이 때때로 4음보구와 같은 선율적 구조를 형성하기도 하였다. 실제로 오늘날의 가곡만을 보아도 문법적 구조나 선율적 구조로 보면 대부분 4음보 진행이라는 사실을 알 수가 있다.

한국대표가곡선집[40]에는 우리 가곡이 총 55곡이 실려 있는데 그 가운데 10곡 정도만 3음보 진행의 문법구조를 보이고 전체의 81.8%가 가사의 형식과 같이 3·4음절로 된 4음보 진행의 전통적 시가구조를 취하고 있음을 주목할 필요가 있다. 이 선집에는 우리 민족정서에 알맞은 대중적인 가곡들이 실려 있는데 이들 대부분이 3·4음절에 4음보 진행의 구조적 특성을 보여주는 바[41] 이러한 미적 감성과 성정의 표현은 우리의 전통적인 가사의 전형적 형태가 가장 적합하다는 문법적 특성을 보여주는 것이라고 할 수가 있다.

이외에 3음보구를 취하고 있는 나머지 10여 곡도 전술한 민요조와 마찬

---

40) 韓國代表歌曲選集, 世光音樂出版社, 1985.
41) 가고파 이은상 시, 내고향 / 남쪽바다 / 그파란물 / 눈에보이네 //
　　고향생각 현제명 시, 해는져서 / 어두운데 / 찾아오는 / 사람없어 //
　　그네 김말봉 시, 세모시 / 옥색치마 / 금박물린 / 저댕기가 //
　　그리움 고진숙 시, 기약없이 떠나가신 / 그대를 / 그리며 //
　　국화옆에서 서정주 시, 한송이 / 국화꽃을 피우기 / 위하여 //
　　내마음 김동명 시, 내마음은 / 호수요 / 그대노 / 저어오 //
　　동심초 김안서 시, 꽃잎은 / 하염없이 / 바람에 / 지-고 //

가지로 대개의 경우 끝 음절을 길게 늘여 각 음보간의 등장성을 꾀할 뿐만 아니라, 4음보구를 자연스럽게 형성하여 우리의 기억을 돕고 공감대를 형성하고 있다. 예를 들어 '휘영청 / 창문이 / 밝으오'는 '휘영청 / 창문이 / 밝 - 으 - / 오―'로 바뀌어 선율적 구조상 4음보 진행과 동질적인 구조를 지닌다는 말이다. 또한 조선구전민요집에 채록된 각 지방별, 2,000여수의 전래민요들 대부분이 3·4음절에 4음보 진행의 율격구조를 지니고 있다는 사실도 가사의 전형적인 통사구조를 잘 보여주는 자료가 된다.

예를 들면 '시집온지  사흘만에  뒤히라고  나려와서 ✓ 가마쭉켱 여러보니  엉거미가  줄을치고 ✓ 냄비쭉켱  여러보니  붉은동녹  켜켜안고 ✓ 화가나고  열이나서  대문짝을  썩나서서 ✓ 앞집아가  뒷집아가 보리밧치  어듸매냐 ……'〈경기도 부요일편(婦謠一篇)〉를 보편 4·4음절, 4음보 진행의 형식으로 조선조 후기 평민가사의 전형을 찾아 볼 수 있다. 이는 본디 우리 국어가 3·4음절에 4음보 진행이어야만 서정의 묘사나 표출이 자연스럽다는 구조적 특성을 보여주는 것이라 할 수가 있다.

조선후기에 일부 가사가 창의 방식에 의해 향유 전수되어 왔지만 지금은 그 모습을 찾아 볼 수가 없다. 다만 12가사만 그 잔영을 엿볼 수 있는데 필자가 수집한 가사보42)에는 1음보가 10정간으로 하여 구성되어 있다. 이를 보면 음영본위거나 창 본위거나 간에 국어의 통사구조상 3·4음절 4음보 진행의 편의성에 스스로 부합된다는 사실을 확인할 수가 있다. 이러한 견지에서 우리 정서의 유장한 표현은 국어의 통사구조상의 독특한 특색으로 가사는 3음보 진행보다 4음보 진행이 훨씬 더 용이하고 안정적이라는 자연적인 편의원칙에 부합되어 500여 년간 조선시가의 주맥을

---

42) 李珠煥, 歌詞譜, 歌曲保存會, 1960.

형성해 왔다고 보여진다.


## 3. 형성의 실제

### 3.1 고려말 형성의 허상

가사의 효시작은 종래 상춘곡설이 학계의 지배적인 경향이었다. 그러나 1974년 김종우가 이두로 표기된 '나옹화상승원가(懶翁和尙僧元歌)라' 표제한 작품을 발견하여 학계에 발표한 이래 확실한 문헌상의 분석검토나 연구과정도 거치지 아니하고 이에 동조하거나 좌단(左袒)하는 사람들이 늘어나 지금은 오히려 고려 말 나옹화상이 지었다는 서왕가나 승원가가 가사의 효시작이라는 여말설이 많이 수용되고 있는 실정이다. 이러한 경향에 회의적인 생각을 가지고 연구해 온 강전섭은 이의 오류에 대한 문제점을 지적하여 제기한 바[43]가 있다.

가사의 발생을 고려말로 보려는 이들 대부분은 400여년간 구송되어 온 서왕가가 숙종 30년(1704년) 경상도 예천 용문사에서 석명연이 처음 개간(開刊)한 「대미타참략초요람보권염불문(大彌陀懺略抄要覽普勸念佛文)」외에 여섯 차례에 걸쳐 발간한[44] 염불문에 수록되어 있다는 점과, 또

---

43) 姜銓燮 (傳懶翁和尙作 歌辭四篇에 대하여, 韓國言語文學 제23집, 1984. 12)은 이제까지 懶翁作으로 부회해온 西往歌, 樂道歌, 僧元歌, 尋牛歌의 작자에 관한 문제를 논제에서 보는 바와 같이 傳懶翁和尙作이라 하여 일단 의문을 제기하였고, 이는 후대 好事家들에 의한 부회라 주장하였다.

44) 가. 新寧 修道寺本(영조17년 1741), 彌陀懺節要, '나옹화샹셔왕가'
    나 .寧邊 龍文寺本(영조41년 1765), 普勸文
    다 .陜川 海印寺本(영조52년 1766), 蓮宗寶鑑(衲子覺聖刊)

권상로가 채록한 '조선가요집성'에 실어놓은 나옹화상 서왕가에 의거하여
이를 전적으로 수용하여 주장하고 있다. 또한 이병기가 나옹의 서왕가를
가사의 효시작으로 넌지시 암시한 이래 장덕순, 김종우, 정병욱, 이상보,
최강현, 조동일 등에 의해 같은 견해가[45] 쏟아져 나왔다. 이들은 대부분
나옹의 생애로 보아 그가 유명한 선승(禪僧)이라는 불교적인 위치를 중시
하여 - '나옹3가후(懶翁三歌後)'의 호평을 받은 사실이 고려말 거유(巨儒)
이색의 목은집에 전한다. - 그가 남긴 어록이나 가송 및 한시 등에 보이는
어휘와의 상사(相似)에 의해 서왕가를 나옹의 작품으로 보았다. 그러나
이와 같은 주장은 다음과 같은 측면에서 재고되지 않으면 안 된다.

## 3.1.1 표기상의 문제점

가사문학은 종래 창 위주의 고려속요나 경기체가와는 달리 사대부들
사이에 즐겨 향유되었던 음영 본위의 시가로 형성되었는데 고려말의 지식
계급은 대부분 유학자들로서 향가를 표기했던 향찰도 탐탁하게 여기지
않았던 계층들이었다. 그러한 그들이 과연 향찰이나 이두로 가사를 창작
하게 되었다는 사실 자체가 성립 되지 않는다. 여말이나 조선 초의 유학자
들은 한문을 숭상한 나머지 향찰이나 이두조차 사용하지 아니 하였는데
그러한 사대부들이 가사를 향찰로 짓거나 표기했다는 자체가 상상하기

---

　　라. 陜川 海印寺本(영조52년 1766), 新編普勸文, 釋有璣刊, '江月尊者西往歌'
　　마. 茂長禪雲寺本(정조11년 1787), 念佛普勸文.
45) 張德順, 國文學通論, 新丘文化社, 1980, p.183-185.
　　金鍾雨, 懶翁과 그의 歌辭에 대한 硏究, 釜山大論文集, 17집, 1974, p.1-23.
　　정병욱, 한국고전시가론, 신구문화사, 1980, p.198.
　　李相寶, 韓國歌辭文學 硏究, 螢雪出版社, 1974, p.35.
　　崔康賢, 歌辭文學論, 새문사, 1986, p.154.
　　조동일, 한국문학통사2, 지식산업사, 1983, p.200-206.

어렵다.

그러한 증거는 조선 초의 대명률직해(大明律直解)에 아주 분명하게 나타난다. 대명률직해는 이태조가 율어(律語)나 중국어, 우리나라 말에 정통한 학자를 선발한 뒤, 명나라 법률을 해석하여 조사 등을 이두로 표기하였던 율서(律書)이다.[46] 그러므로 이 책은 조선조의 법률 뿐만 아니라 여말, 선초의 이두표기를 한눈에 볼 수 있는 귀중한 자료가 된다.

예를 들면 '3왈 모반 위배본국 잠종타국(三曰. 謀叛. 謂背本國. 潛從佗國)'이란 형률을 '본국을 배반하고 피국을 잠통모반하엿누온일(本國乙背叛爲遣. 彼國乙潛通謀叛爲行臥乎事)'이라 풀이하였다는 말이다. 여기에 밑줄친 '乙'은 '을', '爲遣'는 '하고', '爲行臥乎事'는 '하엿누온 일'이라는 우리말을 이두로 표기한 것으로 조선 초의 국어와 이두표기를 엿볼 수 있다는데 큰 의의를 찾을 수 있다. 이와 같이 고려 말의 작품으로 거개가 인정하고 있는 역대전리가나 승원가의 이두표기를 비교해 보면 조선 초의 그것과 크게 차이가 남으로써 자연 이러한 가사는 후대에 이루어진 것을 그 시대의 이두로 표기한 것에 지나지 않음을 알 수가 있다.

### 3.1.2 역대전리가의 허상

고려대의 가사로 취급되고 있는 역대전리가는 문헌적인 측면이나 표기문자, 내용 등에 있어 고려대에 씌어진 가사 작품이라고 단정하기에는 여러 가지 문제가 있다. 이 작품은 왕건을 도와 고려개국에 공신이 된 신숭겸의 15세손 불훤재 신현의 유적을 실은 화해사전 하권 40쪽에 '민조

---

46) 李太祖は律語及兩國語に精通する學者を選び吏讀を用ひて律文の亥を作うしめ之を大明律直解と題し洪式乙亥二月印出し乙一船に流布世しめに. (大明律直解 中樞院 書記官長 牛島省三 序)

신해 동 주역대전리가 풍헌(愍朝辛亥冬 做歷代轉理歌 諷獻)'[47])이라 하여 실려져 있다. 즉 공민왕 20年 신해년 겨울(1371)에 이유헌 신득청[48])이 역대전리가를 지어 공민왕께 바친다는 제하(題下)만을 두고 사람들은 현재 우리가 알고 있는 역대전리가가 고려 공민왕조에 창작되었다고 보고 있는 것이다.

그러나 이 작품은 신득청이 공민왕께 지어서 바친 풍격의 한시이지, 결코 현재 우리가 보고 있는 이두체의 역대전리가가 아니라는 점이다. 그것은 같은책 44쪽에 있는 '복애증손 범승락 경술지설(伏厓 曾孫 范承洛 景述誌說)'조를 보면 원래의 역대가를 세조 조에 범승락이 당시의 가사체에 맞추어 구두현토(口讀懸吐)하였다는 사실에서 잘 알 수가 있는 일이다.

　　나는 증조부 복암(伏巖)〈복애(伏厓)라고도 함〉선생이 지은 '화동기사(話東紀史)'의 비전(秘傳)을 간직하여 왔는데 늘 그윽하고 한적할 때는 매양 그것을 가지고 고려 신 선생의 이유헌에 가서 역대가를 부르곤 하였다. 이것은 성 매죽 근보(成梅竹 謹甫)가 지은 바 있는 언문과 방언으로 인하여 <u>선생의 노래 마디마다 구두현토한 것인데 왼쪽에는 진언(眞言)과 나란히 언문으로 표기하여 풀이함으로써 문장을 이루었다.</u> 성삼문의 본바탕 성품은 옛것을 좋아하고 절개를 숭상하는 사람인데 언문을 창제하였다. 고로 단종

---

47) 華海師全은 고려조의 역대 충신들의 유적을 실은 것으로 高麗大에 소장된 필사본은 그 연대를 알 수가 없는데 下卷에 역대 전리가가 실려져 있으나 全北大에 소장된 활자본은 1932년 姜永直이 群山의 어느 농가에서 발견하여 乾坤2권으로 재간한 것인데 여기엔 역대전리가가 실려져 있지 아니 하였다.

48) 不諼齋 申先生 世系圖

　始祖, 申崇謙 - 甫藏 - 弘尙 - 晟 - 勁 - 愈毗 - 命夫 - 應時 ── 椵履
　　　　　　　　　　　　　　　　　　　　　用極　 棟宇
　　　　　　　　　　　　　　　　　　　　　一源 ── 令材 - 楠 ──

2년(1454년) 겨울에 성삼문을 찾아가 신 선생의 노래를 보이고 언문으로 구두
현토한 것을 질문했는데 마침 그때 박취금헌 인수(朴醉琴軒 仁叟; 박팽년)가
거기에 이르러 성삼문과 더불어 이것을 보고는 이내 함께 일어나 손을 씻고
의관을 가다듬어 그 가첩(歌牒)을 책상 위에 놓고 무릎을 꿇고서 경건한
마음으로 다시 4, 5회를 살펴보고는 과연 신 선생은 고려 말에 있었던 대군자
라고 말하였다.[49]

앞에서 인용한 글 가운데 밑줄 친 부분을 면밀히 검토해 보면 현재
유전하고 있는 역대전리가는 세종 25년 이후 세조 2년 사이에 본디 풍(諷)
격의 한시를 성삼문의 도움으로 구두현토 했다는 사실을 알 수가 있다.
왜냐하면 성삼문이 세종의 명을 받아 집현전 학자들과 한글을 창제한
것이 세종25년 곧 1443년의 일이며 그 이듬해에는 운회(韻會) 등을 언해
한 바가 있는데, 범승락의 지설은 '경태병신년간(景泰 丙申年間)'에 씌어졌
으므로 역대전리가는 적어도 세종32년(1450년)과 세조2년(1456년)사이의
5, 6년간에 범승락에 의해 현토되어 가사형식에 맞추어졌을 것이라는 추
론에 이르기 때문이다. 그러므로 현재 우리가 볼 수 있는 역대전리가가
형성된 시기는 세종32년 이후로부터 세조2년 이전이라고 보아야 한다.
　이는 조윤제가 「조선시가의 연구」에서 가사의 형성년대를 세조대 이후
로 보아야 한다는 것과 우연히도 맥을 같이 한다. 이때에 이루어진 역대전
리가는 범승락[50]이 신득청의 원시를 왼쪽은 한문으로 표기하고 오른쪽에

---

49) 余守曾考伏巖(一云厓 一云巖)先生 話東紀史之秘, 每幽閑, 取適寓於高麗申先
　　生理猶軒, 歷代歌唱之, 乃因成梅竹謹甫所製, 諺文方言, 先生歌節, 句讀懸討,
　　所以眞言左邊以諺文竝懸解成文, 梅竹之素性好古尙節之人, 而諺亦所自創做,
　　故景泰甲戌冬 往叩梅竹以示先生之歌, 質問諺解句討, 朴醉琴軒仁叟 適至與
　　梅竹輒一見 卽俱起 盥手更衣冠 奉歌牒于案上 拜跪警復四五回曰, 申先生於
　　麗末振大君子也 (中略), 景泰丙申, 前參知, 羅州范承洛謹誌 (華海師全下, 伏
　　厓曾孫, 范承洛景迪誌說 筆寫本, 高麗大藏)

는 우리말로 나란히 현토하여 가사의 형식에 맞추었다는 사실을 알게
해준다.

임신년(1937) 봄에 진산(진주)사람 강영직이 우연히 전북 군산에 이르러
어느 농가의 헌 궤짝 속에서 다 헤진 화해사전(華海師全)을 발견51)하고
그것이 바로 불훤재 신현(고려개국공신 신숭겸의 13세손)의 유적임을 알고
명월산 속에 들어가 수일동안 읽은 뒤 급기야 활자본 건곤 2권(乾坤 二卷)
으로 재간하였다. 그러나 이 책에는 역대전리가의 작품이나, 이에 관한
기록을 찾아볼 수 없고, 역대가 원시가 신득청(신현의 손자)의 작품인지
범승락이 현재 우리가 보고 있는 역대전리가로 구두현토하여 윤색한 것인
지 알 길이 없다.

그러므로 역대전리가는 그 작품이 실려져 있는 고려대 소장본 필사본
화해사전에 의지할 수밖에 없다. 이 책의 하권 44쪽에 실린 범승락의
지설에 의하면 공민왕조에 덕녕부윤과 간의대부를 지내고 고려가 망하자
만수산 두문동에 은거한 복애 범세동의 증손인 범승락이 그의 증조인
복애의 '화동기사(話東紀史)'에 비전(秘傳)한 이유헌 신득청의 역대가를
즐겨 부른 것은 범승락의 증조부와 신득청이 무관하지 않고 똑같이 두문
동 동지일 수가 있다는 가능성을 높여 준다. 앞에서도 말한 바와 같이
범승락이 지설을 쓴 시기가 '경태병신간'라 했지만 이때에는 병신년이 없

---

50) 趙潤濟는 가사의 발생에 대하여 朝鮮 이전에 발생하였다고 볼 수 없고 朝鮮朝에
   들어와서야 성립하였다고 하면서 그 형성연대를 조선조 초인 世祖年間에 두고, 가사
   의 原形을 處容歌, 鳳凰吟에서 찾고 있다. (朝鮮詩歌硏究, 乙酉文化社, 1948,
   p.123)
51) 去年春永直, 南遊江湖至群山, 偶得華海師全, 於田舍敗筐間, 卽不諼齋申先生
   遺蹟也, 睯然而驚 釋然而喜, 遂抱書人明月山中, 盥讀數日, 始知先生爲易翁
   之門人, 圃牧者賢之師而圃翁之學, 果得其宗焉 (華海師全, 乾, 姜永直序, 全
   北大所藏, 活字本.)

음으로 문종2년 임신년(1452년)이나 세조2년 병자년(1456)의 오기일 가능성이 짙기 때문에 그 시기를 이때의 약 3, 4년간으로 더욱 압축할 수가 있다.

다음으로 역대전리가의 표기를 더욱 상세하게 분석하여 그 허상이 무엇인지 그 작품을 예시하고 조선 초의 이두표기와 대조해 보기로 하겠다.

기가왈(其歌曰)

| | |
|---|---|
| 탐학무도(貪虐無度) | 하걸이난(夏桀ㄴ 丹尸) |
| 단주상균(丹朱商均) | 불초하야(不肖爲也) |
| 요순우의(堯舜禹矣) | 선위상전(禪位相傳) |
| 어이타가(於ㄴ他可) | 부지하고(不知ㆍ口) |
| 매희여색(妹喜女色) | 대혹하야(大惑ㆍㄱ) |
| 가련할사(可憐割士) | 용봉충신(龍逢忠臣) |
| 일조살지(一朝殺之) | 무삼일고(無三日古) |
| 요학우심(遙虐尤甚) | 제신이난(帝辛ㄴ 丹尸) |
| 소견무식(所見無識) | 자질하다(自疾ㆍ夕) |
| 하걸위감(夏桀爲鑑) | 전미하고(全昧ㆍ口) |
| 달기치용(妲己治容) | 광혹하야(狂惑ㆍㄱ) |
| 우망국(又亡國) | 자감하니(自甘ㆍㄴ) |
| 육칠성인(六七聖人) | 선왕묘을(先王廟乙) |
| 보존할사(保存割ㄴ) | …… |
| 욕소보사(欲笑褒姒) | 봉화들어(烽火事乙於) |
| 견시견융(見弑犬戎) | 자얼일다(自孽日多) |
| 강폭천자(强暴天子) | 진시황은(秦始皇ㅏ) |
| 조고지악(趙高之惡) | 전미하고(全昧ㆍ口) |
| 인능태자(仁能太子) | 부소살지(扶蘇殺之) |
| 가련하다(可憐ㆍ夕) | 무삼일고(無三日古) |

축장성(築長城)　　　북방하고(北方ㆍㅁ)
송서시(送徐市)　　　동해하나(東海ㆍㅋ)
천하호걸(天下豪傑)　쟁기하니(爭起ㆍㅌ)
연대장사(燕臺壯士)　형경비와(荊卿匕臥)
한실충신(韓室忠臣)　자방초난(子房樵ㅋㄹ)
절치보수(切齒報讐)　기아닌가(其也人可)52)

역대전리가의 이두표기

| ㈎ 화해사전 | ㈏ 영녕승람 | ㈐ 대명률직해 |
| --- | --- | --- |
| 爲也. ソつ | 爲也. 河也 | 爲良 |
| 於ㅅ他可 | 於以他可 | 一如可 |
| ソロ | 河高. 爲古. 爲高 | 爲遣 |
| ソタ | 魯多. 爲多. 河多 | 爲如 |
| ㆍㄴ乙齊 | 活齊 | 爲齊 |
| ㅅ 仝 | 而羅 | 是如 |
| 日多 | 日多 | 是如 |
| ア | 隱 | 隱. 乙良 |
| ソ尹 | 爲羅 | 爲去乃. 爲在乃 |
| 其也人可 | 其安人家 | 其不冬可 |
| ㆍㄴ古 | 韓古 | 爲去. 爲乎去 |
| 爲乙可 | 割家 | 爲乙去 |
| ㅅ刀 | 伊道 | 是置 |
| ソㅌ | 爲尼 | 爲乎尼 |
| 爲乃 | 爲乃 | 爲乎乃 |
| ㅅ古 | 而古 | 是遣 |

　상게한 이두표기와 같이 역대전리가를 표기한 이두는 대명률직해(大明
律直解)나 이두집성(吏讀集成)에 나와 있는 것과 같은 여말(麗末)이나 선
초(鮮初)의 것이 아니다. 당대에 표기된 자료가 발견되지 않는다는 것은
국문시가나 소설을 다룰 때 거의 공통적으로 당면하는 문제이나, 시대가

---

52) 華海師全 下　高大所藏本.

흐르면 작품을 전사(轉寫)하는 사람이 표기법을 바꾸는 일은 흔히 발견되는 일이다. 그러나 여기에는 조선 초나 고려 말의 이두표기가 전혀 보이질 않는다. 또 표기자체도 일관성이 없는 것들이 많고 작품이나 작자의 측면에 있어서도 그 진위(眞僞)에 많은 문제점을 안겨준다.

이를테면 '하야'는 '爲也', 'ソつ', '河也'로 표기되어 있으나 조선 초에는 '爲良'로 되었고, '-다가'는 '一他可'로 되었지만 '一如可'로, '하고'는 'ᆞᆷ, 河高, 爲古, 爲高'였으나 '爲遣'로, '하다'는 '爲多, 河多'로 되었지만 '爲如'로, '할제'는 'ᆞᆸ乙齊, 活齊'였으나 '爲齊'로, '이다'는 'ᄉ, 而羅'인데 '是如'로, '하나'는 'ソ尹, 爲羅'인데 '爲在乃'로, '그 아닌가'는 '其安人歌, 其也人可'인데 '其不冬可'로, '함은'은 '爲隱, 爲乙ア, 咸隱, 咸焉'인데 '爲去乎'으로, '한고'는 'ᆞᄂᆫ古, 韓古'인데 '爲乎去'로, '할가'는 '爲乙可, 割家'인데 '爲乙去'로, '이도'는 'ᄉ刀, 伊道'인데 '是置'로, '이고'는 'ᄉ古, 而古'인데 '是遣'로, '하니'는 'ᆞᄂ, 爲尼'인데 선초에 '爲乎尼'로 각각 표기되어 있으므로 현재 이두로 기록된 역대전리가는 여말이나 선초의 것이라고는 생각할 수가 없다.

이와 같이 원래 풍(諷)의 역대전리가를 현토하여 아무리 고려대의 가사와 같이 보더라도 확실한 문헌적인 탐색을 거치지 않고 고려조에 이미 가사의 전형을 이루었다는 주장을 할 수가 없다. 뿐만 아니라 이 노래에 표기된 이두문은 앞에서 분석한 바와 같이 조선 초의 것이라기보다 조선 후기의 이두임이 분명하다. 또 표기 그 자체에 있어서도 일관성이 없어 한 작품 속에 각각 다른 표기가 있기도 하고 오기된 예도 있어 도저히 고려조까지는 끌어올릴 수도 없다.

그러므로 조동일도 역대전리가는 이상보가 명지어문학 7집(명지대, 1975)에서 다루었다고 하고서 그러나 이 작품은 후대인의 위작(僞作)이라고 보는 편이 타당할 수 있다[53]는 위작 가능성을 제시한 게 아닌가 한다.

### 3.1.3 승원가 및 서왕가의 허상

#### (1) 승원가의 문제점

'나옹화상승원가라' 표제된 필사본이 김종우에 의해 1974년 발견되었다
는 발표가 있은 후 그 표기가 이두로 기록되었다는데 깊은 관심을 가지고,
또 소장자가 함안 조씨의 후손으로 가보처럼 보존해왔다는 선입견 아래
국자가 없던 고려 말에 가사를 이두로 기록해 가면서 창작, 향유했을
것이라고 추정한 사람들이 많았다. 이러한 사실 아래 승원가나 서왕가가
나옹의 작품이라고 하는 것이 명백한 것인 양 학계의 정설로 굳어가고
있는 것[54]은 재고해야 할 필요가 있다고 생각한다.

조선 말엽까지도 한문을 아는 사람 중에는 국문이 서툴러서 이두식으로
쓰는 사람들이 많았고, 관공서의 공문이나 땅 매매문서 등에도 이두문이
두루 쓰였다. 승원가 역시 조선후기의 이두로 표기된 불교가사였음을 누
구나 쉽게 알 수가 있다. 우선 이 승원가는 함안 조씨의 후손이 가보처럼
보존해 왔다고 했으나, 이두표기상 대명률직해나 이두집성 등의 이두와
대조해 보면 누구나 여말, 선초의 이두가 아니라는 사실을 발견할 수가
있다.

---

53) 趙東一, 한국문학통사2, 지식산업사, 1983, p.206.
54) 李秉岐, 전게서, p.122.
　　李相寶, 韓國古詩歌硏究, 螢雪出版社, 1975, p.15-23
　　崔康賢, 歌辭의 發生史的硏究, 새국어교육 18-20 合倂號, 1974.
　　具壽榮, 懶翁和尙과 西往歌硏究, 국어국문학62, 63號, 1973.
　　張德順, 韓國文學史, 同和文化社, 1977, p.254.

| | |
|---|---|
| 主人公主人公我 | 주인공 주인공아 |
| 世事貪着其萬何古 | 세사탐착 그만하고 |
| 慙愧心乙而臥多西 | 참괴심을 이와다서 |
| 一層念拂何等何堯 | 일층념불 어떠하뇨 |
| 昨日少年乙奴 | 어젯날 소년으로 |
| 今日白髮慌恐何多 | 오늘백발 황공하다 |
| 朝積那殘無病陀可 | 아적나잔 무병타가 |
| 夕力羅自乙未多去西 | 저녁나잘 못다가서 |
| 手足接古死難人生 | 손발접고 죽난인생 |
| 目前厓頗多何多 | 목전에 파다하다 |
| 今日以士無事旱達 | 오늘이사 무사한달 |
| 明朝乙定爲孫可 | 명조를 정하손가 |
| 因因而捨我會我 | 곰곰이 주어모아 |
| 幾百年生羅何古 | 몇백년 살라하고 |
| 財物不足心隱 | 재물 부족심은 |
| 天子羅道無殘難而 | 천자라도 없잔나니 |
| 貪慾心乙揮耳治古 | 탐욕심을 후리치고 |
| 精神乙振體出余 | 정신을 떨쳐내여 |
| 奇妙旱山水間厓 | 기묘한 산수간에 |
| 物外人而道汝文多 | 물외인이 되려문다 |
| 人道其難業去等 | 사람되기 어렵거던 |
| 盲龜遇木如陀何而 | 맹구우목 같다하니 |
| 佛菩薩恩德以奴 | 불보살 은덕으로 |
| 此身道也出臥是以 | 이몸되야 나왔으니 |
| 伊安耳幸何也 | 이아니 다행하야 |
| 佛體主恩德乙老 | 부처님 은덕으로 |
| 寸步道忘之末古 | 촌보도 잊지말고 |
| 阿彌陀佛於西何也 | 아미타불 어서하야 |
| 極樂乙奴歸我可自 | 극락으로 돌아가자 |
| 主人公主人公我 | 주인공 주인공아 |

| | |
|---|---|
| 殘傷古可憐何多 | 불쌍코 가련하다 |
| 百年刀牟多生隱 | 백년도 못다사는 |
| 以一身具之未陀 | 이한몸을 구지믿아 |
| 無散慈未見羅何古 | 무산재미 보려하고 |
| 飮古餘隱田畓社其 | 먹고남은 전답사기 |
| 用古餘隱財物以難 | 쓰고남은 재물이난 |
| 時士老經營何也 | 시사로 경영하야 |
| 無益旱貪心乙奴 | 무익한 탐심으로 |
| 頂上厓寶羅限多 | 정상에 보랴한다 |
| 覺治餘隱主人公我 | 깨치렵은 주인공아 |
| 石崇耳刀財物奴死古 | 석숭이도 재물로 죽고 |
| 菀丹耳刀君殘羅而 | 울단이도 구잔나니 |
| 艱難界有餘界臥 | 간난계 유여계와 |
| 自乙刀其未刀其難 | 잘되기 못되기난 |
| 前生厓造隱大奴 | 전생에 지은대로 |
| 此身刀也出來除介 | 이몸되야 나올적에 |
| 天定以奴馬鍊何也 | 천정으로 마련하야 |
| 在天明白何也去等 | 재천명백 하얏거던 |
| 草木末太露如隱 | 초목끝애 이슬같은 |
| 危殆旱以命壽乙 | 위태한 이목숨을 |
| 千年外厓生羅何古 | 천년밖애 살랴하고 |
| 其大道奴乞加其那 | 그대도록 걸덕이나 |
| 嗔心惡生顏太上禮 | 진심악생 낱애우에 |
| 對面何其哀納道多 | 대면하기 애달도다[55] |
| (중략) | (김종우 해독, 밑줄 필자) |

---

55) 金鍾雨, 鄕歌文學硏究, 二友出版社, 1980, pp.338-340.

〈표4〉 이두표기대조표

| 승 원 가 | 대명률직해 | 승 원 가 | 대명률직해 |
|---|---|---|---|
| 何古 | 爲遣 | 割際 | 爲齊 |
| 矣奴, 乙奴, 以奴 | 乙以, 乙良 | 何面(하며) | 爲旀 |
| 何多 | 爲如 | 分而奴多, 念以奴多 | 分是奴如 |
| 一陀可, 一多可 | 一如可 | 不以何古 | 不冬爲遣 |
| 是以 | 是尼 | 去伊, 去耳 | 去是 |
| 何也 | 爲良 | 道也 | 都也 |
| 何也去等 | 爲乎喻去等 | 爲古(되고) | 爲遣 |
| 耳羅 | 是如 | 何刀 | 爲矣, 爲都 |

이 표에서 볼 수 있는 것처럼 승원가의 이두표기는 선초의 그것과는 확연히 구별이 된다. 즉 여말이나 선초의 이두표기는 일정한 원칙이 있어서 '하다'라는 말은 무엇이든 '위(爲)'로 시작되기 마련이지만 승원가에서는 표에서 보는 바와 같이 '하(何)', '한(恨)', '한(旱)', '한(限)', '할(割)' 등 생각나는 대로 때에 따라서 각기 다르게 표기하여 혼용하였다. '이다'의 '이'도 '이(以), 이(耳), 이(而)' 등으로 일정한 원칙이 없이 사용했다는 것을 알 수가 있다.

다시 말하면 조선 초의 이두표기를 알 수 있는 대명률직해에는 '하고'는 '爲遣'로 표기하고 있으나 승원가는 '何古'로 되어있어 판이하고, '爲旀' (하며)를 '何面'으로, '爲齊'(할제)를 '割除'로, '不冬爲遣'를 '不以何古'로, '爲乎喻去等'(하야거든)을 '何也去等'으로, '爲良'(하야)를 '何也'로, '乙以'(으로)를 '矣奴, 乙奴, 以奴' 등으로 표기하고 있어 조선초기의 그것과는 판이하게 다르다는 것이다.

또한 같은 말이라도 수시로 다르게 표기되어 있어 누가 보든 일정한 표기의 원칙이나 통일성을 찾아보기가 힘들다. 예를 들면 '하니' → 恨耳, 何以, 何而, '-한달' → 旱達, 恨達, '—다가' → 陀可, 多可, '으로' → 矣

奴, 乙奴, 以奴, '가니' → 去伊, 去耳, '없는' → 無隱, 無難, '이요' →
耳堯, 以堯, 而堯, '없이' → 無是, 無時, 無示, '우리' → 我, 于耳, 于
以, '같은'→ 如隱, 如歎, 可歎, 可坦 등으로 서로 다르게 표기가 되었다
는 점이다. 처소격 조사 '에, 애'를 '애(厓), 애(愛), 예(禮), 태(太)' 등으로
혼용한다든지, '하물며'를 '下勿面, 況物面'으로 뒤섞어 쓰기도 하고, 더구
나 '인삼(人蔘)'을 '인삼(人三)', '공자(孔子)'를 '공작(孔雀)', '경각(頃刻)'을
'경각(敬刻)', '성명(姓名)'을 '성명(性名)', '편작(扁鵲)'을 '편작(鞭作)', '훼방
(毁謗)'을 '회방(悔謗)' 등으로 잘못 표기한 걸 보면 작자나 전사자(轉寫者)
가 조선 후대에 교육정도가 낮은 중인층이거나 불승 또는 신도였을 것이
라고 생각할 수가 있다.

이와 같이 일정한 표기원칙도 없이 산만할 뿐더러 음차(音借)나 훈차(訓
借)에도 어떤 법칙이 적용되지도 않았고 말의 표기도 수시로 다르게 하였
다. 다시 말하면 균여의 보현십원가나 예종의 도이장가 등에서 사용된
고려 때의 표기 방식과도 다르고, 특히 선초의 대명률직해 식의 이두표기
와도 크게 차이가 난다는 것이다. 이러한 승원가를 두고 멀리 고려대의
나옹작으로 보는 것은 논리의 비약이 아닐 수 없다.

그러나 승원가를 발견한 김종우는 다음과 같은 관점에서 이를 나옹작으
로 보았다.

① 승원가 원래의 저본이 이두식으로 되었으므로 그대로 썼든가 아니면 전사
자만이 알 수 있는 이두식으로 전사했을 것이라는 점
② 이러한 이두표기로 보아 나옹원본에 가까우므로 다른 국문가사 보다 원형
을 어느 정도 잘 보전했다는 것
③ 대의가 세사에 너무 탐착 말고 인생사의 부귀공명이 일조진(一朝塵)임을
깨우쳐서 일심으로 선근(善根)을 닦아 염불수도함으로써 극락정토로 가

자는 것으로 국문가사인 서왕가류와 크게 다를 바 없다는 점.
④ 나옹이 제자인 야운의 자경문 서두와 각 단락의 기사(起辭)인 '주인공 주인 공아' 등이 일치한 것으로 보아 야운이 그의 스승의 문체를 모방했다는 점56)

이상과 같은 근거를 내세워서 김종우는 승원가를 고려 말까지 거슬려 올려 나옹화상의 작품으로 인정하고 국문학적인 의의를 논술한 바 있다. 그러나 그가 주장하고 있는 ①, ②는 앞에서 분석한 바와 같이 여말이나 선초의 이두라고는 전혀 생각할 수 없을 정도로 표기의 일정한 원칙도 없고, 또 용어도 수시로 혼용되거나 오기됐다는 점에서 불합리하다. 또 ③의 내용적인 고찰은 불교가사의 경우에는 어떤 작품이나 공통적으로 수용되고 있는 불교의 공(空)과 허무사상이며, 특히 ④의 경우는 나옹의 승원가의 영향을 받아 그의 제자인 야운의 '자경문'속에 승원가 각 단락의 허두인 '주인공, 주인공아'가 나타나므로 그 영향관계를 추정할 수 있지만 이도 더욱 믿을 수 없는 일이다.

사실 승원가는 이상보가 권수근 소장본에 '자책가(自責歌)'를 작자 미상 의 작품으로 소개한 바가 있지만, 453구의 장편 가사로 원사(原辭)에 해당 하는 부분이 승원가의 내용과 일치한 점이 많다고 하였다. 또한 그는 자책가도 나옹이 지었다고 전하는 기록이 있는 것으로 미루어 승원가와 자책가는 이명동곡(異名同曲)이 아닌가 여겨진다57)고도 하였다. 이상보 의 주장대로 이 두 가사는 같은 작품으로 볼 수밖에 없다.

여기서 야운이 나옹의 영향을 받아 지었을 것으로 보이는 자경문 가운 데 승원가 각 단락의 '주인공 주인공아'가 나타난다는 것을 다시 생각해

---

56) 金鍾雨, 鄕歌文學硏究, 附編, '麗末懶翁과 그의 歌辭' 二友出版社, 1980, pp.28.
57) 李相寶, 한국불교가사전집, 집문당, 1980, pp.130-131, pp.476-484.

볼 필요가 있다. 야운의 자경문은 목판본인 '초발심자경(初發心自警)'의
38쪽과 84쪽 사이에 수록되어 있는데 이 책의 간기(刊記)⁵⁸⁾로 보아 선조
10년(1577년) 송광사 유판(留板)을 선조15년(1582년)에 개간(開刊)했다는
사실을 알 수가 있다. 그러므로 자경문은 임진왜란이 나기 이전에도 불승
이나 신도들에 의해 두루 읽혀졌다는 사실을 알 수가 있다. 임진왜란이
끝난 광해 조에 이르러 전국이 안정이 되고 점차 쇠퇴일로를 걷게 되었던
불교가 임란 때 승군들의 호국의지의 발현으로 사람들의 관심은 물론
임금이나 중신들에게도 좋은 반응을 일으켰다. 그러므로 불교복원운동의
일환으로 야운의 자경문 등의 불서(佛書)를 널리 보급하고 또 불교를 융성
케 할 목적으로 가사를 지어 두루 암송케 했다는 것이다.

　다음의 대조표에서 볼 수 있듯이 야운의 자경문과 승원가는 매우 혹사
(酷似)한 부분이 상당히 많다. 또한 이러한 어휘들은 불교를 아는 사람들
이면 누구나 들어서 알고 있음직한 말들이다. 이처럼 보편화된 사상을
근간으로 한 승원가는 상게한 표에서 보는 바와 같이 '야운자경'의 정신이
후세인들의 마음에 침투되어서 불교 포교의 가사형식으로 나타나 세상에
유전(流轉)하게 되었다고 보는 것이 여러모로 합리적이다. 아무튼 이와
같은 측면에서 보면 승원가의 작자를 고려 말의 나옹과 결부시키려는
것은 논리적인 비약임에 틀림없다⁵⁹⁾고 보아야 한다.

---

58)　萬歷五年　丁丑夏　全羅道　順天地　曹溪山松廣寺　留板　(野雲　自警文)
　　萬歷十年　癸未八月日　京畿道　龍仁　光敎山　瑞峯寺　開刊　(野雲　自警文)
59)　姜銓燮, 傳懶翁和尙作 歌辭 四篇에 對하여, 韓國言語文學 23輯, 1984, p.9.

<표5> 자경문과 승원가의 대조

| 자경문 | 승원가 |
|---|---|
| ①序詞. 主人公. 聽我言<br>②結詞. 主人公. 如值人道<br>　　當如盲龜遇木…<br>　　人生難得. 佛法難逢<br>　　此生失却. 萬劫難遇<br>③其二來無一物來. 去亦空手去<br>　…百年貪物一朝塵 | 主人公. 主人公我(주인공. 주인공아)<br>人道其. 難業去等(사람되기 어렵거든)<br>盲龜遇木. 如陀何而(맹구우목 같다하니)…<br>阿彌陀佛. 於西何也(아미타불 어서하야)<br>極樂乙奴. 歸我可自(극락으로 돌아가자)<br>空手以奴. 出我多可(빈손으로 나왔다가)<br>空手以奴. 入於去伊(빈손으로 들어가니)<br>百年貪物. 一朝塵乙(백년탐물. 일조진을) |

(김종우 해독)

　승원가가 형성된 시기는 사명당, 서산대사와 같은 영웅설화에서 볼 수 있는 바와 같이 승군의 놀라운 활약과 부처의 보살핌으로 인하여 임란의 뼈아픈 전화(戰禍)를 잊을 수 있었던 것으로 생각하였고, 따라서 호국불교의 인식이 높아져 간 광해 조 이후인 것으로 보인다. 또한 김종우가 발표한 논문 가운데는 1974년에 그가 부산 동래에 거주하는 조혁제 소장의 필사본을 구독했는데, 조씨가 함안 조씨의 후손으로 가보처럼 유전(遺傳)되어 온 어계집(漁溪集), 조씨십충록(趙氏十忠錄)과 함께 승원가가 보관해 왔다는 점이나, 그것이 이두로 표기됐다는 주장만으로는 도저히 나옹의 작품이라고 단정할 수가 없다.

　그러한 까닭으로 첫째, 소장자가 어계집, 조씨십충록과 함께 가보처럼 누대를 보관하여 왔다는 점만 가지고 승원가의 형성 연대를 고려 말까지 거슬러 올릴 수가 없고, 또 그와 같은 역사적인 증거도 없기 때문에 우리는 그 이상의 어떤 추측이나 추상을 하여 작자를 부회해서도 안 된다. 둘째, 앞에서 언급한 바와 같이 승원가의 표기 문제 상 고려 말이나 조선 초의 이두표기와는 판이하고 구사된 어휘나 표현기법, 내용, 문체 등으로 보아 고려 말이나 조선 초로 소급시킬 수 없다는 것이다.

다시 말하면 승원가의 '어와 슬프다 우리도 인간에 나왔다가 념불말고 어이할가'는 조선조 사대부 가사에서 흔히 볼 수 있는 '어와 성은이야 가디록 망극하다'(관동별곡)나 '어와 이내몸이 천지간에 느저나니'(만분가), '어와 허사로다 이님이 어듸간고'(속미인곡)와 같은 가사의 결사법과 흡사하고, 나옹의 서왕가 '염불마난 중생들아', '이보시오 어르신네'등은 '홍진에 뭇친분네', '이봐 니웃드라'(상춘곡)의 표현기법과 같다는 것이다.

뿐만 아니라 서왕가 가운데 '하루도 열두시오, 한 달도 설혼날에'는 송강의 사미인곡 '흐르도 열두씩 흔돌도 설혼날'과 똑같은 것으로 전대의 상춘곡이나 사미인곡에서 용사한 전고의 수법인 바 승원가나 서왕가는 임란 이후의 작품으로 보아야 합리적일 것으로 보인다.

### (2) 서왕가의 문제점

서왕가는 숙종 30년(1804년) 석명연에 의해 처음 간행된 이래, 영조 17년 봄 경상도 신녕 팔공산 수도사에서 재간한 목판인본 '나옹화상 서왕가' 외에도 네 차례에 걸쳐 복간(復刊)이 있었던 바 전승 문헌상으로 보아도 나옹화상의 작품으로 보기가 어렵다. 나옹이 불교적인 측면에서 서왕가를 썼다면 400여 년 전의 나옹집이나 어록, 가송 등 그의 행장이나 문집 등에 그것에 대한 언급 쯤은 있어야 하나 그러한 근거를 전혀 찾아볼 수도 없고, 타인의 문집 가운데 서(書)나 기(記) 등의 기록에도 일언반구의 언급이 없다는 측면으로 보아도 그렇다.

실제로 목은집에는 나옹의 완주가, 백납가, 고루가 등 '나옹삼가후'라는 기록이 남아 있다. 가람 이병기에 의해 가사작품으로 알려진 관산별곡[60]도 필자가 금호유고에 있는 임형수의 '서관산별곡후'를 보게 됨으로써 그

것이 가사가 아닌 시조나 경기체가 형식일 것이라는 양식상의 문제와 이제까지 미상으로 되어 있던 창작년대, 작품내용, 작자와 윤색자 등을 비로소 발견하여 밝혀낼 수 있었다[61]는 것이다. 이러한 관점으로 보면 나옹화상이 한시로 쓴 불가(佛歌)가 조선 초에 출간되었는데 그의 문집이나 타인의 문집조차도 서왕가나 승원가, 낙도가 등의 언급이 전혀 없다는 문헌상의 이유로도 이의 신빙성에 문제점이 제기된다.

만일 고려대에 불가에서 포교의 목적으로 가사를 썼다면 이는 읊은 위주의 시가라기보다 가창 위주의 양식일 것이므로 경기체가나 고려속요, 범패와 같은 형식이었을 것이며, 따라서 가사와는 다른 양식이었을 것이다. 또 조선 초의 유학자들이 국교로 신봉하던 그 시대에 포교의 목적으로 가사를 썼다고 하는 것도 타당성이 없다. 또한 우리 고전 작품 중에는 자기가 쓰고도 작자의 인격률을 높이기 위해 유명한 고승이나 유자의 작품으로 가탁부회(假託附會)하는 일이 많았다.

현재 율곡 작으로 되어 있는 낙빈가, 낙지가, 자경별곡 등에 대한 작자 비정이 최근에 치밀한 작업을 거쳐서 자경별곡은 '교경재사고(矯警齋私稿)[62]에 기록된 자경별곡서'와 남평 문씨 대동보에 의해 월계 문석용(1854~1905)의 작품이라는 사실이 밝혀졌고, 낙빈가는 퇴계와 율곡 또는 서화담일 가능성이 높다고 하였으며, 낙지가는 청허자(淸虛子)나 그와 관련된 어느 누구의 작품일 가능성이 높다는 사실이 밝혀졌다.[63] 이러한 까닭으로 도덕적인 것이라면 무조건 퇴계나 율곡의 작품이라고 부회하는 일이 많은 것처럼 서왕가나 승원가 등의 불교가사도 후세인이 지어놓고 그

---

60) 李秉岐, 白鐵, 國文學全史, 新丘文化社, 1980, p.122.
61) 拙稿, 全北文學, 1986, 110號, p.57-60, 111號, p.59-66.
62) 矯警齋私稿二, 鄭在赫 自筆寫本, 自筆草稿(1901-1914), p.37-38.
63) 姜銓燮, 傳栗谷先生歌辭에 관한 管見, 韓國言語文學21집, 1982, p.1-9.

작품의 품격을 높이기 위하여 고승에게 가탁부회했다고 보아야 옳다.

실제로 나옹작으로 논의되고 있는 서왕가의 이러한 가능성은 이병기, 장덕순, 서수생, 정병욱, 이상보 등에 의해 시인되거나 재론되었고, 최강현에 의해 상당히 치밀한 작업을 거쳐 재확인되기도 하였다. 이들은 나옹의 생애를 통해 그가 고승이라는 선입견 아래 나옹집 속의 기록과 가송, 한시 등에 보이는 정토(淨土)사상과 관련하여 나옹의 창작설에 신뢰도를 높이려고 했었다. 그 결과 학계에서는 종래 세조 조나 성종 조 이후로 보았던 가사의 형성을 좀 더 치밀한 비정작업을 거치지 아니하고 여말설로 기울어지기도 하였다.

1974년 이상보는 신라시대부터 불러온 범패가 발전되어 고려시대에 불교가사가 형성되었다고 믿고 나옹삼가라는 장편한시 완주가, 백납가, 고루가가 나옹집에 실려 있는 것으로 보아 서왕가는 나옹이 지은 것이라고 전해오는 것이 틀림없다[64]고 하였다. 최강현도 나름대로 치밀한 작업을 거친 끝에 맨 처음 숙종 30년(1704년) 석명연이 간행한 '대미타참략초요람보권염불문(大彌陀懺略抄要覽普勸念佛文)'과 영조 17년(1741년)에 재간한 석타참절요(釋陀懺節要) 등 모두 6차례에 걸쳐 간행된 서왕가류를 중심으로 수록된 문헌과 원문대조를 거쳐 내용분석을 하고 거기에 나타난 어휘빈도를 조사하여 '염불'은 7회, '생각'과 '마음'이 6회의 빈도와 구수(句數)통계를 냄으로써 조선 전기가사와 공통점이 많다고 했다. 또 나옹의 생애와 어록 등에 사용된 관용어의 빈도를 추출하여 '간마(什麽)'와 '허공(虛空)'이 31회, 육창(六牕) 23회, 당당참선(堂堂參禪) 22회, 화두(話頭) 19회 등이라고 한 뒤, 서왕가에도 거의 그 용례가 있다는 점과 나옹의

64) 李相寶, 韓國歌辭文學硏究, 螢雪出版社, 1974, pp.31-49.
　　韓國古詩歌의 硏究, 螢雪出版社, 1974, pp.41-16.

선관(禪觀), 생사관, 왕생관(往生觀) 등 그의 사상 등을 내세워 서왕가의 작자를 나옹화상으로 주장한 바[65]가 있다.

그러나 불찬(佛讚)을 할 때 부르는 범패가 불교가사가 형성되는 한 요인이 될 수 있을지언정 고려 말에 가사가 형성되었다는 주장을 세울 수 없을 뿐만 아니라, '나옹삼가'의 형식상 자수가 3.3.7(4.3), 7(4.3)…… 등으로 되었다고 하여 가사와 일맥상통한 것이라고 단정할 수도 없다. 그것은 4언시체의 시경이나 칠언시 등이 가사에 많이 녹아 있다고 하여 시경이나 7언시가 가사가 되었다고 단정할 수 없는 논지와도 같은 결과이다.

또 서왕가나 나옹집과의 어휘빈도를 조사하여 공통점을 추출해내는 일련의 작업과정이 얼마만큼이나 신뢰도를 지닐지도 문제가 된다. 지금 전하고 있는 불교가사류 70여 편[66]을 보면 최강현이 통계를 낸 바와 같이 '염불', '생각', '마음'등 불교신앙을 권하는 어휘들이 많고, '사량(思量), 상량(商量), 각(覺), 오(悟)'와 같은 불교 철학적인 용어가 주종을 이루고 있기 때문이다.

다시 말하면 불교 포교를 목적으로 창작, 유포되는 불교계 가사는 대부분 이와 같은 불교 철학적인 어휘가 잦는 것이 당연한 이치이므로 이러한 조사방법이 변증의 한 방법이 될 수가 없다는 것이다. 뿐만 아니라 형태상 구수(句數)통계를 내어 후기의 가사보다 전기의 가사에 가깝다고도 했지만, 조선후기 작품이라고 보는 것들 가운데서도 이와 같은 형식은 얼마든지 그 예를 찾아 볼 수가 있다. 또한 후세의 불승이나 신도들이 가사를 창작할 때 송강의 사미인곡에 있는 '흐르도 열두씩 흐 둘도 설흔날'과

---

65) 崔康賢, '歌辭의 發生史的硏究', 歌辭文學硏究, 정음사, 1979, pp.37-61.
66) 이상보, 한국불교가사전집, 집문당, 1980, pp.141-501.

같은 구절을 마음대로 용사했을 것이라는 점도 짐작할 수 있는 일이다.

또 나옹의 어록 등에 나오는 어휘빈도의 통계를 내어 서왕가와 거의 용례가 같다고 하였으나, 이러한 대조도 명확하질 못하고, 혹 그렇다 손치더라도 나옹의 작품으로 가탁(假託)하자면 일부러 나옹의 문집 속에 있는 어휘를 많이 사용하거나, 그의 사상과 일치한 철학적인 용어를 사용했을 것이라는 점은 자명한 일이다. 더구나 서왕가 허두에 불문(佛門)으로 출가하는 것을 서경적으로 묘사한 '세사(世事)를 후리치고 부모께 하직ᄒᆞ고 / 단표자(簞瓢子) 일납의(一衲衣)로 청려장(靑藜杖) 비기들고'가 나옹이 출가한 생애와 일치한다던가, 나옹의 사상과 서왕가 속의 불교사상이 상사하여 나옹의 작품으로 볼 수 있다는 주장은 스스로 논리와 합리성이 없다.

왜냐하면 출가승(出家僧)이면 누구나 이런 전철을 밟을 것이며 또 그러한 정조에 빠져들기 마련이고, 다른 한편 불승이나 신도들에 의해 창작 유포되었다면 불가의 정토사상은 어느 작품에서나 공통적으로 나타날 수 있기 때문이다. 특히 '나옹의 한시 삼가 및 십종가(十種歌)'의 작품수준으로 보아 국문으로 씌어진 서왕가의 작자를 나옹으로 보려는 것은 견강부회임과 동시에 너무도 독단적인 견해가 아닐 수 없다 하겠다.[67] 김준영, 김기동도 서왕가(Ⅰ)는 숙종 대 이후의 언어이며 그 밖의 것은 현대어로 되었음은 물론 그 구성이나 표현으로 보아도 후대의 작품일 것이며, 또 고려 말에 가사체가 존재했었다고 볼 수 없음으로 원래 나옹화상의 한문을 후인이 가사체로 번역했거나 후인의 위작(僞作)으로 볼 수밖에 없다[68] 고 하고서 선조 대 이전의 작품으로 취급하기 어렵다고 주장한 바가 있다.

---

67) 姜銓爕, 상게논문, p.4.
68) 金俊榮, 韓國古典文學史, 금강출판사, 1971, p.284.
　　金起東, 國文學槪論, 太學社, 1983, p.155.

본디 불교는 조선 개국 이래 숭유억불정책에 밀려 산중으로 깊숙이 들어가 한 때 소멸의 위기를 맞았다가 명종 조에 문정대비의 비호를 받은 보우(普雨)대사에 의해 선(禪)·교(敎) 양종(兩宗)을 복립(復立)하고 한 때 불교 부흥을 꾀하는 듯 했다. 그러나 명종 20년 오랜 실권을 잡고 있던 문정대비가 승하하자 보우도 판선종사도대선사의 직을 삭탈 당하고 그해 6월 제주도로 정배(定配)되었다가 그곳에서 장살(杖殺)되어 모처럼의 불교중흥의 기회를 놓치고 말았다.[69]

그러다가 불교융성의 절호의 계기를 임진왜란에서 찾았으리라고 보여진다. 서산대사 휴정은 선조와 화답할 정도로 가까운데다가 임란이 일어나자 몽진(蒙塵)길에 오른 선조가 묘향산으로 사신을 보내어 나라의 위급함을 알리고 휴정을 초치(招致)하여 난국타개를 물으니 호국인왕(護國仁王)의 사상이 투철한 휴정은 전국 사찰에 격문을 돌리고 제자들에게 궐기할 것을 전하였던 것이다. 정종대왕의 명(銘)과 제문(祭文)에 의하면 휴정은 중기에 종풍(宗風)을 드날리며 의병을 일으켜 국난을 타개하고 왕실에 충성을 바친 원훈자라 했고, 또 의발(衣鉢)을 전함으로써 의를 세워 때를 바로 잡았으니 실로 선종(禪宗)을 힘입어 우리 민이(民彝)를 빛나게 하였다[70]고 기록하고 있다.

실제로 서왕가가 나옹화상 작이라고 하여 숙종 대에 판각 유포하게 된 이면을 조용히 응시해 보면 임란의 위기에 승복을 입고 참전하여 전공을 세웠던 승군의 활약에 힘입어 숭유억불의 아성도 차츰 무너져가고 있을 때 불교 홍보의 기운에 따라 교세확장의 일환으로 불가에서 국문가

---

69) 韓國史, 近世前期篇, 震檀學會, 乙酉文化社, 1962, pp.558-559.
70) 中焉顯發宗風, 弘濟國難倡義旅, 爲勸王元勳 (西山大師集, 正宗大王御製, 西山大師畵像堂銘竝 序), 衣鉢之傳, 仗義匡時, 寔賴禪宗 光我民彝(西山大師集, 酬忠祠 賜祭文)

사의 싹이 움터갔음을 우리는 쉽게 상상할 수[71]가 있다.

　그러므로 불교가사는 인조 대 이후 숙종 대에 이르러서 학덕 높은 여말
의 명승 나옹화상에 부회되어 유포되었고, 더욱이 나옹 작으로 가탁 하자
매 나옹의 가송과 한시 속에 녹아있는 정서와 사상에 흡사한 어휘들을
조잡하게 늘어놓은 서투른 서왕가가 되었을 것으로 쉽게 추정할 수가
있다. 또 불교가사가 대부분 고려 말에 발생했다는 여말설이 학계의 추세
이지만, 불교가 국교로 되어 가장 융성했던 고려대에 불교교리를 전파하
기 위하여 가사를 창작했다는 사실부터도 설득력이 없다.

　이와 같은 견지에서 보면 가사문학의 발생사적 연구 가운데 고려 말
발생설을 뒷받침할 만한 전승 문헌상의 면밀한 고찰과정도 없이 주장한
불교 가사들은 후세인들의 의작(擬作)일 뿐더러 작자 미상 작을 인격률을
높이기 위한 부회일 뿐이다. 그러므로 이러한 정확한 분석을 거치지 않고
제시된 작품들은 어디까지나 상상적인 가설로 보아야 하고 와전(訛傳)에
의한 과오를 되풀이하지 않아야 한다. 따라서 앞에서 살펴 본 바와 같이
신득청의 역대전리가도 고려대의 작품으로 여기고 있지만, 세조년 간에
범승락에 의해 가사형식에 맞추어 구두현토된 사실이 밝혀졌음으로 조선
초의 작품으로 보아야 하고, 나옹의 서왕가나 승원가도 임란 이후 불교
교리를 전파하고 불교융성의 일환책으로 불승이나 신도들에 의해 창작
유포되었다고 보아야 한다.

---

71) 姜銓燮, 傳懶翁和尙作歌辭 四篇에 대하여, 韓國言語文學23집, 1984, p.3.

## 3.2 조선초 형성의 실제

### 3.2.1 상춘곡의 실상

상춘곡은 가사 문학의 효시로 알려져 왔고 학계에서도 그렇게 인정하여 검인정 인문계 고등학교 고전에서는 이재수, 서수생 공저의 고전을 제외하고는 대부분 상춘곡을 가사의 효시작으로 삼고 있는 실정이다. 그러나 1965년 강전섭은 상춘곡이 불우헌집의 편자인 정효목 생존시에 돋아난 안작(贋作)이라고 한 이래, 4년 후인 1969년 권영철도 이에 동조하여 작자와 작품의 진위에 관한 문제를 제시한 뒤72) 끊임없이 작자와 작품에 관한 논의가 계속되어 왔다.

그런데 1977년 장덕순은 이러한 주장에 관하여 '문헌적으로나 자료면에서 정극인 작이 아니라는 증거가 없는 한 아직 그 작자와 제작년대에 대하여 속단을 내리는 것을 삼가해야 할 것'73)이라는 신중론을 폈다. 이상보도 전간재(田艮齋)가 지은 화도만록(華島漫錄)과 송자대전(宋子大全) 권 2 '서(書)'에 '송시열이 황윤석보다 100여년이나 앞서 서문을 써달라고 보내온「불우헌유고」를 낱낱이 읽었다는 말을 인용하고 오늘날 불우헌집의 신빙도가 미약하다고 말하는 이들에게 좋은 참고자료가 된다'74)고 하여 상춘곡의 정극인 작에 관한 긍정론을 피력한 바가 있다. 이와 같은 여건에서 상춘곡의 작자와 작품의 진위(眞僞)문제는 더 신중하게 분석 고찰할 필요가 있다고 보는 것이다.

상술한 바와 같이 강전섭은 그의 논문에서 상춘곡의 정극인 작에 문제

---

72) 姜銓燮, 樂隱別曲研究, 忠南大大學院, 1965, p.56-57.
    權寧徹, 不憂軒曲研究, 國文學研究, 제2집, 曉星女大, 1969, p.39-91.
73) 張德順, 韓國文學史, 童和文化社, 1977, p.263.
74) 李相寶, 韓國歌辭文學의 研究, 螢雪出版社, 1974, p.66.

에 관하여 다음과 같은 논지를 세웠는데 첫째, 상춘곡의 내용을 정극인 작 장단가 2편(불우헌곡, 불우헌가)과 상호 비교해 보고서 안작(贋作)임에 틀림없다고 하였고, 둘째, 상춘곡의 가의와 시상으로 보아도 송강가사 이후의 작품임에 틀림없으리라고 보며, 셋째, 임진, 병자 양란을 치르고 난 불우헌집 편찬 시기의 환위(環圍)로 따져 보아도 또한 의심하지 않을 수 없다고 하였다. 요컨대 강전섭은 상춘곡의 작자는 환로(宦路)에 전혀 나서지도 않고 '백년행락'을 즐기던 은일시가객 중에서 구해야만 된다고 하면서 상춘곡은 전 정극인 작(傳 丁克仁作)이라고 할 작자 미상의 작품이라고 하고 싶다고 하였다.

그 뒤 1982년 3월에 발간된 그의 저서 '한국고전문학연구'에서는 그의 비장본 '불우헌집'을 정밀히 분석 검토해 본 결과 불우헌 사후 305년 만에 후손인 진사 정효목이 외예손(外裔孫) 황윤석에게 행장과 유고(遺稿)의 교정을 맡기고 당대의 석학인 황경원에게 묘갈명과 서문을 청하여 병오년 중추(정조 9년 1786년)에 초간한 활자본이라고 하였다. 그 뒤 상춘곡의 채록 경위에 대해서는 밝힐 길이 없으므로 문제의 상춘곡이 불우헌집의 말미에 첨부된 시기는 아무래도 불우헌집의 교정 간포(刊布)한 때인 정조 대일 가능성이 매우 짙다고 추측하였다.

그런 다음 전 퇴계 작(傳 退溪作) 환산별곡과 윤이후(1636~1699)의 「일민가소서(逸民歌小序)」에 보이는 참군위양(參軍謂陽) 작이라는 이종(異種) 환산별곡과 상춘곡의 작품을 대비시켜 상사구(相似句)를 추출한 뒤, 숙종 조 이낙(1634~1699)과 윤이후 두 사람 사이에서 이루어진 작품으로 보았다. 그리고 이것이 전송(傳誦)되어 내려오다가 정조대에 이르러 정씨 문중의 어느 인사에 의해 채록되면서 그 주제에 따라 상춘곡으로 명명했다고 하였다.

우선 상춘곡과 장·단가 2편 불우헌곡과 불우헌가와의 비교로 인한 안작설에서 강전섭은 성종실록에 '전 정언 정극인은 일찍이 기유년에 생원시에 올라 10여 년간 힘썼으나 학문의 공을 이룬 것이 없는 터에 혼정신성(昏定晨省)의 도를 하지 못하였으므로 고향으로 돌아가 농사일에 힘써 부모를 모시고 처자를 부양하면서 일생을 마치고 싶다'[75]고 아뢰었다는 기록을 가지고 '복전력색(服田力穡)'과 '염계자수(廉介自守)', '교회불권(敎誨不倦)'이라는 생활태도를 들어 작품이 작자의 거울이라면 정극인이 도저히 '아침에 채산(採山)하고 나조히 조수(釣水)'하는 식의 사설을 할 수가 없고, '주가(酒家)'에 술을 물어 얼운은 막대짚고 아희는 술을메고'라는 식으로 진술할 수 없다고 하였다.

그러나 이 말을 우리가 좀 더 깊게 숙고해 볼 필요가 있다. 작품이 작자의 거울이라는 것은 사실 그대로의 묘사가 아닌 작가정신이 투영된 문학적 형상화를 의미하는 것이기 때문에 작자가 농사일에 힘쓰고, 가르치는 일을 게을리 하지 않는다던가, 청렴한 선비적인 자세를 흐트리지 않는다는 것을 내세워 상춘곡의 내면에 흐르는 시상과 다르다고는 할 수가 없는 것이다.

주지하다시피 조선조 사대부들이 벼슬에서 물러나 고향에 은거할 때는 대부분 지방의 중소지주층이 되어 농사를 관리하는 것이지, 손수 논갈이나 밭갈이 등을 하는 농업인이 아니기 때문에 '복전력색'이나 '염개자수', '교회불권'이라는 과장적인 생활태도를 들어 상춘곡의 내면에 흐르는 작중화자의 풍류와 거리가 멀다는 주장은 합리적이질 못하다. 더구나 성종이

---

75) 前正言, 丁克仁, 詣闕上書曰, 臣於己酉年, 中生員試, 十余年居館學問之功無成, 定省之職久曠 退居于鄕, 上父母下妻子, 服田力穡, 將終身焉 (成宗實錄 11年十月 壬申條)

문달(聞達)을 구하지 않고 청렴한 기개를 지키며 고향의 자제들을 모아 가르치는 일을 기쁘게 여기는 정극인을 불러 쓰고 싶으나 나이가 많은 탓에 소임을 맡기기가 어려움으로 특별히 삼품산관(三品散官)을 내리고 전라도 관찰사에게 특별히 혜양(惠養)토록 어명을 내렸다는 것76)을 상기해 보면 여유 있는 생활에 그만한 풍류쯤은 얼마든지 있을 수 있다는 것이다. 그러므로 산견(散見)되는 이러한 작품의 무우드를 가지고 작품과 작자의 진위를 따지는 것은 신중을 기해야 할 것으로 보인다.

실제로 퇴계작으로 전해지는 은일가사 중 퇴계가 속에도 '백주황계(白酒黃鷄)로 내노리 가쟈스라 / 그믈을 엇끠에 메고 삿까슬란 젓게 쓰고'라든지, '질병의 치온술을 취토록 먹니다가', '엎드릭며 젓드릭며 한가히 도라오니 / 치자(稚子)는 부취(扶醉)ᄒ고 노처(老妻)ᄂ 후문(候問)ᄒ다 / 일간와옥(一間蝸屋)에 이 아니 죠혼일가/', '오늘취 닉일취 모릭취 글픠취 / 누은나 안즈나 취ᄒ며 살리로다' 등으로 묘사되어 있는데 이러한 정조는 퇴계와 같은 도학자의 모습이나 자세라고 도저히 생각할 수가 없다. 퇴계가 닭과 막걸리를 준비하고 천렵을 가서 그물을 어깨에 메고 고기를 잡는다거나, 질병에 채운 술을 취하도록 마시고 업드리며 젓드리며 돌아온다든지, 오늘도 내일도 모레도, 누우나 앉으나 가리지 아니하고 대취하겠다는 것은 현실에서 상상할 수 없는 일종의 소원성취적 텍스트의 생산(The production of Wish - full - filling)이라고 보여진다.

그가 거처하고 있는 집이 '일간와옥'이라는 것도 조선조 사대부들의 은일작품에서 흔히 볼 수 있는 관용적인 사대부들의 은일의 전범으로서

---

76) 諭前正言丁克仁曰, 予聞爾兼介自守, 不求聞達, 聚鄕子弟, 敎誨不倦, 予甚嘉焉, 欲召用之, 以爾年老, 難於任事, 故特加三品散官, 又諭其道觀察使, 時致惠養 (成宗實錄, 卷十之, 三年 壬辰 三月)

이해되어지는 이른바 알 뛰세가 말한 '실제 존재상황에 대해 주체가 갖는 관계의 상징적 표현'[77]이라고 보아야 한다. 실제로 많은 시조와 가사에서 가장 인기 있는 관습적 주제(Conventional theme)는 전원(田園)사상이었고, '샛별지자 종다리떴다'식의 전원풍은 당시 사회생활의 액면 그대로의 반영이 아니라 그 자체의 법칙과 전통을 가진 문학적 전통이었다.

어떤 사대부들은 정말 새벽에 일어나 이슬에 잠방이가 젖는 것도 모르고 즐기는 일과도 있을 수 있겠지만, 실제로 그랬다기보다는 그것은 '어떤 관념상의 관습의 테두리 안에서 그런 생각을 즐긴다'[78]는 것으로 보아야 옳을 것이다. 이러한 관점에서 작자와 작품의 관계는 꼭 동일한 사실적 표현이 작자의 반영이라는 그 어떤 규칙도 존재하거나 성립할 수 없다고 보여 진다. 따라서 작품의 외형으로 보아 작자의 진위(眞僞)문제를 다룰 수도 없다는 것이다.

다음으로 상춘곡과 장·단가 불우헌곡과 불우헌가의 관계를 살펴 볼 필요가 있다. 강전섭은 이 양자를 비교하여 상춘곡은 안작(贋作)임이 틀림없다고 단정하였다. 그러나 이것은 좀 더 신중히 검토되어야만 한다. 불우헌가는 성종실록에서 보는 바와 같이 삼품산관의 가자(加資)를 받은 영광을 '삼품의장(三品儀章) 뵈고시라', '마수요간(馬首腰間) 뵈고시라'고 하여 성은(聖恩)에 감읍하고 있다. 또 불우헌곡은 경기체가이지만 제1장에

---

77) But this moment - the production of the wish - fullfilling - is not yet, according to Freud, the moment of genuine literary of cultural production, let alone that of "realism" in any sense this cord can have, what it allows us to account for is the production of that quite different thing called idealogy which Althuoer define as "the imaginary representation of the subjects relationship to his or her real conditions of existence"(Fredric Jameson, The Political unconscious, Cornell university, press, 1981, p.53)
78) 李商燮, 문학연구의 방법, 探究堂, 1972, p.53.

금서(琴書)와 박혁(博奕)과 수의소요(隨意逍遙)로서 근심 없는 가운데 즐거움을 노래하였다.

본디 사대부들의 풍류는 으레 거문고를 고르고 정자에 앉아 시를 읊조리면서 즐기는 소위 누정문학(樓亭文學)이었다. 서원이나 누정은 문화창조의 중심 역할을 담당하여 서원은 도학의 전당이요, 누정은 문학예술의 산실79)이 되었던 것이다. 그러므로 불우헌곡의 금서와 박혁, 수의소요 등의 시어 속에 내포된 의미는 정극인도 일반 사대부들과 마찬가지로 불우헌 정자에 앉아 거문고와 시와 서, 소요 등을 통해 낙이망우(樂以忘憂)했음을 암시해 준다. 이러한 정조는 상춘곡 '시비(紫扉)에 거러보고 정자에 안자보니 / 소요음영ᄒᆞ야 산일이 적적ᄒᆞᄃᆡ / 한중진미를 알니업시 호재로다'와 동질의 것으로 파악된다.

제3장은 임금의 은총을 입어 상대(霜臺)에 올랐다가 인년치사(引年致仕)함을, 4장은 태평성세에 임금의 성덕을 송영(頌詠)하였고, 5장에서는 위로 하늘과 아래로 사람을 원망하지 않고 두려움과 조심을 모르고 사는 즐거움을 노래하였다. 그러한 그였기 때문에 '공명도 날 씌우고 부귀도 날 씌우니 / 청풍명월 외예 엇던벗이 잇사올고 / 단표누항(簞瓢陋巷)에 훗튼혜음 아니ᄒᆞᄂᆡ / 아모타 백년행락이 이만ᄒᆞᆫ들 엇지ᄒᆞ리'라고 읊었음은 너무도 당연하지 않았을까 한다. 인년치사한 그였음으로 부귀공명도 그와는 무관한 것이 되었기 때문에 그의 벗은 인간이 아닌 다만 청풍명월일 수밖에 없다는 것이다. 하늘과 사람을 원망하거나 두려워하지 아니하고 즐거움을 누리는 것은 단표누항에 허튼 생각 아니 하며 백년행락을 즐기는 것으로 나타나고 있다.

---

79) 林熒澤, 韓國文學史의 視角, 創作과 批評社, 1984, p.391.

이러한 까닭으로 상춘곡을 불우헌의 장단가와 비교하여 안작이라고 성급한 판단을 내리는 것은 다시 한 번 생각해 보아야 한다. 또한 상춘곡의 가의(歌意)와 시상으로 보아 이 작품을 송강가사 이후의 작품으로 보았지만, 상춘곡과 같은 은일자락(隱逸自樂)의 시상을 고려대에 불려진 것으로 보이는 어부가나 청산별곡 같은 고려속요에서도 구할 수가 있다. 고려 왕조가 사라지고 신왕조가 세워지자 치사(致仕)한 선비들이 전원으로 물러나 한가로이 강호생활을 누릴 수 있었다. 그러므로 조선 전기에 이와 같은 시가가 생성되었다고 하는 것은 지극히 자연스러운 현상이며 또 그럴만한 충분한 소지가 내포되어 있다고 보여진다.

고려조에 충성했던 맹사성이 조선조에 회절(回節)하여 수원판관을 지낸 후 향리에 은일하면서 읊조렸던 강호사시가(江湖四時歌)는 그 시상이나 표현기법으로 보아 상춘곡과 공통점이 많다는 것으로도 조선 초에 상춘곡과 같은 강호형 가사를 충분히 지을 수 있다는 가능성이 크다. 이를 뒷받침하는 것으로 김종직과 사돈지간인 이인형(1436~1504)이 무오사화에 연루된 인사를 구하려고 애쓰다가 갑자사화 때 삭탈관직을 당하여 성종 6년 무렵 진주에 은거하면서 지은 매창월가(梅牕月歌)가 있다.

이 매창월가는 가사의 정형으로 아직 가다듬지 못한 형식을 지니고 있으나, 이인형이 용두정(龍頭亭)을 짓고 한가로이 은일군자의 생활을 누리면서 지은 가사임에 틀림없다. 이 가사는 속미인곡과 같은 문답 형식을 취하고 있다는 특징 외에 매화 핀 창가의 아름다운 정경을 형상화한 것으로 자연에 묻혀 소일하는 강호형 가사의 특이한 형태를 지니고 있다. 이러한 작품들이 출현한 조선 성종 대에 상춘곡과 같은 은일가사가 나타난 것은 조금도 이상한 일이 아니며 지극히 당연한 결과가 아니었던가 한다.

다음으로 불우헌집 편찬시기로 보아 상춘곡은 정극인의 작품이 아니라는 문제다. 이러한 주장은 강전섭 외에 최강현도 불우헌집에 실린 1483년 손 비장(比長)이 지은 묘갈문과 1785년 황윤석 작의 행장 등을 분석 검토하여 이를 뒷받침하고 있다. 그러나 우리는 이를 좀 더 면밀한 분석을 할 필요가 있다. 앞에서 분석한 바와 같이 이미 전해 내려온 불우헌유고의 행장을 쓴 황윤석은 불우헌 7세 이래로 세 차례나 인척을 맺음으로써 조선사회에서 현달의 한 요인이 되었던 과갈관계(瓜葛關係)를 형성하여 정극인의 집안과 각별한 관계가 있었다.

뿐만 아니라, 집안의 가르침에도 공의 풍렬(風烈)를 사모하여 사우간(師友間)에 출입하면서 선배들로부터 공의 칭도(稱道)를 들은 것이 무려 50여년이었음[80]으로 황윤석은 불우헌유고의 교정과 서(序)를 받았을 때 사실보다 과장을 했을 가능성도 배제할 수는 없을 것으로 보인다. 특히 최강현은

① 태학제생항소(太學諸生抗疏)를 임금이 오히려 윤허하지 아니하자 공은 여러 유생을 모아 권당(捲堂)을 지휘함으로써 임금의 진노를 사서 불우헌을 죽이도록 논의가 되자 그때 영의정 황희가 임금의 옷자락을 잡으며 정극인의 죽음을 말렸다는 사실
② 정극인이 태학의 여러 유생들을 동원하여 2천언(二千言)이 넘는 항소(抗疏)를 했다는 사실
③ 송시열이 답 김천정서(答金天挺書)에서 불우헌유고는 의심스러운 곳이 많은데 그중 큰 것은 본조정이 정사(政事)로서 일찍이 조정에서 들어본 적이 없는 것이라는 점

---

80) 七世以來, 三爲舍司正 外裔先子晚隱府君, 又嘗從外氏寓古縣矣, 庭訓所及已慕公風烈, 而出入師友間, 多聞前輩所稱道, 亦旣五十余年 (不憂軒集 黃胤錫 行狀)

④ 정극인이 지은 장·단가는 모두 자기 스스로를 과대 표현하기 위한 가사로 이는 필시 나이가 많이 쇠잔했기 때문이라는 점[81]

등을 들어 불우헌집의 과장이나 허위성을 제시하였다. 이와 같은 일련의 조건을 근거로 하여 최강현은 첫째, 상춘곡은 안빈낙도하는 은사(隱士)가 상춘음영(賞春吟詠)과 취락(醉樂)을 읊었는데 정극인은 현(顯)하거나 은(隱)했을 때도 항상 경세치민에 참여한 현실주의자였다는 점과, 둘째, 상춘곡에 나타난 어휘와 불우헌집에 실린 시구와의 대비에서 큰 차이가 났다는 점, 셋째, 상춘곡의 형식으로 볼 때 조선 최초의 작품이 아니라는 점, 넷째, 정극인은 척불숭유의 실천궁행자이며 간경도감의 혁파(革罷)를 주장하는 모화자(慕華者)인 정극인이 언문을 익혀 상춘곡을 지을 수 없었다는 점을 들어 정극인의 상춘곡설을 부정하였다.

사실 불우헌집의 기록들은 왕조실록에도 없는 사실(史實)들이 허위 과장된 점도 없지 않다. 그러나 이러한 일들은 어느 문중의 문집에서도 흔히 발견되는 현상이기 때문에 그것이 작자변별에 커다란 영향을 줄 수가 없다. 우암(尤庵) 송시렬이 지적한 바와 같이 의심스러운 일이 많은 것은 사실이지만, 가장 중요한 것은 행장에 나타난 사건들이 조선의 정사(政事)에서 들어보지 못했다는 것이지, 시가에 대한 의심이라는 말은 아니다. 그러므로 행장에 보이는 것들이 믿을 수 없다하여 문집 전체를 부정할

---

81)①上猶不允, 公又與諸生 約捲堂自留待……上震怒下吏傳死議, 時相黃翼成公 喜牽裾力爭曰, 殺丁克仁史策何以書之 (不憂軒集 黃胤錫行狀)
　②公率太學諸生抗疏幾二千言…… (不憂軒集 黃胤錫 行狀)
　③不憂軒遺稿序文 至遺紙地以速之鄭重之意, 何敢孤也, 弟略看一過可疑者 甚多, 以大者言之, 則本朝政事, 未嘗以聞於皇朝 (尤庵 宋時烈 答金天挺書 宋子大全, 卷112, 서33-34)
　④亦曰, 擧逸民丁克仁……且所著, 長短歌, 皆自賢誇大之辭, 必是老衰耗而然 也 (成宗實錄11年,庚子10月 壬申條)

수가 없고, 또 상춘곡의 정극인설도 부정할 길이 없다.

다음으로 사대부들은 출(出)과 처(處)가 무상(無常)하였으므로 출하면 현달하여 경세치민에 적극 참여하고, 처하면 은일군자가 되어 강호생활을 즐긴다는 것은 주지의 사실이다. 그러한 은자의 생활 속에 상춘곡의 출현은 극히 자연스러운 현상이 아닐 수가 없다. 연전에 필자가 불우헌유적을 답사한 결과, 그가 만년에 여생을 보냈던 곳은 전북 태인에서 좀 멀리 떨어진 지금의 정읍군 칠보면 무성리였다. 이곳은 지금도 산수가 아름답지만 4~500년 전을 상상해 보면 울창한 송림과 동진강의 맑은 시냇물, 깨끗한 모래사장이 펼쳐져 있어 정극인이 상춘곡에서 묘사한 서경이 오히려 무색했으리라는 점을 생각케 한다.

더구나 무성서원으로부터 조금 더 올라가면 도원동(桃源·花·洞)이 있는데 이 '무성(武城)'과 '도원(桃源)'은 상춘곡의 '써오ᄂ니 도화(桃花)로다. 무릉(武陵)이 갓갑도다'의 그것이며, 울창한 송림과 맑은 시냇물, 깨끗한 모래사장의 자연환경은 '명사(明沙) 조흔믈에 잔시어 부어들고 청류를 굽어보니'와 '송간세로(松間細路)에 두견(杜鵑)롤 부치들고'에 그대로 묘사되어 나타나 있다.

또 상춘곡에 사용된 어휘가 큰 차이가 난다는 것은 작자변별에 있어 큰 도움이 되지 못한다는 것이다. 불우헌집에 보이는 장·단가는 경기체가 형식이지만 상춘곡은 우리말을 사용하여 창작한 가사이기 때문에 큰 차이가 나는 것은 너무도 당연하기 때문이다. 그러나 최강현이 조사한 바대로 관련된 시어를 가려보면, 군자(君子)4, 부운(浮雲)3, 향음(鄕飮)3, 환로(宦海)3, 빈천(貧賤)2, 산림(山林)2, 섭렵(涉獵)2, 양명(揚名)2, 세상(世上)2, 우로(雨露)2, 일생(一生)2, 자미(紫薇)2, 치사(致仕)2, 화조월석(花朝月夕)2, 향려(鄕閭)2 등의 어휘빈도로 보면 오히려 상춘곡과 상관성이

깊다고 보아야 한다.

　다음으로 형식적인 측면으로 보아 조선 초기의 작품일 수 없다고 하였으나 이는 우리가 고전문학을 다룰 때 당시의 어휘나 형식이 담긴 원전을 접하거나 또는 그 시대의 것이 유전(遺傳)되는 예가 거의 없기 때문에 거의 공통적으로 당면하는 문제들이다. 그러므로 대개는 작품을 전사(轉寫)하는 사람들에 의해 가필(加筆)하거나 첨삭(添削)하는 일은 으레 있기 마련이고, 또 당시의 표기법에 맞춰 바꾸는 예가 많기 때문에 이 또한 작자변별에 큰 도움이 되질 못한다.

　또 척불숭유의 실천궁행자이자, 모화(慕華)의 전형적인 유자(儒者)인 정극인이 언문을 익혀 상춘곡을 지을 수 없다고 하였지만, 이도 타당성이 없다. 우선 정극인이 지은 불우헌가가 우리말, 우리글로서 창작된 노래라는 점에서 상춘곡과 같은 가사도 얼마든지 창작될 수 있기 때문이다.

① 부운사(浮雲沙) 환해상(宦海上)애 사불(事不) 여심(如心)ᄒ니
② 하고 만코 ᄒ니이다
③ 뵈고시라 불우헌옹(不憂軒翁) 뵈고시라
④ 시치(時致) 혜양(惠養)ᄒ신 구지어미(口之於味) 뵈고시라
⑤ 뵈고 뵈고시라 삼품의장(三品儀章) 뵈고시라
⑥ 광피(光被) 성은(聖恩)ᄒ신 마수요간(馬首腰間) 뵈고시라
⑦ 고삼호(嵩三呼) 화삼호(華三呼)ᄅ 하일망지(何日忘之) ᄒ리잇고 (불우헌집)

　상게한 불우헌가는 ②, ③행만 제외하고는 일반 가사나 다름이 없는 2·4조, 4·4조, 3·4조 4음보격이라는 가사의 전형적인 율조를 취하고 있다. 뿐만 아니라 국한혼용이지만 우리 글로 시가를 창작했다는 점에 유의할 필요가 있다. 이 노래는 성종으로부터 특별히 삼품산관의 가자(加

資)를 받고 노래한 것이므로 성종 3년경에 지었다고 보여 지는데[82] 이때
는 세종이 훈민정음을 창제하여 실험 반포한 뒤 공문서에 국문을 사용하
게 하고 또 이과(吏科) 및 이전(吏典) 시험에 훈민정음을 사용하게 하던
38년 후에 해당하므로 정극인이 가사를 지었다는 것은 매우 합리적이다.

불행하게도 상춘곡을 지었다는 말이 불우헌집에 나타나질 않지만, 우리
는 왕조실록을 찬찬히 분석해 보면 이러한 사실을 추출할 수도 있다.

教誨子弟, 聞儒常事, 而褒之三品好爵, 此生余年, 無堦上合, 謹作, 長
歌六章短歌二章, 或與朋友歌詠, 或夜歌且舞, 頌壽之勤, 殆無虛日……
老於六世, 聖化之中, 忘其狂僭, 而茲進俚歌二章, 儻豪一經天視, 老臣之
願也, 謹昧死以上, 長歌一章, 短歌二章, 皆雜以俚語, 又有詩二章(成宗
實錄 十二年 庚子十月 壬申條. 밑줄 인용자)

상게한 성종실록 가운데 밑줄 친 전자의 '장가 6장', '단가 2장'과 후자의
'장가1장, 단가 2장'은 최강현의 주장처럼 장가 6장과 장가 1장이 동일한
작품이라고 할 수가 없다. 그는 장가 6장은 6연의 의미로 불우헌곡을
지칭하고 단가 2장은 시조형식과 흡사한 단가 2수의 뜻으로 불우헌가라
하였다. 그리고서 장가 1장은 장가 1편을 의미하는 것으로서 불우헌곡
1편을 지칭한 것이라 하였다. 결국 장가 6장과 장가 1장은 불우헌곡으로
서 동일하다는 것이다. 그러나 여기에서 우리는 다시 장가 6장과 장가
1장의 동질성 여부에 대해서 다시 재고해 볼 필요가 있다.

우선 이 두 작품이 같은 것이라면 불과 몇 줄 사이에 각각 다르게

82) 成宗實錄 三年 三月己未條, 諭前正言丁克仁曰, 予聞爾廉介自守, 不求聞達,
聚子弟敎誨不倦, 子甚嘉焉, 欲召用之, 以爾年老, 難於任事, 故特加三品散官,
又諭其道觀察使, 時致惠養.

장가 6장과 장가 1장이라고 달리 표기할 필요가 있었을까 라는 점이다. 그러나 이 문제는 별 어려움 없이 밑줄 친 '장가 1장 단가 2장 개잡이리어 (長歌一章, 短歌二章, 皆雜以俚語)'에서 쉽게 해결이 된다. 즉 장가 1장과 단가 2장은 모두 우리말을 사이에 넣어 창작했다는 것으로 장가 1장과 장가 6장이 결코 같은 작품이 아니라는 결론에 다다른다. 그러므로 장가 6장은 그가 지적한 바대로 불우헌곡일 가능성은 있으나 장가 1장은 결코 불우헌곡일 수가 없고, 우리말을 넣어 지었다는 것으로서 상춘곡을 지칭한다고 보는 편이 옳다.

황윤석의 행장을 보면 본디 불우헌의 시문, 가곡과 아울러 지구창주(知舊唱酬) 등을 실은 1책이 있었으나 왜란으로 인하여 거의 없어지고 그 중에서 겨우 한, 둘만 유전(遺傳)하게 되었다[83]라고 하였는데, 불우헌이 평소 많은 작품을 창작하여 시가집 1책이 있었다는 것을 보면 장가 6장과 장가 1장을 같은 작품인 불우헌곡으로 볼 수가 없다. 동시에 전자의 단가 2장과 후자의 단가 2장도 혹 다른 작품이 아니었을까 라는 생각마저 든다.

또 황윤석보다 약 100여 년 전인 선조 조에 우암 송시열이 '답 김천정서 (答金天挺書)'에서 서문을 써 달라고 보내 온 '불우헌유고'를 읽어 보았다는 기록과, 불우헌집은 선조 조 이전부터 그 유고가 전해져왔다는 사실로도 실전(失傳)된 많은 시문이 있었을 것으로 추측이 된다. 앞에서 언급한 바와 같이 후자의 장가 1장과 단가 2장은 모두 이어(俚語)로 되었다고 하는 말에서 짐작이 가는 것처럼 분명히 장가 1장은 국문으로 이루어진 상춘곡일 것이며, 따라서 성종 조에 정극인이 인년치사(引年致仕)하고 향리에 머물면서 창작한 것으로 보아야 마땅하다.

---

83) 有詩文歌曲, 竝知舊唱酬一冊, 閣倭燹, 僅傳一二 (不憂軒集 黃胤錫 行狀)

그러므로 불우헌집은 그가 죽은 지 305년 만에 나타난 것이 아니고 두어 차례 이본이 간행되면서 상춘곡도 원래의 모습에서 그렇게 동떨어진 정조년 간의 표현으로만 볼 것이 아니라 비교적 원전의 어법을 잘 계승한 것[84]으로 보고 싶다. 이러한 문헌적인 난제가 끼여 있기 때문에 장덕순은 문헌상으로나 자료면에서 정극인 작이 아니라는 증거가 없는 한, 아직 그 작자나 제작년대에 대하여 속단을 내리는 것을 삼가 해야 한다는[85] 신중론을 내세운 것으로 보인다.

### 3.2.2 매창월가의 대두

매창월가(梅牕月歌)는 이상보에 의해서 발굴되어 학계에 발표된 강호형 가사다.[86] 이 가사는 전술한 바와 같이 이인형이 무오사화에 연루된 인사를 구하려고 애쓰다가 갑자사화 때 삭탈관직을 당해 진주에 은거하면서 성종 6년경에 지은 것이다. 이 작품은 매헌실기(梅軒實記)에 영매(詠梅)와 성종대왕 만사(輓辭) 중간에 실려 있지만 매헌선생문집에는 보이질 않는다. 그러나 그의 문집이나 진주지 등에서도 이인형이 매창월가를 지었다는 기록[87]을 찾을 수 있기 때문에 다른 작품과는 달리 작자, 작품의 측면에서 신빙성이 높은 작품이다. 다만 29구에 달하는 아주 짧은 형식으로 시조와 가사의 중간적 단계 같은 형식을 취하며 '아직 가사가 제대로 정착

---

84) 李相寶, 丁克仁 賞春曲研究, 明知大, 明知語文學 第6집, 1974.
85) 張德順, 前揭書, p.263.
86) 李相寶, 現代文學257號, 現代文學社, 1976, p.276-285.
87) 其晩年, 謝官歸築室于龍頭亭, 種梅爲庭而自號梅軒主人, 作梅牕月歌, 以寓其 趣 (梅軒先生實記, 蕚城朴旨瑞選, 墓誌銘) 成廟昇遐, 燕山政亂, 棄官歸鄕, 築室于龍頭亭上, 種梅庭實, 詠一絶, 自況仍號梅軒之人 (梅軒先生文集, 行 狀), 晩年築室于龍頭, 種梅賞玩, 號梅軒主人作梅牕月歌, 以寓其趣焉 (咸安李 氏 遺蹟彙 篇)

되지 못한 양상을 보여주는 작품'88)이기도 하지만, 이 가사는 조선 성종 조에 상춘곡이 창작될 수 있었다는 국문학적 사실을 뒷받침하는 중요한 구실을 하기도 한다.

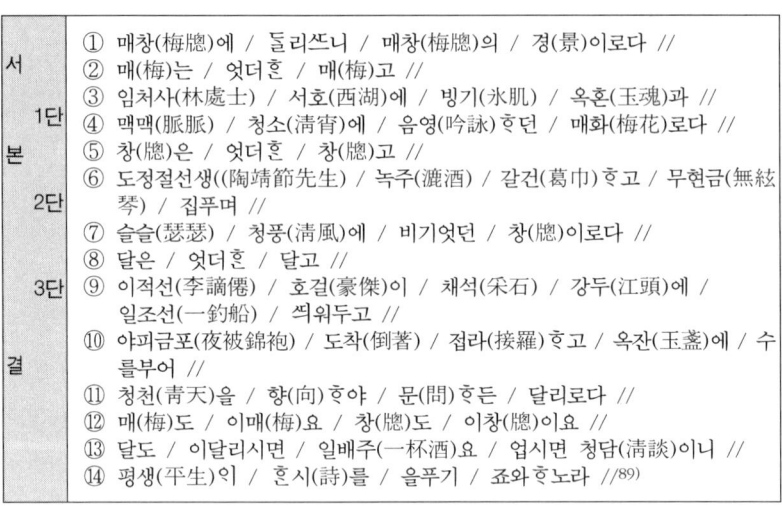

상게한 바와 같이 매창월가는 서, 본, 결사의 3단으로 구성되었고, 다시 본사는 각각 '매, 창, 달'이라는 자연의 소재에 따라 3단의 문답식으로 이루어진 가사다. 매(梅)의 자연물에서는 매처학자(梅妻鶴子)하며 은일했 던 임포(林逋)를 떠올렸고, 창에서는 도연명의 풍류를, 달은 채석상 가에 서 뱃놀이하며 술 마시는 풍류를 즐겼던 이태백을 연상하면서 사대부 가사의 전형적인 가풍(歌風)을 읊조렸다.

　매창월가는 조선 전기에서 볼 수 있는 것과 마찬가지로 4언시구를 2음

88) 조동일, 한국문학통사2, 지식산업사, 1983, p.299.
89) 梅軒先生實記, 54-55쪽.

보로 나누어 읊조린 싯구가 많이 나타난다. 즉 '빙기(氷肌) /옥혼(玉魂)과', '맥맥(脈脈) /청소(淸宵)에', '음영(吟詠) ᄒ던 / 매화(梅花)로다', '녹주(漉酒) / 갈건(葛巾) ᄒ고', '슬슬(瑟瑟) / 청풍(淸風)에', '야피금포(夜被金袍) / 접라(接羅) ᄒ고' 등인데 이들은 각기 2·3조나 4·4조 혹은 2·4조의 음률로서 대개 2음보를 형성하고 있다. 형식상으로 보면 3음보구는 ②, ⑤, ⑧행이고, 6음보구는 ⑥, ⑨, ⑩의 3행이며, 나머지 8행은 사대부 가사의 전형인 4음보구가 된다.

이 매창월가가 실려 있는 매헌선생실기의 문헌상 고찰로 우선 발간 연대에 대해서 살펴 볼 필요가 있다. 이 실기의 제1장에 '저옹집서 소춘월 하한(著翁執徐 小春月下澣)'이라고 하였다. 여기에서 '저옹(著翁)'은 12간지 중 '무(戊)'의 고갑자(古甲字)요, '집서(執徐)'는 '진(辰)'의 고갑자이기 때문에 무진년이므로 이 해는 즉 고종 5년 (1868년)임을 알 수가 있다. 그러므로 이때에 매헌선생실기 서를 썼고, 기사년에 그의 13세손 진혹(震或)과 14세손 좌백(左伯)이 발문을 쓴 것으로 미루어 보아 고종 6년(己巳年 1896년) 1월 하순에 간행된 것으로 보인다.

우리는 고전문학을 다룰 때 문집에 실려져 있는 작품이라도 대부분 후대에 편찬된 것이 많아 이의 타당성을 재분석해야 할 일이 많다. 매창월가가 실려 있는 매헌선생실기는 문헌상 뚜렷한 근거를 보이는 게 특징이어서 매창월가를 조선초기의 작품으로 보는데 아무런 문제가 없고, 따라서 국문학적인 측면에서도 큰 의의를 지닌다고 할 수가 있다.

첫째, 매헌선생실기 묘지명에 순성(尊城) 박지서 찬(撰)과 김상직 찬을 보면 만년에 벼슬을 버리고 고향으로 돌아가 용두정(龍頭亭)을 짓고 뜰에 매화를 심어 스스로 매헌주인(梅軒主人)이라 하였고, 박지서는 은거하는 취향으로서 매창월가를 지었다는 사실을 덧붙였으며 둘째, 매헌선생문집과 그 실기의 행장에는 거의 동일하게 성종이 승하하고 연산조 때 정란(政亂)이 일어나자 벼슬을 버리고 고향으로 돌아가 용두정을 짓고 뜰에 매화를 심어 시를 읊조렸는데 스스로 자신을 매헌주인이라 했다는 기록이 있다.

셋째, 박지서의 묘지명과 같이 함안 이씨 유적에 매창월가를 지었다는 확실한 기록과 진주지에도 용두정을 짓고 스스로 매헌주인이라 하면서 매창월가를 지었다는 기록이 있다.[90]

넷째, 매헌선생실기 연보에 성종 6년(을미년 1457년) 이인형이 40세 때 제월대 위에 광풍정(光風亭)을 짓고 제자 세 사람과 더불어 해가 뜨면 학문 속에 잠기었다는 기록이 있는데, 같은 책 '세전유적(世傳遺蹟)'을 보면 선생이 헌장(憲長) 벼슬을 버리고 고향으로 돌아와 아산 동쪽에 정자를 지음으로써 강호의 절승을 즐길 수 있었는데 8경의 이름을 동쪽은 용두정, 광풍정, 제월대, 남쪽은 삼완정, 호두정, 석문, 북쪽은 송월애, 용당이라 하여 만년에 우거(寓居)하는 취향으로 삼았다[91]는 기록과 일치함으로써 매창월가가 창작된 시기는 성종 6년 이전이라고 보여진다.

이러한 전거에 입각하여 매창월가는 성종 초에 이인형에 의해 창작된 가사임이 틀림없고, 따라서 표기법은 조선 후대의 것이라 하여도 조선 초기 가사문학의 진영(眞影)을 찾아 볼 수 있다는데 국문학적인 큰 의의를 갖는다고 할 수 있다. 특히 이 작품의 문체는 '매는 엇더흔 매고', '창은 엇더흔 창고', '달은 엇더흔 달고'와 같은 문사(問辭)로 시작하여 답사를

---

90) 嘗有落第詠梅, 出使詩行于世, 晚年築室于龍頭, 種梅賞玩, 號梅軒主人, 作梅 牎月歌, 以寓其趣焉 (晋州誌, 國立圖書館藏)

91) 先生以憲謝官, 歸第因築于牙山之東, 取湖山之勝, 錫八景之號, 東曰龍頭亭, 光風亭, 霽月臺, 南曰三緩亭虎頭亭石門, 北曰松月崖龍塘, 以寓晚年之趣焉 (梅軒先生實記, 世傳遺蹟)

도출하는 형식을 취하고 있음이 특이하다. 이는 신라 향가 '두흘은 넜하언 고'나 '앗ᄋ날 엇디 ᄒ릿고'와 같은 의문형 '고'를 취하여 중세국어의 편린 을 엿볼 수 있기도 하려니와, 신라 향가 처용가에서 보이는 문답형식에 이어 다음 조선조 송강의 속미인곡으로 넘어가는 문답형 가사의 전형을 이루었다 해도 과언이 아닌 것 같다.

어찌됐건 상춘곡은 문헌상 자료가 불충분한 면이 없진 않지만, 작자가 정극인이 아니라는 정확한 자료가 없는 한 이를 인정하지 아니할 수가 없고, 매창월가는 상술한 바와 같이 문헌상의 자료가 확실시됨으로써 세 조조 이후 성종 대에 가사가 형성되었다는 좋은 증거가 되는 작품이라고 생각한다.

### 3.2.3 여계충현가(麗季忠賢歌)의 제작

경현사지(景賢祠誌)에는 제향 때 사용했다는 악장이라 한 가사가 있다. 이 책은 고려 말 충신들의 행적과 역사적 사실, 야사 등을 수집하여 편찬 한 것으로서 6권으로 되어 있다. 경현사는 송상헌에 의하여 고려 충신들 이 절의를 지킨 지 9회갑이 지난 임신년 가을(이태조의 건국이 1392년 임신년 임)에 전남 장성에 있는 만수산 아래에 창건한 사당이다.[92] 이 경현사지 권5의 14, 16쪽에 나와 있는 악장이라고 이름한 가사는 고려 말 개성 외곽 만수산에 은거하여 충절을 지켰던 두문동 72현들을 추모하여 제향 때 사용했던 비연형 시가로 조선조의 악장과는 크게 차이가 나는 것으로 서 가사와 같은 형식을 취한 것이다. 이 악장은 국한 혼용의 표기에 총 20행의 가사로 가사의 전형적 율격을 보여 주는데 허두(虛頭)에 포은의

---

92) 嗚呼, 麗季忠賢諸先生, 守義罔僕後九回甲之壬申秋, 華石宋祖憲詢同士林, 甁 建一祠於長城之萬壽山下 (景賢祠誌, 金振模跋)

단심가와 같은 시구가 있는 게 특이하다.

태조와 태종, 정도전, 배극렴 등에 의해 고려를 이어 조선을 개국한 이래 왕씨와 고려 유신들을 주살(誅殺)하거나 유배를 보냈던 위정자들은 세상이 안정기에 접어들자 고려를 위해 목숨을 바쳤던 충신들을 추모하기에 이르렀다. 특히 태종의 전교(傳敎) 가운데는 정도전 등이 사사로운 원한을 가지고 허물이 없는 사람들을 원통하게 죽였는데 그 수가 6, 7인이 넘었다고 했다.

그 6, 7인이란 이인제, 이종학과 이도은 숭인 등 여러 충신들을 가리킨다93)고 지적했듯이 태종이 이색의 아들인 이종학과 이숭인 등 여러 충신들을 지목했다는 점에 주목할 필요가 있다. 또 영조는 스스로 고려충신 부조현비와 두문동비를 세우고 두문동비음기와 부조현연구를 짓고 또 두문동제문을 지어 하사하였으며, 정조 7년(계묘 1783년) 정월에 정조는 고려 충신들의 충절을 표하는 사당을 짓게 하고 '국왕은 개성유수 서유방을 보내어 고려 충신 임선미, 조의생, 맹성인의 혼령을 위로한다'94)는 어제표절사 치제문(御製表節祠 致祭文)을 손수 내리었다.

영조가 개성 선죽교와 두문동에 행차하여 고려 충신을 기리는 비석을 세우라고 칙명을 내린 것은 개성 외곽의 부조현(不朝峴)이나 괘관현(掛冠峴), 두문동 등 고려조의 절의사적(節義史蹟)들이 일찍이 역사적인 기록이 없고 그 당시 갈삿갓을 쓰고 풀자리를 메고서 스스로 서로 돕기를 맹세했던 사실과 정포은의 우설지가(雨雪之歌)와 더불어 오랜 세상 풍속으로

---

93) 道傳聞挾和怨, 陰嗾使臣, 枉殺無辜, 至於六七人之多, ……按六七人指 李麟齊鍾學李陶隱崇仁諸忠臣 (景賢祠誌, 卷之三, 太宗大王 傳敎)

94) 維乾隆四十八年, 歲次癸卯十月己未, 朔初九日丁卯, 國王遺臣開城留守徐有防, 諭于高麗忠臣, 林先味曺義生孟姓人之靈 (景賢祠誌卷之三, 表節祠 致祭文, 正宗大王)

전해 왔지만 문적에 기록된 것이 없어 장차 세월이 오래가면 인멸되기
쉽기 때문이라는 것을 알 수가 있다. 다행히 영조가 강상(綱常)의 지절(志
切)을 숭상하여 충절을 보상(褒賞)하고 고려의 옛 고도인 개성을 순행하는
날, 수레에서 선죽교와 부조현을 목격하고 깊은 감회에 젖어 이 두 곳에
충절을 기리는 비석을 세우라고 했다[95]는 것이다.

여기서 우리는 고려 유신들의 충절과 더불어 정포은의 우설지가가 오랜
옛날 세상 풍속으로 전해 왔다는 사실을 중시할 필요가 있다. 즉 '우설지
가'의 '우설(雨雪)'이 상징하는 바와 같이 이 노래는 우리가 '단심가'라고
불러왔던 충절의 노래일 것이며, 이것이 오랜 옛날의 풍속으로 전해져
왔다는 것으로 고려조는 멸망하였더라도 유자(儒者)들 세계에서는 여말충
신들을 배향(配享)해 왔다는 사실을 짐작할 수가 있기 때문이다.

그러므로 경현사지에서 볼 수 있는 향사시거용(享祠時擧用)했다는 악장
은 경현사가 창건된 최근의 일이 아니라, 조선 중기 이전으로 거슬러
올라갈 수 있지 않을까 한다. 이 노래는 조선 초의 악장문학과는 별개의
양식이다. 우선 조선 초의 악장은 한시에 현토한 형식을 벗어나지 못할
뿐만 아니라 장을 나누건, 혹 나누지 않더라도 반복되는 후렴구를 넣어
연을 이루는 것이 특징이다. 특히 용비어천가와 같이 125장이 넘는 장형
의 악장도 있고, 내용적으로는 특정한 인물의 무공(武功)이나 문덕(文德)
혹은 치덕(治德)을 읊은 것도 있으며 나라의 건국이 중국의 사실(史實)에
비추어 천리(天理)에서 벗어나지 않는다는 것과 임금의 송축(頌祝), 송도

---

95) 惟松都不朝峴掛冠峴杜門洞等處, 卽麗朝節義之士, 致忠遂志之所, 而爲世所
棄, 凡傳其名於人口, 曾無記實於史冊, 其時蘆笠之著, 草席之擔, 自誓之辭,
相勉之言, 與鄭圃隱雨雪之歌同傳, 故老謠俗而已, 亦未有記載之籍, 將未免歲
久湮沒之歸耳, 幸今我主上殿下, 行尙綱常志切襃忠, 乃於巡故都之日, 輦過其
處目擊心感, 命竪襃襃忠之碣, 善竹不朝兩處. (상게서, 擬請不朝峴 碑陰記疏)

적(頌禱的)인 것들이 대부분이다.

그러나 여기에 제시되는 악장이라는 것은 이러한 형식적, 내용적 특징과는 사뭇 다르다. 우선 연 구분이 없는 비연형의 형식으로 가사와 같은 율격을 지니면서 앞에서 제시한 매창월가와 같이 5음보, 6음보의 변칙구가 끼어 있어 아직 가사의 형식에 정착되지 못한 조선 초기의 가사형식을 띠고 있다는 사실이다. 다만 이것은 누가 언제부터 불렀던 것인지 확실한 연대를 파악할 수 없음이 안타까운 일이긴 하나, 이 악장은 상당히 오래 전부터 불려졌던 것으로 보인다는 점이다.

① 여계충현(麗季忠賢) / 정충대절(貞忠大節) /죽어죽어 / 일백번(一百番) / 다시죽어 //

② 백골(白骨)이 / 진토(塵土)되고 / 혼백(魂魄)이 / 잇든지 / 업든지 //

③ 인군(人君) / 싱각ᄒ난 / 일편(一片) / 단심(丹心)이야 / 엇지 / 곤칠소냐//

④ 천명(天命)이 / 도라가이 / 국사(國事)가 이미 / 글넛도다 //

⑤ 왕씨(王氏)의 / 귀신(鬼神)이 / 차라리 / 될지언정 //

⑥ 이씨(李氏)의 / 신하(臣下)난 / 되지 / 안컨네 //

⑦ 두문(杜門) / ᄒ기을 / 감심(甘心)ᄒ여 / 죽은뒤에 / 말지로다 //

⑧ 심산(深山)에 / 드려가면 / 경자(耕者)을 / 누가알고 //

⑨ 도하세상(陶河世上) / 머럿시니 / 슬푸고 / 슬푸도다 //

⑩ 반계수(潘溪水)에 / 고든낙수 / 주문왕(周文王)을 / 낙는쯧은 / 무삼일고 //

⑪ 백이(伯夷)는 / 엇드흔 / 사람이며 / 나은 / 엇더한/ 사람이뇨 //

⑫ 제왕(齊王)촉의 / 충신(忠臣) / 불사이군(不事二君)말은 / 나도경복(敬服) / 하난바라 //

⑬ 송악산(松岳山)을 / 도라보니 / 우리고국(故國)이 / 아니요 //

⑭ 수양산(首陽山)을 / 바릭보니 / 차마 / 한마음을 / 이길소냐 //

⑮ 오류선생(五柳先生) / 도연명(陶淵明)은 / 천고(千古)에 / 동지(同志)도 다 //

⑯ 신조(新朝)에 / 북면(北面)마소 / 2인심(二人心)이 / 붓그럽게 //

⑰ 고려산(高麗山)이 / 어딕잇나 / 차자가기 / 원(願)이로다 //
⑱ 전횡도(田橫島)가 / 어딕잇나 / 차질길이 / 망연(茫然)하다 //
⑲ 국파군망(國破君亡) / 하엿시니 / 나난 / 어딕로갈고 //
⑳ 시대(時代)가 / 이미 / 글넛시니 / 안이가고 / 무어설 / 구(求)할소냐 //[96]

악장이란 이 시가는 40구 20행으로서 단형 가사와 다를 바 없다. ①,
②, ③, ⑦, ⑩, ⑪, ⑫, ⑭, ⑳행은 가사의 전형인 4음보구를 벗어나
5음보나 6음보 진행으로 되어 있지만, 나머지는 모두 4음보 진행으로
가사의 전형적 율격에 스스로 부합이 된다. 뿐만 아니라 3·3조, 4·4조,
3·4조 등의 음수율이 주종을 이루며 무엇보다 타 악장과는 달리 비연형
의 시가란 점에서 가사인데 이를 '여계충현가(麗季忠賢歌)'라 부르고자 한
다. 그리하여 이 가사는 매창월가와 더불어 조선 초기에 있어 가사가
아직 정착되기 이전의 한 형태로 보아도 무리가 없을 것으로 생각된다.

### 3.2.4 가사의 조선초 형성

전술한 바와 같이 국자가 창제된 이후 세종 조에 용비어천가, 월인천강
지곡과 같은 장형시가가 출현하였고, 뒤이어 가사와 같은 시가 형태가
생성된 것은 극히 자연스런 현상이 아닐 수 없다. 여말 형성에 대해서는
앞에서도 언급한 것처럼 논리성이 미약하지만 국자가 창제된 조선 초
세조조 이후에 가사가 형성될 수 있다는 것은 비록 연장체이긴 하나 용비
어천가나 월인천강지곡과 같은 장형시가가 출현하였고, 또 범승락과 같은
사대부가 고려대부터 불려지던 '풍(諷)'격의 한시를 현토하여 역대전리가
와 같은 가사를 형성했다는 사실로도 증명이 된다. 이와 같은 관점에서

---

96) 景賢祠誌 卷之五 14-15쪽.

당시 사대부들에 의해 스스로의 사상과 감정을 자유자재로 표현할 수 있는 국문으로 가사를 생산할 수 있다는 것은 극히 자연스런 일이라고 생각된다.

사대부들의 국문의식은 앞에서 언급한 바와 같이 명종 때 우의정까지 오른 심수경의 견한잡록, 인조때 홍만종의 순오지, 숙종 조에 김만중의 서포만필 등의 저서에서 뚜렷하게 나타나 있고, 그 외에도 박제가, 박지원, 김천택 등에게서도 투철한 국문의식을 찾아 볼 수가 있다. 특히 심수경은 우리말로 쓴 송순의 면앙정가를 진실로 들을 만하고 볼만한 것으로 최고작이라고까지 절찬하였다는 사실과, 홍만종은 순오지에 진복창의 역대가로부터 원부사에 이르는 14편의 가사를 작자와 작품평 가운데 송강가사에 이르러선 '악보의 절조', '영중의 백설', '제갈공명의 출사표와 백중'이라고 한 평가 등이 이를 뒷받침하고 있다. 특히 김만중은 우리나라의 언어를 버리고 남의 나라의 언어를 배워 이루어진 시문은 앵무새가 사람의 말을 지껄이는 것과 같다는 비판적 안목을 던져주는 등 우리말, 우리 글로 창작한 가사에 대하여 자주적인 관점을 보여주고 있으므로 이러한 국문의식을 지닌 사대부들에 의하여 가사가 형성될 수 있다는 가능성을 높여준다.

그러므로 우리의 사상과 감정을 자유자재로 표기할 문자가 없던 고려조에 향찰이나 이두를 가지고 창작했을 것이라는 역대전리가나 나옹의 승원가, 서왕가 등은 앞에서 분석한 바와 같이 그것이 인정될만한 아무런 문헌적인 근거가 발견되질 않고 오히려 임란이 일어난 선조 조 이후에 창작되었을 가능성이 높다. 더구나 공민왕조에 신득청에 의해 창작되어 왕께 바쳐졌다는 역대전리가는 세조 조에 그 당시 사대부들 사이에 시도되었던 가사 형식에 맞추어 구두현토 되었다는 전거만이 밝혀졌으므로 여말설의 허상이 확실히 드러난 셈이다.

그러나 가사의 효시작으로 논의되어온 상춘곡은 원 텍스트 문제에 있어 많은 문제점을 제기하고 있기는 해도 정극인 작이라는 사실을 믿을 수밖에 없다. 그것은 앞에서 언급한 바와 같이

첫째, 국자가 창제된 이후 성종 대에 창작되었다는 점과 당시 사대부들이 국자를 폄시(貶視)하는 경향도 있었으나 국문의식도 대단했다는 점.

둘째, 고려가 망하고 새 왕조가 들어선 이후 맹사성과 같은 사대부에 의해 강호사시가 등의 강호 시가가 출현했음으로 상춘곡과 같은 강호형 가사가 창작될 수 있다는 점.

셋째, 현존하는 불우헌집은 정조 10년(1786) 불우헌 이후 7대에 걸쳐 인척이 되어 온 황윤석의 가장(家狀)과 갈문(碣文)속에 본디 시문, 가곡, 지구창주(知舊唱酬)가 1책이 있었으나 병란으로 거의 인멸되고 그 중 한 둘만 남았다고 했던 바, 이를 보면 임란 이전에는 현존하는 불우헌집보다 더 많은 작품이 있었다는 점.

넷째, 성종실록에 불우헌의 시가를 말한 부분 중 앞부분에 '장가 6장 단가 2장'이라 하고 서너 줄 뒤에 '장가 1장 단가 2장'이라 하였는데, 전자의 장가 6장은 '불우헌곡'일 것이지만 후자의 장가 1장은 '개잡이리어(皆雜以俚語)'로 보아 상춘곡일 가능성이 높다는 점.

다섯째, 불우헌의 시문과 가곡에 나타난 시상이나 사상이 상춘곡과 전혀 이질적인 것이라 하여 정극인설을 부인하고 있으나[97] 우리는 한 작가에게서 생애에 따라 이질적인 문학적 경향을 대할 수도 있는데, 상춘곡은 강호생활의 취향을 노래한 것으로 성종 6년에 이인형의 매창월가가 창작

---

97) 崔康賢, 전게서, p.76.
   權寧徹, 不憂軒歌曲研究, 國文學研究 2輯, 曉星女大, 1969, p.79-91.

된 것만 보아도 치사(致仕)한 선비들이 전원에 한가로이 노닐면서 성종 대에 가사를 창작 향유했으리라고 생각할 수가 있다는 것이다.

상춘곡이 실려 있는 불우헌집도 그가 죽은 지 305년 만에 나타난 것이 아니라 두어 차례 이본이 간행되었고, 따라서 상춘곡의 작품도 원전에 가깝게 그 어법을 잘 계승한 것으로 보아야 할 것으로 보인다. 상춘곡이나 매창월가 외에도 여말충신들을 제향할 때 불려졌던 여계충현가는 악장이라고 하여 경현사지에 실려져 있는데 아직 정착되지 않은 조선 초기의 가사 형식이라고 보고 싶다. 그러한 까닭은 전술한 바와 같이 고려 유신들의 충절과 더불어 정포은의 우설지가(雨雪之歌)가 오랜 옛날부터 세상 풍속으로 전해왔다는 사실과, 악장이라 하였지만 비연형의 가사와 같은 형식을 취하고 있다는 측면에서도 그렇다.

이러한 측면에서 국자가 창제된 이후 성종 대에 가사가 형성했다는 사실이 확실하고 상춘곡의 작자도 정극인이라는 사실을 인정해야 하며 매창월가도 성종 대에 이인형이 지었다고 보아야 한다. 그러므로 가사는 창 위주의 시가에서 음영 위주의 시가로 발전하자매 우리의 생각을 자유스럽게 표현할 수 있는 국자 창제 이후 조선 초기에 창작되었다고 봄이 마땅하다고 보여진다.

# 제5부 우리 옛 가사문학의 이해
# 가사의 장르적 특질

　장르연구란 본질적으로 문학의 종류를 밝히는 작업이며 분류하는 일이다. 이 분류의 기본원리는 '유사성(類似性)'이다. 오늘날 이루어지고 있는 장르연구는 일정한 원리에 따라 문학작품이 무엇보다 인생을 언어수단을 빌어 표현하는 문학적 진술이란 성격을 지니고 있으므로 식물학자나 동물학자처럼 생물의 유(類)나 종(種)을 명쾌하게 분류한다는 것은 불가능하다[1]는 것이다.

　19세기에 들어서면서 문학장르를 체계 있게 발전, 기술해 놓은 사상가들이 많았지만 이 분야에서 성과를 거둔 것은 아마도 헤겔의 '미학'과 F.Th.피셔의 '미학'이라고 말할 수 있고, 이외에도 영국의 매슈아놀드, 프랑스의 F.Brunetiere가 있다. 특히 부륀티에르의 장르론에서는 생물진화론을 바탕으로 한 장르의 역사철학적 해석으로 통시적 관점(通時的 觀點)에 주안점을 두어 장르의 생성과 소멸과정을 논하였다. 그러나 이런 종류의 연구에서 이루어진 심오한 장르개념은 아무런 도움을 주지 못하고 결국 허공에 뜬것처럼 별 도움이 되지 못하였다.

　Benedetto Croce는 장르다운 것의 몰본질(沒本質)을 가장 날카롭게 들고 나섰는데 특히 카알 보슬러와 그의 학파는 관습적 명칭은 단호히 무의미하다는 노골적인 의심을 표명하였다.[2] 이제까지의 연구가 모든 작

---

1) Paul, Beyond Genre, Cornell University Press, London, 1972, p.4.

품은 일회성(一回性)을 그 본질로 하는 것이고 시적인 것은 그 자체 속에 통일성이 있으므로 문학작품 개개의 것을 어떠어떠한 군(群)으로 분류하는 시도는 피상적인 시도 외에 아무 것도 아니라는 것이다. 특히 고전적 장르이론은 사회적, 계급적 구별을 세우고 규제적이며 관례적이었다. 곧 장르는 시인(작자)과 그가 대상으로 하는 청중이나 독자 사이에 확립된 여러 조건에 의해서 구별된다는 점이다.

서사시와 비극은 왕후 귀족사건을, 희극은 중류계급(도시인과 부르조아지)의 사건을, 풍자극과 소극(笑劇)은 일반인의 사건을 취급하여 사회적 계급에 따라 장르가 구별된다는 것이다. 우리 국문학의 경우에 있어서도 민간에 영창(詠唱)되던 서정가요가 그렇고 사대부들만의 전유물 같았던 시조나 가사도 이의 범주에서 벗어나질 않는다. 다시 말하면 시조나 가사는 발화자(작자)가 조선조 사대부들이었고, 수용자(창자, 독자) 또한 그네들에 의해 향유되었다는 것이다. 그러므로 텍스트 자체는 작자와 향유자 사이에 거의 대부분 창이나 음영을 통해서 똑같은 서정으로 수용되어 왔다.

가사는 본디 서정을 바탕으로 서사성과 교술성이 복합된 특수한 장르였다. 그러나 임·병 양란을 거치면서 사회 의식적 변화와 절대군주제도에 대한 전통적 의식의 변모에 따라 각종의 문학장르에 직·간접적인 영향을 주게 되었다. 영·정시대 실학의 발흥은 평민의식의 발아를 촉진시킴으로써 사대부들에 대한 절대적 복종과 존경이란 전통의 의식에서 벗어나 시조, 가사 등 문학의 창작과 수용에 적극적 참여를 보였다. 이로부터 소위 평민문학이랄 수 있는 경지에까지 이르러 작자층이 광범위하게 두터

---

2) Wolfgang Kayser, Das Sprachiche Kunstwerk, 金潤燮 譯, 大邦出版社, 1982, p.515.

워졌고 향유층 역시 확대되기에 이르렀다.

그러므로 원래 가사문학은 서정, 서사, 교술의 복합성 장르였던 것이 조선 후기로 내려오면서 작자, 작품에 따라 서사성이 높아지거나 교술성이 특별히 짙어지는 경향을 보이게 되어 논자에 따라서는 타 장르로의 이행으로 오인되기도 하였다. 그리하여 그간 국문학 장르에 대한 연구가 시작된 이래 여러 가지 형태로 논의되어 왔으나, 그 성과는 미진한 상태였으며 특히 가사의 장르에 관한 이론은 서구의 문학이론에 대입시켜 복잡다기할 정도로 착종(錯綜)상태를 보여 왔다.

가사란 시가와 문필(文筆)의 양면을 구유(俱有)한 장르라는 설3), 하나의 작품에 시가와 문필이라는 두 가지 규정을 내린다는 것은 무리라 하여 주정적(主情的) 가사는 시가로서의 가사요, 서사적(敍事的) 사물을 서술한 것은 수필로서의 가사라는 분할적 양분설4)과 심지어 중세기 산문문학이라는 설5), 가사는 수필이라는 설6) 등 다양한 경향을 보였다. 이 외에도 가사는 어떤 사건을 알려주고 가르쳐준다는 생각에서 교술장르(Didacit Genre)7)라고 까지 주장하였다.

필자는 논란을 거듭해 온 기왕의 가사문학 장르에 대한 올바른 성격파악과 저간에 논의되었던 가사장르의 성격 규명 단계에 이르렀음을 인식하고 가사의 전기와 후기의 작품을 임의 추출하여 분석을 시도함으로써 그 성격을 고찰해 보고자 한다.

가사는 그 장르성격 자체가 본디 서정, 서사, 교술을 따로 분리해 낼

---

3) 趙潤濟, 朝鮮詩歌의 硏究, 乙酉文化社, 1948, p.127.
4) 張德順, 國文學通論, 新丘文化社, 1963, p.181.
5) 高晶玉外, 國文學槪論, 一成堂書店, 1955, p.27.
6) 李能雨, 入門을 위한 國文學槪論, 국어국문학회, 1954, p.117-119.
7) 趙東一, 歌辭의 장르 規定, 韓國語文學會 제21집, 1969, p.73.

수 없는 복합된 특수성을 지닌 장르[8]라는 것이다. 그러나 이러한 특수한 성격을 지닌 가사가 후기로 내려올수록 차츰 변모하면서 이러한 세 가지 성격 가운데 그 어느 하나가 주조(主調)를 이루고 나머지의 성격이 보조적 역할을 하게 되어 장르적 성격의 변모를 보이게 되었다. 그리하여 조선조 후기로 접어들면서부터 가사문학의 장르는 서사적인 성격과 교술적인 성격이 크게 확대되어 고유한 복합성의 가사문학 장르 성격 가운데 변이적 (變異的) 특성을 보임으로써 타 장르와의 혼동 내지는 착종현상까지 보였다. 이러한 가사장르의 오류나 착종상태를 올바로 재정립하기 위하여 발화자(發話者)인 작자에 의한 텍스트와 그것을 수용하는 향유자(독자층)의 미적 수용 과정에서 가사의 전기작품과 후기작품을 분석 고찰해 본다면 이제까지 가사문학 장르에 대한 유개념(類概念) 및 종개념상(種概念上)의 혼동이나 오류를 바로잡고 국문학 장르체계상 가사문학 장르의 올바른 개념정립이 이뤄질 것으로 생각된다.

## 1. 연구사적 조명

### 1.1 시가장르

가사의 장르 성격상의 문제는 복잡하게 착종된 상태였다. 이러한 현상은 서구문학장르란 규범의 틀에 대입시키려 한 일부 학자들의 고정된 관념에 따라 더욱 어려움이 고조되기도 하였다. 먼저 가사문학 장르를

---

8) 金學成도 '歌辭의 장르 性格再論'(정병욱선생 회갑논총, 1983, p.575)의 논문에서 교술적가사 '西往歌'를 例示하고 작품속에 서사성, 서정성, 교술성을 포괄하는 장르적 혼효성 내지 복합성을 시사한 바 있다.

최초로 성격지운 조윤제는 시가와 문필의 양 성격을 구유(俱有)한 것이라 하였다. 동시에 그 어느 것도 상함이 없고 배격함이 없이 시가와 문필의 성격을 동시에 포섭하여 그 어느 것에도 전속(專屬)되지 않는 가사문학을 따로 확립해야 한다고 주장했다. 이는 가사문학 장르의 세 가지 특성 중 서정과 서사적 특성을 따로 분리해 낼 수 없는 복합성의 장르라는 것과 다른 어느 장르와도 무관한 가사문학 자체의 독자성을 강조한 것이라고 할 수 있다.

사실상 이러한 장르체계의 혼착(混錯)현상은 문학양식의 분류에 있어서 유개념(Generic Concept)과 종개념(Specific Concept)을 잘못 파악한 것에서 기인된다. 현대문학의 양식구분에서 볼 수 있는 시, 소설, 희곡, 수필 등 유개념적인 관점으로 본다면 일기, 서간, 기행 등의 문장은 수필의 하위에 놓을 수 있는 종개념으로 파악했어야 할 것이다.[9] 그러나 국문학 장르분류에 있어서 서구적 문예이론에 따라 어느 한 장르에 가사장르를 귀속시킨다는 것은 사실상 어렵고 불가능한 것임을 알게 된다. 그것은 공시성(共時性)과 통시적(通時的) 측면에 있어서 근원적 문학적인 환경의 차이에서 비롯된다.

즉 공시적 입장으로 본다면 서구에서 발달한 서정시(Lyric)는 동양의 서사, 서정, 교술의 복합적 시작태도나 사회배경에 따라 형성된 가사와 동일시할 수 없는 이질성을 인정해야 한다는 것이다. 사실 외국과의 문학적 교류가 원활하게 이루어지고 있는 오늘날에 있어서도 우리나라에 들어오는 서구의 장르가 변질됨이 없이 그대로 이식될 수 없다.

또한 통시적 관점에서도 신라, 고려시대에 불려 지던 서정가요도 조선

---

9) 崔勝範, 隨筆論, 전국 국어국문학 연구발표대회 초, 1982, p.207.

조와 현대에 이르기까지 내용적, 형태적 측면에서 그대로 전수되지 아니하고, 분파되거나 소멸되기도 하고 장르상 변이적 성격을 나타내기도 했었다. 그러므로 각국의 특이한 문학적 환경 속에서 자라난 문학형태는 유개념상 서구의 문예이론에 대입시켜 볼 수도 있겠지만 원칙적으로 그 고유한 형태상, 내용상의 특징을 따로 인정하지 않을 수 없다는 것이다.[10]

장덕순은 가사문학이란 그 범위의 광활성을 들어 정통적 시가라 볼 수 있는 가사와 그 영역에서 벗어난 산문화, 서사화한 가사로 양분해 보려는 견해를 보였다. 즉 시가로서의 가사와 수필로서의 가사로 성격지음으로써 동질성보다 이질성을 강조하려 했던 것이다.

다시 말하면 그것은 가사문학의 장르 성격에 있어 어느 한 부분에만 치우쳐 부분과 전체에 관한 유기적인 파악의 결여에서 비롯된 난조현상에서 비롯됐다는 것이다. Karl Vieor도 텍스트의 전체를 먼저 충분히 이해하지 못하면서 텍스트의 개별적인 부분들을 어떻게 충분히 이해할 수 있으며, 반대로 부분을 이해하지 못하면서 어떻게 전체를 파악할 수 있겠는가라는 의문을 제기하고 작품의 올바른 이해란 전체와 부분간의 이해와 판단으로 가능하다[11]고 한 바가 있다.

가사는 조선조 후기에 접어들어서면서부터 그 길이가 무한정 길어지고 내용도 서사적 성격이나 교술적 성격이 강하게 나타나 문학 장르상 이질화하거나 분화의 한 과정이나 단계로도 파악할 수 있는 오해를 던져 주었다. 원래 문학장르란 고대에 형성되고 널리 애용되었던 장르일지라도 어느 시점에 이르면 소멸되어 이름만 남거나[12] 분화되어 다른 형태로 전이

---

10) Ulrich Weisstein, Einfuhrung in die Vergleichende Literaturwissenschaft. 이유영 역, 弘盛社, 1981, p.126.
11) Paul Hernadi, 前揭書, p.13.
12) Ulrich Weisstein, 上揭書, p.126.

되기도 하는 역사성의 입장을 띠기도 했다.

그러므로 장덕순이 파악한 것처럼 산문화, 서사화한 가사를 수필로 보려는 경우는 전체와 부분의 올바른 분석과 파악에서 비롯되지 않고 단지 길이의 무한정과 어떤 사실의 진술로만 파악한데서 야기되는 문제로 이해할 수 있다. 그러나 아무리 길이가 길고 산문화한 성격과 내용을 담는다 하더라도 시가의 정형적 율조인 3·4조, 4·4조의 음수율과 4음보격의 규칙적 율격을 지니는 가사가 서경이건 서사건 간에 어떤 감흥을 느끼게 하는 자신(Ich)에 관한 허심탄회한 서술이 있다면 시로 취급하여야 한다.13) 그것이 향유자(Reader)에 따라 수용하는 방법은 대개 세 가지 유형으로 생각될 수가 있다. 즉 창으로서의 방법과 음영으로서 방법, 또는 완독(玩讀)으로서의 방법에 의해 텍스트가 이해되어 진다14)는 것이다.

가사문학 장르는 발화자(작자)가 어떠한 소재를 다루었거나, 향유자가 어떤 방법으로 수용을 하여 이해했건 간에 작자의 감흥을 느끼게 하는 이러한 서술은 '시적인 생각의 응축'이란 점에서 시가로 취급하여 왔다. 이러한 견해를 같이 한 사람은 정병욱, 이상보, 서원섭, 정익섭, 홍재휴15)

---

13) W. Kayser는 Das Sprachlich Kunstwerk, Francke Verlag Munchen (1968, p.332)에서 한 문예작품이 Lyrik, Epik, Dramatic의 類槪念中 어느것에 속하느냐는 흔히 그 문학작품이 취하고 있는 外的形式(Form)에 의해서 엄격히 구별되었다고 하고서 「무엇에 관해서 이야기 하면 그것은 Epik이요, 變裝한 인간이 공연장에서 무엇인가 행동을 보여 준다면 그것은 Dramatik이며 어떤 감흥을 느끼게 하는 自身(Ich)에 관한 허심탄회한 서술이 있다면 그것은 곳 Lyrik으로 취급해야 한다고 말하였다.(국어국문학 제62집, 朱鍾演, 「歌辭의 장르考」, p.275에서 再引用했음.)

14) 李能雨는 그의 「가사문학론」(1981, 一志社)에서 텍스트의 수용방법을 세가지 유형으로 분류한 바 있다. 즉 歌唱物로서의 가사, 吟詠物로서의 가사, 玩讀物로서의 가사로 분류하였다.

15) 정병욱, 한국고전시가론, 新丘文化社, 1980, p.197.
李相寶, 韓國歌辭文學의 硏究, 螢雪出版社, 1974, p.9.
徐元燮, 歌辭文學硏究, 螢雪出版社, 1979, p.39.

등이다. 이처럼 가사의 장르 개념의 착종현상은 유개념과 종개념의 파악에 있어 형식과 내용의 잘못된 시각에서 비롯되거나 전체와 부분과의 올바른 파악이 되지 못한데서 비롯된 것이라 할 수 있다. 길이의 무제한적 형태라고 하여 작자의 시적 감흥이 응축된 가사를 서정성의 가사가 아니라고 할 수 없으며, 어떠한 주제나 소재를 다루었을지라도 가사의 전형적인 형식에 용해된 특수한 문학양식을 가사라고 아니할 수도 없다.

비록 비연형의 산문성을 지닌 가사일망정 자세히 분석해 보면 우선 대부분의 가사는 발의사(發意辭)로 시작하여 서의사(敍意辭), 전의사(轉意辭), 결의사(結意辭)의 형태를 보인다. 그러므로 가사는 대개 한시 기·승·전·결의 4단이나 서·본·결사의 3단 구성으로 시상이 정돈되어 내적인 의미단락을 이루는 시적 구성을 하고 있기 때문에 장르상 시가적인 서정성을 농후히 깔고 있다.

가사 형식의 독특한 장형성으로 보면 가사는 서정적인 것보다는 서사적인 내용이나 교술적인 것을 담아내는 형식에 알맞은 양식이다. 그러므로 서정적인 것보다 서사적인 서경, 기행, 유배, 도덕, 교리 등을 담을 수도 있기 때문에 수필이라든가 문필이라는 규정을 내리는 것은 서사성, 교술성을 함유하고 있다는 것에 불과하다.

가사는 어디까지나 수용과정에서 가창이나 음영, 또는 완독(玩讀) 등 어느 방법으로 향유되어 왔던 간에 수용자나 발화자(작자)에 따라 음악적인 성격과 함께 존재한 양식이었다. 그리고 어떤 주제나 소재를 진술하는 데는 작자의 시적 감흥과 서사성, 교술성이 한데 응축되어 나타난다는 점에서 가사는 복합성의 장르성격으로 파악해야 한다는 것이다.

---

丁益燮, 가사개념의 數三問題, 호남문화연구 제8집, p.68.
洪在休, 國文學新講, 새문사, 1985, p.153 (국문학신강 편찬위원회편)

## 1.2 수필장르

　전술한 바와 같이 장덕순은 산문화, 서사화한 가사를 수필이라고 일별(一瞥)한 바가 있다. 이러한 가사문학 장르의 수필화 경향에 동조하는 이들이 상당수에 이르고 있는 가운데 이능우는 가사가 작품 타이틀과 형식에 있어서 리듬을 지니고 있다는 점에 있어 그것이 시로 오해받을 수 있는 것이지만 그것은 피상적 견해일 뿐, 무엇보다도 그 Line 수의 무제한적 존재라는 형태상 장편화한 것들만을 들어 -〈일동장유가〉, 〈연행가〉- 기행적 수필16)로 규정하였다. 고정옥도 가사는 '중세기 산문문학'이라고 주장하고서 광의의 수필장르를 풍성하게 하려면 자신이 '중세기의 산문'이라고 한 가사를 수필 속에 집어넣어야 한다17)고 주장하였다.

　박성의는 복잡다기한 가사의 장르적 성격을 2대별하여 주관적 내용을 다룬 것은 '서정적 가사'라 하였고, 장편 산문화한 것은 '문필적 가사'라18) 하여 하위분류한 바 있다. 최승범은 〈연행가〉를 예를 들어 4·4조의 율조를 지니기는 했으나 내용은 서사적이요, 기행적이라고 하고서 유개념상 시가로 보는 것보다 수필로 보는 것이 훨씬 타당하다19)고 하면서 「폭이 넓은 문학」인 가사를 일단 「폭이 넓은 문학」인 수필의 양식에 포함시켜 가사수필로 명명하고 다시 그 개개 작품의 실상을 파악하여 가사수필의 하위개념으로 여러 가지 분류를 시도할 수 있다20)는 가능성을 제시한 바 있다.

---

16)　李能雨, 入門을 위한 國文學槪論, 一志社, 1954, p.117.
17)　高晶玉, 具滋均 外, 韓國學槪論, 一成堂, 1955, p.27.
18)　朴晟義, 韓國文化史大系(10), 高大民族文化研究所, 1967, p.873.
19)　崔勝範, 韓國隨筆研究, 正音社, 1980, p.131.
20)　崔勝範, 隨筆論, 전국 국어국문학 연구발표대회 초, 1982, p.210.

이와 같은 논자들의 주장들을 살펴보면 우선 가사 장르는 개념상 유개념 및 종개념의 혼동과 오해에서 연유하고 있음을 발견할 수가 있다. 이는 무엇보다도 가사문학 작품의 수용에 있어 전체와 부분의 유기적 관계의 파악보다는 보는 이의 시각에 따라 다른 견해의 표출이 드러난 결과로 해석할 수밖에 없다.

가사의 형식은 3·4조, 4·4조의 음수율로 4음보가 1행(줄)[21]을 이루어 구수(句數)에는 특별한 제한이 없으나 마지막 행이 시조의 종장처럼 되어 있는 것과 그렇지 않은 것으로 구분하여 전자를 정격(正格)이라 하고 후자는 변격(變格)이라[22] 했었다. 마찬가지로 임란 이후의 소위 후기가사에 있어서 음보와 음수율이 변하면서 길이와 내용에 있어서 장편, 산문화한 것들을 변격(變格)이라고 한 뒤 전기의 사대부 가사와 구분하여 종개념상 다른 장르로 잘못 파악하기도 했다.

이러한 가사의 장르성격문제는 통시적 관점에서 조선조 후기에 이르러서 이 셋의 성격 가운데 서사와 교술성이 특히 주조를 이루고, 서정이 보조적 역할을 하고 있다는 사실의 부지에서 비롯되었다. 가사문학 장르는 어디까지나 서정과 서사, 교술이 융합된 복합성의 특수 장르이다. 그러므로 정격가사인 사대부 가사의 시가형에 서경, 기행, 유배, 도덕 등 다양한 내용을 담은 가사를 산문이니 수필이니 하는 것은 가사문학 장르의 통시적 고찰에서 야기된 하나의 혼동으로 보아야 한다.

즉 가사는 어떠한 소재나 주제를 다루었을지라도 가사 특유의 형식에

---

21) 조동일은 '시가의 형식과 율격'(한국문학통사 I)에서 시가가 몇 줄로 되어 있는가를 말하면서 향가는 4구체, 시조는 3장, 현대시는 몇 행이라고 하고 있으나 서로 관련지워 함께 거론하는데 적지 않은 지장이 있다고 하고서 이 모두를 「줄」로 하여야 한다고 제안한 바 있다.

22) 정병욱, 한국고시가론, 新丘文化社, 1980, p.197.

담은 작자의 시적 감흥과 서사성, 교술성이 응축된 장르라는 점에서 복합
성의 가사장르라는 특성을 벗어날 길이 없다. 비록 비연형의 산문성과
장편성을 지녔다 하더라도 거기엔 분명코 작자의 시적 이미지의 내적
형상화가 이루어져 있고, 서사적인 구성과 교술적인 내용이 융합된 복합
적인 성격을 지닌다.

물론 가사문학 장르는 통시적 측면으로 보면 일정한 기간에 걸쳐 발생,
발전하여 존속했다가 여러 가지 성격으로 파생, 변형되기도 하고 다른
장르, 이를테면 가사의 산문화 내지 소설화의 경향으로 이행되기도 하는
역사적 관습상의 장르23)라는 것이다. 그러므로 가사는 원래 사대부의
전용물처럼 애용되어 오다가 조선 후기에 접어들면서 일반 평민들도 창작
하게 되거나 향유하게 되어 애창하기에 이르렀고, 이러한 역사적 변모과
정을 거치면서 가사 장르의 성격 또한 융합된 셋의 성격가운데 서사나
교술성이 높아져 변모했으므로 심지어 타 장르로의 파생이나 이행을 보이
기도 하였다.

박지원의 〈연행가〉나 김인겸의 〈일동장유가〉는 장편 서사시의 성격을
띠기도 하고, 김진형의 유배가사 〈북천가〉는 서정적 성격이나 교술적
성격보다 기행적인 서사성이 농후하게 나타나기도 했다. 작자 미상의 〈우
부가〉는 세 가지 우부(愚夫)의 인물성격이 묘사되어 소설로 이행되기 이
전의 과도기적 양상을 보이기도 했다.

그러나 이러한 가사가 역사적 변천에 따라 그 장르의 성격이 변모되어

---

23) Wolfgang Kayser는 「言語藝術作品論」第10章 '장르의 構造'에서 가요, 단편소설
   과 같은 종래 취급되어온(구조, 리듬, 내용, 문체와 같은) 제반 형성체를 '관습상의
   장르'라고 한 바 있고, 金學成 교수는 '歌辭의 장르 性格再論'(정병욱 회갑기념
   논총, 1983, p.579)에서 가사의 장르적 성격을 관습적 장르로서의 가사, 역사적 장르
   로서의 가사로 二大別하기도 하였다.

간다 하더라도 가사의 전형적인 틀 속에 담겨진 내용들이 묘사되는 경향에 따라 서정성이 높거나 서사성이 짙을 수도 있고, 때로는 교술성이 높을 수도 있다. 그렇다고 하여 가사 장르의 성격상 변이성(變異性)을 들어 산문이라느니, 문필이라느니, 심지어 가사는 제4의 장르인 교술장르라고 결코 논할 수 없지 않을까 한다.

가사는 어디까지나 서정과 서사, 교술이 융합된 복합성을 지닌 특수한 문학장르라는 특성을 고려하여 유개념상 가사라는 특정한 장르로 설정해야 할 것이며, 종개념상으로는 서정적, 서사적, 교술적 가사라는 하위분류의 장르개념으로 정립해야 한다. 그러므로 가사장르의 국문학적 양태(樣態)의 분류는 가사일 수밖에 없다는 결론24)에 도달할 수밖에 없다.

그러나 조선조의 가사장르가 역사적인 전통성을 보이면서 다양한 정치적, 사회적 배경 속에 작자층도 사대부 계층으로부터 차츰 평민층으로 확대되고 원래의 가사 성격도 변모되기에 이르렀다. 그러므로 소설로의 이행과정이라는 서사화의 한 과정으로 나타나기도 하였고, 기행류의 가사들은 수필, 산문화의 경향을 보이는 가운데 장르간의 넘나듦도 엿볼 수가 있다.

사실상 이러한 장르의 불안정성에서 서정적이라거나 교술적 또는 서사적이라는 형용사적 용법을 사용할 수밖에 없다. 이러한 근본적인 의도는 사실상 복잡다양한 문학장르를 일목요연하게 분류하기가 어려울 뿐만 아니라 분류상 무리를 수반한다25)는 까닭에서라고 생각할 수 있다. 그러므로 가사는 서정성, 서사성, 교술성이 융합된 복합성의 문학장르이므로

---

24) 丁益燮은 「歌辭槪念의 數三問題」의 논문에서 다양한 가사개념의 정의를 일축하고 '歌辭는 歌辭 이외의 아무것도 아니다'라고 주장하였던 것이다.

25) Ulrich Weisstein, 上揭書, p.137.

그 가운데 어떠한 성격이 유별나게 농후히 나타나는 것을 형용사적 용법을 사용하여 가사 장르의 이질화보다 하위개념상의 한 분류로 보는 것이 온당하지 않을까 한다.

예컨대 작자의 주관적이며 관조적인 수법으로 자기의 사상 감정을 시적 감흥으로 형상화한 일련의 가사 작품을 '서정적 가사'라 하고, 국가와 민족의 서사적인 사건을 그린 것이나 기행적 또는 유배적 사건을 서술한 작품을 '서사적 가사', 기타 어떤 사실을 알려주고 가르쳐주기 위한 교술성을 강조한 것을 '교술적 가사'라고 하는 하위개념상의 성격 규정이 타당할 것으로 보인다.

## 1.3 교술장르

조동일은 「가사의 장르규정」이란 논문에서 가사문학 장르는 유개념과 종개념으로서의 장르를 생각해야 한다고 전제한 뒤, 먼저 가사는 첫째 희곡, 서정, 서사 그 어느 것도 아니라는 사실을 불우헌의 〈상춘곡〉을 들어 예증한 바 있다. 즉 그는 〈상춘곡〉의 텍스트에 있어서 주관적 감흥을 표현하는데 주력하는 서정과는 달리 주관적 감흥보다는 오히려 실제로 있었던 일에 관한 관찰이나 경험을 자세하고도 객관적으로 나타내려는데 충실하고 있다는 것을 들어 가사가 서정이 아니라는 점을 들고 있다.

다음으로 상춘곡은 봄날의 풍경이나 하루의 생활을 나열하고 여러 가지를 자꾸 덧붙여 반복, 부연하는 확장적 문체를 즐겨 사용하는데 대상의 특징을 집약시켜 강력한 인상을 주려고 애쓰는 대신에 있는 그대로의 사실을 자세히 나타낸다는 점에서 서술적 문체라 할 수 있다. 또한 사실의 전달에만 그치지 않고 이 사실의 전달을 통해서 일정한 교훈적 주장하기도 한다.

이러한 논의를 통해 가사장르는 첫째 있었던 일을, 둘째 확장적 문체로 일회적·평면적으로 서술해, 셋째 알려주어서 주장한다는 것으로 그 장르적 특성을 희곡, 서사, 서정이란 3분법의 전통적 갈래와는 별개의 '제4장르' 곧 '교술장르류'[26]라 했다.

그러나 이러한 견해는 작품의 전체와 부분과의 유기적 관계나 대응적 의미파악보다는 텍스트 표면에 흐르는 의미만을 강조한 소치가 아닐까 한다. 원래 사대부의 작품세계는 유교적 세계관에 입각한 미적 감흥의 절도 있는 표출로 이루어지고 있다. 그들이 이상하고 있는 미의식의 전범은 자연미의 발견으로부터 물아일체(物我一體)의 절정적 미의 표출에 있다.

이러한 경지는 사물에 대한 관조적인 접근으로 마치 한 폭의 동양화를 감상하는 것과 같은 시작법[27]에 이른다. 이런 경향은 조동일이 분석한 바와 같은 풍경의 사실적 묘사에 그치는 것만은 아니다. 적어도 〈상춘곡〉은 작자의 입장이나 그것을 수용하는 독자층에 이어지는 일련의 실현화 과정으로 이해되어지는 텍스트라는 사실이다.

석양 속에 피어 있는 도화행화(桃花杏花)는 붉은 노을을 배경으로 하고 있기 때문에 그 아름다움이 더욱 고조되기 마련이며, 가랑비에 젖은 녹양방초(綠楊芳草)는 더욱 꽃다운 산뜻함을 발할 수밖에 없다. 그러므로 이러한 선경 같은 아름다운 봄날의 경치에 수풀에서 우는 꾀꼬리 소리가 더욱

---

26) 趙東一, 歌辭의 장르 規定, 韓國語文學 제21집, 1969, p.72.
27) 趙東一은 上揭論文에서 〈상춘곡〉「엇그제 겨을지나 새봄이 도라오니~엇그제 검은 들이 봄빗도 유여할샤」를 두고 봄날의 경치가 작가에게 어떤 감흥을 주는가를 나타내기 위해서 풍경을 묘사한 것이 아니고 관심이 주관적 감흥에 집중되어 있기 보다는 풍경이라는 객관적 대상을 향하고 있으며 되도록 풍경을 있는 그대로 자세히 나타내고자 하는 일종의 회화적 수법으로 그림을 그리고자 한다고 말하고 있다.

아름다움을 점증시키고 있으니 ─ 때로 꾀꼬리는 아름다운 여인네의 모습으로 비유되기도 하지만 ─ 이러한 물아일체의 심미적 정조는 서경을 통한 자연대상에의 관조(觀照) 즉 서정의 극치로 상승하고 있는 것으로 파악된다. 이러한 가치의 표방은 곧 조선조 사대부들의 일반적인 미적 가치관이며 그들의 전통적 시적 감흥으로 표상된다.

물(物)과 아(我), 곧 자연과 인간이 일체가 되는 순간은 주관적 서정의 극치요, 도취적 경지이므로 서정적 미감의 절정으로 표백된다. 이는 조선조 사대부들의 시적 감흥에 있어 한시나 가사에 있어서도 공통적으로 나타나는 회화적인 수법으로 형상화[28]되어 나타난다. 이러한 방법은 현대의 Modernism계열의 일군의 시인들이 즐겨 시도했던 기법과도 일맥상통된다. 〈상춘곡〉은 그저 조동일이 주장하고 있는 바와 같이 봄날 하루 동안의 생활을 일기 쓰듯이 이것저것을 순서대로 나열하는데 그치지 않고, 자연을 객관적 대상으로만 두지 아니하고 주관화하여 절정에 달한 작자의 시적 감흥에 이른 서정적 시혼(詩魂)인 것이다.[29]

조동일은 또 주관적 감흥을 배제하고 오히려 실제 있었던 일에 관한 관찰 또는 경험을 자세하게 또는 객관적으로 나타내려는데 충실하고 있다

---

28) 李瀷은 '靑 赤 白 黑은 사방의 正色으로 빛나고 비쳐서 눈을 현란하게 하는데 詩家들이 이를 이용하여 광채를 증가시키는 것이다…두보의 시에 「강이 파라니 새 더욱 회고, 산이 푸르니 꽃이 불 붙는듯 하구나」라고 한 것은 紅・白이 靑・碧사이에 있기 때문에 그 광채와 색채가 더욱 선명하게 나타나는데 이것이 造語의 妙이다.' (李瀷, 星湖僿說卷三十, 詩家增光)라고 하였는 바 이는 시각적인 시의 효과를 중시하여 회화성을 강조하는 것은 시인들의 공통적인 것으로 생각되는데 '此可入畵譜', '寫景逼眞', '寫出孤村暮景' 등의 評語로 잘 나타나고 있다.

29) 金學成도 「歌辭의 장르 性格 再論」에서 〈상춘곡〉은 하루의 생활을 '일기쓰듯' 그저 충실하게 나열하고 서술하는 데만 진술의 의도가 있는 것은 아니며 객관적 대상에의 관심은 그 관심의 차원을 벗어나 그것과 心魂과의 交感을 위한 즉 物我一體라는 사대부적 회열의 경지를 추구하기 위한 적극적 모색의 자세라고 주장하였다.

고 하고서 이러한 점은 가사가 서정이 아니라는 사실을 나타내는 첫 번째의 특징이라고 주장하였다. 이러한 주장은 전술한 바와 같이 텍스트 전체와 부분의 유기적 분석이나 고찰이 되지 못하고 또 작품의 내용보다 표면에 흐르고 있는 피상적인 견해에 지나지 않는다. 뿐만 아니라 텍스트 자체의 분석적이고도 심미적인 고찰이 되지 못한 데에서 연유되었다고 할 수 있다.

그는 또 〈상춘곡〉 결사의 '공명도 날씌우고 부귀도 날씌우니 / 청풍명월외예 엇던벗이 잇ᄉ올고 / 단표누항에 홋튼혜음 아니ᄒ니 / 아모타 백년행락이 이만흔들 엇지ᄒ리'를 인용하고 이 또한 사실의 전달을 통해서 일정한 교훈적 주장을 하기 위한 것이라 했다. 즉, 단표누항에서 '홋튼혜음' 아니하고 살아가는 생활의 윤리적 타당성을 내세워서 〈상춘곡〉은 서정이 아닌 사실의 전달과 결부된 교훈적 주장의 전달이므로 교술적 장르라는 것이다.

〈상춘곡〉의 허두 '홍진에 묻힌분네 이내생애 엇더ᄒ고 / 녯사름 풍류를 미츨가 못 미츨가'의 진술은 속세에 묻혀 살면서 향유하는 발화자(작자)의 풍류가 옛 선인들의 경지에 미칠 수 있는가라는 의문을 제기하고 있는 것인데, 이는 순연히 서정적 관조의 출발이라고 아니할 수 없다. 옛 선인들의 눈에 비친 자연은 객관적 대상으로서의 존재가 아닌 주관화한 관조적 풍류의 대상물로서 조선조 사대부의 정서생활이 하나의 전범이 되어 왔으므로 이를 교술적 성격으로 파악하기보다는 오히려 서정성의 표출로 이해되어야 한다.

'단표누항', '홋튼혜음'속에 내재된 정서는 유자(儒者)의 전통적이고도 전형적인 서정으로 보아야 한다는 것이다. 속세를 떠나 속세의 때 묻은 관습과 사고를 벗어나 안빈자족(安貧自足)의 윤리의 타당성을 주장하는 것은 교훈적인 주장과 정서적 상황의 융합으로 파악되어져야 한다[30]는 말이다.

사실 가사문학 장르의 성격은 이와 같이 서정과 서사, 교술의 복합적 성격을 지니면서 사회, 역사적 변천에 따라 장르의 성격도 변이(變移)를 거칠 수밖에 없었다. 주로 조선 전기에는 이 세 가지 성격 가운데 서정이 중심을 이루고 다른 두 정신은 보조적 역할을 담당하였고, 후기에 들어서는 서사나 교술 정신이 중심을 이루고 다른 두 정신은 보조적 정신으로서 가사 장르의 융합된 복합성을 띠게 되었다.

이러한 견지에서 보면 조동일의 교술장르라는 가사의 성격 규정은 텍스트 자체의 전체와 부분의 유기적인 분석고찰이라기보다 어느 한 부분적 고찰이라는 불완전성을 벗어나기 어렵다. 실제로 서정, 서사, 희곡의 전통적 3분법적인 분류 외에 교술장르라는 제4의 독립된 장르설정[31]은 독창적이긴 하나 많은 불안정성과 문제점을 내포하고 있는 것이다.

근본적으로 교훈, 교술적인 것은 특정한 목적에 쓰이는 문예로서 합목적적이며 비자율적인 특성을 가지므로 진정한 문학에 속하지 않는 특이한 장르로 구분이 된다.[32] 그러므로 가사문학의 교술장르 운운은 진정한 의미에서 문학 외의 것으로 결론 지우는 결과만을 초래한다고 할 수밖에 없다. 그러나 교술성을 바탕으로 하고 있는 이른바 교술문학이란 엄밀한

---

30) 金學成은 上揭論文에서 '아모타 百年行樂이 이만한듯 엇더하리'라는 結詞는 安貧自足의 도취적 감흥을 영발한 측면이 강한 것이지 오로지 생활의 윤리적 타당성을 내세우거나 '교훈적 주장'만을 하기 위한 것은 아니라는 관점을 보인 바 있다.

31) Ulrich Weisstein의 上揭書(p.133)에 문학을 서사시, 서정시, 희곡, 교훈적 저작 등 4종으로 분류하는 방법도 제기되었으나 교훈적 저작이 종류나 장르보다는 오히려 樣態的인 특성을 가짐으로 해서 그것이 근본적으로 저자의 의도나 그 작품이 목적하는 효과에만 관계가 있으므로 실패하게 되었다고 기록하고 있다.

32) Wolfgang Kayser, 上揭書, p.517.

의미에서 교술적 문학이므로 이러한 형식은 교술적 정신이 녹아져 있는 문학작품을 의미하는 것이라 할 수가 있다. 그러므로 '교술적'이라는 관형적 용법을 쓰는 이른바 교술적 서사, 교술적 서정, 교술적 희곡은 문학의 범주에 국한시킬 수 있다. 이와는 반대로 서정적 교술이라거나 서사적 교술, 또는 극적 교술은 문학이라고 할 수가 없고, 또 존재할 수도 없을 뿐더러 더욱이 문학의 한 종류로 포괄할 수도 없는 것이다.

## 2. 가사장르의 복합성

전술한 바와 같이 가사는 아무리 다양한 소재를 다루었더라도 작자 감흥의 시적 표상이란 점에서 서정성을 배제할 수 없다. 가사의 전형에 응축시킨 시적 표상은 향유자(독자)나 발화자(發話者-작자)에 의해 가창의 방법이나 음영, 완독의 방법으로 수용되더라도 거기엔 모두 리듬과 시적 감흥이 응축되어 존재하고 있었던 만큼 가사는 어디까지나 시가적인 장르 성격을 부인할 수 없다. 이러한 가사는 그의 독특한 형식에 따라 무엇이건 담을 수 있고 시적 형상화가 가능한 양식이기 때문에 문학 양식에 있어 특수한 복합성을 띠게 된다.

즉 가사의 작품 속에는 서정과 서사와 교술성이 융합된 복합적 성격을 지닌다는 사실이다.[33] 가사문학은 이러한 세 가지 성격이 작품 속에 용해되어 시적 감흥을 일으키는데 소재에 따라, 작품에 따라 그 어느 하나가

---

33) 朱鍾演은 「歌辭의 장르考」(국어국문학 제62집, p.279)에서 가사문학은 Gattung(類概念, 또는 장르類)에 있어서 抒情的(Lyrisch)인 것과 敍事的(Episch), 그리고 敎示的인 것(Didaktisch)으로 三分해야 한다는 示唆를 함으로써 가사장르의 복합성을 암시하였다.

주조를 이루고 그 나머지의 성격은 보조적 관계를 이루어서 가사의 복합
적 성격을 형성하게 된다. 그러므로 가사문학 장르의 성격을 규명하는데
있어 공시성과 통시성을 아우를 수 있는 방법으로는 주된 성격과 보조적
성격의 농담(濃淡)을 가려 각각 서정적 가사, 서사적 가사, 교술적 가사로
분류해 보는 것이 어떨까 한다.34)

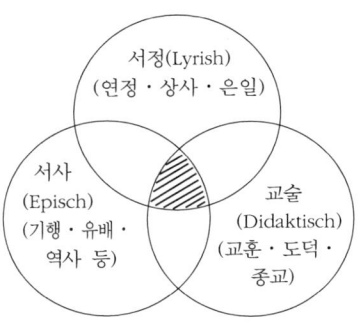

〈표1〉에서 보는 바와 같이 가사는 서정과 서사와 교술이 융합되어
빗금 친 부분과 같이 공통성을 형성하고 있는 특수한 복합성의 장르라고
규정지을 수 있다. 그러므로 앞에서 언급한 바와 같이 은일과 상사(相思),
연정 등 마음에서 우러나오는 여러 감흥을 응축할 수 있는 가사를 서정적
가사라 하고, 기행 등 어떤 감흥이 위주가 되지 않고 사건의 나열이나
구성을 위주로 한 것을 서사적 가사, 종교의 교리나 교훈, 도덕 등 사실이
나 사건을 가르쳐 일깨워주기 위한 성격이 서정이나 서사보다 우월하여
주조를 형성하였을 때 교술적 가사라 하는 게 여러모로 합당할 것으로

---

34) Ulrich Weisstein은 上揭書에서 장르는 명사형에 있어서보다 오히려 형용사형, 즉
「서정적」, 「희곡적」, 「서사적」이라는 용법의 불안정성을 지적하면서 이러한 근본적
인 의도는 문학장르는 분류상 무리를 수반하기 때문이라 하였다.

생각된다. 이러한 분류는 가사의 분할적 차원이나 이질적 차원에 따른 성격 규명이 아니고 어디까지나 가사의 특수한 성격을 규정짓는 것에 불과하다.

사실 가사 장르는 임·병 양란을 분수령으로 하여 가사의 내용과 형식에 있어 커다란 변화를 가져온 까닭에 이 양란 이전을 전기가사, 그 이후를 후기가사로 분류해 왔다.[35] 전기가사는 앞서 논급한 바와 같이 서정, 서사, 교술성이 혼효적인 복합성을 이루면서 그 가운데 어느 한 성격이 중심적 주조를 형성하고 다른 두 성격은 보조적 성격을 이루었다.

앞으로 논급이 되겠지만 〈서왕가〉는 교술적 성격을 중심정신으로 하고 서정과 서사는 보조적 정신으로 포용되는 복합성을 지니며, 〈상춘곡〉은 서사와 교술은 보조적 정신으로서 서정의 극대화를 꾀하고 있는 것으로 파악되어진다. 이러한 가사의 복합성은 조선 전기에 서정이 주조를 이루고 나머지 둘의 성격이 보조적 정신으로서 형성되어 오다가 임·병 양란 이후 후기가사에 이르러서는 사회의식의 전면적인 변모, 특히 봉건제도의 질곡에서 스스로 자아를 발견하게 되는 사회적 배경 속에 커다란 변화를 가져오게 되었다.

이에 따라 가사장르의 성격도 어느 한 측면으로 치닫는 극대화의 경향으로 극단의 서사적 경향, 극단의 교술적 경향을 띠게 되어 가사의 서사화나 교술화의 극단을 보이기도 하였다. 이러한 가사 장르의 복합성을 분석 고찰하기 위하여 서정, 서사, 교술적 가사라고 할 수 있는 작품을 직접 예시해 보고자 한다.

---

35) 李相寶도 그의 「韓國歌辭文學 硏究」(형설, 1974, p.7)에서 이와같이 분류한 바 있고 李秉岐, 趙潤濟, 鄭炳昱, 金思燁 등은 三期로 나누어 분석하기로 하였다.

## 2.1 서정적 가사

조선 전기의 가사 가운데 그 효시작으로 알려진 〈상춘곡〉을 예시하고[36] 이를 분석해 보는 것이 가사 장르의 복합성을 이해하는데 도움이 될 것으로 보아 임의대로 네 단락을 뽑아 분석해 보고자 한다.[37]

(가) 엇그제 겨을지나　　　　　새봄이 도라오니
　　도화행화(桃花杏花)는　　　석양리(夕陽裏)예 픠여잇고
　　녹양방초(綠楊芳草)는　　　세우중(細雨中)에 푸르도다
　　칼로 몰아낸가　　　　　　　붓으로 그려낸가
　　조화신공(造化神功)이　　　물물(物物)마다 헌스롭다
　　수풀에 우는새는　　　　　　춘기(春氣)을 믓내겨워
　　소리마다 교태(嬌態)로다

　　물아일체(物我一體)어니　　흥(興)이이 다를소냐
　　화풍(和風)이 건듯부러　　　녹수(綠水)를 건너오니
　　청향(清香)은 잔에지고　　　낙홍(落紅)은 옷새진다
　　천촌만락(千村萬落)이　　　곳곳이 버러잇니
　　연하일휘(煙霞日輝)는　　　금수(錦繡)를 재폇는 듯
　　엇그제 검은들이　　　　　　봄빗도 유여(有餘) 홀샤

(나) 송죽울울리(松竹鬱鬱裏)예　풍월주인(風月主人) 되어셔라

---

36) 가사의 효시작에 관한 논란은 麗末說과 鮮初說이 맞서다가 요즈음은 前者 쪽으로 기우는 경향이 짙지만 兩說 모두 뒷받침할 만한 조건이 결여되어 있다. 더구나 國字가 없던 시대의 西往歌說은 더욱 난해한 문제가 아닐 수 없다. 이러한 문제를 최근 姜銓爕이 분석 발표한 논문 「나옹화상작 가사 4편에 대하여」가 韓國言語文學 제23집(1988. 12)에 게재되어 있다.

37) 자료는 趙東一의 '歌辭의 장르 規正'(語文學 제21집)과 金學成의 '歌辭의 장르 性格 再論'에서 논의한 '상춘곡'을 對比的 고찰을 위해 再錄하기로 한다.

시비(柴扉)예 거러보고                  정자(亭子)에 안자보니
소요음영(逍遙吟詠)ᄒ야                 산일(山日)이 적적(寂寂)ᄒ대
한중진미(閒中眞味)를                   알니업시 호재로다
아ᄎᆷ에 채산(採山)하고                 나조히 조수(釣水)ᄒ새
소동(小童) 아히ᄃ려                      주가(酒家)에 술을믈어
얼운은 막대집고                          아해는 술을메고
미음완보(微吟緩步)ᄒ야                 시냇ᄀ의 혼자안자
명사(明沙) 조흔믈에                      잔시어 부어들고
청류(清流)를 굽어보니                    떠오나니 도화(桃花)ㅣ로다
무릉(武陵)이 갓갑도다                    져미이 건거이고

(다) 홍진(紅塵)에 묻친분네             이내생애(生涯) 엇더ᄒ고
넷사름 풍류(風流)를                      미츨가 못미츨가
공명(功名)도 날씌우고                    부귀(富貴)도 날씌우니
청풍명월외(清風明月外)에             엇던벗이 잇ᄉ올고
단표누항(簞瓢陋巷)에                    홋튼혜음 아니ᄒᄂᆡ
아모타 백년행락(百年行樂)이         이만ᄒᆞᆫ들 엇지ᄒ리

㈎는 조동일이 지적하고 있는 바와 같이 언뜻 보면 봄날의 풍경이라는
객관적 대상을 향하고 있는 것 같고, 되도록 세부적 묘사를 하고자 애쓴
흔적이 있는 것처럼 보인다. 즉 텍스트 자체만의 진술을 놓고 볼 때에는
그럴 것 같기도 하다.

다시 말하면 텍스트 자체의 표면적 진술에만 초점을 맞춘다면 봄날의
경치가 작자에게 어떤 감흥을 주기 위해서 풍경을 묘사한다고 보기가
어려울 것이다. 주지하다시피 문학작품의 존재방식은 발화자(작자)의 입
장과 그것을 향유하는 수용자(독자)와 텍스트 이 3자의 상호반응적 관계에
서 성립되어진다. 이러한 관점에서 살펴보면 ㈎는 발화자의 세계관이

강력히 투사된 율문표출(律文表出)이라는 점38)에 주의를 기울일 필요가
있다.

발화자는 봄날의 아름다운 경치를 경탄하다 못해 도취된 나머지 '칼로
몰아낸가, 붓으로 그려낸가 / 조화신공이 물물마다 헌수롭다'라는 탄사(歎
詞)를 영발(詠發)하는데 이는 봄날의 풍경이 객관적 대상으로만 존재하는
게 아니라, 주관적 관조의 세계에 다다른 심미적인 절정의 경지에 이르렀
다는 말이다. 즉 봄날의 경치가 명장(名匠)들의 칼로 조각된 것인지, 아니
면 유명한 화공(畵工)에 의해 붓으로 그려낸 것인지 모른다는 것이다.
이는 분명 범인에 의해 이루어진 것이 아닌 필경 조화옹(造化翁)의 신비세
계에 도달한 경지일 수밖에 없다는 것이다.

이와 같은 정서적 가치의 표방은 조선조 사대부들의 일반적인 시적
감흥이었으며 시정신이 되어 왔다. 다시 말하면 객관적 대상을 내면화하
여 주관적 감흥을 직설하지 않고 절제하는 유교적 세계관에 입각한 절도
있는 표출이 그들의 정서였다는 말이다.

수풀에 우는 꾀꼬리가 봄 향기에 취해 노랫소리마저 교태(嬌態)롭게
들리는 것은 발화자의 정서의 직서화(直敍化)가 아닌 조선조 사대부들의
일반적 정서의 표출의 방식이었다. 이러한 미적 정서의 표출은 '물아일체'
의 경지에서 절정에 다다른다. '물(物)'과 '아(我)'가 일체가 되는 경지는
곧 자연을 객관적 대상으로만 보지 아니하고 바로 발화자의 정서로 주관
화하는 관조의 세계이기 때문이다.

이것은 〈상춘곡〉을 수용하는 향유자(讀者)층의 입장에서도 동일하게
나타난다. ⑪를 읊조리거나 창(唱)하는 경우에 있어서도 발화자의 입장과

---

38) 金學成, 「歌辭의 장르 性格 再論」, 백영 정병욱선생 회갑기념논총, 1983, p.583.

같이 유교적 가치관에 입각한 서정적 진술로 받아들여 미적 감흥에 젖게
마련이다. 봄날이 주요 소재로 등장하는 도화행화나 녹양방초, 세우(細
雨), 새, 화풍, 녹수, 청향, 술잔, 낙홍(落紅), 천촌만락, 연하일휘 등은
춘경을 그리는데 사용된 소재만은 아니다. 이러한 객관적 대상으로서의
자연은 그것이 객관적 대상으로 그치는 게 아니라[39] 작자의 시혼(詩魂)과
교감되어 물아일체의 경지에 이르게 되면 향유자(독자)층에서도 이와 같은
심정적 도취로 수용되는데 이러한 경향은 대개 은일(隱逸), 유배(流配),
상사(相思), 연모(戀慕)의 가사에 많이 나타난다.

(나)의 경우도 봄날 하루 동안의 생활을 순서대로 늘어놓은 일기와 같은
서사성을 보여주는 것과 같은 진술의 형태를 취하고 있다. 즉 시비(柴扉)
에 걸어보고, 정자에 앉아 보며, 나물 캐기와 낚시질, 또는 주가(酒家)에서
술을 받아 시냇가에 홀로 앉아서 취락(醉樂)에 젖어 있는 발화자의 모습은
하루생활의 일목요연한 서술로 볼 수도 있다는 것이다. 하루생활의 나열
로 관심은 객관적 대상에 머무르고 있고, 될 수 있는 대로 전개되는 사실
들을 충실히 나타내려는 서사성을 외연(外延)으로 하고 있으면서도 객관
적 대상과 발화자는 물아일체의 도취적 경지에 이르러 서정으로 향하고
있으므로 여기에 서사와 서정의 복합성을 찾아볼 수 있다.

(가)에서도 논한 바와 같이 (나)의 '송죽울울리예 풍월주인 되어셰라', '한
중진미롤 알니업시 호재로다', '무릉이 갓갑도다 져미이 건거이고'는 객관
적 대상으로서의 풍월주인이나 한중진미(閒中眞味)를 알 수 있는 사람,
또는 무릉도원의 선인(仙人)이 아니라 그것의 경지에 다다른 시혼(詩魂)과

---

39) 趙東一은 上揭論文에서 이러한 소재 등은 기상의 변화까지도 다각도로 나타내고
    細部까지 완전히 갖추어진 그림을 그리는 것으로 피상적인 파악에 그치고 있어 敎述
    장르임을 강조하고 있다.

의 교감(交感), 곧 물아일체의 미적 서정으로 파악할 수 있다. 즉 ㈎, ㈏에서 부연과 나열의 확장적 문체는 단순한 사실의 반복적 진술이 아니라 중첩으로 반복되는 은유적인 진술로 파악되어져야 하며 이러한 미적 감정은 시간의 흐름에 따라 점증되어져서 도취적 감정의 절도(節度)있는 사대부의 서정으로 이해되어야만 한다.

㈐에서 조동일은 〈상춘곡〉은 봄날의 풍경과 그 속에서 보낸 하루를 그리는데 그치는 작품이 아니며 그러한 사실을 묘사하여 남에게 알려주고 보여주는 작품으로서 이해하고 있다. 다시 말하면 사실의 전달에만 그치질 않고 사실의 전달을 통하여 일정한 교훈적 목적을 첨가하고 있다는 것이다. 즉 단표누항(簞瓢陋巷)에서 '훗튼혜음'아니하고 살아가는 유교 윤리적 타당성을 설정하고 안빈자족(安貧自足)하는 유교적 윤리를 가르쳐주기 때문에 서정을 찾기 어렵다는 논지였다.

이러한 관찰 역시 전술한 ㈎와 ㈏의 경우와 마찬가지로 작품의 표면에 흐르는 교훈성이나 서사성에 머문 결과일 수밖에 없다. 〈상춘곡〉의 허두 '홍진에 묻친분네 이내생애 엇더ᄒᆞᆫ고 / 녯사름 풍류를 미츨가 믓 미츨가'는 세속을 떠나 산 속에 은거하고 있는 풍류가 고인의 멋에 비교해 보면 어느 정도일까라는 발화자의 서정적 표출로 출발된다. 그리고 결과적으로 청풍명월과 벗하며 자연처럼 살아가는 자신이 고인의 풍류에 결코 뒤지지 않는다고 자위하는 모습이 저변에 깔려 있다.

이러한 풍류는 상춘곡의 결사와 같이 부귀공명도 뜬구름이요, 단표누항에 때 묻은 생각을 아니하고 살아가는 청정(淸淨), 그것은 청풍명월이 유일한 벗일 뿐이라는 사대부의 절제 있는 미의식의 표출로 발산된다. 백년행락 자체는 청풍명월을 벗하며 사는 안빈낙도 – 조선사대부들의 전형적인 풍류였고 미의식이었다 – 의 도취적 감흥을 영탄한 것으로서 서사를 표면으로 삼은 서정성의 복합으로 파악해야 한다.

〈상춘곡〉은 이러한 서정성을 배제하고 생활의 윤리적 타당성을 내세운
다거나 교훈적 주장만을 내세운다든지 어떤 교리만을 주장하기 위해 존재
하는 문학양식[40]으로 파악할 수만은 없다. 즉 가사문학 장르는 이와 같이
표면적으로는 서사 내지 교술성을 지니는 동시에 안빈자족하는 유교적
stoicism에 입각한 정서적 상황의 미적 표현으로 파악해야 한다는 것이다.

사실 가사 작품 속에서는 규중가사의 계녀가류에서 보는 바와 같이
서정적 정신보다는 서사적 방법을 통한 교술적 정신이 근간을 이룬 작품
들이 없지는 않다. 이러한 경향은 앞에서도 언급한 바와 같이 문학장르의
역사, 사회적 변모에 따른 분파 내지는 변이화로의 한 전이(轉移)형태라고
보아야 하고, 또 그것은 어디까지나 전술한 바와 같이 서정, 서사, 교술성
의 복합성으로부터 어느 한 성격의 극대화로 보아야 한다.

그러므로 〈상춘곡〉과 같은 은일류의 가사는 서정이 주된 정서로서 주
조를 이루고, 서사와 교술은 이를 뒷받침하는 보조적 성격을 이루는 장르
의 복합성을 지니고 있다. 발화자 곧 작자의 감흥이 객관적 대상에 머물지
않고 서정적으로 미화되어 주관화되며 향유자(독자)에게도 동일한 방법으
로 감흥을 일으키게 되고 공명을 얻게 됨으로써 텍스트를 통한 독자와의
공감대를 형성하여[41] 수용되면서 향유되는 장르라고 보아야 한다.

---

40) Paul Hernadi Beyond Genre(金埈五 譯, 文章, 1983, p.522)에서 시카고 비평가들
이 제시한 일반적 분류는 문학을 '모방적 장르'와 '교훈적(didactic)장르'로 하위분류하
는데 올슨이란 비평가는 '교훈적 작품'은 '모든 것이 교리를 주장하기 위해 존재하며
특수한 성격을 가진다'라고 선언한 적이 있다고 말하고 있다. 또한 M. H. Abrams의
A Glossary of Literary Terms(Rinehart & Winston, New York, 1971, p.39)에는
교술장르는 이론적 실제적인 지식을 설명하기 위하여 혹은 매우 인상적이고도 설득력
있는 이상적 형식으로 도덕이나 종교 또는 철학적 命題나 敎義(doctrine)을 가르치
고자 함에만 그치지 않았다라고 하기도 하였다. 이것은 교술장르 성격의 어떤 복합성
의 시사로 해석할 수 있지 않을까 한다.

## 2.2 서사적 가사

조선조 후반기로 넘어 오면서 가사가 장형화 되고 서사화 되는 가사 장르성격의 변이화의 현상 때문에 문필이나 수필이라는 장르개념상의 혼란이 존재했었다. 유배류나 기행류의 가사가 장편화 하고 서사적인 성격이 농후한 경향을 보이는 것은 앞에서도 말한 바와 같이 조선후기에 접어들면서부터였다. 이러한 경향은 가사의 세 가지 성격의 복합성에서 그 어느 성격의 극대화에 기인한 결과로 해석할 수가 있다. 가사 장르의 이러한 복합성을 증명하기 위한 또 하나의 방법으로 수필의 성격마저 보이는 서사적 가사 가운데 〈북천가〉를 예시해 보고자 한다.[42]

(가) 세상(世上)사람들아 　　　　이내말삼 드러보소
　　　과거(科擧)를 하거들낭 　　청춘(靑春)에 안이하고
　　　오십(五十)에 등과(登科)하여 　백수홍진(白首紅塵) 무삼일고
　　　공명(功名)이 늦이나마 　　행세나 약바르지
　　　무단이 내달서 　　　　소인(小人)의 척이되어
　　　부월(斧鉞)을 무릅쓰고 　　천문(天門)에 상소(上疏)하니
　　　이전으로 보게되면 　　　빛나고도 올컨마는

---

41) Jane P. Tompkins의 Reader-Response Criticism(全廷球 譯, 全北文學 제101집, 1985, p.99)에서 M. 리빠테르는 문학의 의미는 텍스트에 반응하는 독자의 기능이며 그러한 반응이 고려되지 않는다면 정확히 기술되어질 수 없다고 주장하였고, 또한 시적의미는 아직 드러나지 않는 미지의 의미에 순간 순간 다가서는 독자의 반응 안에 있으며 그러기 위해서 면밀한 문체분석을 수행하는 대안을 마련해야 하며 독자반응은 텍스트에 제시된 요점을 드러내는 시적 의미의 증거라고 주장하였다.

42) 북천가는 1853년 철종때 홍문관 교리로 있던 金鎭衡이 호조판서 徐箕淳의 비행을 論斥하다가 이들에게 몰려 함경도 明川으로 귀양갔다가 반년 만에 돌아오기까지 경과사를 읊은 것이다. 이 가사를 택한 것은 다분히 이 가사가 19세기 가사의 일반적 특징을 가지고 있을 뿐만 아니라 敍事, 紀行的인 성격의 가사로서 그 문학적 가치를 제대로 평가해 주지 않는 경향이 있기 때문이다.

요요(擾擾)한 이세상(世上)에      남다른 노릇이라

㈏ 아양곡 한곡조를      두기생 불어내니
   만산이 더높으고      단풍(丹楓)이 더 붉도다
   옥수(玉手)로 양금(洋琴)치니      송풍(松風)인가 물소랜가
   군산월(君山月)의 손길보소      곱고도 고울시고
   춘산(春山)의 풀손인가      안동박골 금낭(錦囊)인가
   양금(洋琴)우에 노는 손이      보드랍고 알시롭다
   군산월(君山月) 앉은거동      아조분명 꽃이로다
   오동목판 거문고에      금사(金紗)로 줄을메와
   대쪽으로 타는양이      거동도 곱거니와
   섬섬한 손길끝에      오색이 영롱하다
   네거동 보고나니      군명(君命)이 엄하여도
   반할번 하겠구나
   영웅절사(英雄節士) 없단말은      사책(史冊)에 있나니라
   내마음 단단하나      네게야 큰말하랴
   본것이 큰병이요      안본것이 약이런가
          〈중략〉
   청산(靑山)이 그림되어      술잔에 떨어지고
   녹수(綠水)는 길이되어      조희우에 단청(丹靑)이라
   군산월(君山月)의 녹의홍상(綠衣紅裳) 깨고나니 꿈이로다

㈐ 갈적에 녹음방초      올적에 풍설(風雪)이요
   갈적에 백의(白衣)러니      올적에 청포(靑袍)로다
   어린것들 반갑고나      이끌고 방에드니
   애쓰든 늙은안해      부끄러워 하는구나
   어여뿔사 수둑어미      군산월(君山月)이 네왔드냐
   박잔에 술을부어      마시고 취한후에
   삼천리 남북풍상(南北風霜)      일장춘몽(一場春夢) 깨었구나
   어와 김학사(金學士)야      남자(男子)의 천고사업(千古事業)

다하고 왔느니라
강호(江湖)에 편케누어　　　　태평(太平)에 놀게되면
무삼한(恨)이 또있으며　　　　구할일이 없으리라
글지어 기록하니　　　　　　부녀들 보신후에
후생(後生)에 내노릇 하소서.43)

　㈎는 〈상춘곡〉의 결사와 흡사한 교술적 내용을 담고 있다. 과거를 하려
면 젊어 해야지 늙어서야 무슨 등과(登科)이며, 더구나 홍진(紅塵)에 묻힌
시끄러운 세상에 왜 이렇게 시달려야 하는가에 대한 발화자의 의문과
한탄이 주조를 이룬다. 차라리 전형적인 선비의 지조와 절의를 지키느니
보다 현실에 부응하는 게 훨씬 나았을 것이라는 현실 지향적이면서도
자조적(自嘲的)인 일단을 읽을 수도 있다. 언뜻 보면 세상을 사는 슬기를
알려주고 가르쳐 주는 것 같기도 하다.
　사람이 해야 할 일과 나가야 할 길을 가르치는 유교 윤리는 부조리한
현실을 보고도 그냥 보아 넘기는 것을 절대 허용하지 않는다. 그러나
숱한 당쟁으로 인한 앙화(殃禍)로 점철된 조선사회에서 살아남을 수 있는
비정상적인 삶의 방식을 제시해 줌으로써 작자의 자조적인 고뇌를 읽어
볼 수가 있다. 그러나 발화자는 정도(正道)가 아닌 유자(儒者)의 길을 걷느
니보다 차라리 부월(斧鉞)을 무릅쓰면서도 형극(荊棘)의 길을 감내하는
편이 옳다는 전형적인 유자의 길을 보여주고 있다.
　'공명(功名)이 늦이나마 행세나 약바르지 / 무단이 내달아서 소인의 척
이되어', '부월(斧鉞)을 무릅쓰고 천문(天門)에 상소하니 / 이전으로 보게
되면 빛나고도 옳건마는 / 요요(擾擾)한 이세상에 남다른 노릇이라'에서는

---

43) 金俊榮, 崔三龍 共編, 古典文學集成, 螢雪出版社, 1983, p.174에서 虛頭 및
　　結詞에서 임의로 발췌한 것임.

어떠한 현실에 재빠르게 영합하기보다는 전형적 유자의 길을 걷는 것만이 세상을 떳떳하게 사는 길이라는 교술적 내용을 담고 있다. 그러면서도 소인배들의 척(斥)이 되어 유배의 형극을 걷게 되는 한탄과 자조는 조선조 사대부들의 서정이랄 수 있지 않을까 한다.

또한 부조리한 정상(政狀)을 보아 넘길 수 없어 그걸 탄핵하고자 상소한 일로 도리어 유배를 갈 수밖에 없었던 서사적인 사건도 엿볼 수 있다. 즉 ㉮는 표면상 서사적 내용 속에 교술적 성격을 지니고 있으면서도 서정성이 주조를 이루고 있는데 이 경우는 발화자인 작자나 수용자인 독자의 입장에서도 동일하게 향유된다고 말할 수 있다.

㉯는 어떤 사건의 내용을 나열하고 알려주는 서사성의 형식을 빌면서도 내면적으로는 서정이 주조를 이루면서 교술성도 함유(含有)하는 특성을 보인다. 발화자는 유배의 노정에서 지방 방백의 융숭한 후의로 매향과 군산월이란 두 기생을 대동하고 칠보산 유산(遊山)을 떠나 꿈같은 즐거움을 나눈다는 서사성을 바탕으로 하고 있다. 발화자는 단풍으로 타오르는 가을 산에 묻혀 두 기생과 어우러지는 흥취 속에서 탄금(彈琴)과 창(唱)으로 자연을 완상(玩賞)하는 것은 대상을 객관적으로 보지 않고 주관화하는 서정의 극치라고 할 수가 있다.

특히 아름다운 두 기생을 대동하는 유산놀이이기 때문에 만산홍엽(萬山紅葉)이 더욱 붉게 보이고 탄금(彈琴)은 마치 솔바람인지 물소린지 구분할 길 없는 선경(仙境)에 도취되는 몰아지경에 이르게 한다. 군산월의 고운 손길을 봄산의 풀손이나 안동밖 골의 비단주머니로 은유하고, '양금우에 노는 손이 보드랍고 알시롭다'에 이르러선 탄금의 청각적 이미지가 촉각적 이미지에로의 상승효과를 노리면서 육감적 감흥마저 불러일으킨다.

'네거동 보고나니 군명(君命)이 엄하여도 반할번 하겠구나 / 영웅절사

(英雄節士) 없단말은 사책(史冊)에 있나니라 / 내마음 단단하나 네게야 큰말하랴 / 본것이 큰병이요 안본것이 약이런가'에 이르면 절제된 유자(儒者)의 미적 감각은 분방하게 노정되어 허식적인 유교적 세계관은 무력해지고 적나라한 인간 본연에로의 회귀(回歸)를 보이게 된다. 그리하여 남녀의 에로틱한 분위기가 자신의 솔직한 고백으로 노골화되어 드러난다.

이와 같이 인용한 (나)의 단락은 서사적 진술을 취하면서도 사대부적 풍류 속에 발화자는 도취적 상황에서 우러난 정서의 미적 표출의 극치로 이해되어진다. 즉 서사를 형식적 특징으로 하면서도 내면적 정서의 형상화를 근간으로 하고 있다는 것이다.

'청산이 그림되어 술잔에 떨어지고 / 녹수는 길이되어 조희우에 단청이라 / 군산월의 녹의홍상 깨고나니 꿈이로다'는 청산(자연)이 객관적 대상이 아니라 주관적으로 관조(觀照)화한 세계라는 것이다. 그러므로 내적으로 정서화한 미적 표출은 '술잔에 떨어지고'에 심화되어 나타난다. 또한 '군산월의 녹의홍상 깨고나니 꿈이로다'는 〈상춘곡〉 결사에서 보는 것과 같이 인간속세의 모든 것이 무상한 뜬구름 같은 것이라는 교술성을 느끼게 한다.

대체적으로 조선조 사대부들은 대상세계를 일반적으로 내면화하여 주관적 감흥을 직서적으로 영발(詠發)하지 아니하고, 절제된 유가적 세계관에 따른 미적 표출의 방식을 취하고 있으나, 북천가 (나)에서는 그러한 절제된 미적 감각에서 벗어난 솔직한 감정의 표백으로서 서정적 지향성을 발견케 한다. 그러면서 서사의 형식적 진술 속에 서정이 무르녹고 교술이 융합되어 있는 가사의 복합성을 드러내고 있는 것이다.

(다)는 유배의 기간이 반년이었다는 사실을 알려 주기도 하고 유배에서 방면됨과 동시에 갈 때는 삭탈관직의 몸이었으나, 돌아올 때는 관직의

몸으로 고향에 돌아온다는 걸 알려주고 있다. 또한 가족들을 만나 회포를 나눈다는 서사성을 바탕으로 하고 있으면서 오히려 서정성이 주조를 이루고 있다. 늙고 애쓴 아내를 수둑어미로 은유함도 극히 서정적 진술이려니와 더구나 군산월로의 비유는 사대부적 정서에 자주 보이는 서정적 미감이요, 발화자(작자)의 자기도취로 이해된다. '강호에 편케누어 태평에 놀게 되면 / 무삼한이 또있으며 구할일이 없으리라'는 부귀공명이 한갓 뜬 구름 같은 속세를 벗어나서 강호에 묻혀 여생을 보내는 것이 가장 올바른 유자(儒者)의 생활적 윤리라는 다분히 교술성을 근간으로 하고 있다.

이러한 유자적 가치관은 노장사상을 근간으로 한 무위자연(無爲自然)을 관념케 하며 복잡한 세상사에 자의든 타의든 간에 세상을 등지고 초야에 묻혀 은자적 생활을 하거나, 그것을 동경하는 풍조가 우리 시가문학 속에 투영되어 나타나고 있다.[44] 송나라 대복고(戴復古)의 삼공불환차강산(三公不換此江山)의 심경과 같은 발화자의 정서는 도취적 감흥으로 이해해야 하는 것이지, 오로지 생활의 윤리적 타당성을 내세우고자 하거나 어떤 교훈적 주장만을 내세운 것이라고 보기는 어렵다. '강호에 편케누어', '태평에 놀게되면'도 생활의 윤리적 타당성보다 그러한 생활 자체를 즐기고 만족스러워하는 정서적 표출로서 파악되어야 한다.

이와 같이 북천가는 서정성을 바탕으로 하고 있는 것 같으면서도 그가 정정(政情)의 불리함으로 말미암아 함경도 명천으로 귀양을 가서 반년 만에 돌아올 때까지의 노정(路程)과 자연과 인간에 얽힌 여러 사건들을 서술하고 있다는 데서 전체적으로 보아 서사적인 성격으로 파악할 수가 있다. 즉 서사적 진술을 근간으로 하면서도 서정이 농후하게 녹아져 있을

---

44) 拙稿, 時調歌辭에 나타난 道家思想, 韓國言語文學 제21집, 1983, p.100.

뿐만 아니라, 교술이 어우러져 있는 서사적인 가사장르로서 이러한 서사성은 서정과 교술이 바탕 위에 세워진 가사의 복합적인 성격으로 이해되어져야 한다는 것이다.

## 2.3 교술적 가사

교술적 가사는 내훈적인 규방가사와 포교를 목적으로 하는 불교, 유교, 천주, 동학 가사류를 포괄한다. 교술이란 원래 교훈적 작품에서 모든 것이 교리(doctrine)를 주장하기 위해 존재하며 특수한 성격을 가진다.[45] 어느 사건이나 사실의 주장이나 전달에 그치지 아니하고, 사실의 전달을 통해서, 또는 이에 덧붙여서 일정한 교훈적 주장을 하고 있다.[46] 이러한 성격을 가진 일련의 장르를 '교술 장르류'라 할 수 있지만 이를 유개념 상 독립된 장르로 설정할 수만은 없다.

이러한 주장은 전술한 바와 같이 Ulrich Weisstein이 문학을 서사시, 서정시, 희곡, 교훈적 저작 등 4종으로 분류해 놓은 것에 따른 불합리와 부당성의 전개와 함께 정당성을 잃고 만다. 특히 우리 국문학이 문이재도(文以載道)라는 교훈성을 목적으로 하고 있는 것을 감안한다면 스스로 이러한 '교술장르류'의 설정이 불합리하다는 것을 알 수가 있다. 왜냐하면 유교적 세계관에 입각한 사대부들에 의해 이루어진 모든 시가, 산문류가 엄밀한 의미에서 교술성을 바탕으로 하지 않은 것들이 없기 때문이다.

그러나 가사는 원래 서정과 서사, 교술이 함께 어우러진 복합적 장르의 성격을 지닌 특수한 시가양식을 지닌 문학형태다. 이러한 가사장르가 역

---

45) Paul Hernadi, 上揭書, p.122.
46) 趙東一, 歌辭의 장르規定, 韓國語文學會(어문학 제21집), 1969, p.69.

사, 사회적 변천과정을 거치면서 융합된 이러한 세 가지 성격 가운데 주제나 소재에 따라 어떤 성격이 강하게 드러남으로 분화, 소멸의 자연적 과정을 거치면서 변이되는 중간적 형태를 보이는가 하면 다른 종개념간의 형태로 존재하기도 하였다. 이러한 가사장르의 성격 가운데 특히 교술성이 많은 가사류를 일컬어 '교술적 가사'라 하고자 한다. 이러한 가사의 장르적 특성을 규명하기 위하여 최초의 가사[47]라 했던 나옹화상의 〈서왕가〉를 살펴보고자 한다.

> (가) 나도 이럴만정  세상애 인자(人子) ㅣ 러니
>   무상(無常)을 생각하니  다거즛 거시로쇠
>   부모의 기친얼골  주근후의 속절업다
>   져근닷 생각하야  세사를 후리치고
>   부모끠 하직하고  단표자(簞瓢子) 일납(一衲)애
>   청려장(靑藜杖)을 비기들고  명산을 차자드러
>   선지식(善知識)을 친견(親見)하야  마암을 발키려고
>   천경(千經) 만론(萬論)을  낫낫치 추심(追尋)하야
>   육적(六賊)을 자브리라.

> (나) 지혜로 배를무어  삼계(三界)바다 건네리라
>   염불중생(念佛衆生) 시러두고  삼승(三乘)짐때예 일승(一乘)돗
>   글 다라두고
>   춘풍(春風)은 순(順)히불고  백운(白雲)은 섯도난대
>   인간(人間)을 생각하니  슬프고 설운지라
>   염불(念佛)마난 중생드라  멋생을 살냐하고

---

47) 가사의 嚆失作에 관한 논란은 麗末說과 鮮初說이 맞서고 있지만 兩說 모두 뒷받침 될 만한 논거가 결여되어 있다. 더구나 國字가 없던 麗末의 西往歌說은 더욱 난해한 문제가 아닐 수 없다. 이러한 문제를 姜銓燮이 분석한 「傳懶翁和尙作 歌辭 四篇에 대하여」라는 논문이 韓國言語文學 제23집(1984. 12)에 게재되어 있다.

세사탐착(世事貪着)하야 애욕(愛慾)의 잠겻난다
하라도 열두시오 한달도 셜혼날애
어늬날애 한가(閑暇)할고

㈐ 화장(華藏)바다 건네지어 극락세계 드러가니
칠보금지(七寶錦地)예 칠보망(七寶網)을 둘너시니 구경
하기 더옥죠해
구품연대(九品蓮台)예 념불소리 자자잇고
청학백학(靑鶴白鶴)과 앵무공작과
금봉청봉(金鳳靑鳳)은 하나니 념불일쇠
청풍이 건듯부니 념불소리 요요하외
어와 슬프다 우리도 인간애 나왓다가
념불말고 어이할고 나무아미타불.[48]

　인용한 〈서왕가〉 ㈎를 살펴보면 세상에 살고 있는 사람들이란 아무리
부귀공명을 가진 자라도 모두 다 헛것이요, 무상(無常)한 존재라는 교술성
을 가짐과 동시에 서정성을 바탕으로 하고 있다는 것도 알 수 있다. 인간
이란 본디 아무 것도 아니라는 반야바라밀다심경의 '색즉시공 공즉시색(色
卽是空 空卽是色)'의 근원적 경지에 바탕을 두어 인간이 어떻게 살아야
하는가를 일깨워 가르쳐 주고 있기 때문이다.

　이러한 성격은 바로 다음에 이어지는 입산수도를 택하게 된 소이연(所
以然)이 되고, 그 실천적 행위의 방향을 구체적으로 알려주고 가르쳐 준다
는 교술성과 서사성을 보이고 있다. 입산한 후의 구체적, 실천적 행위는
천경만론(千經萬論)을 낱낱이 심독(尋讀)하여 인간의 심성을 더럽히는 육

---

48) 이 가사는 李相寶 編인 「佛敎歌辭全集」 (집문당, 1980, p.141-145)에 (Ⅰ)과 (Ⅱ)
　로 나와 있으나 (Ⅱ)는 夢幻歌 일부가 첨가되어 原文이라 보기 어렵기로 (Ⅰ)에서
　발췌한 것이며 이해를 돕기위해 한자와 ·는 'ㅏ'로 표기하였음.

식(六識)의 대상계인 빛, 소리, 냄새, 맛, 감촉, 법 등 여섯 가지 욕정(欲情)[49]을 물리칠 수 있다는 것으로 제시된다.

이처럼 행동의 구체화의 방향을 이론적이고도 실제적이면서 호소적으로 제시, 주장, 설득하려는 근본목적은 궁극적으로 불교적 세계관을 알려주고자 하는 교술성을 바탕으로 하고 있기 때문이다. 이와 같은 가사의 문체는 어떤 사실을 반복, 부연하는 가운데 더욱 구체화하고 점증한다는 확장적 문체[50]라는 특성을 갖는다. 결과적으로 인용된 ㈎는 불교적 세계관에 입각한 이상적 세계를 제시하는 고도의 서정성을 바탕으로 하면서 교술과 서사성을 구유(俱有)하고 있으므로 장르적 혼효(混淆) 내지는 복합성을 드러내는 가운데 교술이 주된 흐름이 되고 있다는 사실을 알 수 있다.

㈏는 인간의 지혜를 모아 극락으로 갈 수 있는 배를 만들어서 염불에 열중하는 중생들을 싣고 삼계(三界)바다를 건너 왕생정토(往生淨土)할 수 있다는 서사적 내용을 나열한 가운데 인간이 해야 할 도리와 실천적 행동을 제시하는 교술성을 바탕으로 하고 있다. 또한 후반부엔 세상사에 탐착(貪着)되어 애욕(愛慾)에 빠진 중생들이 염불하지 않는 것에 대한 슬픔을 서정적으로 제시하면서도 염불에 열중해야 한다는 교술적 의미를 함축하고 있음을 알 수가 있다. 이와 같이 가사 속에는 서사와 서정, 교술성이 어우러진 복합성을 지니고 있지만, 가사의 주제나 소재에 따라, 또는 역사적, 사회적 변천에 따라 어느 한 특성이 강하게 노정되기도 하는데 불교가사는 서정성보다 서사성이, 서사성보다 교술성이 짙게 나타난다는 것이다.

---

49) 六賊 혹은 六塵이라고도 하며 이것에 더럽혀지지 않는 일을 六根淸淨이라 함.
50) 趙東一은 上揭論文에서 어떤 사실이나 사건 등을 반복 부연하기 위한 가사의 문체적 특징을 '확장적 문체'라고 한 바 있다.

이러한 장르 성격은 〈서왕가〉의 ㈐에서 더욱 뚜렷하게 나타난다. 화장(華藏)바다 건너 극락세계에 들어가는 과정의 진술과 칠보 비단 땅과 칠보 망이 둘러쳐진 극락세계엔 구품연대(九品蓮臺)마다 염불소리와 청학, 백학, 앵무, 공작, 금봉(金鳳), 청봉(靑鳳)들이 일제히 염불한다는 극락상황의 진술 그 자체가 그대로 서사적 진술의 방법을 취하고 있음을 알 수가 있다.

그러나 이와 같은 극락세계의 정경도 청풍이 건듯 부니 염불소리가 아득하게만 느껴진다고 했으니 잠시 이상향 속에 떠돌다 현실세계에로의 귀착을 통한 낭만적 요소를 느낄 수도 있다. 이와 같이 서왕가는 서정적 정신을 바탕으로 하고 있으면서도 그 위에 서사적 진술의 방법을 통한 교술적 정신이 주조를 이루고 있음을 알 수가 있다. 다시 말하면 교술적 가사란 서정과 서사, 교술의 복합성을 보이면서 그 가운데 교술성을 기본 정신으로 하고 있는 가사로 이해하여야 한다는 말이다.

기왕에 이루어진 국문학 장르론 가운데 가사 장르론은 대부분 분할적 성격으로만 규정되어 왔다.[51] 장덕순은 정통적 시가라 볼 수 있는 가사 곧 시가로서의 가사와 산문 서사화한 가사 즉 수필로서의 가사로 2분할했고, 박성의는 서정적 가사, 문필적 가사로 파악했으며, 주종연도 처음엔 서정적인 것과 서사적인 것으로 2분했다가 다시 교시적인 것을 첨가하여 3분할적인 성격으로 파악해 왔다. 이러한 가사의 장르 규정의 혼동과 다양성은 가사의 장르 성격이 다른 문학양식과는 달리 서정과 서사, 교술의 세 가지 성격이 융합된 복합성을 가지고 있기 때문에 전체와 부분의

---

51) 趙東一이 上揭論文에서 類槪念上 서정, 서사, 희곡의 3장르가 아닌 제4의 장르 곧 '교술장르'라고 성격지운 바가 있고, 趙潤濟는 詩歌, 文筆의 兩性格을 동시에 구유한 형태문학이란 복합성을 제시한 뒤 그 어느 것에도 전속되지 않는 가사문학장르의 확립을 주장하였다.

유기적 분석과 관찰의 결여에서 비롯된 결과에서 빚어진 것이라 할 수 있다.

장르 성격상 복합성을 띤 가사문학이 역사, 사회적 변천에 따라서, 또는 주제나 소재의 취급여하에 따라서 이 세 가지 성격 가운데 그 어느 한 성격이 두드러지게 나타나 극대화하는 경향을 보임으로써 단일 성격의 장르가 깨뜨려지고 심지어 장르의 변이화를 보이거나 타 장르로 넘어가는 과도기적 형태를 보이기도 하였다. 그리하여 조선 후기 말에 이르러서는 가사의 소설화 경향이나 소설의 가사화 경향 등 다양한 장르간의 넘나듦의 경향도 나타났다.[52]

다시 말하면 전기가사는 서정과 교술의 세 성격이 융합되어 복합적 성격을 띠던 가사가 후기가사에 이르러서는 문필이나 수필로 오해할 정도로 서사적 성격이 짙어졌을 뿐만 아니라, 심지어 소설화의 경향까지 보였다는 사실이다. 그러므로 조선후기에 들어서는 서정성이 높았던 서정적 가사보다 비교적 서사성이나 교술성이 높은 경향을 보임으로써 각각 서사적 가사, 교술적 가사의 성격을 띠게 되었다고 보여 진다.

〈상춘곡〉은 전술한 바와 같이 조선 전기가사로 서정성을 주조로 하고 서사와 교술성이 보조적 역할을 담당한 복합적 성격을 지니고 있지만 어디까지나 서정적 가사로 파악해야 한다는 것이다. 텍스트의 올바른 이해란 전체와 부분간의 유기적 분석과 고찰로서 가능한 것이며 발화자와 향유자(Reader)와의 반응에 의해서만 이루어질 수 있다는 것이다. 〈상춘

---

52) 愚夫歌는 개똥이, 꼼생원, 꿩생원 등 3人의 성격이 잘 묘사되었을 뿐만 아니라 고대소설에서와 같은 인물들의 생애적 이야기로 되어 있다는 것과 庸夫歌 등에서는 '괴똥어미전'에서의 인물묘사와 庸夫가 동일유형으로 성격지워 준다는 사실이다. 또한 紅閨勸獎歌는 괴똥어미라는 假想的 人物을 묘사함으로서 소설의 歌辭化의 代表的 예에 속한다.

곡)의 경우 아무리 봄날의 서경적인 경치와 하루 동안의 일들을 서사적으로 진술하였다 하더라도 이 서경은 발화자의 미적 감각에 의해 자연을 객관적 대상으로 수용하지 아니하고 주관적 관조의 세계로 여과하여 서정화 된 것이라 할 수 있다. 향유자 곧 독자는 가창이나 음영, 또는 완독(玩讀) 등 나름대로의 수용방식을 통해 발화자 이상의 서정으로 수용할 수 있으므로 서정이 위주가 되고 서사와 교술은 이를 보조하는 복합성의 가사로 파악해야 할 것이다.

마찬가지로 〈서왕가〉는 조선전기, 여말의 가사로 보는 이들이 많으나 이는 어디까지나 나옹화상의 가사로 부회(附會)한 결과이며, 그 정조나 형식으로 보아도 조선 중, 후기의 작품으로 보아야 한다.[53] 이러한 견지에서 보면 서왕가는 다른 여타 포교를 위한 종교가사와 같이 서정보다는 서사적 진술을 통한 교술적 가사라는 점이다. 결과적으로 서왕가는 불교적 세계관에 입각한 이상세계를 제시하는 고도의 서정성을 바탕으로 교술과 서사성을 구유(俱有)하고 있는 장르성격의 혼효(混淆) 내지는 복합성으로 파악할 수 있다.

이것은 〈제망매가〉에서 지향하고 있는 서정과 교술의 복합과 동질적인 것으로 파악할 수 있다. 그러나 〈제망매가〉는 서정을 주된 정조로 하고 있지만 〈서왕가〉는 교술을 위주로 한 가사라는 점에서 그 특수성을 찾을 수 있다. 즉 〈서왕가〉는 천경만론(千經萬論)을 낱낱이 읽어 인간심성을 더럽히는 인간 6식(人間六識)의 감각적 욕정을 물리쳐야 한다는 행동의

---

53) 姜銓燮도 上揭論文에서 西往歌는 壬亂의 위기에 僧服을 입고 戰功을 세웠던 승군의 활약에 힘입어 崇儒抑佛의 아성도 차츰 무너져 갈 때 佛敎의 敎勢擴張의 一環으로 佛家에서 국문가사의 싹이 움터갔음을 상상할 수 있다는 가능성을 제시하고 肅宗代에 학덕 높은 麗末 名僧 나옹화상에게 결부하여 西往歌를 그의 작품으로 부회했을 가능성이 있다고 시사한 바 있다.

구체화 방향을 이론적이면서도 실제적이며 호소적으로 제시하여 주장 설득하려는 교술성을 극대화하고 있다는 것이다. 뿐만 아니라 세상사만 탐착(貪着)하지 말고 염불에만 전념해야만 왕생정토로 갈 수 있다는 실천적 행동을 제시하고 알려주기도 한다는 점에서 〈서왕가〉 등 종교계 가사들은 서정과 서사의 바탕 위에 교술성을 위주로 하는 복합성을 띤 교술적 가사라는 점이다.

다음으로 후기가사인 〈북천가〉는 서사성과 교술성을 함유하고 있으면서도 극히 서사적 극대화를 보이므로 이런 류의 가사들을 서사적 가사라고 해야 한다는 것이다. 〈북천가〉의 허두엔 과거는 젊어서 해야 하고 또 현실에 약삭바르게 적응하는 것이 보신(保身)의 길이지만 늦게 등과(登科)한 자신이 도학의 길을 걸으면서 유자의 전형적인 형극의 길을 걷는 자신의 서정과 아울러 교술이 바탕을 이루면서 서사적 구성을 하고 있다는 것이다.

유배의 노정 중에 지방 방백의 후의로 매향과 군산월 두 기생을 대동한 칠보산의 유산(遊山)놀이는 한편 허구적인 면이 없진 않지만 사건의 나열과 구성이란 서사적 진술을 통해 서정적 감각이 주된 정조를 이루고 있다는 것을 알 수 있다. 사실 전형적인 사대부적 풍류는 발화자 자신이 서사적, 서경적 진술을 취하면서도 객관적 대상을 주관화하는 서정의 표출인 것처럼 〈북천가〉의 경우도 이에서 벗어나질 않는다. 〈북천가〉의 전체적인 진술은 서정과 교술을 아울러 함유하고 있으므로 표면상 사건의 나열이나 구성의 형식을 취하는 서사적인 것으로 이해하여야만 한다.

결론적으로 가사의 장르상 성격은 이제까지 논의되어 왔던 분할적 정의나 종개념과 유개념상의 착종에서 벗어나 서정과 서사와 교술이 한데 융합된 복합성의 특수한 장르라는 것으로 인식해야 한다는 것이다. 이러

한 셋의 성격이 후대로 내려오면서 역사적, 사회적 제도나 문학적 환경의
변모에 따라 서사와 교술의 성격이 짙어짐으로 문필이라느니 수필이라고
오해할 수 있었던 것이지만, 가사는 어디까지나 서정과 서사, 교술의 복합
적 장르로 이해하여야만 한다. 종개념적으로는 어디까지나 '가사'이어야
하며 후기로 내려오면서 서사성이 농후한 것은 서사적 가사, 서정성이
높은 것은 서정적 가사, 교술성이 높은 것은 교술적 가사라는 하위개념상
의 분류로 이해해야 하지 않을까 한다.

# 제6부 | 우리 옛 가사문학의 이해
# 가사의 유형적 고찰

## 1. 기존연구의 검토

가사는 장르상 복합적인 성격을 지닌 특수한 장르임과 동시에 작자층이 사대부로부터 차츰 평민, 부녀자 계층으로 두터워지면서 다양한 내용을 담아내기 때문에 가사의 내용을 분류하는 데는 실로 복잡다난하지 아니할 수 없었다. 그리하여 선학(先學)들의 가사작품의 유형적 분류는 다음에서 보는 것처럼 여러 갈래로 다양하게 전개될 수밖에 없었다.

　가. 조윤제의 11항목설
　　① 화려한 풍경을 설진(說盡)한 것
　　② 절조(節條)에 따른 자연의 미를 영탄한 것
　　③ 누대정각을 서기(敍記)한 것
　　④ 은둔적 기분을 토로한 것
　　⑤ 회유(會遊)를 즐긴 것
　　⑥ 이별의 애정(哀情)을 호소한 것
　　⑦ 인생의 무상을 통탄한 것
　　⑧ 순도덕을 교도한 것
　　⑨ 교훈을 설유(說喩)한 것
　　⑩ 지방의 문물제도를 서술한 것
　　⑪ 여행·노정을 기록한 것[1]

나. 정형용의 10항목설

  가) 양반가사

    ① 부귀와 공명을 떨치고 강호에 묻혀서 자연과 벗을 삼아 어부의 생활
       을 묘사한 것

    ② 양반학자들이 자제나 향인(鄕人)을 위하여 그네들이 닦고 있는 학문
       과 유교윤리를 알기 쉽게 만들어서 낭송하도록 지은 일련의 가사군

    ③ 기행가사

    ④ 귀양살이가 문학의 소재로 오르고 또는 문학창작의 동기로 된 것

    ⑤ 월령가의 형식을 취하여 상사연정을 읊은 것

  나) 내방가사

  다) 평민가사

    ① 잡가

    ② 서사가

    ③ 서정가

    ④ 골계가

    ⑤ 불교가류[2]

다. 이태극의 성격별 유형설

  一. 주체성. 二. 객관성. 三. 비교성으로 3대별하고 다시 이것을 세분하여
  그 주체성에서는 한 가사

  한 가사에 담겨진 중심사상을 주체로 하여서 유가성(儒家性), 도가성
  (道家性), 불교성, 무속성, 혼융성(混融性), 문학성 등의 6항으로 나누
  었으며, 그 객관성에서는 주로 묘사와 표현을 통한 서정, 서사, 기행,
  수필, 일기, 사대, 자주 등의 7항으로 생각하여 보고자 한다.

  셋째로 비교성에서는 주로 중국문학과 관계성을 밝히고 다음 한말(韓
  末) 작품을 통해 본 서구 및 일본 문명의 영향을 살펴보고자 한다.[3]

---

1) 趙潤濟, 朝鮮詩歌의 硏究, 乙酉文化社, 1948, p.125.
2) 鄭亨容, 우리어문학회, 國文學槪論, 日成堂書店, 1949, pp.176-190.
3) 李泰極, 歌辭의 內容攷, 陶南趙潤濟博士回甲紀念論文集, 1964, p.454.

라. 서원섭의 7가사설
　　① 연주충군적인 가사　　　② 안빈낙도적인 가사
　　③ 도덕적인 가사　　　　　④ 추모찬송적인 가사
　　⑤ 불교적인 가사　　　　　⑥ 도교적인 가사
　　⑦ 연모상사적인 가사4)

마. 김준영의 15항목설
　　① 풍경, 사적(史蹟), 감회 등을 읊은 것
　　② 기행가사　　　　　　　③ 유배가사
　　④ 교훈, 권선, 도덕적인 것
　　⑤ 연정을 읊은 것　　　　⑥ 유흥을 읊은 것
　　⑦ 강호 한정을 읊은 것　　⑧ 사친(思親), 사제(思弟), 사우(思友),
　　　　　　　　　　　　　　　　사향가(思鄕歌)
　　⑨ 규원(閨怨)을 읊은 것　⑩ 연군에 관한 것
　　⑪ 선치(善治) 송덕에 관한 것　⑫ 종교적인 가사
　　⑬ 농가월령가　　　　　　⑭ 한양가와 한양오백년가
　　⑮ 그 밖의 가사5)

바. 이상보의 8가사설
　　① 은일가사　② 유배가사　③ 기행가사
　　④ 전쟁가사　⑤ 도덕가사　⑥ 송양가사
　　⑦ 상사가사　⑧ 포교가사6)

사. 최강현의 34항목설
　○ 개탄　　　○ 경계　　　　○ 경물　　　○ 경세(警世)
　○ 계몽　　　○ 교술　　　　○ 교훈　　　○ 권농
　○ 권선　　　○ 기행　　　　○ 모현(慕賢)　○ 몽유

---

4) 徐元燮, 歌辭의 內容과 形式攷, 慶北大論文集, 12輯, 1968.
5) 金俊榮, 韓國古典文學史, 螢雪出版社, 1971, pp.368-397.
6) 李相寶, 韓國歌辭文學硏究, 1975, p.15.

○ 무상       ○ 무아(撫兒)    ○ 사친       ○ 송축
○ 연군       ○ 연정          ○ 우국       ○ 우정
○ 은일       ○ 이별          ○ 자전(自傳)  ○ 전쟁
○ 조애(弔哀)  ○ 취락(醉樂)     ○ 친목       ○ 포교
○ 풍류       ○ 풍물          ○ 풍자       ○ 한정
○ 회향(懷鄕)  ○ 희롱7)

아. 이재수의 내방 4류 15형설
　　① 교훈류 : 계녀형, 경세형
　　② 송축류 : 축원형, 송축형, 송영형
　　③ 탄식류 : 여탄(女嘆)형, 노탄(老嘆)형, 생활고형, 시절형
　　④ 풍류류 : 야유(野遊)형, 절기형, 척사(擲柶)형, 해학형, 화조형, 기행형8)

자. 이능우의 수용 3가사설
　　① 가창물로서의 가사
　　② 음영물로서의 가사
　　③ 완독물로서의 가사9)

차. 권영철의 규방 21유형설
　　○ 계녀교훈류   ○ 신변탄식류   ○ 사친연모류
　　○ 상사소회류   ○ 풍류소영유   ○ 가문세덕류
　　○ 축원송도류   ○ 제전애도류   ○ 승지찬미류
　　○ 보은사덕류   ○ 의인만화류   ○ 노정기행류
　　○ 신앙권선류   ○ 월령계절류   ○ 노동서사류
　　○ 언어유희류   ○ 소설내간류   ○ 개화계몽류
　　○ 번안영사류   ○ 남요완상류   ○ 기타10)

---

7) 崔康賢, 華陽別曲小攷, 弘大論叢6집, 1975, pp.7-12.
8) 李在秀, 內房歌辭硏究, 螢雪出版社, 1976, pp.14-40.
9) 李能雨, 歌辭文學論, 一志社, 1977, pp.14-26.
10) 權寧徹, 閨房歌辭硏究, 二友社, 1980, p.31.

카. 김기동의 7가사설
　① 서경문학으로서의 가사　　　② 애정문학으로서의 가사
　③ 은일문학으로서의 가사　　　④ 서사문학으로서의 가사
　⑤ 감상(感傷)문학으로서의 가사　⑥ 교훈문학으로서의 가사
　⑦ 이여(爾余)의 가사(풍류문학, 기행문학, 유배문학, 농민문학, 송축문학,
　불교문학)11)

　상계한 가사의 내용적 유형 분류는 작자 계층이나 시대적인 측면을 고려하지 않고 방대한 작품들을 몇 가지의 유형으로 나누는 방식을 취하였다. 주지하는 바와 같이 문학작품이란 시대, 사회적 환경이나 작자에 따라, 또는 다루는 소재나 주제에 따라 차이가 생겨나고 장르 성격상으로도 변이되는 경향을 보이는데 특히 가사에 있어서는 이러한 경향이 농후하다. 즉 조선후기에 들어서는 우부가(愚夫歌)에서 볼 수 있는 것과 같이 각기 다른 세 인물의 성격을 묘사하는 소설적인 기법과 '츄풍감별곡'과 같은 가사가 소설화하여 타 장르로의 분화 내지 전이현상을 보이는 것이 그것이다. 그러므로 수천 수가 넘는 방대한 조선조의 가사문학작품을 시대의 전기나 후기를 고려하지 않고 상계한 것과 같이 몇 가지의 유형으로 나누거나, 작자별, 유형적 분류 방식은 합리적일 수 없다는 말이다.

　그러나 정형용은 작자를 양반, 내방, 평민 등 계층별로 나눈 뒤 또 양반가사는 그것을 포괄할 수 있는 다섯 가지 유형으로 구분하고, 평민가사도 잡가, 서사가, 서정가 등 5유형으로 세분한 것은 작자층에 따른 가사 내용의 이질적 성격을 이해한 분류로 보인다. 이태극은 가사의 창작 의도상의 성격을 주체성, 객관성, 비교성으로 3분하고, 주체성을 다시 유가(儒家)성 도가(道家)성 등 6항목, 객관성은 서정, 서사, 기행 등 7항목으로

---

11) 金起東, 國文學槪論, 太學社, 1981, pp.135-156.

분류했으며, 비교(比較)성은 중국문학과의 영향관계를 밝히고 한말의 개화가사 속에서 서구와 일본과의 영향관계도 다루었다.

언뜻 보면 상당히 합리적이고도 포괄적인 인상을 갖게 되지만 우선 유가성, 혼융성, 문학성 등을 주체성으로 규정짓는다는 것부터 합리적이질 못하다. 또한 서정, 서사, 교술 등 복합적인 장르성격을 지니고 있는 가사에 종개념 상 다른 일기, 기행, 수필 등을 동일한 선상에 올려놓을 수도 없을 뿐만 아니라, 여기에 사대, 자주라는 분류는 더욱 합당한 것이 못된다.

가사의 내용을 유형별로 분류하는 것은 우선 그 작품이 어떠한 시대적인 환경과 사회적인 배경 속에서, 또 작자의 어떤 심경에서 우러나온 것인지, 작자의 문학적 환경과 생애적인 고찰에서 성격 지위져야 하고 또 그것을 주제별로 나누어야만 한다. 그렇지만 이러한 여건을 종합적인 분석과정도 거치지 아니하고 작품에서 느껴지는 인상에 따라 분류하기 때문에 서원섭은 주제적인 측면에서 7유형, 김준영은 15유형, 최강현은 34항목 등으로 분류하였다. 그러나 이 역시 시대적인 문학적 환경이나 사회배경, 작자의 서정을 고려한 분류가 되지 못했다는 한계성에 봉착하기 마련이다. 차라리 이러한 방법으로라면 오히려 규원(閨怨)이나 치산(治産), 자탄(自嘆) 등 가사의 내용에 따른 좀 더 세분된 분할이 합당하리라고 보여 진다는 것이다.

권영철, 이재수는 조선조 전반적인 가사를 분류하지 아니하고 각각 규방가사 2,038편과 597편을 대상으로 20유형과 4류 15형으로 나누었기 때문에 규방가사에 한정해버린 아쉬움을 남기고 있다. 또 이상보도 조선조의 가사를 은일가사, 유배가사 등으로 8분할하여 가사의 하위개념상의 분류를 시도하였지만, 이것도 오히려 그렇게 규정하기 어려운 한계성에 빠져든다.

　왜냐하면 유배가사라는 것은 유배의 진한 설움과 한, 연군지정이 녹아 있는 작품이 있기도 하지만 오히려 이러한 정서보다 은일의 기분을 노래하거나 연군을 남녀 간의 상사지정에 비유한 것이 많기 때문에 섣부르게 은일가사라거나 상사가사라고 분명하게 한정할 수 없기 때문이다. 또 김기동 역시 가사를 서경문학과 서사문학 등의 가사로 규정하였지만 특수한 장르성격을 지닌 가사를 섣불리 '서사문학'이라고 하거나 '교훈문학'등으로 한정할 수도 없다는 점에서 재고되지 않으면 안 된다.

　전술한 바와 같이 가사장르는 서정성을 근간으로 하고 서사나 교술이 보조적이 기능을 하거나, 교술을 근간으로 하고 서정과 서사가 보조적인 기능을 하는 장르상의 복합성을 지니기 때문에 형용사적 용법을 써서 각각 서정적 가사, 서사적 가사, 교술적 가사라고 할 수도 있다. 그러나 서사문학이라거나 교훈문학이라는 규정은 분류상 무리를 수반하기 때문에 합리적이지 않다는 것이다. 이 외에 이능우도 가사의 향유방식에 따라 가창물, 음영물, 완독물로서의 가사라고 특이한 분류를 시도해 보았으나 이 역시 방대한 가사 작품을 수용방식상의 한 방법만을 제기한 것이지 작품의 내용이나 주제에 따른 포괄적인 분류방식이 되지 못한다는 것이다.

　가사의 유형을 고찰하는데 있어서는 우선 문학적 환경이나 작품의 경향이 다른 조선 전기와 후기로 나누어서 고찰을 해야 한다. 모든 문학 작품은 다시 반복할 수 없는 역사적 산물로서 일회성을 지니게 마련이다. 그러므로 조선 전기의 사회적 환경은 조선 후기와 동일할 수가 없고, 또 작자가 처한 문학적 환경도 같은 시대라 하더라도 각자 처한 환경에 따라 다를 수밖에 없다는 것이다.

　주지하는 바와 같이 조선 전기의 가사 작품은 대부분 사대부들에 의해 창작되고 향유되었다. 사대부들이 세상을 살아가는 데는 출(出)하거나 처(處)하는 이원적인 생활 테두리를 벗어나지 못하였고, 이 이중적인 생활환경 속에서 그들이 작품화한 주제 역시 다르게 나타날 수밖에 없었다. 조선 전기는 고려가 망하고 새 왕조가 들어서게 됨에 따라 새로운 유풍(儒風)이 진작되고 따라서 많은 지방의 사림들이 관계(官界)에 진출하여 그들에 의해 창작되는 이른바 현달형(顯達型)문학을 형성하였다. 이들의 작품은 한결같이 인간이 추구해야 할 도를 근간으로 하는 소위 재도적(載道的)인 문학관이 잘 반영되었다.

숱한 당쟁과 사화(士禍)로 출과 처가 무상한 조선사회는 현달하여 관직에 있다가도 어느 날 갑자기 삭탈관직의 몸이 되어 유배되거나 강호에 묻혀 사는 경우가 허다하였다. 이러한 생활 속에서 이루어진 강호형(江湖型)문학에도 재도(載道)적인 문학관이 주류를 이루었다. 이러한 입장은 조선 후기 사대부들의 문학에서도 동질적으로 나타나며 조선 전기와 달리 장르 성격이나 내용상, 형식상에 있어서 상당히 다른 경향을 보인다. 뿐만 아니라 임란을 분수령으로 작자층도 일반 평민이나 부녀자 계층 등으로 확대되면서 두터워지고 이들에 의해 창작 향유하게 됨으로써 이러한 계층의 작품에서는 전대의 재도적인 문학관보다 오히려 인간 내면의 서정이 형상화되는 그런 문학작품들이 봇물처럼 쏟아져 나왔다.

이러한 측면에서 시대적인 상황이나 사회적 문학 환경을 초월하여 전기와 후기를 통틀어서 가사 내용을 유형별로 규정짓는 것은 상당히 불합리하다. 그러므로 문학적 환경과 작자 계층이 다른 가사작품을 조선 전기와 후기로 나누고, 다시 전기를 사대부가 관직에 올라 형성되어지는 현달형과 관직에서 물러나 이루어진 강호형으로 대별해 보는 게 어느 모로 보더라도 타당할 것 같다.

현달형은 다시 전쟁형, 유람·기행형, 도덕·교훈형, 풍물완상형으로 나누고, 강호형은 은일형과 연주충군형으로 분류하여 그 특성을 고찰하고자 한다. 다만 조선 전기의 가사에 허난설헌의 규원가와 봉선화가가 있으나 오로지 사대부들만의 가사 속에 이를 포함시키기가 어렵고, 또한 작자의 작품을 한 유형으로 분류하여 다루기가 어려움으로 이를 제외시킬 수밖에 없다.

## 2. 전기 가사의 정착

가사문학은 조선조 사회를 지배해 온 사대부들에 의해 형성되었다. 사대부들이 관직에 오르면 문무 양반에 속하였기 때문에 그들은 정치, 경제, 사회, 문화를 주도해 온 지배계층이었다. 조선 초기의 사대부들은 고려 때의 귀족층이라기보다 고려 집권체제하에서 점차 대두되었던 새로운 지식층으로서 주로 지방 출신의 신흥 사대부들이었다. 그러므로 조선 전기를 '사대부 문학시대'라고 규정해도 좋을 듯싶다.

고려조에 무단집권체제에서 밀려나 산림에 은둔하면서 세상을 해학과 풍자로 일관하다가 급기야 향락과 퇴폐로 빠져버린 한림들은 조선왕조로의 전환으로 인해 새로운 사대부 문화가 전개되면서 그들에 의한 문학이 본격적으로 펼쳐지게 되었다. 본디 사대부란 말은 독서 계층인 '사(士)'와 종정(從政)의 '대부(大夫)'라는 말의 복합어다. 이들은 과거를 거쳐 현달하면 정치를 담당하는 관료가 되기도 하는 한편, 문학 작품을 일상화하는 문인학자로서 양면성을 지니는 계층이었다.

그러므로 지금과 같이 문인(文人)과 관인(官人)이 별도로 존재하는 게 아니며 사대부는 문인임과 동시에 관료가 되는 이원적인 성격을 띰으로써 관료로서 정사(政事)와 문인으로서 창작이라는 양 속성 가운데 통일적으로 파악되어져야 한다. 본디 사대부들은 중소토지 소유자들로서 풍족한 경제기반 위에서 독서로 교양을 쌓아 관계에 진출하기 때문에 지주와 관인의 생활을 아울러 갖추게 되며 그들이 출(出)하느냐 처(處)하느냐에 따라 노선이 각각 다르게 나타나게 된다.

서거정의 쌍계재기(雙溪齋記)에 '사군자가 이 세상을 살아감에 있어 하나의 세계는 출이요, 다른 하나의 세계는 처이다. 놓여진 처지가 같지 않으므로 그 좋아 하는 바 또한 서로 같지 않다'12)라 한 것처럼 사대부의 삶의 양식은 나아가는 길과 물러나거나 아예 나가지 않는 길이 있었다. 권근은 농은기(農隱記)에서 '나의 동년인 김독 군은 청렴경개하고 자신의 본분을 지키는 사람이지만 때를 만나지 못하였다. 일찍이 자탄하기를 "운명이 통하면 그 도를 행하고 막히면 농사에 힘쓰는 것이 선비의 떳떳한 길이다."라고 하면서 물러나 이산(尼山)의 들에서 농사를 지으면서 스스로 호를 농은이라 하였다. 국가에서 개옥(改玉)이 있은 뒤 문화로 다스리는 것을 숭상하여 군을 공주도 유학교수의 책임자로 제수하니…'13)라 했는데 쌍계재기에서와 마찬가지로 '때를 만나거나', '운명이 통하면 그 도를 행하고', '막히면 농사에 힘쓰는 것이 선비의 떳떳한 길'임을 알 수가 있다.

이와 같은 관점으로 보면 사대부들이 때를 만나거나 운명이 통하게 되면 현달하여 충군애민의 관료적 생활을 영위하게 됨으로써 소위 관료문학을 이룩하게 되지만, 길이 막히거나 불운하게 되면 산림에 묻혀 가어옹

---

12) 林熒澤, 韓國文學史의 視角, 創作과 批評社, 1984, p.360, 재인용.

13) 吾同年金君篤. 清介自守. 不遇於世. 嘗自嘆曰 遠則行其道. 窮則力於農. 士之常也. 乃退而耕於尼山之野. 自號農隱. 國家改玉. 敦尙文治, 授君以公州道儒學教授之任 (東文選 卷之七十九. 農隱記 權近)

(假漁翁)이 되거나 가농부(假農夫)가 되어 강호한정을 노래하는 은일류의 문학—강호문학, 산림문학, 전원문학, 처사적 문학이라고도 함—을 형성하게 되는 것이다. 이 관료에 의한 '현달형 문학'과 처사에 의한 '강호형 문학'은 서로 상반되고 대립적인 성격을 띠는 것 같지만, 실은 서로 상보적 (相補的)인 관계를 지니게 되는 동시에 사대부 문학의 기본적 성격이 되었다.

다시 말하면 과거에 올라 현달하면 사람들이 나아가야 할 도(道)를 중심으로 교화에 목적을 둔 공리주의적인 관료적 문학관에 서게 되고, 불운하여 관직에서 물러나게 되면 전원에 묻혀 스스로를 달래거나 정당화하는 처사적 문학관에 서게 된다는 것이다. 그러다가도 다시 득기(得機)하게 되면 관계에 나가게 됨으로써 이 둘은 마치 자웅동주(雌雄同株)와 같은 성격을 띠게 된다. 이와 같은 현상은 조선조 사대부들이 지니는 속성인바 송강이나 고산, 노계의 시가에서 그 예를 얼마든지 찾아 볼 수가 있다.

즉 송강은 선조 11년 11월에 이수옥사(李銖獄事)로 벼슬에서 물러나 전남 창평에 머물면서 처사적인 삶을 살다가 선조 13년 정월에 강원도 관찰사로 제수를 받자 '어와 성은이야 가디록 망극하다'(관동별곡)라는 탄성을 발하고 감읍했고, 이와는 대조적으로 '강호에 병이 깁퍼 죽림의 누엇더니'(관동별곡)라 읊조렸던 강호적 생활이 이를 잘 대변해 준다는 것이다. 그런지 5년 후인 선조 18년 8월에 사간원과 사헌부의 논척을 받고 다시 고양을 거쳐 창평에 은거한 지 3년 만에 지은 사미인곡과 속미인곡은 강호형 문학인데도 오히려 유배문학에 가까운 성향을 보이기도 하였다.

고산은 26세 때 진사에 올라 이이첨을 탄핵하는 병진소(丙辰疏)로 인하여 광해, 인조, 효종, 현종 등 4조(朝), 89세의 생애 가운데 관직생활은 겨우 8년간이었고, 16년간의 긴 유배생활을 거쳤다. 이러한 고산의 영욕

이 말해주듯 고산의 문학은 현달형 이라기보다 오히려 강호형문학이 주류를 이루었다고 할 수가 있다. 특히 효종의 사부였던 고산이 66세 되던 해인 효종 3년에 왕의 부름을 받고 꿈에 그리던 서울을 만 17년 만에 올라갔을 때 읊은 몽천요(夢天謠) '상해런가 꿈이런가 백옥경의 올라가니 / 옥황은 반기시나 군선(群仙)이 꺼리느다'에서는 당시의 정정(政情)이 너무나도 잘 나타나 있다.

이와 같이 조선조 사대부들이란 출과 처가 무상한 것이었고, 그 결과 현달형과 강호형 문학이 자연스럽게 산출하였다. 즉 시대적 여건과 개인의 삶의 자세나 철학에 따라 현달형과 강호형으로 또렷이 구분되기도 했다는 것이다.

이외에 방외인적(方外人的) 문학이 형성되기도 하였다. 이 방외형은 토정유고(土亭遺稿) 서문에 '우리나라에 명현대유가 전후로 배출되었는데 간간이 촉락기걸지사(磊落奇傑之士)가 있었다. 예컨대 김매월(시습), 정북창(렴)같은 이들은 규범을 준수치 아니하고 방외에 자취를 감춘 분들이 한 둘이 아니었다'라는 말과 같이 여기서 방외란 세상의 바깥의 경지로서 세속과 예교(禮敎)의 얽매임으로부터의 방기(放棄)된 상태를 의미한다.

방외인의 문학은 조선조 사대부 사회에 있어서 모순의 산물이라고 할 수 있다. 역성혁명(易姓革命)에 동조한 고려 말 유학자와 그것이 도에 어긋난 일이라 하여 서로 반목하고 두문동에 은거한 유학자들, 그리고 그 뒤에 일어난 왕자의 난, 세조의 왕위찬탈 등 이 일련의 무도한 사건으로 인한 불합리한 상황에서 벗어나고픈 격렬한 비판적 지성들은 어디에도 안주할 수 없기 때문에 결국 체제의 바깥으로 이탈하고 말았다. 반면에 때를 기다리는 대부분의 사대부들은 그러한 체제 속에 살아남기 위해서는 아유(阿諛)로 시군(時君)에 영합하고 문장으로서 이록(利祿)을 구하는 방향으로 남아 존재하였다.

본디 사대부들의 문학의 본령은 한문학이었으며 한문학을 해야만 보편성을 갖게 되고 또 인정을 받을 수 있게 되었다. 그렇지만 퇴계는 도산십이곡발에서 당대 한시가 가창을 하기에는 부적절하다는 견해를 밝히면서 한시는 우리의 감정과 사상을 읊기는 해도 노래할 수는 없고, 또 노래할 수 있도록 하자면 반드시 우리말로 엮어서 아이들로 하여금 아침저녁으로 익혀 노래하게 하고 듣게 하여 비루(鄙陋)한 마음을 씻어내서 감발(感發)하고 온화하게 하여 노래하는 자나 듣는 자가 모두 유익하게 되어야 한다[14]고 하였다.

또한 심수경도 견한잡록에서 '근세에 우리말 우리글의 장가가 많이 엮어져 나오는데 그 중에서도 오직 송순의 면앙정가와 진복창의 만고가가 많이 보급되었다고 하였다. 면앙정가는 산천 전야와 유경(幽景), 광활지상(曠闊之狀)을 두루 서술하고 정대계경(亭臺蹊徑)과 높고 낮게 굽이도는 형상과 사철 아침저녁의 풍경을 국한문 혼용으로 두루 갖추어 놓은 아름다운 가사이니 진실로 볼만하고 들을 만하다. 송공이 평생에 많은 시가를 지었으나 그 중 최고작이라 할 것이다'[15]라 했는데 이 역시 다른 어느 작품보다 우리말과 글로 이루어진 작품이기 때문에 우리의 정서를 진솔하게 유로(流露)시킬 수 있으므로 가장 훌륭하다는 것이다.

이러한 견해는 당대의 문장가인 허균과 이수광의 경우에서도 마찬가지로 나타난다. 이수광은 '심약(沈約)은 문장이 마땅히 세 가지가 쉬워야 한다고 했으니 일을 알아보기 쉽고, 글자를 알아보기 쉽고, 읽기가 쉬워야 한다는 것이다…. 이것이 곧 작문의 본보기다'[16]라 했다. 이는 한시가

---

14) 李滉, 退溪全書, 退溪先生文集, 卷之四十三, 陶山十二曲跋.
15) 沈守慶, 遣閑雜錄, 白夜文化社, 1980, p.53.

전례(典例)에만 집착하여 작품이 어려워지고 있는 당시의 병폐를 통탄한 것이며, 그 시대에 쉽게 통용되는 언문자를 사용할 것을 주장하는 생각이라고 해석할 수 있다. 다시 말하면 전례가 없는 일상어나 속어도 시나 문의 언어로서 사용할 수 있다는 것이다.

이에 허균은 이를 더하여 학산초담(鶴山樵談)에서 속어를 사용한 것이었지만 구법이 온당하고 착실하니 대가의 솜씨는 다른 사람과 다름을 알 수 있다[17]고 하였다. 이들은 비록 이어(俚語) 곧 우리말을 사용해서 작품을 써야 한다는 인식을 하고 있었으며 사용한 시어들이 작품 전체에 얼마나 큰 효과를 보이고 있는가를 이미 알고 있었다. 곧 시가의 미의식에 있어 도움을 줄 수만 있다면 일상어나 속어를 얼마든지 사용할 수 있다는 것이다.

특히 심수경도 우리말로 창작한 송순의 면앙정가를 진솔한 은자(隱者)의 생활감정의 표백으로 보았을 뿐만 아니라, 그 작품이 다른 어느 작품보다 가장 훌륭한 최고작이라고 했던 그의 견해를 주목할 필요가 있다. 이는 당시 한문학의 전범에 얽매어 작품을 써왔던 사대부들이 고전에 있는 한정된 시어와 한문으로는 시인이 파악한 사물이나 정경을 곡진(曲盡)하게 표현할 수 없다는 것을 말해 주는 것이기 때문이다. 실제로 전대의 사대부들은 작품의 글자마다 출처가 있어야만 훌륭한 작품이라 했는데 현대시에서도 형상화를 위한 조어는 허용되고 있지만 조선조의 사대부들에게는 전에 없던 글자나 시어를 사용한다는 것은 상상할 수조차 없는 일이었다.[18]

---

16) 沈約曰. 文章當從三易 謂易見事. 易識字 易讀誦……此卽作文之法 (李睟光, 芝峯類說卷八, 文章部一文)
17) 上下句皆使俚語. 而句法穩著. 乃知大家. 手自異於他人也 (許筠. 鶴山樵談)
18) 尹根壽는 月汀漫筆(大東野乘卷四)에서 "눌재(朴祥)의 이 작품이 글자마다 출처

어쨌건 우리말과 글을 쓰지 않고는 우리의 정서를 형상화할 수 없을 뿐만 아니라 창작자나 향유자 역시 동일화한 경지로 수용할 수조차 없었다. 그러기 때문에 김만중이 자국의 시와 문장에서 우리 고유한 언어와 문자를 버리고 다른 나라 언어를 배워서 쓰고 있는 것을 앵무새가 사람의 말을 흉내 내는 것과 다를 바 없다[19]는 선언을 했던 것이다.

이러한 여러 가지 측면으로 보면 조선조 사대부들은 한문학을 숭상하면서도 언문일치에의 접근에 의한 작품이 진정한 우리의 문학이라는 관념을 갖고 있었다. 그러므로 한문학을 하면서도 우리의 진솔한 감정을 말과 글이 일치된 국자를 가지고 유려한 시조와 가사작품을 창작하여 즐기었을 것으로 생각한다. 조선조 전기에는 사대부들에 의해서 관료생활의 하나의 여기(餘技)로서 국문시가가 창작되기도 하고, 정치적 현실과 유리된 상황에서 강호에 묻혀 작품을 쓰기도 하였다. 이러한 양상은 당쟁으로 인해 출과 처가 무상하였음으로 현(顯)과 은(隱)이 일정 불변하게 고정되지 않았다. 그러나 한번 전원에 묻히게 되면 스스로 세상을 체념하고 아예 현달의 기회가 오더라도 나가지 않는 경우도 있었다.

그러므로 과거에 등과하여 관직에 나가게 되면 주로 사람이 나아가야 할 도(道)를 근간으로 하는 소위 재도주의(載道主義) 문학관을 이루게 되었는데 이를 현달형 문학이라고 하고, 자의든 타의든 간에 자연에 처하여

---

가 있는 것은 가히 따라갈 수 없다"는 柳村의 말을 인용(柳村晚年常曰. 訥齊此作. 字字有出處. 不可企及), 權應仁은 松溪漫錄卷下(大東野乘卷之四)에서 "세상 사람들이 妻의 형제를 '甥'이라 하고 石棧을 '遷'이라 하며 논은 '畓'이라 한다. 그러나 이러한 글자는 우리나라 사람이 만든 것이다. 古書에 보이지 않는 것이지만 세상 사람들이 문장짓는데 간혹 문자사이에 사용하고 있으나 이는 잘못이다"(世人謂妻之兄弟曰甥. 謂石棧曰遷 謂水田曰畓. 此等字東人之所創. 古書中所無者也. 而世之爲文章者. 或用於文字間誤矣)라고 하였다.

19) 金萬重, 西浦漫筆 下.

스스로의 서정과 사상을 담은 소위 은둔문학을 강호형 문학—가처사(假處士)가 된 경우가 허다함으로 처사문학이라는 것은 적합하지 않은 것 같다—이라고 하여 조선 전기의 가사문학을 2대별하고자 한다.

조선 전기 현달형 문학으로서의 가사는 양사준의 남정가, 백광홍의 관서별곡, 이황의 금보가, 퇴계가, 상저가, 도덕가, 이이의 자경별곡, 조식의 권선지로가, 정철의 관동별곡, 사미인곡, 속미인곡, 양사언의 미인별곡, 이현의 백상루별곡, 허전의 고공가, 이원익의 고공답주인가, 최현의 명월음과 용사음, 백수회의 재일본장가, 안인수의 안인수가, 박인로의 태평사와 선상탄 등이 있다.

강호형 문학으로서의 가사에는 정극인의 상춘곡, 이인형의 매창월가, 이서의 낙지가, 송순의 면앙정가, 허강의 서호별곡, 이이의 낙빈가와 낙지가, 고응척의 도산가, 정철의 성산별곡 등이 있다. 이외에 현달형이나 강호형이 아닌 제3의 형태인 허난설헌의 가사 2편 규원가와 봉선화가가 있다.

## 2.1 현달형의 가사

본디 사장학(詞章學)에 치우쳐 형성된 관료적 문학과 도학파 또는 사림파의 문학사조를 형성한 처사적 문학과의 양대 조류[20]가 조선 전기 문학 흐름의 대종을 이루었다. 상술한 바와 같이 조선조의 사대부들은 출하면 관료가 되어 현달하게 되고, 처하면 처사가 되어 강호에 은거하게 되는 양면성을 띠는 까닭에 사대부의 문학은 이러한 출과 처의 넘나듦의 대응적 관계를 지녔다. 그리하여 각기 다른 양상의 문학 성격을 지니는 것

---

20) 전형대외 공저, 한국고전시학사, 弘盛社, 1981, p.135.

같지만, 이들 모두는 도(道)가 문학의 본질이라는 문학관을 주종으로
하였다.

당초 고려 말엽까지 수사적 기교에 치중하여 문학을 장식적인 것으로
보아왔던 사장(詞章) 위주의 문학관은 다분히 현실타협적인 성격을 띠게
되었고, 문예적인 재능만을 발휘함으로써 사대부들은 명성과 관직을 함께
얻을 수 있었다. 그러나 조선 초의 사대부들은 유학으로 자신을 수양하는
한편, 형식면에서 사장위주의 문학이 외면적인 화려함에 기울어져 탄탄하
지 못함을 지적하면서 내용면에서 윤리 도덕을 근본으로 해야 한다는
교훈주의적 문학관을 성립시켰다.

그러나 사대부들 사회에서는 사장은 무시될 수 없었고, 과거나 외교상
의 중대성에서 더욱 경원할 수 없을 뿐만 아니라 도를 근본으로 삼아야
한다는 재도적(載道的) 관념도 버릴 수 없었다. 그리하여 조선조 사림파들
은 도가 나타난 것을 문이라 하니 도는 문의 본이요, 문은 도의 끝이다[21]
하여 이도위문(以道爲文)의 문학관을 가졌음으로 도를 이루면 문은 부수
적으로 따라오는 것으로 보았다.

이와 같이 현달형 문학을 주도했던 사대부들은 재도적 문학관이 중심이
되었을 뿐만 아니라, 실학자들도 주자학을 비판하면서도 유교적 범주에서
벗어나질 못하였기 때문에 이러한 문학관의 바탕 위에 서 있을 수밖에
없었다. 이들은 당시 문란한 사회적 모순을 개혁해야 한다는 강한 현실참
여 정신에 입각해 있었기 때문이었다. 실학자 정약용도 '문(文)은 도(道)를
실어 담는 것'이라 했고, 황윤석은 '문이라는 것은 도의 남음이며 시 또한
문의 나머지'라 했다. 이익도 '시문을 짓는 것은 세상을 교화하기 위한

---

21) 栗谷全書拾遺卷之六 「文策」 (成大 大東文化研究院版 2권, p.565)

것'이라 했고, 홍대용도 '화려함을 버리고 실질적인 것으로 나아가 문장을 그만두고 도학적인 것으로 세상을 밝혀야 한다'[22]고 하였다.

이와 같이 부조리한 사회를 교화하고 개혁하여 민심을 바로 잡고 나라를 다스리는 도를 바탕으로 한 공리주의적인 강한 의식이 조선조 사대부의 문학관에 그대로 투영되어 나타났다. 그리하여 정약용은 심지어 '임금을 사랑하고 국가를 걱정하지 않는 것은 시가 아니라 했고, 그 시대의 상황을 가슴 아파하고 풍속을 안타깝게 여기지 않음도 시가 아니며 찬미하거나 풍자하지 않거나 장려하고 징계하는 뜻이 없는 것도 시가 아니다'[23]고 하였다. 권선징악과 임금과 국가를 위한 것이 시문학이라는 철저한 문학 효용론에 입각한 공리주의적 문학관을 가진 일군의 문학을 현달형 가사라 하고, 이를 다시 전쟁형, 유람기행형, 도덕교훈형, 연주충군형, 풍물완상형 가사 등으로 나누어서 논하기로 한다.

## 2.1.1 전쟁형 가사

본디 전쟁문학이란 전쟁으로 인한 처절한 죽음 등 전장의 리얼한 묘사로 인생을 재음미할 수 있어야 하지만, 전쟁형 가사는 오히려 이와 같은 성격보다는 전쟁을 소재로 하여 전쟁이 있어서는 안 된다는 일종의 도(道)를 우리에게 가르쳐 주기 위해 씌어졌다. 이러한 범주에 드는 가사로 명종 10년 을묘왜변이 일어나자 양사준이 우도방어사였던 김경석의 막하

---

22) 文所以載道 (丁若鏞. 與猶堂全書. 卷之十三. 西園遺稿 序)
　　文者道之餘. 詩又文之餘 (黃胤錫. 頤齋遺稿. 卷十一. 孤舟集 序)
　　詩文之說 爲世教也 (李瀷. 星湖先生全集. 卷五十. 悔軒雜著 序)
　　斂華而就實. 捨文藻. 以明道術 (洪大容. 湛軒書 內集 卷三. 繪聲園詩跋)
23) 不愛君憂國非詩也. 不傷時憤俗非詩也. 不有美刺勸懲之義非詩也 (丁若鏞. 상
　　게서 卷二十一. 奇淵兒)

에 들어가 남정군(南征軍)과 더불어 전남 영암에서 왜구를 토벌하고 지은 '남정가'가 있고, 선조 31년 박인로가 좌병사 성윤문의 막하에서 적이 야밤에 도주했으므로 수군을 위로하기 위하여 성윤문의 명을 받아 지은 '태평사'와 선조 38년에 통주사(統舟師)가 되어 부산에 있을 때 배의 유래와 전쟁의 비애를 서술하고 무부(武夫)다운 기백을 드러낸 '선상탄'이 있다.

이밖에 임진왜란 당시 평양과 의주로 몽진(蒙塵)할 수밖에 없는 선조를 명월에 비겨 노래한 최현의 '명월음'(明月吟)과 임진과 계사년의 왜란에 비겨 노래한 '용사음'(龍蛇吟)도 이의 범주에 포함되어야 한다. 이러한 가사 작품 속에는 전쟁의 참상이 상당히 사실적으로 묘사된 부분도 없지 않다.

즉 남정가의 경우 「웅양대 풍마대 좌화렬 우화열 / 일시 약입(躍入)ᄒ니 포화 포산(雹散)이오 / 노도비설(怒濤飛雪)이오 사시여우(射矢如雨)로다 / 막아감당(莫我敢當) 이어늘 어듸라 드러온다 / 장창(長槍)을 네브린다 대검을 네쓸다 / 칼마자 사더냐 살마자 사더냐」에는 포탄이 우박 오듯하고, 분노의 파도처럼 몰려가고 몰려오는 병사들의 움직임이 눈이 휘몰아치는 듯 하며, 화살이 비 오듯 쏟아지는 피비린내 나는 전장터의 모습이 멀리서 펼쳐지고, 장창을 쓰고 대검을 휘두르는 치열한 모습이 가까이에서 그림처럼 생생하게 묘사되었다.

이러한 전쟁의 참상은 최현의 용사음에서도 볼 수 있는 바 「조종구강(祖宗舊彊)애 도적이 님재되여 / 뫼마다 죽기거니 골마다 더듬거니 / 원혈(寃血)이 흘러나려 평륙(平陸)이 성강(成江)ᄒ니 / 건곤(乾坤)도 빅자올샤 피흘딕 전혀업다 / 선성(先聖)을 훼욕(毀辱)ᄒ니 능침(陵寢)이라 안보(安保)ᄒ며 / 아히를 죽이거니 늘그니라 사라시랴 / 복선화음(福善禍淫)을 뉘라셔 올타더뇨」에선 왜적의 잔인한 소행으로 인해 산천이 시체로 뒤범

벅이 되고 흘린 피가 강을 이루어 차마 눈뜨고 볼 수 없는 참혹한 상황을 사실적으로 묘사하였다.

특히 잔인한 왜놈들이 어린이나 노인을 가리지 아니하고 무차별 살육해 버리는 잔인성을 폭로하였고, 용사음에서는 다른 가사에서 미처 묘사하지 못한 이산가족의 아픔을 절실하게 그리기도 하였다. 「부자도 상리(相離)ᄒ니 형제를 도라보며 / 형제를 ᄇ리거든 처첩을 보전ᄒ랴 / 봉고편야(蓬蒿遍野)ᄒ니 어드메만 내 고향고 / 백골성구(白骨成丘)ᄒ니 어느거시 내 골육(骨肉)고」에서는 전쟁으로 인해 부자간이나 형제간이며 심지어는 처첩에 이르기까지 뿔뿔이 다 흩어져 가정이 파탄되고 고향까지 버린 이산과 실향민의 슬픔을 묘사하였고, 또 한편으론 시체로 산천이 뒤덮여 있는 참상을 묘사했다는 것이다.

남정가는 실제 포화가 터지고 화살이 비 오듯 쏟아지는 가운데 칼과 창으로 싸우는 전쟁을 리얼하게 묘사하고 있음에 비해, 용사음은 전쟁이 끝난 후의 참상을 묘사하고 있다는 점이 서로 다르다. 박인로의 태평사에서도 용사음과 같이 전쟁이 끝난 전쟁터의 처절한 모습을 그리고 있다. 즉 '도리백만(島夷百萬)이 일조에 충돌ᄒ야 / 억조경혼(億兆驚魂)이 칼빗츨 조차나니 / 평원(平原)애 사힌씍ᄂ 뫼두곤 노파잇고 / 웅도거읍(雄都巨邑)은 시호굴(豺狐窟)이 되얏거ᄂ'은 섬나라 오랑캐들이 한꺼번에 쳐들어와 닥치는 대로 살육을 하니 들판에 쌓인 시체들이 산처럼 쌓였고, 큰 도시나 읍들이 모두 승냥이 굴로 변했다는 것을 묘사하고 있다. 그러나 이에 굴하지 아니하고 의병과 관군들이 일어나 용감하게 싸우는 장부의 기개를 크게 확대하고 있음도 특이하게 나타난다.

다시 말하면 패전으로 인한 실의와 슬픔으로 빠져드는 일반적인 경향에서 벗어나 용전분투하는 장부의 기상이 상당히 과장적으로 묘사되고 있다는 점에서 희망적이고도 발전적인 진취성을 찾아볼 수 있다. 예를 들면 '황조일석(皇朝一夕)에 태풍이 다시이니 / 용갓흔 장수와 구름갓흔 용사들이 / 정기폐공(旌旗 蔽空)ᄒ야 만리예 이어시니 / 병성(兵聲)이 대진(大振)ᄒ야 산악을 씌엇는 듯 / 병방(兵房)어영대장은 선봉을 인도ᄒ야 / 적진에 돌격ᄒ니 질풍대우에 벽력이 즈치는 듯 / 청정소수두(淸正小竪頭)도 장중(掌中)에 잇것마ᄂᆞᆫ / 천우위숭(天雨爲祟)ᄒ야 사졸이 피곤커늘 / 져근듯 해위(解圍)ᄒ야 사기를 쉬우더가 / 적도(賊徒)ㅣ 분궤(犇潰)ᄒ니 못 다잡아 말년졔고'에선 어떤 어려움도 굴하지 않고 용감하게 극복해내는 장부다운 호기를 보여주고 있다는 말이다. 즉 하늘을 찌를 듯한 가등청정의 무리도 손아귀에 있다는 여유를 '청정 소수두도 장중에 있다'는 식으로 다소 허세적인 표현을 쓰고 있다는 것이다.

이러한 경향은 노계의 선상탄에서도 나타나고 있는데 '강개계운 장기(壯氣)는 노당익장(老當益壯) ᄒ다마ᄂᆞᆫ / 됴고마ᄂᆞᆫ 이몸이 병중애 드러시니 / 설분신원(雪憤伸寃)이 어려올 듯 ᄒ건마ᄂᆞᆫ / 그러나 사제갈(死諸葛)도 생중달(生仲達)을 멀리좃고 / 발업슨 손빈도 방연(龐涓)을 잡아거든 / ᄒ믈며 이 몸은 수족이 ᄀᆞ자잇고 명맥이 이어시니 / 서절구유(鼠竊狗偸)을 저그나 저흘도냐 / 비선(飛船)에 들려드러 선봉을 거치면 / 구시월 상풍(霜風)에 낙엽가치 헤치리라'에서는 늙고 병들어가는 노계의 처지이지만 약삭빠른 쥐나 개 같은 왜적을 조금이라도 두려워하지 아니하고 아무리 빠른 왜선이라도 달려들어 칼을 휘두른다면 추풍낙엽과 같이 적들을 무찌를 수 있다는 장부의 호기와 웅혼한 기상이 서려 있음을 발견할 수가 있다.

그러나 이러한 전쟁형 가사들은 모두 국가의 안위를 걱정하고 임금의 만수무강을 축수하는 전형적인 사대부의 재도적인 문학관에 입각해 있다는 사실을 간과할 수 없다. 조선조 사대부들은 전장에 나가라는 소명을 받더라도 병을 핑계하거나 늙은 부모님을 핑계하여 회피하지 아니하고 어떠한 경우에서든 국가의 안녕과 임금을 위해 긍정적으로 수용하였다. 양사준도 우도방어사 김경석의 막하에 들어갈 때 '일개 서생이 자하(紫霞)을 ᄀ득부어 / 북궐의 배사(拜辭)ᄒ니 우리집을 다닛과다 / 천작고산(天作高山) ᄒ야 월출시숭(月出是崇)ᄒ니 / 영암 거진애 사흘만의 오단말가'에서 한갓 서생으로 있던 자신이 교지를 받고 '우리집을 다닛과다'라고 한 것처럼 멸사봉공의 정신으로 개인적인 삶보다 나라와 임금을 위해 몸 바쳐야 한다는 사대부적인 도가 충일(充溢)되어 있다는 것이다.

이러한 점은 노계의 경우도 양사준과 거의 동일하게 표상되어 나타난다. 즉 노계의 선상탄 서사에 '늘고 병든 몸을 주사(舟師)로 보ᄂᆡ실ᄉᆡ / 을사삼하(乙巳三夏)애 진동영(鎭東營) ᄂᆞ려오니 / 관방중지(關防重地)예 병이깁다 안자실랴'라 하여 늙고 병든 몸일지라도 나라를 위하는 일이라면 선공후사(先公後私)해야 한다는 사대부적 도의 경지를 살펴볼 수가 있다. 또 조선조 사대부들의 정신적 철학은 그 어느 것보다도 인간이 걸어야 할 명분으로 가득 차서 국가의 안녕과 임금의 만수무강을 축수해야 한다는 가치관 속에 태평세월을 구가하고 있다는 점이다.

> 가) 선왕이 재천이시고 아왕이 성명(聖明)이시니
>   영암 일첩(一捷)은 우리공이 아니로다
>   권우하민(眷佑下民)ᄒ샤 전아삼군(全我三君)ᄒ시니
>   선왕이 공령(孔靈)이샷다
>   방국(邦國)이 유경(有慶)ᄒ야 장사ㅣ 답무(踏舞)ᄒ니
>   아왕은 만세쇼셔  〈남정가〉

나) 곳득 시름한듸 긴 밤이 어도록고
　　전전 반측ᄒ여 다시곰 싱각ᄒ니
　　영허소장(盈虛消長)이 천지도 무궁ᄒ니
　　풍운이 변화ᄒᆫ들 본색이 어듸가료
　　우리도 단심(丹心)을 직희여 명월볼날 기드리노라 〈명월음〉

다) 혈유생령(孑遺生靈)들아 성은인즐 아ᄂᆞᆫ다
　　성은이 기픈아리 오륜을 발켜스라
　　교훈생취(敎訓生聚)ㅣ라 절노아니 널어가랴
　　천운순환을 아옵게다 하ᄂᆞ님아
　　우아방국(佑我邦國)ᄒ샤 만세무강 눌리소셔
　　당우(唐虞) 천지예 3대일월(三代日月) 비최소셔
　　어만사년(於萬斯年)에 병혁을 그치소셔
　　경전총정(耕田鑿井)에 격양가를 불리소셔
　　우리도 성주(聖主)를 뫼옵고 동락태평ᄒ오리라 〈태평사〉

라) 오왕성덕(吾王聖德)이 욕병생(欲竝生)ᄒ시니라
　　태평 천하애 요순군민 되야이셔
　　일월 광화(光華)ᄂ 조복조(朝復朝) ᄒ얏거든
　　전선 ᄐ던 우리몸도 어주(漁舟)에 창만(唱晩)ᄒ고
　　추월 춘풍애 놉히베고 누어이셔
　　성대 해불양파(聖代海不揚波)를 다시보려 ᄒ노라 〈선상탄〉

　노계가 태평사에서 "이제야 ᄒ올일이 충효일사 ᄲᅮᆫ이로다"라고 노래한
바와 같이 조선조 사대부들의 도학적 관념이 모두 충효와 훈민으로 일관
되어 있음을 알 수 있다. 즉 상계한 인용문 가)는 영암 일대에 출몰한
왜적을 소탕한 것은 우도방어사인 김경석이나 양사준의 공이 아닌 신령스
런 선왕의 공으로 돌리는 일종의 조상의 음덕발현(陰德發現)으로 나타났다.

나)에서는 왜적에 밀려 평양과 의주로 몽진할 수밖에 없었던 선조의 어려움이 모두 사라져서 밝고 맑은 명월-임금의 관례적 상징임-을 볼 날만을 충심으로 지켜가며 고대한다는 유교윤리의식이 충만해 있으며, 다)와 라)는 험난한 왜란의 평정이 모두 임금의 성덕으로 인한 것임을 만민들에게 알리는 교훈적인 성격을 띠면서 태평성세를 노래하고 또 그것을 염원하고 있다. 사대부 가사의 이러한 사조는 유교의 도덕적이고도 공리적인 철학이 저변에 깔려 있기 때문이며, 이러한 사상이 문학에 커다란 영향을 주는 일종의 감계주의(鑑戒主義)에서 연유된다는 것이다.

주세붕은 사대부의 시작(詩作)이란 심지성정을 자유로이 펼치기보다는 옛 성현의 도를 담고 그것을 부연하는 그릇으로서 시가형식을 빌린 것에 지나지 않는다는 재도적인 문학관을 지녔다. 특히 그는 모든 사람의 시가란 그들 스스로의 성정을 그대로 나타내는 것이 아니고 거개가 옛 성현의 격언을 담아낸다든가, 모두 서술되는 것이지 창작되지 않는다든가, 혹 스스로 이루어진 것들이라도 그것은 성현들의 가장 지선(至善)한 것들의 요지에 불과한 것이라고 하였다. 이는 모든 문학이 성현의 도를 따라야 한다는 관점을 나타내는 것24)으로서 이것은 곧 유가적인 감계사상이라는 것이다. 이러한 감계사상이 상계한 전쟁형 가사들 속에 녹아있는 것은 사대부들의 시가가 모든 이들에게 감계가 되어야 한다는 현실적이고도 공리적인 입장에 서기 때문이라고 생각된다.

다음으로 전쟁형 가사는 일반가사와 같은 율격을 이루고 있으나 4언구의 시어가 많은 까닭에 2음보로 나누자면 2, 3조를 이루거나 2, 4조구를

---

24) 僕之諸歌. 非僕所自作. 皆翻得古聖賢格言. 所以槪括……. 如僕之歌. 皆述而不作. 雖若涉於自爲. 而實出乎. 聖賢至善. 至約之要旨. 則其於修己化俗之方. 未爲無補. 有何所嫌而遽爲之刪去哉 (武陵雜稿 卷之六)

이루게 됨으로써 이러한 음수율이 많은 비중을 차지하고 있다. 그러나 2, 3조나 2, 4조는 전술한 바와 같이 각 음보의 끝 음절이 장음화되어 음영되기 때문에 여늬 가사와 같이 3, 4조나 4, 4조와 같이 향유방식상 별다른 영향을 주지 아니한다.

| | 남정가 | 명월음 | 용사음 | 태평사 | 선상탄 |
|---|---|---|---|---|---|
| 3·4조 | 50 | 33 | 116 | 52 | 53 |
| 4·4조 | 14 | 10 | 21 | 29 | 30 |
| 2·3조 | 15 | 8 | 27 | 30 | 17 |
| 2·4조 | 45 | 1 | 18 | 8 | 12 |
| 3·3조 | 12 | 2 | 8 | · | 2 |
| 6 음보 | 13 | · | · | 2 | 4 |
| 4 언구 | 87 | 15 | 66 | 66 | 41 |
| 기 타 | | | | | |
| 결사구 | 충심애<br>우국일념이야<br>니칠스치<br>업서이다 | 우리도<br>단심을 직회여<br>명월볼날<br>기다리노라 | 언제나<br>천하헤쳐<br>이 병진을<br>씨스려노 | 우리도 성주을<br>뫼읍고<br>동락태평<br>ᄒ오리다 | 성대<br>해불 양파를<br>다시보려<br>ᄒ노라 |
| 총 | 59행 119구 | 41행 83구 | 113행 226 | 73행 145구 | 72행 144구 |

상게한 〈표6〉에서 보는 바와 같이 가사의 기본 율격대로 4음보의 율조를 형성하면서도 남정가는 6음보의 변칙구가 59행 중 13행이나 되며, 태평사는 2행, 선상탄은 13행이나 될 뿐더러 특히 태평사에서는 7음보행도 발견이 된다. 또 음수율 가운데는 4언시구가 많은데, 남정가는 119구 가운데 87구, 명월음은 83구중 15구, 용사음은 226구중 66구, 태평사는 145구중 66구, 선상탄은 144구 중 41구가 4언시구다. 이는 애초 한시에 익숙해 있던 사대부들이 가사를 창작할 때 무의식중에 시경시체와 같은 4언시구나 7언시구가 자연스레 표출되었거나 아니면 일부러 용사하는 과정에서 자연스레 나타난 결과라고 해석할 수가 있다.

또 전쟁형 가사는 결사가 모두 시조의 종장과 같은 형식을 갖추고 있는
데 이는 작자 대부분이 사대부들이기 때문이다.

　'충심애 우국일념이야 니칠 스치 업서이다' 〈남정가〉
　'우리도 단심을 직희여 명월볼날 기다리노라' 〈명월음〉
　'언제나 천하헤쳐 이병진을 씨스려노' 〈용사음〉
　'우리도 성주를 뫼읍고 동락태평 ᄒᆞ오리다' 〈태평사〉
　'성대 해불양파를 다시보려 ᄒᆞ노라' 〈선상탄〉

　「어즈버 씩ᄃ라니 진시황의 타시로다
　　두어라 기왕불구라 일너무엇 ᄒᆞ로소니」 〈선상탄 단락 끝〉

이는 모두 시조 제3장과 같이 3(2), 6(5,4), 4, 4(3)의 율조를 보여주고
있는데, 특히 선상탄에서는 단락이 나누어지는 데서도 이러한 율조를 띠
고 있음을 알 수 있다. 예컨대 '어즈버 씩ᄃ라니 진시황의 타시로다'라든
가, '두어라, 기왕불구라 일너무엇 ᄒᆞ로소니' 등은 시조의 종장과 아주
흡사하다는 것이다. 더구나 첫 구의 감탄사격 '어즈버'나 '두어라' 등은
완전히 시조의 그것과 동질적이며, 자수율까지 같아 시조 장르와의 넘나
듦이 있는 것처럼 보여진다.

## 2.1.2 유람 · 기행형 가사

조선 전기의 가사 가운데 유람 기행형 가사는 명종 10년 봄에 백광홍이
평안도 평사(評事)가 되어 서도(西道) 관방(關防)의 민정을 살피면서 그곳
의 세태와 자연풍광을 국문으로 읊은 관서별곡이 그 효시라고 할 수 있다.
또한 송강 정철이 선조 11년 이수(李銖)의 옥사사건에 연루되어 벼슬을

그만 두고 향리에 있다가 선조 13년 정월에 강원도 관찰사를 제수 받고 그해 3월에 금강산을 비롯한 관동팔경을 두루 유람하면서 자연 풍광의 절묘함을 노래한 관동별곡은 관서별곡의 영향 아래 창작된 것으로 보인다. 이 가사에는 목민관으로서의 포부를 노래하는 한편, 임금으로 향한 연군지정을 여성적인 톤으로 그리고 있다.

관서별곡은 기봉집 하권에 '관서별곡'이란 제목 아래 을묘년(명종 10년)에 백광홍이 평안평사가 되어 관서를 두루 유람하다가 노래와 풍속을 주어 모아 관서별곡을 지었는데, 임금을 그리워하며 나라의 변방을 잘 지켜야 한다는 충성심을 나타낸 것[25]이라 하였고, 홍만종의 순오지에는 공이 평안도 평사가 되어서 관서의 강산을 돌아보며 그 아름다운 경치와 변방의 상황을 사실적으로 묘사한 것[26]이라고 하였다.

조선조는 유교사상이 건국과 정치이념을 삼은 이래 충효는 인륜 중 가장 중요한 근본윤리가 되었는데, 충효를 실현하는 길은 오직 입신양명만이 유일한 방법이었음으로 효와 충은 본질적으로 동궤(同軌)의 길이었음을 알 수 있다. 그러므로 부모에게 효도하는 최상의 지름길은 입신양명이었다. 실제로 '입신양명하여 현달함으로써 부모에게 하는 효도의 끝'이라는 관념은 유교 관료사회가 지향하는 목표였고, 이 입신이야말로 수신제가(修身齊家)하여 치국평천하(治國平天下)하는 최고의 길이었다.

그러므로 이는 난세에 보신보명(保身保命)의 길로서 은둔하는 가운데 자신의 삶을 보전하기 위한 도교의 도피적인 사상과는 상반되는 일이지만 어디까지나, 유교의 현실주의나 공리주의적 입장에서 연유된 것이라고

---

25) 關西別曲. 乙卯公爲平安評事. 閱歷關防. 采撫謠俗. 作關西曲. 以紓愛君邊之忠 (岐峯集下)
26) 公爲平安評事. 歷遍江山之美. 聘望夷夏之交. 關西佳麗寫出於一詞 (洪萬宗, 旬五志下)

할 수가 있다. 이러한 입장은 가사나 시조장르보다는 오히려 고대소설에서 많이 볼 수 있는데, 이들은 대개 보통 사람들과 달리 특이한 탄생과 생장 경로를 거쳐 필경에는 입신양명하게 됨으로써 부모에게 효도하고 자신도 영화를 누린다는 패턴을 취하기도 했다.

「남자 출어 세상함에 입신양명하여 이현부모하고 명수죽백하옴이 장부의 떳떳하온 일이어늘…」 (양산백전)

「장부 세상에 취하여 과거를 보아 이름을 후세에 유전함이 장부의 떳떳한 일이온즉…」 (신유복전)

「이번에 경과 있으니 너도 올라가서 과거를 보아 다행이 참방하면 네 부모 영화롭고 조상을 빛낼게 아니랴…」 (숙영낭자전)

「사람이 세상에 나매 장부는 입신양명하여 나라를 섬기다가 난세를 당하여 죽기를 무릅쓰고 임금을 도움이 직분이요…」 (정을선전)

「네 소년 등과하여 부모에게 영화와 심신에 영광이 극하고…남애 입신하면 충국진 명하나니…」 (숙향전)

「장원급제하여 입신양명하온 후 부모전에 영화뵈고…」 (박씨전)

상게한 바와 같이 고대소설 가운데 대부분의 사대부가에서는 과거에 오르는 일이 부모가 영화를 누리는 효의 최상의 가치임과 동시에 가문과 조상을 빛내는 길이자, 나라에 충성하는 첩경이라는 현실의식을 보여 주었다. 그러므로 조선조의 유교사회에서는 부녀자들까지도 어릴 적부터 남아의 등과가 최상의 부귀와 영화의 길이 된다는 가치의식이 팽배해 있었기 때문에 과거의 급제는 사대부가에 있어서 최상의 가치기준이었다.

그러기 때문에 사대부들이 관직에 올라 임지에 부임하러 가는 길은 부귀와 영달의 길임과 동시에 장부의 포부와 기상을 펴는 길이기 때문에 유람 기행형의 가사의 대부분이 의기와 희망이 충천해 있다는 게 일반적이다. 더구나 그들은 목민관이라는 무거운 직분을 감당해야 함으로 때로는 지방 곳곳을 돌아다니면서 민정을 살피기도 하고, 그 지방 풍물이나 승경을 노래하는 가운데 백성들을 일깨우는 교훈적인 뜻을 가사에 담아내었다.

그러므로 백광홍이나 정철의 경우는 일찍이 입신양명하여 충효를 발현할 수 있었고, 각각 평사와 관찰사의 벼슬에 올라 목민관으로서 남아의 기개를 가사에 담아 그려낼 수 있었다. 이러한 경향은 조선조 유교관료주의 사회에 있어서 가장 주요한 가치관이었다. 즉 유람 기행형의 가사는 입신양명사상27)이 바탕이 되어 충군과 애국을 노래하면서도 옛 성현의 도를 담아내는 것이라든가, 성현들의 가장 지선(至善)한 것들을 따라야 한다는 감계사상(鑑戒思想)이 주종을 이루어 왔다는 것이다.

또한 유람 기행형의 가사는 주로 이곳저곳을 돌아다니며 풍류를 즐기는 가운데 이러한 즐거움이 임금의 성덕(聖德)으로 귀결 지어지는 유교사상의 전범을 이루고 있다. 여행 중의 견문이나 체험, 감상 등을 주제로 하면서 주로 유람의 성격을 띠는 것이 있기도 하고 기행의 성격을 띤 가사들도 많다. 이러한 가사는 주로 조선조 사대부에 의해 노래되었지만 후대에 이르러서는 외부 출입이 부자연스러웠던 부녀자들까지 확대되기도 했다. 영조 순조년 간에 유성룡의 8세손인 유사춘이 부여 관아에 도임하는 행차에 내행(內行)으로 끼여 여행하는 동안에 읊은 '부여노정긔'를 비롯하여 풍천군 용문면 금당실의 동리 부인들이 점촌 → 상주 → 김천 → 성주 → 해인사 → 직지사의 노정을 거치는 동안 곳곳의 풍물을 노래

---

27) 朴晟義는 「韓國文學背景硏究 上」(1955)・「儒教思想과 國文學」에서 고대소설 속에 주인공이 장원급제하여 出將入相하거나 相公 혹은 封王으로서 榮華를 누리게 된 것을 入身揚名思想이라고 명명하였다.

한 '계묘년여행기' 등은 드물게 보는 부녀자들의 유람 기행형의 가사다.
이 외에 사형제완유가, 청양산수가, 슈곡가, 유람기록가, 여행기, 경주유
람가, 노정기라, 금오산 치미정유람가, 청양산유람가, 유람가 등도 이러한
유형의 기행가사라 할 수 있다.

유람 기행형의 가사도 전술한 바와 같이 입신양명하는 것이 부모에
효도하고 나라에 충성하는 길이라는 전범을 한결같이 보여주고 있다. 백
광홍과 정철이 평안도 평사와 강원도 관찰사를 제수 받은 것은 자신과
문중에도 커다란 광영일 뿐더러 나라에 충성하는 길이기 때문에 의기충천
한 자신들의 모습이 가사의 허두(虛頭)를 장식하고 있다.

> 가) 관서 명승지예 왕명으로 보닉실식
> 행장을 다사리니 칼혼닉 샏이로다
> 연조문 닉달아 모화고기 너머드니
> 귀심(歸心)이 샏르거니 고향을 사념(思念)ㅎ랴 (기봉집 하. 관서별곡)

> 나) 강호애 병이 깁퍼 죽림의 누엇더니
> 관동 팔백리예 방면을 맛디시니
> 어와 성은이야 가디록 망극ㅎ다
> 연추문 드리ᄃ라 경회남문 ᄇ라보며
> 하직고 믈너나니 옥절(玉節)이 알픠셧다 (송강가사. 관동별곡)

상계한 이 두 가사는 작품의 기사(起詞)부터 서로 혹사(酷似)한 정조를
이루고 있으며 그 구성이나 수사기교도 상사한 점이 많다. 다만 관서별곡
에 비해 관동별곡은 조금 더 구상적일 뿐더러 수사적인 측면에서도 한층
더 차원이 높다고 할 수 있다. 송강이 선조 11년 이수의 옥사사건으로
인해 벼슬을 그만두고 향리에 있었던 답답한 그 시절을 '강호애 병'으로

은유하였고, 어쩔 수 없이 죽림칠현처럼 자연에 묻혀 소일할 수밖에 없었던 심정을 '죽림의 누엇더니'는 관서별곡보다 더 구상적으로 심화된 느낌이다. 즉 백광홍이 평안도 평사를 제수 받았을 때의 감정은 구체적으로 표현되진 않았지만, 송강은 천만 뜻밖의 소명(召命)으로 인한 경탄의 탄성을 '어와 성은이야 가디록 망극ᄒ다'라고 감읍하고 있다는 것이 기봉(岐峰)보다 더 구상적이라는 것이다.

이 두 작품에서 보는 바와 같이 기봉과 송강은 왕명을 받음으로써 입신양명할 수 있는 계기가 마련되었고, 남아의 기개를 펼 수 있는 동시에 충효도 발현할 수 있었다. 즉 기봉은 스스로 감당소백(甘棠召伯)과 세류(細柳)장군28)이 된 듯이 민정을 살피고 국방을 튼튼히 한 결과, 호인(胡人)들이 모두 투항해 옴으로써 백두산에서 흐르는 강변이 모두 평화로웠다고 읊었다는 것이다.

송강도 강원도 관찰사가 되어 '천년노룡이 구비구비 서려이셔 / 주야의 흘너내여 창해예 니어시니 / 풍운을 언제어더 삼일우를 디련ᄂ다 / 음애(陰崖)예 이온 풀을 다 살와 내여ᄉ라'라 했던 것이나, '이 술 가져다가 사해예 고로ᄂ화 / 억만창생을 다 취케 밍근후의 / 그제야 고텨맛나 ᄯᅩ 흔잔 ᄒᆞᆻ고야'라 했던 것처럼 성은이 미치지 못해 어렵게 살아가는 강원도 백성들을 '그늘진 벼랑에 시들어가는 풀'로 은유한 수법도 훌륭하다. 동시에 가련한 두메산골 백성들을 다스리는 방백(方伯)으로서 직분을 다하여 살기 좋은 사회를 건설하고자 하는 목민관의 철학이 이 구절 속에 잘 표백되고 있다. 뿐만 아니라 성은이 온 나라 백성들에게 고루 고루

---

28) 詩經 甘棠篇에 '蔽芾甘棠. 勿剪勿伐. 召伯所茇. 蔽芾甘棠. 勿剪勿敗. 召伯所茇. 蔽芾甘棠. 勿剪勿拜. 召伯所說'이라 했는데 召公이 촌락을 순행하며 백성들의 訴願을 재판하되 폐를 끼치지 않기 위해 작은 감당나무 밑에서 잤음으로 백성들이 그의 덕을 흠모하여 노래했다고 하는 것으로 召伯은 후덕한 牧民官의 상징이 됨.

미쳐 잘 사는 나라가 이룩되어야 한다는 지방 방백의 자세도 아름답게 표상되어 있다.

이는 소위 문장에 주어지는 일종의 의미의 확대(Enlargement of Meaning)에 의한 고차적인 수사로서 송강의 놀라운 문학적 재질의 표출이라고 보고 싶다. 송강의 경우도 기봉과 같이 백성들에게 일체의 폐를 끼치지 않은 소백(召伯)과 같이 후덕한 목민관이 되어 소임을 다하겠다는 의지와 철학이 '음애(陰崖)예 이온 풀을 다 살와 내여스라'에 함축되어 잘 나타난다.

다음으로 유람 기행형의 가사는 사대부적 풍류가 녹아 흐른다는 사실이다. 본디 풍류사상은 도가의 현실생활을 초월한 탈속(脫俗)적인 태도에서 자연적으로 발생하였다. 현실은 항상 즐거움보다는 괴로운 일이 많은 법이므로 번거로운 세상일을 잊어버리는 지름길은 강호에 묻혀 유유자적하는 가운데 음주나 풍악, 청담 등이 제일이다. 장자의 소요유 편에도 초세적인 생활 가운데 강변에 낚싯대를 드리우며 소일하기도 하고, 산수 간을 유람하며 명산대찰을 찾아 도를 닦는 풍류를 궁구하였다는 기록이 있다.

중국의 위, 진, 남북조 시대에는 전란 때문에 어지러운 사회를 등지고 산림 간에 문사 묵객들이 은둔하여 음풍농월하고 음주하면서 세월을 보냈는데 그 당시 신선설화가 풍미하여 문학에 커다란 영향을 주기도 했다. 그리하여 산수자연을 배경으로 한 서경시와 산수화의 발달을 보게 된 그 무렵, 그들의 풍류적인 기분은 신선설에 많은 영향을 끼쳤는데 신선경에는 항상 신비한 구름이 쌓이고 풍류소리가 그칠 날이 없었으며 신선은 풍류를 즐긴다고 하였다.[29]

　가) 춘풍이 헌스ㅎ야　화선(畵船)을 빗기보니

---

29) 拙稿, 時調·歌辭에 나타난 道家思想, 韓國言語文學, 第二十一輯, 1982, p.106.

　　녹의홍상 빗기안자　섬섬옥수로 녹기금(綠綺琴) 니이며
　　호치단순(皓齒丹脣)으로　채련곡 브르니
　　태을 진인이 연엽주트고　옥하수로 느리는 듯
　　설미라 왕사미고(王事靡鹽)흔들 풍경에 어이흐리　〈관서별곡〉
나)　작약선아(綽約仙娥)와 선연옥빈(嬋姸玉鬢)이
　　운금단장(雲錦端粧)흐고 좌우의 버러이서
　　거믄고 가야고 봉생룡관(鳳笙龍管)을
　　부르거니 니애거니 흐는 양은
　　주목왕 요대상의 서왕모 만나 백운곡 브르는 듯 〈관서별곡〉
다)　금강딕 민우츙의 선학이 삿기치니
　　츈풍 옥뎍셩(玉笛聲)의 첫줌을 씌돗던디
　　호의현샹이 반공의 소소쓰니
　　서호 녯주인을 반겨서 넘노는 듯　〈관동별곡〉
라)　명사길 니근물이 취션(醉仙)을 빗기시러
　　바다흘 겻틱두고 희당화로 드러가니
　　빅구야 느디마라 네버딘줄 엇디아는　〈관동별곡〉
마)　영듕(營中)이 무스흐고 시절이 삼월인제
　　화천 시내길히 풍악으로 버더잇다
　　행장을 다썰티고 셕경의 막대디퍼
　　빅천동 겨틱두고 만폭동 드러가니
　　은ㄱ튼 무지게 옥ㄱ튼 용의 초리
　　섯돌며 쑴는소릭 십리의 주자시니
　　들을제는 우레러니 보내는 눈이로다　〈관동별곡〉
바)　유하주(流霞酒) ㄱ득부어 늘드려 무론말이
　　영웅은 어딕가며 사선은 긔뉘러니
　　아민나 맛나보아 녯긔별 못쟈흐니
　　선산 동해예 갈길히 머도멀샤
　　송근을 베여누어 풋줌을 얼픗드니
　　쑴애 흔사름이 날드려 닐온말이
　　그딕를 내모르랴 상계의 진션이라

　　황뎡경 일즈를 엇디그릇 닐거두고
　　인간의 내려와셔 우리를 쫄오는다
　　져근덧 가디마오 이술혼잔 머거보오
　　북두성 기우려 창희수 부어내여
　　저먹고 날머겨늘 서너잔 거후로니
　　화풍이 습습ᄒᆞ야 양익(兩腋)을 추혀내니
　　구만리 댱공애 져기면 늘리로다　〈관동별곡〉

　　기봉의 관서별곡 가)와 나)는 상술한 바와 같이 신선경 속에서 황홀하게 노니는 자신을 사실적으로 묘사하고 있다. 화사한 봄바람 속에 꽃같이 아름다운 배 안에서 아름다운 여인이 녹기금을 타며 채련곡을 부르는 정경은 마치 하늘에 사는 진선(眞仙) 태을진인이 연꽃 배를 타고 하늘에서 하강한 것과 같은 신선의 경지에 비유되면서 복잡한 세사를 떠난 선인의 경지로 승화되었다.

　　여늬 여인을 신선으로 묘사하는 것은 나)에서 더 구상화되어 나타난다. '작약선아와 선연옥빈이 운금단장ᄒᆞ고 좌우의 버려이셔'라 한 것은 가)에서 '녹의홍상'이라 했던 아름다운 여인이 부드럽고도 아름다운 선녀인 '작약선아'로 상승한 것이며, 그러한 선녀가 좌우에 앉아 거문고와 가야금을 치며 노니는 정경은 신선이 서왕모를 만나는 것과 같은 풍류로 해석된다는 것이다. 실제로 지봉유설 권14 가사조를 보면 기봉은 평안도 평사로 있을 때 관서의 명기(名妓)와 풍류에 젖어 있었고, 그때를 못내 잊지 못하였음을 알 수가 있다.

　　그러나 송강의 경우는 이러한 풍류가 기봉보다 더 구상적으로 묘사되고 있다는 사실을 알 수가 있다. 즉 송강은 관동팔경을 완상하는 가운데 아름다운 산수 속에 묻혀서 스스로 선경(仙境)에 몰입되어 간다는 것이다.

만폭동의 폭포가 은 같은 무지게를 그려내고 우뢰같이 내뿜는 폭포소리가 십리밖에 퍼지는 정경 속에서 잠시 선경 속에 묻히는 듯한 착각을 느끼게 한다. 금강대에 이르러선 자신이 마치 송나라 때 서호에서 매학처자하며 은거했던 은사 임포[30]를 용사하여 스스로 범인의 세계를 벗어나 신선의 경지에 머물고 있는 것처럼 자신을 승화시키고 있음을 발견할 수가 있다.

라)는 송강 자신이 취선(醉仙)이 되어 말을 타고 해당화가 피어있는 명사십리 길을 걸어 들어가 자연 속에 한가롭게 노닐던 갈매기와 하나가 되는 물아일체의 풍류를 노래하였고, 바)는 신선들만이 상용하는 유하주를 대작하는 가운데 완연한 신선의 경지로 상승되는 경지에 이른다. 꿈속에 나타난 신선은 송강이 이백처럼 상계의 진선이었으나 도가의 경서인 황정경을 잘못 읽어 속세로 하강하게 되었다는 망상적인 송강의 호쾌함을 읽게 한다. 그러므로 이러한 남아다운 호쾌함은 북두성에 창해수를 부어 대작하니 구만리장천을 날을 것 같은 장쾌한 기상에서 절정에 이른다.

다음으로 이러한 가사는 조선조 사대부들의 기본적인 윤리요, 철학인 충효사상에 수렴되어 연군(戀君)과 사친(事親)의 정서로 펼쳐진다는 사실을 알 수 있다. 기봉은 관서별곡의 결사에서 관서의 아름다운 승지를 탐승하는 가운데 풍류를 즐겨 보지만, 끝내 부모에 대한 그리움 때문에 눈물을 머금고 마는 경지가 '사친객루ᄂᆞᆫ 절로 홀너 모로미라'로 표상되는 한편, 그렇게 아름다운 풍류를 모두 다 기록하여 구중궁궐의 임금께 바치고 싶다는 유자의 전형적인 충절로 묘사되고 있다. 다시 말하면 '어늬제 형승을 기록ᄒᆞ야 구중천에 ᄉᆞ로료. 미구상달 천문ᄒᆞ리라'에는 이렇게 훌륭한 관서의 승경을 어찌 다 붓으로 그려서 임금께 아뢸 수 있을까마는

---

30) 林逋. 隱于武林之西湖. 不娶無子. 所居多植梅蓄鶴. 泛舟湖中 客室則放鶴致之. 因爲梅鶴妻子. (詩話總覽)

오래지 않아 천문(天門)에 상달(上達)하겠다는 조선조 사대부들의 전형적인 충성의 미적 가치를 찾아 볼 수가 있다는 것이다.

송강은 불가피한 정정(政情)으로 벼슬을 그만 두고 향리에 머물러 있다가 갑자기 강원도 관찰사를 제수 받은 감격을 '어와 성은이야 가디록 망극ᄒ다'라고 탄성을 발하였고, 한없는 연군의 정을 '동주밤 계오새와 북관정의 올나ᄒ니 / 삼각산 제일봉이 ᄒ마면 뵈리로다'와 '태백산 그림재를 동해로 다마가니 / 츨하리 한강의 목멱(木覓)의 다히고져'에 절절히 담아 내고 있다. '삼각산 제일봉'이나 '한강의 목멱'은 모두 임금이 있는 한양을 비유한 것이며, 임금의 상징수법으로 이해되어진다. 아름다운 관동팔경에 심취해 있을 때는 말할 것도 없고 왕명을 받아 부임하는 도중이지만 임금이 그리워진다는 것은 조선조 사대부들의 관례적인 연군지정의 표상이다.

즉 고려 의종 때 동래로 귀양 간 정서(鄭敍)가 임금을 그리워하며 노래한 정과정곡의 작중화자가 남성이 아닌 여성이 사랑하는 임을 그리워하는 형식을 빌어 자신의 억울함을 하소연하는 수법과도 같다는 것이다. 이와 같이 연군지정의 시가들 모두가 여성의 입장이 되어 독수공방의 규원(閨怨)을 토로하는 것과 같은 그리움으로서 표상되고 있다. 이러한 표현기법은 송강의 사미인곡과 속미인곡에 이르러서 더욱 노골화되어 나타나는데 그러한 근본적인 이유는 사대부들의 시 정신 자체가 인륜의 도와 치국의 도를 이룩하기 위해서는 교화의 내용이 없는 것은 시가 아니라는 재도적인 문학관을 바탕으로 하였기 때문이었다.

정약용도 시의 근본은 부자, 군신, 부부의 윤리를 세우는데 있으며, 세상을 걱정하고 백성을 구제하는데 있어야 한다는 철저한 공리적인 입장에 선 시론을 폈다. 즉 임금을 사랑하지 않고 나라를 걱정하지 않은 것은 시가 아니고 시대를 아파하지 않고 세상풍속을 안타까와하지 않은 것도 시가 아니며, 찬미하거나 풍자함이 없고 권선징악의 뜻이 없으면 시가 아니라는 견해[31]를 지니고 있었다는 것이다.

다음으로 한문시구보다는 순수한 국어의 사용과 용사(用事)의 기법이 주가 되고 있다는 점이다. 전술한 바와 같이 조선조 사대부들은 문장은 반드시 한문시구여야 한다는 생각만을 하고 있었던 것만은 아니었다. 이황의 도산십이곡발이나 심수경의 견한잡록, 김만중, 홍만종, 김천택 등의 문헌에서는 순수한 우리말과 우리글을 사용하지 아니하고는 진실한 작품이 될 수 없다는 견해가 잘 나타나 있다.

즉 그들은 분명 표현해야 할 내용과 표기된 문자사이의 거리를 깨닫고 있었으며 특히 언문일치가 되어야만 한다는 진보적인 언어관을 지니고 있었다는 것이다. 실제로 경물을 보거나 일어나는 흥취를 느낄 때 이를 자연스럽게 유로시킨다는 것은 대단히 어려운 일인데, 더구나 언문일치가 되지 않은 한문을 사용한다는 것은 더더욱 어려운 일이다.

좋은 시문이란 표현이 자연스러워야하고 성정이 진실하게 담겨져 있어야 하며, 흥취가 일어나고 의경(意境)에 도달하면 무심이발(無心而發)해야 하는데 그러기 위해서는 그것을 사실대로 자연스럽게 표현할 수 있는 알맞은 문자가 있어야 하는 법이다. 그러나 사대부들의 시문이란 표현하고자 하는 성정과 표기된 문자가 서로 걸맞지 않아 원의(原意)가 판이하게 달라지는 경우도 많았을 것으로 생각된다. 우리는 이러한 경우를 박지원의 '고정필담(鵠汀筆譚)'에서 찾아볼 수가 있다.

그는 '중국은 바로 문자로서 말을 하는 고로 경(經), 사(史), 자(子), 집(集)이 모두 입 속에서 이루어진 말들이다. 그 기억하는 성정이 남과

---

31) 凡詩之本, 在於父子君臣夫婦之倫……其次憂世恤民 (丁若鏞, 與猶堂全書 二十一卷, 示兩兒). 不愛君憂國非詩也. 不有美刺勸懲之義非也 (同書, 奇淵兒)

달라서 그런 건 아니다. 억지로 시문을 지으면 이미 처음 생각을 잊어버리고 언과 문이 판이하게 두 가지로 되는 까닭이다. 그러므로 우리나라에서 글을 짓는 다는 것은 말과 글이 서로 모순이 되어 틀리기 쉬운 옛 글자를 다시 알기 어려운 방언으로 번역해 버리면 문장의 요지가 애매하고 사어(辭語)가 모호하게 되는 것이 이러한데서 연유되는 것이 아닐까'[32]라 하여 일치되지 않은 말과 글의 간격에 대한 애매모호한 점을 지적하였으며, 잘 알지도 못한 것을 이중번역을 하게 되면 뜻은 더욱 엉뚱하게 될 수 있다는 점을 경계하기도 하였다.

다음으로 유람 기행형의 가사는 사대부들이 시문을 지을 때 주로 사용했던 용사(用事)의 수법을 많이 쓰고 있다는 점을 지적할 수 있다. 용사란 경서나 사서 또는 제가의 시문이 가지는 특징적인 관념이나 사적(事迹)을 둘 셋의 어휘에 집약시켜 원관념을 보조하는 관념의 소생이나 관념배화(觀念倍化)에 원용하는 수사법[33]이다. 결국 5, 7자의 짧은 시구나 어휘를 끌어내어 인용함으로써 미묘한 감정이나 서사성을 더욱 곡진하게 표현하기 위한 일종의 전고수사(典故修辭)인 것이다.

특히 한시를 지을 때는 용사를 모르고는 시를 지을 수 없는 것으로 생각해 왔던 것이 일반적인 경향이었다. 보한집에 의하면 고려시인들은 용사의 대상을 문에서는 육경이나 삼사(三史)로, 시는 문선(文選), 두보집, 이백집, 한유집, 유종원집 등으로 규정하였는데 이를 보더라도 그들은 용사의 필요성을 절감하고 있었던 것으로 생각된다.

---

32) 中國直以文字爲言. 故經史子集. 皆其中成語. 非其記性別於人也. 爲之强作詩文. 則已失故情. 言與文判爲二物故也. 故我東作文者. 以齟齬易訛之古字. 更譯一重難解之方言. 其文旨黯昧. 辭語糊塗. 職由是歌 (朴趾源. 熱河日記. 鵠汀筆譚)
33) 崔信浩, 初期詩話에 나타난 用事와 그 變移, 古典文學硏究, 第一輯, 1971.

대개 용사의 내용이 되는 것은 주로 고인명, 관명, 고인어, 고인사, 성명 등을 다양하게 사용했던 것인데, 이인로는 원칙적으로 이에 호의적인 견해를 갖지 않았다는 점을 발견할 수가 있다. 그는 시인들이 시를 지을 때 용사를 많이 하는 것을 점귀부(點鬼簿)라 하여 싫어했으며, 이상은은 용사를 하는 것이 험벽하다 했는데 후세에 이러한 유파를 서곤체(西昆體)라 하면서 이것이 문장의 병폐라 하였다. 그리하여 용사란 기교적인 면에서 어렵다는 점을 말하고 만약 용사를 할 때에는 조잡함이 없이 청어람(靑於藍)해야 하고 그 구법이 마치 조화가 생성한 것 같아 작자가 무엇을 용사했는지 알지 못하게 해야 한다[34]는 작시 상의 방법까지 열거하였다.

허균도 전례(典例)가 없는 상어(常語)나 속어도 시나 문에 사용할 수 있다는 강렬한 견해를 폈다. '최고죽(崔孤竹) 경창(慶昌)의 무리들이 우리나라의 지명은 중국의 지명에 미치지 못하였음으로 시를 지을 때 지명으로 쓸 수 없다고 하여 늘 한탄하였다. 노소기의 시를 보니 「길은 평구역에 그치고 강물은 판사정에 깊도다」라는 상하구는 모두 이어(俚語)를 사용했으나 구법이 온당하다. 그러므로 마침내 대가의 솜씨는 다른 사람과 스스로 차이가 남을 알겠다'[35]하여 시의 미적 가치에 도움을 줄 수 있다면 일상어든 속어든 상관하지 아니하고 얼마든지 사용할 수 있다고 하였다. 즉 전고(典故)에 얽매임이 없이 표현수사나, 성정의 표현상의 효과를 위해서는 어떠한 시어든지 자연스럽게 사용해야 한다는 선견을 지녔음을 알

---

34) 詩家作詩多使事. 謂之點鬼簿. 李商隱用事險僻. 號西昆體. 此皆之章一病. 近者蘇黃堀起. 雖追尙其法. 而造語益攷. 無斧鑿之痕. 可謂靑於藍……句法如造花生成. 讀之者莫知用何事 (李仁老. 破閑集下)

35) 崔孤竹輩嘗曰. 我國地名不及中原. 故作詩不得使地名. 每以爲恨. 及見蘇齊詩. 有路盡平邱驛. 江深判事亭. 上下句皆使俚語 而句法穩著. 乃知大家手自異於他人也 (許筠. 鶴山樵談)

수 있다.

기봉과 송강의 관서별곡과 관동별곡을 고찰해 보면 용사의 기법을 쓰면서도 이에 못지아니하게 관서나 관동 지방 유람을 통해 마음에 일어나는 흥취를 자연스럽고도 사실적인 표현을 하기 위해 우리 국문의 세련된 비유의 수사법을 사용했음을 알 수 있다. 또한 시문에 우리나라 지명을 쓸 수 없다는 사대부들의 고정관념에서 벗어나 우리 지명을 자유롭게 사용했다는 점은 높이 살만하다. 더구나 순 우리 국어의 세련되고 조탁된 표현수사는 국문정신이 없어서는 곤란하다는 점에서 이들 가사 작자들의 남다른 미의식과 자국어문 정신을 읽을 수 있다.

관서별곡의 용사례는 대동강 가에서 한나라 사마상여가 탔다는 녹기금을 타며 중국 양나라 때 강남에서 유행했다는 채련곡을 부르는 모습을 하늘의 신선인 태을진인이 옥하수로 내려온 듯하다고 한 것과, 장백산맥 줄기인 향로봉에서 아름다운 여인과 더불어 거문고와 가야금을 타고 노는 풍류가 주목왕 요대상의 신선인 서왕모를 만나 중국의 금곡(琴曲)인 백운곡을 부르는 것 같다는 데서 찾을 수 있다. 이러한 용사의 수사로 인해 이 작품은 한결 더 시상의 미적 가치가 돋보이고 심화되었음을 알 수 있다.

송강도 기봉과 동질적인 용사법을 구사하고 있다고 파악된다. 궁예왕 대궐터에 이르러 회양의 지명으로 중국의 회양태수였던 급장유의 풍채를 다시 본 듯 하다고 한 것이나, 표훈사 북쪽 금강대의 암벽에서 학이 봄바람 피리 소리에 첫 잠을 놀라 깨어 반공에 솟아오르는 정경을 보고 송나라 때 서호에 살았다던 은사(隱士) 임포와 반겨 노니는 것과 같다는 수사는 원관념을 훨씬 더 승화시켜 아름답게 표상된 것으로 보인다. 또한 정양사 진헐대에 앉아 있노라니 그 아름다운 경치가 마치 소식(蘇軾)의 시구36)에 있는 여산 진면목을 다시 보는 것 같고, 만폭동을 지나 불정대에 오르니 천 길 낭떠러지에 떨어지는 폭포수가 은하수 한 굽이를 마디마디 베어내어 실같이 풀어 마치 베 폭을 걸어둔 것 같으니 이 태백과 다시 논의한다면 여산이 여기보다 낫다고 하지 못할 것이라고 비유하고 있음도 전고수사의 대표적인 기법이라 할 만하다.

기봉이나 송강이 즐겨 사용했던 용사의 수사는 전 작품에 비기면 극히 적은 편이며 오히려 우리 국어의 세련된 수사가 훨씬 더 큰 비중을 차지하고 있다는 사실을 알 수가 있다. 또한 한시만이 문장이라 생각했던 사대부들이 국문 장르인 가사작품을 즐겨 창작했다는 점에서도 그들의 남다른 국문학 정신을 헤아릴 수가 있다.

특히 표현수사에 있어서도 기봉의 기법은 송강에 이어지고 이후 가사작자들에게 전범이 되었을 뿐만 아니라, 많은 영향을 주기도 했다. 관서별곡에 나타난 표현수사는 생략법, 직유, 은유, 과장, 반복의 기교로 신선한 홍취와 감각이 가일층 돋보여 유람과 기행의 멋을 더해 주기도 했다.

즉 '연소문 너달아 모화고기 너머드니', '벽제에 말가라 임진에 빗건너', '감송정37)도라드러 대동강 브리보니' 등에서는 노정을 생략하여 경쾌하고도 간명한 기분을 느끼게 하며, '옥하수 느리는 듯', '해문으로 드는 듯', '백운곡38) 브르는 듯', '초왕을 놀비는 듯' 등은 보조관념의 직유로 인해 원관념을 구상화하여 선명하게 처리되었다. '십리파광(十里波光)', '만중연

---

36) 橫看成嶺側成峯. 遠近高低各不同. 不識廬山眞面目. 只緣身在此山中 (蘇軾詩)

37) 感松亭은 東國與地勝覽 卷五十一 二十三章에 '栽松院在(平壤)府南十一里. 院傍有松數十株. 餞客之地 亦名栽松亭'이라는 기록으로 보면 필사과정에서 栽松亭의 오록으로 보인다.

38) 중국의 琴曲名인데 본디 '白雪曲'인 것을 필사과정에서 잘못 옮긴 것같다. 劉涓이 陽春白雪曲을 지었다는 설과 師曠이 지었다는 설이 있음.

류(萬重烟柳)', '백리(百里)에 버려잇고', '8만휴휴(八萬狔狔)', '3천철기(三
千鐵騎)', '천배(千盃)에 대취ᄒᆞ야' 등의 수량적 표현도 모두 과장적 수법으
로 호쾌하고도 웅혼한 남아의 기상을 읽게 한다.[39] '십리에 퍼지는 햇살,
만 겹이나 안개 싸인 버들, 철옹성곽 위의 구름에 연이은 성가퀴[40]가
백리에 벌여있고, 팔만이나 되는 호랑이 같은 동물들, 삼천이 넘는 기병,
천 잔의 술에 대취하여' 등의 과장적 수사는 사대부들의 장쾌한 호기를
대변하고도 남음이 있으며 이후 가사 작자들에게 그대로 전고용사의 대상
이 되기도 하였다.

선경 같은 풍류 속에 더불어 노니는 여인을 '선연옥빈(嬋姸玉鬢)', '녹의
홍상(綠衣紅裳)', '호치단순(皓齒丹唇)', '태을진인(太乙眞人)', '낙포선녀(洛
浦仙女)' 등으로 은유했음도 그 아름다운 감흥에 걸 맞는 수사로서 탁월한
재능을 보여준다. 더구나 '브릭거니 니애거니 ᄒᆞᄂᆞᆫ 양은' 이란 기봉 특유
의 반복적 수사기교는 훗날 송강에 이어져 환골탈태(換骨奪胎)되어 다양
한 양태로 나타난다.

이상에서 논한 바와 같이 기봉의 관서별곡과 송강의 관동별곡의 대비를
위해 정리해 보면 아래와 같다.

39) 拙稿, 松江歌辭와 그 以前 歌辭의 比較硏究, 全北大學教 大學院, 1979, p.34.
40) 성가퀴란 城堞을 말함인데 싸움하기 위해 성위에 낮게 쌓아 몸을 숨기기 위한 담을
말하며 실제 鐵甕城은 東國與地勝覽 卷55, 11장을 보면 '鐵甕城在(孟山)縣東三
十里. 周六百五十尺. 四面絶壁. 如甕口故名. 今屬咸境道永興府'라 했으니 길
이는 겨우 200m도 못된다.

| | | 관서별곡 | 관동별곡 |
|---|---|---|---|
| 구성 | | 1단. 소명(召命)등정 2단. 관서편력 3단. 사친애군 | 1단 : 소명(召命)등정 2단 : 관동유람 3단 : 풍류 및 연군 |
| 노정 | | ○연소문○벽제○임진○천수원 ○송경○만월대○황망○구현 ○생양관○감송정○대동강○연광정 ○부벽루○능라도○금수산○풍월루 ○칠성문○백상루○청천강○결승정 ○철옹성○영중○약산동대○벽산 ○도남○비고기○수강정○압록강 ○비파곳○파저강○구룡소○통군정 | ○연추문○평구역○흑수○치악○소양강 ○동주○북관정○궁왕대궐터○회양 ○화천○만폭동○금강대○정양사 ○진헐대○망고대○혈망봉○개심대 ○비로봉○원통골○사자봉○화룡소 ○마하연○길상○안문재○불정대 ○산영루○금란굴○총석정○백옥루 ○삼일포○낙산○의상대○경포○강문교 ○강릉대도호○진주관 |
| 표현 수사 | 생략 | ○연소문 닉달아 모화고기 너머드니 ○벽제예 물가라 임진에 빈 건너 천수원 도라드니 ○감송정 도라드러 대동강 바라보니 ○백상루 올나안ᄌ 청천강 브라보니 ○연광정 도라드러 부벽루 올라가니 | ○연추문 드리드라 경회남문 브라보며 ○평구역 물을ᄀ라 흑수로 도라드니 ○의상대 올나안ᄌ 일출을 보리라 ○동주밤 게오새와 북관정 올나ᄒ니 |
| | 직유 | ○옥하수 ᄂ리ᄂ듯 ○해문으로 드ᄂ듯 ○백운곡 브ᄅᄂ듯 ○초왕을 놀닉ᄂ듯 | ○부용을 고잣ᄂ듯○백옥을 믓것ᄂ 듯 ○동명을 박츠ᄂ듯○북극을 괴왓ᄂ 듯 ○이별을 원ᄒᄂ듯○오색이 넘노ᄂ 듯 ○해운이 다것ᄂ듯 |
| | | ○선연옥빈(嬋姸玉鬢) ○녹의홍상(綠衣紅裳) ○호치단순(皓齒丹脣) ○태을진인(太乙眞人) ○낙산선녀(洛山仙女) | 〈은유와 직유〉 ○은ᄀ튼 무지게 ○옥ᄀ튼 용의 초리 ○들을제ᄂ 우레러니 보내ᄂ 눈이로다 |
| | 과장 | ○십리파광○만중연류 ○백리에 버려잇고 ○팔만휴휴(㹰㹰) ○천배에 대취ᄒ야○삼천철기 | ○천년노룡○천심절벽 ○취선(醉仙)○십리빙환(十里氷紈) ○상계의 진선○북두성 기우려 창 해수 부어내여 서녀잔 거후로니 |
| | 용사 | ○녹기금 니익며○태을진인이 ○주목왕 요대상의○서왕모 만나 ○백운곡 브르ᄂ듯○낙포선녀 ○감당소백과○세류장군이 | ○회양녜일홈이 ○급장유풍채롤 ○서호 주인을 ○여산진면목이 ○동산태산이 ○노국조븐줄도 ○이적선이 ○여산이 여긔도곤 ○비옥가봉이 |

또 유람기행형의 가사는 〈표7〉과 같이 3단으로 구성되어 관서별곡과 관동별곡이 흡사하고 노정도 비슷하게 짜여 있어 어느 모로 보나 송강은 기봉(岐峯) 작품의 영향을 크게 입었다고 보여 지며, 이후 유람 기행형의 가사류는 대개 이러한 패턴을 취해간 것으로 보인다. 노정을 보면 기봉이 연소문(延詔門)을 나서서 서른두 번째로 통군정(統軍亭)에 이르러 유람기행을 마치게 되는데, 송강의 작품에서도 연추문을 나서서 서른아홉 번째로 망양정(望洋亭)에 이르러 관동유람을 마치는 구조로 보면 대개 유람기행형 가사의 구성은 이러한 형식의 바탕 위에 이루어졌다고 보아도 타당할 것 같다.

더구나 송강은 관동별곡을 짓기 25년 전에 창작된 기봉의 관서별곡의 체제와 수사를 답습했다[41]는 것은 상술한 여러 가지의 사실도 충분히 입증된다. 이러한 영향 가능성을 강력하게 뒷받침하는 것으로 기봉의 동생 옥봉 백광훈(白光勳)은 송강의 지기(知己)로 친숙한 관계에 있었음을 송강속집 권지1(松江續集 卷之一)의 '여백옥봉유변산(與白玉峯遊邊山)'과 '만옥봉백창경(挽玉峯白彰卿)'[42]으로 짐작할 수가 있다. 이로 보면 송강은 옥봉의 친형인 기봉의 관서별곡을 애송했을 것이므로 그가 강원도 관찰사를 제수 받아 부임하러 가는 도중에 관서별곡과 같은 기법으로 관동별곡을 창작했을 것이라는 추정이 가능하다.

끝으로 유람 기행형의 가사는 형식상 3, 4조를 주음수율로 하지만, 4언

---

41) 李相寶, 전게서, p.249.
42) 與白玉峯光勳遊邊山. 水淺窺龍窟. 松疎露鶴巢. 欲知仙在處. 須入白雲高 (松江續集 卷一)

　　挽玉峯白彰卿. 海內悠悠知己少. 惟君與我夙心親. 湖山未遂連墻約. 幽顯飜成隔路人. 紫陌風埃歌激烈. 錦城烟雨淚酸辛. 遺孤受托非無意 乏劉家德義新 (松江續集 卷一)

시구를 많이 사용한 관서별곡은 아래 통계에서 보는 바와 같이 4,4조보다
는 2,3조를 월등히 많이 사용함으로써 부음수율의 이변을 보이고 있다.
그러나 4언시구 보다는 오히려 순 국어 수사의 묘미를 살린 관동별곡은
사대부 가사의 일반적 형태에서 보는 것처럼 4,4조가 부음수율을 형성하
고 있다는 사실을 알 수가 있다.

| | 관서별곡 | 관동별곡 | | 관서별곡 | 관동별곡 |
|---|---|---|---|---|---|
| 3 · 3조 | 17 | 20 | 6음보 | 10 | 3 |
| 3 · 4조 | 65 | 180 | 4언구 | 61 | 33 |
| 4 · 4조 | 12 | 32 | 5언구 | | 6 |
| 2 · 3조 | 30 | 21 | 기타 | | |
| 2 · 4조 | 11 | 14 | 총 | 78행 176구 | 144행 294구 |

| | 관서별곡 | | 관동별곡 |
|---|---|---|---|
| 결사 | ○셜미라 / 화표주 천년학인들 / 날가타니 / 쏘 보안난다 / ○어늬제 / 형승을 기록ᄒ야 / 구중천의 / 스로료 / ○미구 상달 천문ᄒ리라 | 결사 | 명월이 / 천산만락의 / 아니비 쳔 / 듸업다 / |

　상게한 〈표8〉과 같이 관서별곡의 4음보의 정칙에서 벗어난 6음보구가
많이 나타나고 있는 것은 아직 전기 가사의 전형으로 정착되기 이전의
양상을 보여주는 것이지만, 약 25년 후에 창작된 관동별곡에 이르러선
6음보의 변격이 144행 가운데 겨우 3행 정도만 보이고 있어 조선 전기
가사의 전형적인 형태로의 정착된 모습을 보여준다고 하겠다. 또 관서별
곡은 풍물의 서술상 4언시구의 진술이 상당히 자유로웠다는 점이다. 이는
총 176구 가운데 61구가 4언시구로서 우리말 현토 정도로 서술이 되었으
므로 이를 2음보구로 나누자매 자연 2.3조나 2.4조의 운율을 형성했을

것으로 보인다.

즉 '작약 선아와 선연 옥빈이 / 운금 단장ᄒ고 좌우의 버려이셔'는 '작약 선아 선연옥빈 운금단장 좌우도열(綽約仙娥 嬋姸玉鬢 雲錦端粧 左右堵列)'의 4언시를 현토하여 2음보구로 나누었음이 분명하고, '감당 소백과 세류 장군이 / 일시예 동행ᄒ야 강변으로 순하ᄒ니 / 황황 옥절과 언건 용기는 장천을 빗기지나' 역시 '감당소백 세류장군 일시동행 강변순하 황황옥절 언건용기 장천과사(甘棠召伯 細柳將軍 一時同行 江邊巡下 煌煌玉節 偃蹇龍 旗 長天過斜)'의 현토에 의한 서술에 지나지 않음을 알 수 있다.

이외에 사대부 가사 전형의 하나로서 결사가 시조 종장과 유사하다는 것을 들 수 있는데 유람 기행형의 가사에서도 이러한 율조적인 특징을 보여준다는 것이다. 그렇지만 관서별곡의 경우는 약간 이와는 동떨어진 형태처럼 보이는데 '미구 상달 천문ᄒ리라'는 외형상 4·5음절을 형성하고 있다. 이는 음영하는 데 있어서는 '미구 - 상달 - - - 천문 - - ᄒ리라'와 같이 말음을 장음화하여 다른 사대부 가사와 같은 형태로 읊을 수 있지만, 외형율적인 측면에서는 꼭 그렇게 볼 수만은 없다. 차라리 바로 앞 행인 '어늬제 형승을 기록ᄒ야 구중천의 ᄉ로료'가 사대부 가사의 결사에 훨씬 더 가깝다고 할 수가 있다.

원래 시조의 종장 둘째 음보의 음절수 '5'를 두고 '초·중장의 종합으로 여기에 전시(全詩)의 종합된 의미가 함축되어 있는 것으로서 자연 그 음절 수가 길어진 것은 정한 이치'[43]라고 한 것처럼 관서별곡은 제2음보의 7음절 '형승을 기록ᄒ야에 전체 관서지방을 유람하면서 얻어진 시상이 함축되어 표현되었다는 점을 고려한다면 오히려 이 부분이 관서별곡의 결사라

---

43) 金智勇, 時調終章의 位置, 淸大春秋(淸州大) 第六輯, 1961.

고 볼만하다.

더구나 3,4음보의 '구중천의 수로료'에서 느낄 수 있는 바와 같이 작자가 평안도 평사(評事)가 되어 관서를 유람기행할 수 있는 것을 성은(聖恩)으로 귀결 짓는 역군은(亦君恩)의 심사로서 전형적인 사대부의 재도관(載道觀)으로 수렴된다는 것이 이를 더욱 뒷받침해 준다. 일반적으로 관서별곡의 결사라고 생각해 왔던 '미구 상달 천문ᄒ리라'에는 이와 같은 재도적인 문학관이 더 구상화되어 나타난다. 즉 오래지 않아 임금이 계신 구중궁궐에 나아가서 이 모든 것을 아뢰고 싶다는 의지가 잘 표상되고 있다는 것이다.

하지만 관동별곡에 이르러선 사대부 가사에서 흔히 볼 수 있는 일반적인 결사형태를 취하고 있음을 알 수가 있다. '명월이 천산만락의 아니비췬 ᄃᆡ업다'라는 결사는 시조의 종장과 마찬가지로 3.5.4.3이란 전형적인 외형율을 취하고 있을 뿐만 아니라, 관서별곡에서처럼 성은이 강원도 벽촌에 이르기까지 미치지 않은 곳이 없다는 유자(儒者)의 재도적인 문학관으로 매듭을 짓고 있기 때문이다. 즉 임금은 해나 달로서 관념적인 상징이되어 왔던 터이고, 이 밝은 달이 심산궁곡 어느 곳이건 비치지 아니한 곳이 없는 것처럼 관동지방 온 누리에 성은이 미치지 아니한 곳이 없다는 전형적인 유자의 윤리에 입각해 있음을 알 수 있다는 것이다.

### 2.1.3 도덕 교훈형의 가사

고려 말까지 수사적 기교에 치중하여 문학을 장식적인 것으로 보아 온 사장위주(詞章爲主)의 문학관은 유학을 국교로 삼은 조선에 이르러서 다분히 현실타협적인 성격을 띠게 되었고, 문예적인 재능을 발휘함으로써 명성을 얻을 수 있는 반면 관직에 오를 수도 있었다. 조선조의 사대부들은 사장(詞章)위주의 문학이 외면적인 화려함에만 치중함을 지적하고 내용적 측면에서 인간이 살아가는데 있어 필수불가결한 윤리 도덕을 담아야 한다는 교훈주의적이고도 도덕적인 문학관을 주장하여 이른바 문학의 공리성(功利性)을 강조하기도 했다.

특히 조선조 사림파들은 이도위문(以道爲文)의 문학관을 지니고 있어 도(道)를 이루면 문(文)은 부수적으로 따라오는 것으로 보았고, 문은 반드시 도가 있어야 한다는 관념44)을 지니고 있었다. 또한 문장이란 도(道)의 영화(英華)로 인식하여 도를 본원으로 파악하고, 문(文)은 여기(餘技)로 보아 오직 도에만 전력하고자 하는 소위 재도적 문학관을 중심으로 하여 문의 모범을 어디까지나 육경의 경전에 두었다.

그러므로 우전(虞典), 하모(夏謨), 상훈(商訓), 주아(周雅)는 행도지문(行道之文)이라 하고, 홍범(洪範), 춘추(春秋), 역계(易繫), 논어(論語)는 전도지문(傳道之文)이라45)하여 문을 둘로 나누었다. 이러한 재도적인 문학관 속에 문(文)을 여기(餘技)나 소기(小技)로 보고 도(道)를 본원으로 보는 관점이 전형적인 도덕가 주돈이(周敦頤)로부터 시작하여 정이천과 주자를 거쳐 확립되어 이루어진 것이 주자학적 도덕주의 문학관이다.46) 이러한 도덕주의 문학관은 문학의 공리적이고도 효용적인 관점에 입각하여 문(文)을 교화의 수단으로 보고 문(文)을 통하여 경세제민(經世濟民)을 실현하려는 생각을 반영해 주는 실용적인 경향을 띠었다.

---

44) 古之人. 以道爲文. 以道爲文. 故不文而爲文 (栗谷全書拾遺 卷三. 餘宋頤菴. 同上版二卷 p.504)
45) 文章者. 道之英華也……若虞典夏謨商訓周雅. 行道之文也. 洪範春秋易繫論語. 傳道之文也……文本源乎六經……文章本於道德. 道有偏正. 而文亦隨之 (洪良浩. 耳溪集 卷十六. 御定八家手圈跋)
46) 車相轅, 中國古典文學評論史, 汎學圖書, 1975, p.276.

역성혁명으로 건국된 조선은 주자학을 정치철학으로 받아들임으로써
이러한 공리주의적인 문학관이 당시 지배계층인 양반관료 계층의 문학관
이 되어 조선 후기까지 이어졌다. 이러한 문학관 아래 시(詩) 역시 온유돈
후(溫柔敦厚)한 성정을 함양시켜 정서를 순화함으로써 시를 통한 인간의
교화와 사회정화를 해야 한다는 공리적인 자세를 중시하였다.

시는 원래 문(文)의 정화(精華)로서 성정을 나타내는 것인데 생각에
사악(邪惡)함이 없는 시경(詩經)의 정신이 그 근본이 되었다. 또한 시는
교화를 위한 것이요, 본디 온유돈후한 시 정신으로서 성정을 다스려서
사람의 마음을 감화하여 세상의 도리를 평정하게 하고자 하는 것이 시의
목표요, 시 표현의 묘체(妙諦)[47]라는 관점을 지니고 있었다.

그러므로 문(文)이나 시(詩)에 있어서 중심이 되어 온 이러한 공리적인
문학관은 가사에도 그대로 계승, 고수되어 많은 작품과 작자가 출현하였
다. 이러한 문학의 효용론적이고도 공리적인 문학관 아래 창작된 가사의
유형을 도덕가사, 혹은 도학가사라고도 불렀으나[48] 순연한 도덕이나 도학
만을 진술한 것만이 아닌 것들이 많으므로 도덕 교훈형의 가사라고 부르
고자 한다. 이러한 유형의 가사는 가사의 양식상 주로 음영의 방식에
의해 향유됨으로 유교적인 도덕이나 교훈적인 생활을 고취하기 위해 일정

47) 詩者文之精華也 (崔錫鼎. 明谷集 卷八. 鳴皐集序)
詩之爲敎. 本欲以溫柔敦厚者. 理性情. 而形風化. 感人心. 而禪世程 (南九萬.
藥泉集 卷二十七. 琴湖遺稿序). 詩以道性情. 詩經三百篇. 雖有正有變. 大要
不出 溫柔敦厚字. 此是千古論詩之標的也 (李宜顯. 陶谷集. 卷二十七. 雜著).
余素昧時學. 猶知溫柔敦厚四字. 爲言詩之妙諦 (상게서. 卷二十六. 歷代律選跋)
48) 金起東 교수는 '敎訓文學으로서의 가사'라고 했으며(國文學槪論, 太學社, 1983,
p.148), 徐元燮 교수는 '道德敎訓의 歌辭'(歌辭文學硏究, 형설, 1979, p.105),
李相寶 교수는 '道德歌辭'(韓國歌辭文學의 硏究, 형설, 1974, p.19), 金俊榮 교수
는 敎訓, 勸善, 道德的인 것(韓國古典文學史, 금강출판, 1971, p.377)으로 내용적
분류를 시도하였다.

한 리듬에 맞추어 낭송하게 함으로써 어디까지나 교훈적인 효과를 기하기 위한 유목적적인 입장에서 창작되었다. 그러므로 인의예지(仁義禮智)를 최상의 이상으로 삼아 수신하고 제가하여 치국, 평천하하는 인격자를 양성해야 한다는 확산적 개념을 목적으로 작품을 창작하고 향유하였다.

도덕 교훈적인 가사는 퇴계 이황(李滉)이 지었다고 전하는 금보가(금부가라고도 함), 상저가, 도덕가(권선가, 지로가, 권선지로가, 인택가, 안택가, 공부자궐리가라고 하여 필사본마다 내용이 다소 다른 점이 있다. 율곡은 이것을 도산지로가(陶山指路歌)라고도 하였는데 남명 조식의 권선지로가(勸善指路歌)와 분별하기 위해서인 것 같다.) 효우가가 있다. 그리고 조식이 지었다던 권선지로가와 이이가 지었다던 자경별곡49) 등이 있으며, 이 밖에 중국 황면제의 원작이라거나 퇴계, 율곡의 작품이라 전하는 권학가가 있다.

퇴계의 금보가(琴譜歌)는 세상이 어려워지고 젊은 사대부들이 기생들과 어울려 음률도 모르고 거문고 타는 기법도 모르면서 즐기는 세태를 거문고에 비유하여 한탄한 가사로 필사본 적기아(績箕雅)에 실려져 있는 가사다. 다만 장편가집에 실려 있는 것은 금부가(琴賦歌)라 이름 하였다. 퇴계는 태평성대의 정성(正聲)인 순금(舜琴)을 찬양하여 그 거문고의 형세에 도덕적인 윤리를 비기면서 차츰 남녀상열의 변성이 성행함50)을 탄식하였다.

---

49) 현재 栗谷作으로 전해지는 樂貧歌, 樂志歌, 自警別曲 등에 대한 작자비정이 최근에 이루어져 자경별곡은 嬌警齊私稿(鄭在爀 自筆寫本)에 수록된 자경별곡 序와 南平文氏大同譜에 의해 月溪 文錫容의 작품이라는 사실과 樂貧歌는 퇴계와 율곡, 서화담일 가능성이 높다고 하였으며 樂志歌는 淸虛子나 그와 관련된 어느 누구의 작품일 가능성이 높다는 것이 美銓燮 교수에 의해 밝혀졌고(傳 栗谷先生作 歌辭에 관한 管見, 한국언어문학 21집, 1982, pp.1-9), 金俊榮 교수도 '한국 고전문학사'(p.286)에서 "본시 도덕적인 것이라면 퇴계, 율곡으로 부회하는 일이 많으므로 퇴계의 지음이란 설이 많다 해서 작자의 확률이 높을 수 없다"고 한 바가 있다.

50) 吾東方歌曲. 大抵多淫哇不足言. 如翰林別曲之類. 出於文人之口. 而矜豪放蕩 兼以褻慢戲狎. 尤非君子所宣尙 (李滉. 陶山十二曲跋)

상저가(相杵歌)는 고려속요인 상저가에서 착상한 것 같은데 이 작품보다 좀 더 구체화되어 있음이 특이하다. 곡식의 기원과 방아의 제작으로부터 시작하여 방아를 찧어 밥을 짓기까지 세밀하게 서술한 뒤 정성스레 지은 밥을 치국안민하는 성군에게 먼저 공양하고 부모를 봉양해야 한다는 삼강오상(三綱五常)의 윤리를 근간으로 하였다. 관리로부터 농민에 이르기까지 제각기 맡은 소임을 철저히 이행함이 도리이며, 그 길이 부국안민의 방편임을 강조하였다.

다시 말하면 상저가에서는 무본안민(務本安民)을 주제로 하여 임금은 치국안민(治國安民)을, 재상은 섭리음양(燮理陰陽)을, 방백(方伯)은 승류선화(承流宣化)를, 대간(臺諫)은 면절정쟁(面折廷爭)을, 장수(將帥)는 절충어모(折衝禦侮)를, 수령(守令)은 권농흥학(勸農興學)을, 선비는 입효출제(入孝出悌)를, 백성은 무본력색(務本力穡)을, 부녀는 방직주식(紡織住食)을, 군사(軍士)는 친상사장(親上事長)을, 자녀들은 부모공양(父母供養)을 각각 힘써야 한다는 도를 제시하여 강조하였다는 것이다.

또 도덕가(道德歌)를 권선가(勸善歌) 혹은 지로가(指路歌)라고 부르는 것처럼 이 가사는 유교의 학리(學理)를 안배하여 성현의 길로 걸어가야 할 방향을 제시해 주는 순 교훈적인 작품이다. 공부자(孔夫子)집의 구조는 오행, 삼재(三才), 팔조목(八條目), 삼강령(三綱領), 괘효(卦爻), 태극(太極)을 재료로 하여 구성되었는데, 그 공부자의 집을 찾아가는 노정을 서술했기 때문에 지로가라고도 부른 것 같다. 주로 대학과 논어에서 그 뜻을 뽑아 순연히 후진들을 가르치기 위한 바른 소리로서 전반적으로 교훈적인 뜻을 함유한 온유돈후한 느낌을 준다.

이외에 효우가는 유교의 강상(綱常)가운데 가장 근본적인 가치기준인 효도의 대도(大道)를 교훈적으로 노래한 가사다. 출생과 생육의 과정을

지나 어른이 되었을 때 노경(老境)에 계신 부모를 더욱 잘 모셔야 한다는
점을 강조하고 있다. 자칫 처(妻)로 인하여 부모형제지간의 의가 상하지
않아야 한다는 것과 동기혈(同氣血)로 나뉘진 형제간도 부모에게 효양(孝
養)한 후에 우애해야 한다는 섬세한 교훈을 담고 있다. 특히 효의 길에서
전통적으로 효의 전범이 되었던 감천(感天)의 방도가 겨울날의 '죽순'과
얼음 구멍 속의 '잉어'로 대변되고 있음도 특이하다.

조식의 권선지로가(勸善指路歌)는 권의지로가(勸義指路歌)와 작자에 대
한 혼동이 많았다. 홍만종의 순오지에는 권선지로가는 조남명이 지은 것
으로 성리(性理)의 본말(本末)을 형용하고 도학의 지름길을 지시한 것이니
실은 유학의 지남(指南)51)이라 적혀 있는데, 이것은 권선지로가가 이황의
작품이 아니라 남명(南冥)의 작품임을 증거하는 좋은 자료가 된다. 특히
성리의 본말을 형용했다는 것과 도학의 지름길을 지시했다는 것으로 실로
이 가사는 유가의 방향을 가리키는 '지남(指南)'이라는 점이 내용과 일치하
기 때문에 권선지로가는 남명 조식이 지었다는 사실을 인정할 수가 있다.
이 가사는 천지에 금목수화토(金木水火土)의 오행(五行)이 있고 인간에게
는 사람으로서 지켜야 할 오륜(五倫)이 있으니, 이 유교의 최상의 윤리를
잘 지켜 이천(伊川), 명도(明道), 회암(晦菴), 증점(曾點) 등 공자의 제자가
걷는 길을 따라 간다면 유가의 이상향에 도달할 수 있다는 것을 제시하
였다.

이이의 자경별곡(自警別曲)은 작자가 선조 10년간에 황해도 해주 석담
에 있을 때 고산(高山)에 청허당(聽虛堂)을 짓고 마을 사람과 후진들을
위해 지은 가사로 보고 있다. 이 가사는 서사(序詞)를 비롯하여 봉친(奉

---

51) 勸善指路歌. 曺南冥所製. 形容性理源委 指示道學蹊逕. 實是儒學之指南 (洪
萬宗. 旬五志下)

親), 군신, 형제 등 일상적인 생활에 있어서 사람이 지켜야 할 덕목을
15곡으로 노래하였고, 우접(寓接), 신언(愼言), 거가(居家), 질욕(窒慾), 독
서 등 오절(五節)로 나누어 인륜의 도와 독서의 길을 교훈적으로 서술,
총 20개 조목으로 나누어 노래한 장형가사이다. 이 작품은 마을의 풍속을
바로 잡고 향민을 가르치기 위하여 지은 순 도덕 교훈적인 목적가사로
그가 지은 향약 중 '덕업상권(德業相勸)'과 '격몽요결(擊蒙要訣)'의 학습지
도요목, 학규(學規)의 모범사목(模範事目) 등과 관련성이 매우 높다.

이외에 임진왜란 직후에 허전(許㙉)이 지은 머슴노래 '고공가(雇工歌)'
와 오리 이원익(五里 李元翼)이 이 가사에 대하여 화답한 '고공답주인가(雇
工答主人歌)'가 있다. 고공가는 나랏일을 농사일에 비기어 백관들의 탐욕
과 무능함을 개탄하고 권검(勸儉)할 것을 가르치는 내용을 은유적인 수사
로 진술한 교훈적인 가사다.

작자 허전은 진사를 거친 무과출신[52]이라는 점을 지봉유설로 알 수
있는데, 또 이원익이 답가를 지을 정도이니 당대에 알려진 인물이었음을
짐작케 한다. 이원익의 고공답주인가는 고공가에 대한 답가의 형식을 취
한 가사인데 한 나라를 다스리는 도리를 전민(田民)을 거느린 주종의 관계
에 비유하여 서술한 가사다. 이 역시 임진왜란 이후에 황폐한 이 땅에서
국사를 돌보지 아니하고 붕당 싸움에만 골몰하는 한심한 정정(政情)을
개탄하며 풍자적으로 노래한 애민우국의 가사이다.

이러한 도덕 교훈형의 가사는 첫째로 유교의 심오한 이치를 거문고나
건축, 농사일, 전민을 거느린 주종의 관계 등 구체물을 통한 비유로서

---

52) 俗傳雇工歌. 爲先王御製. 盛行於世. 李完平元翼. 又作雇工答主人歌. 然余聞
非御製. 乃許㙉所作. 而時俗誤傳云. 許㙉以進士登武科者也 (李睟光. 芝峯類
說 卷十四. 歌詞)

사람들이 쉽게 그 도리를 깨닫도록 서술한 것이 그 특징이다. 금보가는 거문고의 만듦에서 주자의 태극도설과 관련하여 천지만물의 오행과 사람이 타고난 천성과의 대조적 비유로서 어려운 도를 해석하였다. 거문고의 통판 상중하체(上中下體)는 천(天)과 지(地)와 인(人)의 삼재가 되었는데, 중허외실(中虛外實)한 것이 바로 음향의 조화로운 배합이라 하였다.

즉 탄탄한 겉면은 건도(乾道)로서 남성이 되고, 빈속은 곤도(坤道)로서 여성이 되므로 이 음양의 이기(二氣)가 교감하여 만물을 화생(化生)하는 것이므로 소리 또한 그 변화가 무궁하다[53]는 것이다. 현 5줄을 16괘로 받쳐 놓은 것을 팔원팔개(八元八愷)로 용사함도 특이하려니와 오현을 기력의 발로서 소리의 높낮이를 조절하여 얼룩진 대나무─순임금의 두 왕비 아황과 여영이 상강에 빠져 죽기 전에 흘린 피눈물로 대가 얼룩이 지었다는─가지 술대로 굵은 줄을 퉁기니 노룡(老龍)의 울음 같고, 가는 줄을 퉁기면 선학(仙鶴)의 울음소리 같다는 훌륭한 은유적 수사법이 특이하다.

더구나 오현에서 소리나는 궁상각치우(宮商角徵羽)의 오음(五音)에 수화금목토(水火金木土)의 오기(五氣)가 순서대로 베풀어져 사계절이 운행하는 이치로 설명하였는데[54] 제1성은 각(角)음이 되어 목음(木音), 춘성(春聲), 두견새 소리로, 제2성은 치(徵)음이 되어 화음(火音), 하음(夏音)으로 공작새 소리, 제3성은 상(商)음이 되어 금음(金音), 추성(秋聲)으로 외기러기 소리, 제4성은 우(羽)음이 되어 수음(水音), 동성(冬聲)으로 여울물 소리, 제5성은 궁(宮)성이 되어 토음(土音), 웅성(雄聲)으로 땅울림소리라는 은유는 놀라운 기교의 수사가 아닐 수 없다.

---

53) 各一其性無極之眞, 二五之精妙合而凝. 乾道成男. 坤道成女. 二氣交感化生萬物. 萬物生而變化無窮焉 (李滉, 退溪集. 進聖學十圖箚. 太極圖說)
54) 陽變陰合. 而生水火金木土. 五氣順布四時行焉 (李滉, 상게서)

상저가 역시 방아 찧음에 비유하여 찧은 곡식을 나라의 임금과 부모께 바쳐야 한다고 했고, 성상(聖上)으로부터 군사에 이르는 열 사람의 구실을 열거하여 맡은 바 소임을 다해야 함을 경계하였다. 또한 도덕가는 금보가의 기법과 흡사하게 묘사되고 있음을 알 수가 있다. 마치 거문고의 만듦에 따른 구조를 유교의 심오한 이치와 관련지어 가사를 구성한 바와 같이 도덕가는 건축이라는 구상물에 비겨서 유교철학을 가르치기 위한 목적으로 창작하였다.

주문왕의 아들인 주공의 높은 도덕으로 집터를 닦아 금목수화토(金木水火土)의 오행으로 주초(柱礎)를 삼고 천, 지, 인 삼재(三才)로 기둥을 삼으며 수신, 제가, 치국, 평천하와 성의, 정심, 격물(格物), 치지(致知)의 8조목으로 도리55)를 걸고, 명명덕(明明德), 신민(新民), 지어지선(止於至善)의 삼강령으로 대들보를 얹고, 68괘로 낱낱이 연자 걸고, 380 4효수(四爻數)로 살자(撒子)맺아 50토(土)로 알매 올리고, 태극으로 기와 올리며, 16수(水)는 북문 되고 49금(金)을 서문 삼으며, 일월성신을 창문 삼고, 낙구하마(洛龜河馬)56) 단청하여 집을 완성한다. 이러한 집을 찾아가야 한다는 내용을 지닌 교훈적인 가사이기 때문에 지로가(指路歌)라고 부르기도 했다.

이와 동궤(同軌)의 가사로 조식의 권선지로가가 있다. 이 가사 역시 사람이 걸어야 할 도를 구상물로 비유하여 진술한 교훈적인 가사다. 특히 '단전(丹田)으로 터를 삼고 적실(赤室)로 집을 숨아 / 3강령(三綱領) 도리 흐고 8조목(八條目) 기둥삼아'는 도덕가의 수사기교와 동일하며 이는 이

---

55) 韓屋을 짓는데 기둥과 기둥 위에 돌리어 얹는 나무로 구을도리, 들도리, 툇도리, 빼도리 등이 있다. 撒子는 연자위에 흙받이로 작은 나무로 엮은 것이며 알매는 산자 위에 얹는 흙이다.

56) 河圖洛書라고도 하는데 河圖는 복희씨 때 황하에서 나온 龍馬의 등에 나타났다는 그림이며 洛書는 우왕 때 落水에서 나온 신령스런 거북의 등에 있었다는 글임.

러한 유형의 가사가 지니는 공통적인 방식이라고 생각된다.

둘째로, 구체물의 비유를 통한 심오한 유교 윤리의 설파 외에 순전히 훈계형의 진술을 통해 유가의 도를 가르쳐 주기도 한다. 이황의 효우가는 인간이 해야 할 일 가운데 효의(孝義)가 제일이며 효우(孝友)를 못하면 금수나 다름없다는 훈계조로 시작된다. 흔히 상용되는 어버이 은혜는 관념화된 하늘과 땅으로 비유하여 갚을 길 없다고 하였고, 한 생명의 출생을 매우 상세하게 서술한 뒤 양육과 교육의 과정을 거쳐 성장한 후 혼인을 시켜 놓으면 땅에서 스스로 솟아난 듯이, 하늘에서 저절로 떨어진 듯이 제 자신을 모르고 제 몸, 제 처, 제 자식만 생각하게 되는 불효를 조용히 꾸짖는 설득력을 지닌다.

뿐만 아니라 자식 생각하듯이 부모를 효양을 하면 효가 가장 극진했던 순임금과 같이 아니 될 사람이 없고, 증점과 같이 아니 될 사람이 없다고 깨우쳐 이르고 있다. 다시 말하면 효성이 지극하여 감천(感天)하면 맹종처럼 겨울에도 죽순이 돋아나고, 왕상처럼 얼음구멍에서 잉어가 뛰어나와 죽어 가는 부모를 살릴 수 있다는 것이다. 실제 우리나라의 경우 동국신속 삼강행실에 의하면 무덤에서 거여(居廬)한다든지, 부모의 병을 고치기 위해 구할 수 없는 생물을 하늘이 감천하여 얻게 되기도 하고, 그렇지 않으면 스스로 단지(斷指)(또는 작지(斫指))나 할고(割股)(또는 割脚)하여 국이나 약 또는 술에 타서 봉양하면 불치의 병이 낫는다는 이야기가 대부분이다.[57]

그 가운데는 맹종처럼 죽순이 돋는 경우는 찾아보기 어려우나 왕상처럼 잉어를 구하는 패턴의 이야기는 전체에서 세 가지 타입으로 나타나며,

---

57) 東國新續 三綱行實(乾), 國立圖書館影印, 1959.

이와 비슷한 유형도 두 가지 타입으로 나눠지고 있다. 즉 전자의 경우는 청주사람 경연이 병든 아버지가 추운 겨울에 생선을 먹고자 함으로 그물을 가지고 나가 잉어 두 마리를 잡아서 봉양한 사례, 강릉 사람 이성무가 병든 어머니께서 겨울에 생고기를 먹고자 함으로 얼음이 언 못에 나갔는데 갑자기 얼음이 풀리어 고기가 뛰어나왔다는 사례, 창원사람 강수흠이 병든 아버지가 생고기를 맛보고자 하여 물가에 나가 울부짖으니 잉어가 스스로 뛰어나왔다는 사례 등 이들 모두 부모의 병환이 쾌유되었다는 유형으로 나눌 수 있다는 것이다.

이와 흡사한 효행의 경우는 세종 조에 안변사람 강렴의 아버지가 부스럼이 있어 낫지 않았는데 의원이 거머리에게 빨리면 낫는다고 했지만 겨울이라 거머리를 구할 수 없으므로 물가에 나가 울고 있었더니 거머리 두어 마리가 손가락에 붙으므로 이를 가져다가 부스럼에 빨리니 낫더라는 사례가 있고, 또 부안사람 최필성의 아버지가 병에 걸렸는데 의원이 박쥐로 고칠 수 있다고 하나 구하지 못하여 하늘을 향해 우니 박쥐가 저절로 날아오거늘 약에 타서 먹이니 낫더라는 등 이러한 유형들이 우리나라에서는 감천효행(感天孝行)설화의 한 패턴을 이루었다고 생각된다.

셋째로, 이러한 유형의 가사는 다른 가사와 마찬가지로 3.4조를 기조로 하고 4.4조를 부음수율로 하면서 4음보구의 전형적인 가사의 율조로 취하였다. 뿐만 아니라 4언시구를 비교적 많이 사용하는 가운데 시조 종장과 같은 결사형식을 지니고 있음도 특이하다. 그러나 도덕 교훈형의 가사는 으레 전고(典故)에 의한 용사가 많을 것임으로 4언, 5언, 7언의 시구가 많이 쓰였을 것이라는 선입견과는 대조적으로 다른 가사에 비해 그렇게 많은 편도 아니라는 것이다.

| | 금보가 | 퇴계가 | 상저가 | 도덕가 | 효우가 | 권선지로가 |
|---|---|---|---|---|---|---|
| 3·3조 | · | 5 | 1 | 1 | 1 | · |
| 3·4조 | 35 | 31 | 26 | 34 | 131 | 202 |
| 4·4조 | 18 | 9 | 12 | 34 | 26 | 52 |
| 2·3조 | 5 | 13 | 12 | · | 10 | 20 |
| 2·4조 | 9 | 1 | · | 1 | 5 | 8 |
| 6음보 | · | · | · | · | · | · |
| 4언시 | 36 | 20 | 15 | 28 | 28 | 41 |
| 5언시 | 13 | · | 1 | · | · | 4 |
| 7언시 | 3 | · | · | · | · | 2 |
| 총 | 59행118구 | 33행 66구 | 29행 58구 | 37행 72구 | 94행188구 | 148행296구 |
| 결사 | 엇지타<br>大聖遺譜을<br>誤傳할 줄<br>잇슬는가 | 休休焉 于<br>于焉흐야<br>造化同歸<br>잇슬는가 | 우리도 이<br>방하씨어 내야<br>부모봉양<br>흐리라 | 瞻之在前<br>아득흐고<br>忽焉在後<br>알길업다 | 아마도<br>萬端愁懷를<br>못다일너  흐<br>노라 | 가다가<br>아느이 만나<br>거든 다시무러<br>니거스라 |

　　상계한 표에서 보듯이 음수율은 주로 3.4조를 이루는데 특히 효우가는
188구 중 131구가, 권선지로가는 296구중 202구가 3.4조구를 이루고 있
다. 또한 대부분 4언시가 많이 인용되었으며 이 4언시는 대개 두 음보로
나누어 2.3조나 2.4조를 이루고 있다는 사실도 알 수가 있다. 뿐만 아니라
가사의 결사형식이 다른 사대부 가사에서 보는 바와 같이 시조의 제3행과
같은 형식을 이루고 있다는 것이다.

　　결사 제1음보, 즉 시조에 있어서는 감탄사구에 해당하는 무의시구와
같은 어절이 있는 것도 특이한 점이며, 형식도 대개 3.5.4.3이라는 율조에
부합된다. 즉 '엇지타 대성귀보을…'(금보가), '우리도 이방하 씨허내야…'
(상저가), '아마도 만단수회를….'(효우가), '가다가 아느이 만나거든….'(권
선지로가) 가운데 첫 어절 '엇지타, 우리도, 아마도, 가다가' 등은 시조의
제3장 첫 음보에서 얼마든지 볼 수 있는 감탄격의 기법이며, 둘째 어절인
'대성유보(大聖遺譜)을'이나 '이방하　씨허내야', '만단수회(萬端愁懷)를',

'아는이 만나거든' 등은 모두 시조의 제2음보처럼 가사에서 진술하고자
하는 뜻이 압축되어 있음을 알 수 있다.

### 2.1.4 풍물 완상형(玩賞型)의 가사

풍물이란 풍경과 같은 말로서[58] 풍물완상형의 가사는 풍경의 아름다움
을 주제로 한 가사다. 옛 부터 우리나라 산수(山水)는 계절에 따라 신비스
런 변화를 가져다주는 가운데 사철 새롭게 갈아드는 아름다운 경물(景物)
로서 우리에게 접근한다. 그러므로 임천(林泉)을 사랑하는 선인들은 천하
절승의 산천을 둘러보고 그것에 따라 일어나는 감흥과 탄성을 글에다
담아내었다.

16세기는 지방 사림들의 활동이 두드러진 시대였다. 따라서 문화창조
의 중심이 중앙의 관학(官學)적인 것으로부터 지방의 사림(士林) 쪽으로
전환되었기 때문에 이때 서원과 누정(樓亭)이 발달하게 되었는데 서원은
도학(道學)의 전당이 되었고, 누정은 문학예술의 산실이 되어 시가 활동이
크게 두드러졌다.

사실 이때의 관학이란 창조적인 빛을 잃어가는 반면, 지방 중소 지주층
으로 형성된 지방문화가 성숙되었기 때문에 누정문학이 크게 발달하게
되었다. 또 거듭되는 사화(士禍)로 인하여 관계에 진출했다가도 상황이
반전되었을 때는 환로(宦路)에 환멸을 느끼고 처(處)하게 되는 출(出)과
처(處)의 무상한 양면성을 지니는 가운데, 후자의 생활이 두드러지고 강호

---

58) 風物. 猶言風景 (道潛詩序). 天氣澄和. 風物門美 (辭垣成集. p.125)
　　其の土地の風光景狀 風趣景物 (諸橋轍次. 大漢和辭典 卷十二, p.340). 金俊
　　榮 교수는 ①風景, 史蹟, 感懷를 읊은 것, 權寧徹은 ⑨勝地讚美類, 朴晟義 교수
　　는 ③景物, 崔康賢 교수는 ③景物 ④ 風物로, 徐元燮 교수는 風物 敍景의 歌辭
　　로 분류한 바 있다.

가도(江湖歌道)가 발달하여 풍물 완상형의 가사가 형성되었다고 보여진다.

본디 누정의 발달은 고려 말 망국의 풍상 속에 벼슬을 버리고 처(處)하여 은거생활을 누리는 것으로부터 시작이 되었다. 대개 불사이군의 유자적 윤리 속에 여말의 충신들은 낙향하여 풍광 좋은 곳에 초정(草亭)을 짓고 시주(詩酒)로 세월을 보내는 풍류운사가 많았다. 이로부터 사림파와 훈구파간에 갈등이 시작되고 거듭되는 사화로 인하여 유배를 당하거나 은일하게 되는 경우가 많아질 수밖에 없으므로 누정의 문학이 발달하면서 풍물 완상형의 가사가 많이 창작되기에 이르렀다.

선조 28년 한음군 이현이 영민사로서 평북 안주에 머물기 1년 반 만에 풍광 좋은 백상루를 주제로 별곡을 지어 달라는 지방민들의 간청을 받아서 지은 백상루별곡이 있고[59], 이와는 다른 문학적 환경에서 창작된 면앙정가가 있다. 이 가사는 본디 면앙집에 한역가로 전하고 있어 그 주제나 내용을 상고할 수가 있었다. 또 심수경의 견한잡록에 송순의 면앙정가는 그윽한 산천과 넓디넓은 전야의 형상이라든가 정대(亭台)와 높고도 낮게 굽이 되는 지름길의 형상을 두루 포서(鋪敍)하고 사시사철 변모하는 아침 저녁의 경치를 빠짐없이 기록하지 아니한 것이 없으니 문자를 섞어가며 운치 있게 도는 것을 지극히 잘 표현했음으로 진실로 볼만하고 가히 들을 만하며 송순의 작품 가운데 가장 으뜸작[60]이라 평설된 작품이다.

---

59) 萬歷乙未歲. 余以楊布政迎愍使. 在安州一年强半. 還期未卜. 旅萬淒凉. 眼食無聊. 行樂之暇. 時登百祥樓. 周覽山川. 聘懷光景者屢矣……一日囑余曰. 百祥爲樓. 緻雲臨虛. 含還呑長. 形勝甲于關西聲 價擅于古今. 而獨無別曲. 被之絃管播在人口. 大是欠事. 余曰惡神人之慎. 方劇山河之恥未雪. 何事於歌詠乎. 況余才薄詞拙. 亦安能發揮光景闡揚名區哉. 僉曰箕子麥秀之歌. 梁鴻五噫之歌. 何以作乎. 長歌之哀甚於慟哭者是已. 豈淫詞麗曲之足比哉. 遂寫與之 (交翠堂集. 卷四 百祥樓別曲 序)

60) 沈守慶, 전게서, 註)참조.

또 홍만종도 순오지에 14편의 가사를 평설한 뒤 면앙정가는 산수의 승경(勝景)을 설진(說盡)하고 유상(遊賞)의 낙을 펼친 것이니, 가슴속에 호연의 의취가 저절로 생겨난다고도 하였다. 송순은 21세 때(중종 8년, 1513년)에 눌제 박상에게 배웠고, 26세 때에는 취은 송세림에게 사사했으며 이듬해인 중종 14년 10월에 기묘별시 을과 3인중 1인으로 등과하였다. 그 뒤 운문관검열겸춘추관기사관, 세자시강원설서, 사간원을 지냈는데 중종 26년에 동궁에 현패요어(懸牌妖語)하고 작서(灼鼠)의 변이 있어 양사(兩司)에서 박씨 모자를 죽이라고 간하니 그것이 불가함을 역설하다가 시의에 거슬려 벼슬에서 물러났다. 중종 28년 그가 41세 때 귀향하여 면앙정을 짓고 면앙정 주위의 풍물을 완상하면서 세상사를 잊으려 하였는데 이때에 면앙정가와 단가를 지었다고 보여진다.

이러한 정조(情調)로 보면 면앙정가는 강호형적인 가사인데 비하여 상술한 백상루별곡은 순연히 풍물완상을 위한 청탁적인 가사로서 유(類)를 달리하는 듯하다. 백상루별곡은 누각의 풍모와 주위의 아름다운 풍광을 묘사한 작품이다. '전조구지(前朝舊址)를 어닝히예 둉슈콴듸 / 층누걸각이 어졔션닷 ᄒ엣고야 / 비맹표묘ᄒ여 반천의 들허시니 / 금벽이 조요ᄒ여 영락장주(影落長洲)로다'라는 단락은 백상루의 누각이 전조인 고려조에 건립되어 오랜 풍상을 겪어왔지만, 엊그제 창건한 듯 산뜻하게 보존되었음에 대한 감탄으로 시작되었음을 보여준다. 누각의 대마루가 아득하여 반공에 치솟았다는 것만 보아도 얼마나 높다랗게 지어진 누각인지 알만하고 더구나 산천의 아름다움과 조화를 이루고 그늘진 그림자가 기다란 섬을 이루었다는 사실로도 얼마나 웅장하고 날렵한 누각이었던가를 알게 한다.

주위엔 많은 산봉우리가 흰 구름 사이에 높고도 나지막하게, 넓고도 좁다랗게 솟아나 있는 모습이 한 폭의 동양화 같고, 두 갈래로 흐르는 물이 눈앞에 부딪혀 섯도는 광경이 마치 두 마리 용이 여의주를 물고 다투는 것 같다는 사실적인 표현을 대할 수도 있다. 그러나 이러한 사실적 표현은 현실상황의 표면적인 특징을 잘 관찰한 듯이 보이지만 표면 밑에 내재하고 있는 본질적인 면에 도달하지 못했을 뿐만 아니라, 작자의 의식 속에 쌓여있는 심층세계를 형상화하지 못했으므로 다만 현실을 물체화한 현상의 총체로만 받아들였다고 할 수가 있다.

다시 말하면 루카치가 말했던 생산적인 리얼리즘이 아니라 에릭프롬이 말하는 상상력이 부족한 재생으로서의 비생산적인 리얼리즘의 경향이라고 할 수 있다. 이러한 작가적 태도는 묘사적(Descriptive Form)이라기보다는 심정을 직접적으로 표출하는 자세에서 기인되는 설명적인 형태(Expositive Form)가 될 수밖에 없다. 이러한 기법의 진술이기 때문에 멀리 떨어진 강가 갈잎사이로 옅은 물안개가 깔리고 그 위에 기러기와 갈매기가 날며, 옅은 물가에는 마름 캐는 사내아이와 빨래하는 여자아이가 너무도 한가롭게 보인다는 서경적인 표현을 했을 것으로 보여진다.

물결이 잠잠한 가운데 아침 해가 솟으니 눈이 부셔 정신이 아뜩해지는데 열자(列子)의 바람이 일어나 마치 하늘가에 떠 있는 듯한 착각을 하게 되고, 갑자기 거센 바람으로 파도가 일어나니 물결에 비친 햇빛이 마치 황금이 뛰노는 듯한 황홀경에 빠진 것을 하늘의 신선이 연단(鍊丹)을 짓기 위해 수많은 황금을 끓이는 것 같다는 생생한 설명적인 형태를 취하기도 했다. 뿐만 아니라 먼 옛날 수나라 백만 병사들이 을지문덕의 지략에 수장(水葬)되어 물고기 넋이 되었을 것이라는 불가의 연기설화적(緣起說話的)인 성격도 찾아볼 수 있다. 우리는 여기서 조선조 사대부들의 사상의 언저리에는 도가적인 신선사상과 불가적인 연기사상이 융합되어 그들의 문학 속에는 가히 유불도의 사상철학이 스며들어 있다는 것도 발견할 수 있다.

이러한 경향은 송순의 면앙정가에서도 동일하게 나타난다. 면앙정의 경관을 '너르바회우히 송죽을 헤혀고 / 정자를 안쳐시니 구름탄 청학이 천리를 가리라 / 두나릐 버렷는둣'이라고 진술되고 있는데 구름탄 청학이 천리를 달리둣 두 날개를 펼친 것 같다라는 것은 선경으로 과장하기 위한 비유적인 수법이다. 무등산 기맥(岐脈)의 하나인 제월봉의 7곡중 잠굴노룡(潛窟老龍)과 같은 구릉에 면앙정을 세우니 기촌이 한 눈에 들어와 조망의 경치가 무쌍의 아름다움을 지니고 있으므로 이 아름다운 승경의 묘사에 송순의 온갖 수사기교가 동원이 되었다.

'모힌가 병풍인가 그림인가 아닌가', '노픈둣 ᄂᆞ즌둣 긋는둣 닛는둣', '숨거니 뵈거니 가거니 머물거니' 등에서 보여주는 기교는 설의법, 점층법, 직유, 대구, 반복, 생략 등 온갖 수사법이 융합된 대우적인 기법으로 송순의 특유한 수사기교를 이루었다. 이러한 수사는 훗날 송강의 관동별곡이나 성산별곡 등에 환골되어 나타났을 뿐만 아니라, 이후 여러 가사 작품에 많이 전용되었다. 또한 면앙정가의 본사 가운데 사계절에 따라 면앙정 주위에 갈아드는 경관을 완상하는 풍류는 세상명리를 떠난 가신선(假神仙)의 경지로 승화되어 안빈낙도를 추구하는 형태로 나타났다.

다음으로 이러한 유형의 가사는 어떠한 상황에 처해 있더라도 임금의 치적으로 돌리어서 임금을 원망하지 아니하고 국가와 임금의 안녕과 만수무강을 축수하는 전형적인 사대부의 도를 근간으로 한다는 것이다. 백상루별곡에서는 모든 국민들이 전쟁의 참화를 슬기롭게 극복하였고, 임금도 회란(回鑾)하여 나라의 중흥에 심혈을 기울이니, 전화(戰禍)가 줄어들어서 평화를 찾을 수 있었던 것은 순연히 임금의 성덕 때문이었다는 전통적인 유자의 도를 읽게 한다.

이러한 정신은 송순의 면앙정가에서도 동일한 서정으로 표상되고 있음을 알 수가 있다. 즉 도학(道學)적인 길을 주장하다가 시의(時議)에 거슬려 벼슬에서 물러났다 하더라도 임금을 원망하거나 탓하려는 마음은 전혀 찾아볼 길 없고, 오히려 면앙정에서 사시사철 펼쳐지는 아름다운 경관을 완상하는 즐거움을 '역군은(亦君恩)'으로 돌리고 있다는 것이다.

끝으로 풍물 완상형의 가사도 일반 사대부 가사와 같이 3.4조, 4.4조를 주 음수율로 하는 사대부 가사의 전형을 고수하고 있으며, 4언시경시체의 독특한 구법을 즐겨 쓰는 가운데 결사형식은 시조 제3행과 같은 율조를 고수하고 있다는 것이다. 또 4음보격의 전형을 벗어난 6음보행의 변칙도 상당히 나타난다. 즉 백상루별곡에서는 4언시구가 전체 136구 가운데 52구나 되며 이 4언시구는 대개 현토하여 2.3조나 2.4조를 형성하였고, 면앙정가는 125구 중에서 13구 정도로 비교적 적게 보이지만, 이러한 경향은 시경시체에 익숙한 사대부들이 어떤 경물에 접했을 때 일어나는 감흥을 무의식적으로 4언시로 표출하게 되는 극히 자연스러운 현상이라고 할 수가 있지 않을까 한다.

또 이들 가사의 결사 역시 시조의 제3행과 비슷한 사대부 가사의 전형을 보였다. '일변(日邊)의 밤숨이하니 갈길머러 흐노라'는 시조 종장 3.5.4.3의 전형적인 음수율과 전혀 다를 바가 없고, '이몸이 이렁굼도 역군은이샷다'도 시조와 흡사한 형식을 보이면서 조선 초기의 악장에서도 볼 수 있는 형식이라는데 특징이 있다고 할 만하다.

## 2.2 강호형의 가사문학

노자(老子)는 무심히 왔다가 무심히 가는 것이 도(道)의 법칙이요, 인생이란 공을 세우고 자취 없이 사라지는 것(功成自退)이라 하여 세상의 명리를 백안시(白眼視)하고 산간에 은둔하여 양생하는 길이 참다운 도인의 길이라 하였다. 장자의 소요유편(逍遙遊篇)에서 보이는 허유(許由)과 소부(巢父)의 설화는 천하를 쥐는 일도 쓸데없는 일이어서 산 속에 은거하여 스스로의 내적 심령생활을 충족시키려는 일종의 위아주의(爲我主義)의 은둔이므로 인간사에 불만을 품고 도피한 은자(隱者)와는 마땅히 구분되어야 한다.

즉 노장의 생활철학은 난세에 보명보신(保命保身)하려는 처세관과 인생관에서 우러나온 것이라 할 수 있는데, 이러한 위아주의의 은둔은 크게 두 갈래로 구분할 수가 있다. 그 하나는 속세의 외부적인 영향 때문에 자의든 타의든 간에 산간에 묻혀 살고 있으나 득의하면 출세하는 현실적인 유자(儒者)의 은둔이요, 다른 하나는 이와는 반대로 속세와는 무관한 것으로 스스로 보신과 양생을 위한 득도의 도가(道家)적 은둔61)이라 할 수 있다.

장자(莊子)의 각의(刻意)편을 보면 은사(隱士)를 두 가지 형으로 나누고 있음을 알 수 있는데, 그 첫째로 행위를 고상하게 하고자 세속을 떠나 인간사를 원망하거나 비방함이 없이 고상한 담론을 하는 이들을 산곡의 은사라 했다. 이들은 세속의 경쟁에서 패배하거나 내침을 당했을 때 염세적인 성향을 띠기도 하지만, 언제든 득의하면 환속(還俗)할 수 있는 가능

---

61) 拙稿, 전게논문, p.100.

성을 배태한 유가(儒家)적 은둔처사형의 은사라 할 수 있다.

다음으로 연못이나 골짜기, 산곡의 소(沼) 등에 한가하게 낚시질이나 소요로 무위자연을 즐기는 소위 해강지인(海江之人)으로서 양생하고 보명(保命)하는 가운데 도를 닦는[62] 이른바 도가(道家)적 은둔처사형이다. 우리나라 문사들은 복잡한 세상사를 등지고 산야에 묻혀 은자적 생활을 하거나 그것을 동경하는 풍조가 농후했으므로 이러한 경향이 그들 문학 속에 많이 투영되었고, 그 결과 이른바 강호문학을 형성하게 되었다.

이러한 강호문학 속에는 은둔도피사상이 그 주류를 이루지만 거기엔 유교철학을 근간으로 한 유가적 은둔사상이 주종을 이루었으므로 특히 조선조의 문학 속에는 이 유가적 은둔사상이 도가적 은둔보다 훨씬 더 큰 비중을 차지하였다. 실로 도가의 은둔이란 도피라기보다는 현사회의 예악(禮樂)이나 경세(經世)에 뜻이 없어 공리와 현달에 눈을 돌리지 않은 것으로 나타났다. 그러므로 절로 자연을 즐기며 자연을 애호하는 사상이 싹틈으로써 스스로 산수와 강호를 즐기는 문학이 형성되었다고 할 수가 있다. 우리나라 강호문학에 나타나는 것은 후자의 경우보다는 전자의 경우가 많은데, 언제든 득의하면 현실과 타협되는 가도인(假道人)으로서의 강호문학이라고 보아야 옳다.

강호문학의 사상적 배경이 된 노장사상은 어지러운 중국의 춘추전국시대라는 난세의 시대적 배경아래 나타난 필연적인 소산이었다. 그러므로 폭정으로 인한 사회적 혼란은 수신제가치국평천하 하는 공자의 안인제세(安人濟世)철학이 수용되지 않았고, 어지러운 세상을 탈속하여 자신의 수

---

62) 刻意尙行. 離世異俗高論怨誹. 爲亢而已矣. 山谷之人. 非世之人. 枯稿赴淵者. 就藪澤處閒曠. 釣魚閒處. 無爲而已矣. 江海之人 避世之人. 閒暇者.(莊子. 刻意篇)

양을 중시하고 홀로 선을 행하는 노장의 무위자연(無爲自然)사상이 받아들여질 수밖에 없었다. 반도인 우리나라는 대륙과 해양으로부터 끊임없는 외환과 내부적인 부족들의 세력 확장 등 내우(內憂)가 연속되었음으로 자연 외래사상인 유불도(儒佛道) 가운데 특히 도교의 사상이 내면 깊숙이 스며들었다.

문학이란 본디 그 시대 사회의 일면을 그리어 나타내는 현실의 반영임으로 현실에 적응할 수 없었던 식자(識者)들은 부귀공명의 현실적 불만에 대한 치유의 한 방편으로 가신선(假神仙) 노릇을 자처해 왔다. 그리하여 강호에 은둔하는 가운데 스스로를 자위하고 자족하면서 그들의 문학을 창출하여 자기 합리화에 꾀할 수밖에 없었다. 고려 중기부터 최씨의 무단 정권에 밀려난 문신들이 산림에 숨어들어 음주부시(飮酒賦詩)하는 고답적인 자세를 가지고 한 세상을 안오(岸傲)하였기 때문에 세상 사람들은 이들을 강좌칠현(江左七賢)[63]에 비유하였는데, 이들에 의하여 강호문학이 이루어진 것이라고 보아야 한다.

이들은 다소 퇴폐적이고도 염세적이며 청담파적인 사상에 기울어진 이인로, 오세재, 임춘, 조통, 황보항, 함순, 이담지 등 7인의 명류(名流)로서 그들은 망년우(忘年友)－연령의 고하를 불문한다는 뜻에서 붙인 것임－란 동호회를 조직하고 스스로 호걸로 자처하면서 시를 읊조렸다. 어옹(漁翁)이 되어 고기 잡는 어부의 즐거움을 노래한 어부가 역시 이 시기에 나타난 소산으로 여겨지며, 또 퇴폐적이고도 육정적인 경향으로 기울어진 한림별곡 등도 이러한 특수한 시대적인 배경 속에서 형성되었다고 보여진다.

---

63) 震檀學會, 韓國史(中世篇) '第四. 相剋期의 高麗', p.520-521.

　　사실 자연은 고기에 있어서 물의 관계와 같이 인간에 있어서도 없어서
는 아니 될 불가결한 삶의 요소다. 현세에 적응하지 못한 아픔을 어머님
품 속 같은 진솔한 자연의 품속에 안겨 살면서 자신의 슬픔을 달래려고
했던 것은 동양문학에 있어서 공통적으로 나타나는 특성이기도 하다.

　　고려속요인 청산별곡은 이러한 인간의 속성을 구체적으로 형상화한
시가라고 할 수가 있다. 이러한 은둔 도피적인 사상은 고려 중엽 무단정권
이래 시대의 풍상(風霜)이 무상한 고려 말에 이르는 때부터 비롯하였다[64]
고 생각된다. 다시 말하면 자연의 의미를 깊게 깨달은 시기가 사회가
어지러웠던 고려 말 사대부들로부터 비롯되었다는 것이다. 역성혁명의
기치를 높이 든 강력한 혁신파와 내부적인 부조리를 척결하고 기존질서를
유지하는 가운데 조용히 개혁하려는 수구파의 갈등 속에 현실에 타협하지
못한 사대부들은 벼슬길을 떠나 산야에 묻히려 했기 때문에 스스로의
호에 '은(隱)'을 상투적으로 많이 사용하였다. 목은(牧隱) 이색의 문하생
송문귀는 축은(築隱)이라 자호(自號)하고 목은에게 기문(記文)을 청하자,
그는 '축은재기(築隱齋記)'를 다음과 같이 썼다.

　　「오늘날의 사대부가 그 뜻을 얻어 처신함에 있어 그 거처를 화려하게 하고
　그 음식을 충족하게 하여 안으로는 욕망을 충족시키고 밖으로는 그의 영달을
　과시하면서도 날로 부족해 하나, 요행히 아들에게 전하고 또 손자에게 전하는
　자는 드물 것이다…. 그러나 다만 깨진 독항아리로 창을 내었다든가, 문 옆에
　홀(圭)모양의 좁은 문을 내었다든가, 노끈으로 문지돌이를 대용했다던가, 가
　시덤불로 사립문을 했던가, 움집같이 되었던가, 토실(土室)같던가, 위로 비가
　새던가, 옆으로 바람이 들어오던가 알지 못하나, 하나 단정할 수 있는 것은
　담소하는 자리에서 '당대의'석학들이 있을 것이요, 왕래하는 손님은 이름 없는

---

64) 林熒澤, 韓國文學史의 視角, 創作과 批評社, 1984, p.392.

백도(白徒)가 없을 것이다.」(65)

　상게한 목은의 기(記)처럼 송문귀는 고려 중엽에 벼슬에서 물러나 움막 같은 집을 짓고 은거하고 있었지만, 강좌칠현(江左七賢)과 같이 당대의 석학들과 담소를 나누며 유유자적했다는 은자(隱者)생활의 한 편린을 읽게 한다. 이와는 달리 목은은 포은재기(圃隱齋記)에서 「나는 이르기를 '정전법(井田法)은 그 무(畝) 반절은 밭에 있다'라 하였으니 채소밭이 그 시원인 것이다. 다만 알 수 없는 일은 그 때에도 역시 숨어 산 자가 있는지 없는지 하는 일이다. 소부, 허유는 은거한 사람이다. 그런데 식사에 채소는 하루도 없어서는 안 되었으므로 그들도 채소 농사를 지었다는 것은 가히 알 수 있는 일이다.

　이제 달가(達可)는 채소밭에 은거하면서 조정에 서서 유도(儒道)의 융흥(隆興)을 자임하고 엄정한 용색(容色)으로 학자의 사표(師表)가 되고 있으니 진정으로 숨는 것이 아님은 명백하다. 소치는 자나(牧隱) 질그릇 굽는 자(陶隱)와 서로 맞서려 하는가」(66)라 하여 포은의 '은(隱)'은 진정한 의미에 있어서 은(隱)이 아니라 '현(顯)'이었는데 오히려 목은이나 도은의 생활과 맞서려는 정몽주 자신에 대한 그릇된 견해를 지적하였다.

　즉 목은은 포은으로 자호한 정몽주에 대하여 '지금 달가는 포(圃)에

---

65) 今士大夫. 得志行己. 華其居豊其食. 內以適其欲. 外以夸其榮. 惟日不足. 幸而傳之子. 又 幸傳之孫……但未知瓮牖歟. 圭竇歟. 繩樞歟, 筆門歟, 如陶復歟, 如區脫歟, 上雨歟. 傍風歟. 所可必者談笑有鴻儒. 往來無白丁耳(東文選. 卷之七十五. 築隱齋記)

66) 予曰. 井田之法. 二畝半在田. 圃之所由始也. 但未知其時. 亦有隱乎無也. 巢許隱矣. 食不可一日無也. 其爲農圃也可知已. 今達可隱於圃而立于朝. 以斯道自任. 抗顔爲學者師. 非其眞隱也明矣. 將與牧者陶者而伯仲乎(東文選. 卷之七十五. 李穡. 圃隱齋記)

숨는다고 하나 조정에 나가 사도(斯道)를 바로 잡고 엄정히 학도들의 스승이 되고 있으니 진정한 의미에서 은자(隱者)가 아니다'라고 지적한 것처럼 은(隱)이란 어찌 보면 오히려 현실에 적극적으로 대처하려는 자세의 역설적 표현이라고 할 수가 있다.

이와 같이 당시 사대부들 사이에 나타난 은(隱)의 사상은 포은이 진은(眞隱)이 아니라고 한 것처럼 현실과는 다른 관념적인 것이었을 뿐, 실제와 달랐다는 측면을 생각해 볼 수가 있다. 그러나 이러한 은(隱)의 사상도 고려 말의 정정(政情)에 따른 갈등으로 인하여 진은으로 기울 수밖에 없었다. 고려 말의 어지러운 정정 속에 혁신파와 온건파의 노골적인 갈등이 고조되면서 정몽주가 피살되고, 고려 유신들이 개성 외곽 만수산 두문동에 여거(廬居)하면서부터 노장사상을 근간으로 한 도가적 은둔사상이 여기저기서 싹트기 시작했다고 할 수가 있다.

특히 경현사지(景賢祠誌)에는 제향(祭享)했던 여말 유신들의 행적을 상세히 기술하여 놓았는데, 그 가운데 10은(隱)을 일컬어 정포은 몽주, 이목은 색, 길야은(冶隱) 재, 전야은(野隱) 록생, 유조은(釣隱) 순, 이도은(陶隱) 종인, 이초은(樵隱) 인복, 최농은(農隱) 삽, 전경은(耕隱) 조생, 이천은(川隱) 맹운67)이라 하였다. 모두들 이신벌군(以臣伐君)한 이태조를 따르지 아니하고 산야에 묻혀 사는 길을 도의 떳떳한 방식으로 알았다는 것이다. 여말부터 나타나기 시작한 이러한 은둔사상은 세조 찬탈 이래 사림간의 분파대립이 연산조의 무오, 갑자사화로 발전하고, 중종반정에 뒤이어 급진파와 수구파간의 대립으로 기묘, 을사사화로 확산되면서 정정이 혼미해지자, 사림들은 그 의기가 매우 저상(沮喪)하여 현실을 박차고 향리나

---

67) 景賢祠誌 卷之三. 二十五章.

산곡에 깊이 숨어들기 시작하였다.

다시 말하자면 사림들은 학문과 정치를 불가분의 관계로 생각했던 유학의 본래 입장에 충실할 수 없게 됨으로써 정치의 뜻을 버리고 산림에 숨어들어 스스로 학문에 전념하거나 후진의 교육에 힘쓰는 경향이 두드러졌다는 것이다. 그리하여 당시 유학의 경향도 철학적 사색과 이론을 주안(主眼)으로 하게 되었는데 그 당시의 대표적인 학자로서 서경덕, 이언적, 김인후, 이황, 조식, 기대승 같은 이들이 있고, 그 이후에는 이이, 성혼 등이 있어서 향학의 도(徒)들은 향토에 퇴거해 있는 이러한 권위 있는 학자들을 좇아 모이게 되었다.[68]

이러한 사회적 배경 속에 산림에 숨어들어 철학적 사색으로 기울게 된 강호형 문학은 철저한 유자(儒者)라 할지라도 부지불식간에 노장의 허무와 무위자연사상으로 기울게 되고, 때로는 신선사상의 경향이 나타나기도 했다. 강호문학으로는 이현보의 어부가를 비롯하여 퇴계의 도산십이곡, 율곡의 고산구곡가, 송강의 양미인곡과 성산별곡, 박인로의 노계가사, 조식의 남명가 등이 있고, 특히 사화의 와중에서 돌아난 유배가사도 빼놓을 수 없다.

유배가사는 관료형 문학으로서의 가사로 취급할 수도 있겠지만, 유배된 상황은 현(顯)과는 상대적인 개념으로 은(隱)의 정조와 동질적인 것이기 때문에 강호형의 가사문학 범주에 포함을 시켜야 한다. 이 강호형 문학으로서의 가사는 크게 두 가지 유형이 있는데, 그 하나는 사화(士禍)의 와중에서 도피 은둔하여 순수한 자연예찬을 통한 청순 고매한 작품을 쓰는 은일형과, 다른 하나는 유배된 처지에서 절해고도(絶海孤島)나 산곡에 유

---

68) 震檀學會, 전게서, p.564.

폐되어 현실상황을 긍정적으로 수용하는 가운데 오직 임금을 그리워하고
조정을 걱정하는 이른바 연주충군형[69]으로 나눌 수가 있다. 은일형 가사
는 정극인의 상춘곡, 이인형의 매창월가, 이서의 낙지가, 이황의 퇴계가,
허강의 서호별곡, 이이의 낙빈가와 낙지가, 정철의 성산별곡, 고응척의
도산가 등이 있고, 연주충군형의 가사로는 조위의 만분가, 정철의 사미인
곡, 속미인곡, 백수회의 재일본장가, 안인수의 안인수가 등이 있다.

## 2.2.1 은일형의 가사

앞에서 논의한 바와 같이 은(隱)이란 현(顯)을 전제로 하여 나타났다.
일반 평민들은 꿈도 꾸어 볼 수 없는 사대부만의 취향이 아닐 수 없다.
득의하면 관인(官人)으로 현달하기도 하지만, 현실상황은 그들을 영원히
오래도록 관직에 오를 수 있도록 놓아두지 않는 경우가 허다하여 유배되
거나 치사(致仕)하여 은둔할 수밖에 없음으로 그들은 허무를 실감하지
아니할 수 없었다. 그리하여 때로는 무상감에 빠져들기도 하고 가신선이
되어 현실의 아픔을 극복 치유하기도 하였다. 또한 목은이 포은재기에서
말하고 있듯이 은일한 자들 가운데는 강호에 묻혀 자락(自樂)하면서도
사도(斯道)의 길을 걸으며 학도들의 스승이 되는 경우가 있기 때문에 진은

---

69) 李廷卓 교수는 江湖文學을 山林文學이라 하고서 士禍로 인하여 도피하게 되어
   醇正高遠한 기품으로 자연을 예찬한 유형과, 비판, 개혁사상이 충일한 諷刺抵抗的
   인 유형으로 二大別하였다.

```
                  ┌── 恐怖心 ─ 逃避(隱遁思想) ─ 安心立命(消極的) ─ 醇正高遠 ─ [自然禮讚]
   ┌─────────┐    │
   │ 士禍黨爭 │── 燕山朝以後 ─────────────────────────────── │ 山林文學 │
   └─────────┘    │
                  └── 憂國心 ── 批判(改革思想) ─ 國利民福(積極的) ─ [諷刺抵抗] ─ 社
                       會主義(李廷卓, 李朝山林文學研究, 제14회 전국 국어국
                       문학연구 발표대회요지, 1971, p.458)
```

(眞隱)이라고 보기 어려운 경우도 있다.

그러므로 은자들 가운데는 산림에 묻혀 은일하는 가운데 후진들을 교회(敎誨)하다가도 득의하게 되면 다시 관계에 진출하는 그런 경우도 허다하였다. 15C말 사림파의 진출로 인해 훈구대신들과의 대립으로 일어난 사화(士禍)의 시작으로 이루어진 조선 조정은 수 없는 당쟁으로 인하여 은과 현이 무상하게 변환되는 가운데 전원에의 한가로운 정을 노래하는 가사와, 곤궁하게 사는 가운데 편안한 마음으로 천도(天道)를 지키려는 도학적인 가사가 산출되었다고 할 수가 있다. 대개 이들 작품 속에는 어려운 현실을 초극하기 위하여 불, 도의 사상이 철학적 근간이 되고 있음을 발견할 수가 있다.

첫째, 은일형 가사는 강호에 소요하면서 자연과의 교감을 통한 즐거움을 주된 정서로 하고 있다. 본디 소요란 소부와 허유의 설화가 만들어 준 것으로 세속적인 것에 구애되지 아니하고 도의 높은 경지를 자유로이 넘나드는 것이지만, 은일형 가사 가운데 나타나는 소요란 실질적으로 산야와 강호에서 노니는 소요의 단순의미로 파악해야 한다.[70]

㉮ 수간모옥(數間茅屋)을 벽계수 앒픠두고 / 송죽울울리(松竹鬱鬱裡)예 풍월주인 되여셔라 / …시비(柴扉)에 거러보고 정자애 안자보니 / 소요음영(逍遙吟詠)ᄒ야 산일(山日)이 적적흔듸 / 한중진미( 閒中眞味)를 알니업시 호재로다… / 소동(小童)아히드려 주가(酒家)에 술을 믈어 / 얼운은 막대집고 아히ᄂᆞᆫ 술을메고 / 미음완보(微吟緩步)ᄒ야 시냇ᄀᆞ의 호자안자 / …송간세로(松間細路)예 두견화를 부치들고 / 봉두(峯頭)에 급피올나 구름소긔 안자보니
(상춘곡)

70) 鄭在鎬 교수는 (韓國歌辭文學論, 集文堂, 1982, pp.14-15)逍遙의 의미를 첫째, 자연에 대한 사랑, 둘째, 吟詠하는 즐거움, 세째 幽懷를 풀어 버리는 데서, 네째, 소요를 통하여 자연미를 발견하며 자신의 생활을 합리화하려는 데서 찾고 있다.

㉯ 임처사 서호에 빙기옥혼(氷肌玉魂)과 / 맥맥청소(脈脈淸宵)에 음영ᄒ던 매
화로다 / 창(牕)은 엇더혼 창고
도정절선생(陶靖節先生) 녹주갈건(漉酒葛巾) ᄒ고/무현금(無絃琴) 집푸며슬
슬청풍(瑟瑟淸風)에 비기엇던 창이로다…옥잔(玉盞)에 수를 부어…달도 이
달리시면 일배주(一杯酒)요 업시면 청담(淸談)이니/ 평생이 혼시를 을푸기
죠와ᄒ노라                                                    (매창월가)

㉰ 수간모옥(數間茅屋)을 집디즈리 흔닙실고 / 목침(木枕)를 츄혀벼고 일업시
누어시니 / 반무황도(半畝黃稻)는 서풍의 밀녀잇고 / 일지홍련(一池紅蓮)이
산우(山雨)의 쓰여잇다 / 질병의 치온 술을 취토록 먹니다가 / 일침해문(日
沈海門)ᄒ고 월출동령(月出東嶺) 홀제 / 업드리며 젓드ᄅ며 한가히 도라오
니 / 일간와옥(一間蝸屋)에 이아니 죠혼일가 / 태평성세예 구리버슨 이내몸
이 / 청풍명월을 벗슴아 히즈려서 / 오늘취 뉘일취 모리취 글피취 / 누온나
안즈나 취ᄒ며 살리로다                                        (퇴계가)

㉱ 각건순복(角巾脣服)으로 세네벌 드리고 / 회즙송주(檜楫松舟)로 창오탄(蒼
梧灘) 건너 / 연사한정(軟沙閑汀)의 안즈며 닐며 / 오며가며 ᄒ여이서 일점
봉도(一點峯島)는 눌 위ᄒ여 뼈오뇨 / …포도주(葡萄酒) 아황주(鵝黃酒)
연자작(鸞鸞爵) 앵무배(鸚武杯) / 일일수경(一日須傾) 삼백배(三百杯)를
…편선(翩躚)흔 우의도사(羽衣道士)이 강고(江皐)로 디나며 무로듸
                                                            (서호별곡)

㉲ 일업시 논일면서 석조(夕釣)롤 말녀ᄒ야 / 갈건(葛巾)을 기우쓰고 마의(麻
衣)를 님의츠고 / 낙대를 두러메고 조대(釣台)로 ᄂ려가니 / 흐르ᄂ이 믈결
이요 쒸노ᄂ이 고기로다/ 은린옥척(銀鱗玉尺)을 버들움에 쎄여들고 / 낙조
강호(落照江湖)로 적막(寂寞)히 도라오며 / 산가촌적(山歌村笛)을 어부사
(漁父辭)로 화답ᄒ니 / 서호매학(西湖梅鶴)은 겨로지 못ᄒ야도 / 증점영귀
(曾點詠歸)야 이에서 더홀도냐                                  (이이 낙빈가)

㉳ 청녀쟝 둘너집고 압뫼히 올라가니 / 잔되마다 속닙히오 퍼기마다 꼿히로다/

솟 썩어 손의들고 블먹음어 양치 ᄒ니 / 청향이 만구ᄒ고 화긔가 습의하다 / 뉴슈룰 ᄯ라가셔 바회우희 안쟈시니 / 공산이 뎍막흔듸 졉동새 슬피울고 / 산화ᄂᆞᆫ 난만흔듸 봉졉이 빵빵ᄒ다 / 쳥산의 흰구룸은 부용갓치 픠여나셔 / 산인을 츳자와셔 곳곳이 ᄲᅡ라오고 / 현포의 물근안개 픠ᄀᆞ치 둘너이셔 / 신션을 날만너겨 곳곳이 조차온다          (이이 낙지가)

㉑ 송근(松根)을 다시쓸고 죽상(竹床)의 자리보아 / 져근덧 올나안자 엇던고 다시보니 / 천변(天邊)의 쩐ᄂᆞᆫ구름 셔셕(瑞石)을 집을사마 / 나ᄂᆞᆫ듯 드ᄂᆞᆫ양이 주인과 엇더ᄒ고 /…노자암(鸕鶿岩) 건너보며 자미탄(紫薇灘) 겨틔두고 / 장송(長松)을 차일(遮日)사마 셕경(石逕)의 안자ᄒ니 / 인간유월(人間六月)이 여긔ᄂᆞᆫ 삼추(三秋)로다          (성산별곡)

㉰ 부노휴유(扶老携幼) 어이ᄒᆞᆯ고 심산궁곡(深山窮谷) ᄎᆞᄌᆞ가니 / 도화유수(桃花流水)셔오ᄂᆞᆫ데 / 나월송풍(蘿月松風) 님ᄌᆞ업다 / 삼간초옥(三間草屋) 니른후에 수경셕전(數頃石田) 손조ᄆᆡ야 /…망혜죽장(芒鞋竹杖) 버쥴숨아 풍월주인(風月主人) ᄎᆞᄌᆞ가니 / 고산유수(高山流水) 두곡죠을 대현소현(大絃小絃) 섯거하니 / 소상반죽(瀟湘班竹) 비든난듯 화표별학(華表別鶴) 넘노난닷 / 강산고촌(江山孤村) 깁문곳듸 죽림심쳐(竹林深處) 잠겨난듸 / 호동팽계안주(呼童烹鷄按酒)ᄒᆞ야 일배(一盃)를 마신후의 / 고침송근(高枕松根) 줌이드니 만사망연(萬事茫然) 늬몰늬라          (도산가)

상게한 인용문은 상춘곡으로부터 도산가에 이르기까지 산수의 소요(逍遙)를 통한 취흥을 즐기는 것을 주된 정서로 은일(隱逸)의 진미를 노래한 것들이다. 대부분 은자들이 거처하는 곳은 몇 간 안 되는 수간모옥이나 일간와옥에 짚자리나 풀 자리 한 닙을 깔고 목침을 베고 누워 공자의 단표누항(簞瓢陋巷)의 경지에 도달하려는 안빈낙도의 은자(隱者)의 전형을 이룬다. 그것도 아니면 송근을 베고 눕거나 대나무 평상에 앉아 자연과 동화되어 자신을 잊어버리는 무아, 몰아(沒我)의 경지에 들어 최상의 미적 가치를 만끽하는 소요(逍遙)의 전형을 이룬다.

　뿐만 아니라 소요의 멋은 정자에 앉아 보기도 하고, 사립문 밖을 거닐어도 보면서 흥에 겨워 음영하는 것으로 나타나기도 한다. 이 산에 앉아보며 저 산도 거닐어도 보고 보드라운 모래사장에 앉거나 오가기도 한다. 낚싯대를 둘러메고 조대(釣臺)로 내려가 낚시질을 하면서도 물고기를 낚는 일에 골몰하지 아니하고 오히려 물고기와 하나가 되는 이른바 물아일체(物我一體)의 경지에 이르는 멋을 즐기기도 한다.

　또한 흘러가는 냇물 따라 거닐다가 바위 위에 앉아 있으면 어디선가 들려오는 접동새 소리가 더욱 구슬프게 들리기도 하고, 노자암이 건너다 뵈는 자미탄 여울 곁의 늘어진 장송그늘 아래 앉으면 한 여름인데도 마치 가을 같은 서늘함을 느끼는 여유와 여백의 멋이 더욱 미적으로 승화되기도 한다. 어린이를 손잡고 노인을 부축하면서 깊은 산 깊은 골짜기에 이르니 흐르는 물에 떠내려 오는 복숭아꽃으로 하여 이른바 무릉도원의 선경 속에 자신이 신선이 된 것 같은 경지를 인식되는 것으로 도산가의 소요의 멋이 진술되고 있다. 그러므로 작중화자(작자)는 자연과는 떨어질 수 없는 풍월주인이나 청풍명월의 벗이 되어 자연과 일체화하는 가운데 현실을 초극하는 패턴을 취하게 된다.

　다음으로, 은일형 가사는 자연과의 교호(交互) 속에 인간세상의 번로(煩勞)한 마음이나 유회(幽懷)를 해소하는 것으로 나타나고 있다. 예나 지금이나 이 번로한 마음이나 유회를 해소하는 방법으로 반드시 주색이 등장하기 마련이다. 고려속요인 청산별곡에서는 청산이나 바다, 그 어느 곳이든 병든 아픔을 달랠 수 있는 것은 존재하지 않았고, 결국 잘 빚은 강(强)술을 온갖 고뇌를 해소하는 매체로 삼은 것처럼 은일형 가사에서도 동일한 방법으로 현실의 고통을 치유하고자 하는 노력이 보인다.

'소동(小童)아히ᄃᆞ려 주가(酒家)에 술을 믈어'(상춘곡)나, '질병의 치온 술을 취토록 먹니다가'(퇴계가), '옥잔(玉盞)에 수를 부어'(매창월가), '호동 팽계안주(呼童烹鷄按酒) ᄒᆞ야 일배(一杯)를 마신후의'(도산가) 등은 모두 술로서 세상의 번뇌를 잊으려는 심사를 대변하였다. 특히 퇴계가에서는 오늘도, 내일도, 모래도, 글피도 취하도록 마시며, 앉으나 누우나 취한 상태에서 세사를 잊기도 하고─ 사실 퇴계 같은 근엄한 도학자가 오늘도 내일도 모래도 앉으나 누우나 술을 마신다는 무절제한 면을 보이고 있다는 점으로 작자비정(作者批正)을 시도하기도 하였지만─ 포도주나 아황주를 앵무잔에 가득 부어 하루에도 몇 번이나 기울이다가 필경에는 삼백 잔이 넘는 과음의 경지에서 괴로운 번뇌를 잊으려 하였다.

그런가하면 아이에게 삶은 닭을 안주를 시켜 일배를 마신 후에 송근을 높이 베고 누워서 세상사를 모두 다 잊어버린다는 자연과의 동화방식을 제시해 주기도 한다. 뿐만 아니라 진나라 도잠(陶潛)과 같이 갈건으로 술을 걸러 옥잔으로 일배주를 하면서 자신을 옛 성현과 같은 경지로 승화시킴으로써 스스로의 현실적 불만을 해소하기도 하였다. 현(顯)과 은(隱)이 무상했던 조선조 사대부들은 어쩔 수 없는 상황에 처하면 술이란 매체를 통해 현실의 갈등과 불만을 해소하려 하였고, 또 은자의 생활을 하는 가운데 현달했던 옛 시절을 그리면서 다시 환로(宦路)에 나가려고 노력하는 아이러니한 사대부적 양면성이 노정(露呈)되기도 한다.

셋째로, 은일의 생활을 하면서도 그러한 생활을 하게 된 것을 원망이나 비애보다는 오히려 군은(君恩)으로 돌리는 재도적(載道的)인 사대부의 윤리를 근간으로 하고 있다는 것이다. 본디 사대부의 강호생활이란 자신의 수양장소이며, 정화(淨化)의 한 방법인 구도자적인 엄숙함을 바탕으로 하였다. 즉 현과 은이 무상했던 조선조 사대부들은 강호에 묻혀 살면서도

요(堯)가 허유에게 천하를 물려주겠다는 말에 허유는 도리어 이 말을 들었던 귀가 더럽다고 영천에 가서 귀를 씻었고, 그의 친구 소부는 이 더러운 물을 자기가 먹이던 소가 먹을까 두려워하여 상류에 올라가 물을 먹였던 그런 결벽증적인 은자생활이 아니었다.

다시 말해 경우에 따라서는 녹사(祿仕)를 할 수도 있기 때문에 그 때를 위하여 학문을 게을리 하지 아니하고 오히려 자연과의 교감을 통해 끊임없이 자기수양을 하는 형태로 끌어갔다는 것이다. 그리하여 득의하면 현달하게 됨으로써 국가나 군주에 대한 원망보다는 오히려 산과 바다와 같은 높은 은혜를 노래하고 송축하였다.

㉮ 만덕산상(萬德山上) 덕(德) 홀바다 명명위도(明明爲道) 교인(敎人)홀제 / 초당삼간(草堂三間) 지여노코 영월소석(迎月掃石) 한가(閒暇)호다 / 정반녹죽(庭畔綠竹) 의의(猗猗) 홀제 기오시(淇澳詩)를 음송(吟誦)호니 / 우리 대왕(大王) 성덕(聖德)이라 여절여차(如絶如磋) 유비(有斐)로다 / 곡중갈생(谷中葛生) 처처(萋萋) 홀제 갈담시(葛覃詩)를 기송(記誦)호니 / 우리대비(大妃) 인혜(仁惠)로다　　　　　　　　　　　　　　(이서 낙지가)

㉯ 호탕정회(浩蕩情懷)야 이예서 더홀소냐 / 이몸이 이렁굼도 역군은(亦君恩)이샷다　　　　　　　　　　　　　　　　　　　(송순 면앙정가)

㉰ 취흔봄 입의너코 국흔번 마셔보니 / 입안희 묽은향긔 숨키기 앗갑도다 / 구등안 우리님도 이런맛 아르시나 / 흔그릇 밧드러셔 북궐을 바라보니 / 어리다 내모음이 헌근지성(獻芹之誠) 결노난다 /…

희희한 농부들은 황계백주(黃鷄白酒) 손에들고 / 스매를 잇그러셔 권호며 일으기를 / 셩대태평호여 시화셰풍호니 / 이거시 뉘덕인고 우리님금 덕이로다 / 토고를 두드리고 격양가 블너시니 / 강구의 늙은인가 도당시젹 빅셩인가/ 술잔을 손의들고 셩은을 노래호니 / 감누가 압홀셔니 가지록 망극호다/ 남산

ᄀ치 노파있고 북히ᄀ치 깁허시니 / 사라셔 운수ᄒ고 죽어서 결초흔들/ 하늘
갓흔 이은혜룰 만일이나 갑흘넌가                         (이이 낙지가)

　왕족이었던 이서(양녕대군의 증손)는 그의 중형 하원수(河源守) 찬(纘)이
이과(李顆)를 추대하여 모반하려 한다는 무고(誣告)때문에 중종 2년에 전
남 창평에 귀양을 갔고, 14년 후에 사환(赦還)되었으나 귀경을 단념하고
담양 한실에 은거하면서 낙지가를 썼다. 이 가사는 여러 선현들의 탈속(脫
俗)적이고도 청빈한 처세를 앙모하는 뜻을 노래하는 가운데 공산 야수
속에서 미록(麋鹿)과 벗하며 세월을 보내게 된 것 모두 성은(聖恩)으로
귀결 짓는 유자(儒者)의 전범을 따르고 있다. 특히 왕골풀이 우거져 있음
으로 위나라 무공의 덕이 상기되어 기오시(淇澳詩)를 음영하면서 마치
우리 군왕을 대하는 것과 같다는데서 무공과 대등한 관계로 군왕의 지위
를 격상하고 있음을 알 수 있다.
　다시 말하면 쪼아내고 갈아내어 옥같이 깨끗하신 우리 임이라는 점이
시경 위풍의 그것과 일치한다는 것이다. 골짜기의 칡이 무성한 것을 보며
자연 시경의 갈담시(葛覃詩)를 기억하고 읊조리게 되니 대왕대비의 어진
뜻을 가히 알만하다고 노래한 것[71]은 비록 유배의 질곡에서 벗어나고도
서울로 돌아가지 아니했지만 성은에 감축하는 유자의 전형적인 철리(哲
理)를 읽게 한다. 그러한 윤리의식은 면앙정가에 이르러 더욱 고조되어
'역군은'이라고 직설하게 되고, 이이의 낙지가에 이르러 성은으로 귀결되
면서 구상화하고 있다.
　즉 봄이 오자 굵은 도라지와 삽주순을 캐어 국을 끓이고 나물을 무치며

---

71) 瞻彼淇奧. 綠竹猗猗. 有斐君子. 如切如磋. 如琢如磨. 瑟兮僩兮. 赫兮咺兮.
　　有斐君子. 終不可諼兮……(詩經. 衛風)
　　葛之覃兮. 施于中谷. 維葉萋萋. 黃鳥于飛. 集于灌木. 其鳴喈喈……(詩經. 葛覃)

취 한 쌈 싸서 입에 넣으니 입안에 감도는 향기가 짙으므로 임금께 바치고 싶다는 연군지정이 헌근지성(獻芹之誠)으로 표백되어 나타난다는 것이다. 그러므로 가을의 풍성한 수확을 한 뒤 닭을 삶아 안주 삼고 술잔을 주거니 받거니 하는 취흥에 젖어 즐거워하는 것 모두를 성군(聖君)의 덕으로 귀결 짓게 된다. 그러한 성은에 감읍하여 눈물이 앞을 가리니 남산보다 높고 북해보다 깊은 임금의 성덕(聖德)을 살다가 운수(殞首)하거나 죽어서 결초 보은(結草報恩)하더라도 만분의 일이라도 갚을 수 없다고 진술하고 있다.

넷째로, 은일형 가사는 허무사상을 근간으로 하면서 현실적 고통을 진 은(眞隱)의 처지로 전환하여 소위 신선과 같은 삶으로 현실을 초극하는 유형으로 나타나고 있다. 정극인은 푸른 시냇가에 초가집을 짓고 송죽이 울창한 가운데 풍월주인으로 진은의 모습을 보여주었다. 더욱이 맑은 시 냇가 모래 위에서 술잔을 기울이니 거기가 바로 무릉도원이 되고 자신은 스스로 신선이 됨으로써 한중진미를 만끽하는 가운데 번로한 세사를 극복 하고 있다는 것을 알 수가 있다. 그러나 세상사에 대해 걱정을 아니 하는 불우헌이었기에 세상의 공명이나 부귀는 허무한 것일 수밖에 없으며 오직 자신을 포용할 수 있는 것은 세사가 아닌 청풍명월이라고 스스로 자위하 였다.

송순의 면앙정가도 잘 익은 술을 벗과 나누어 즐기니 취흥에 젖어 인간 세상의 근심 걱정이 다 사라지기 때문에 마치 복희씨 적 세상에 살고 있는 것 같은 착각에 빠져들게 되고, 급기야 '신선(神仙)이 엇더턴지 이몸 이 긔로고야'라고 토로하였다. 즉 자신이 가신선(假神仙)이 되어 강산풍월 을 거느리고 한정된 인생백년을 다 누리면 이태백이 다시 살아서 오게 될 터인데 이보다 더한 정회가 있을 수 없다는 자족(自足)의 모습을 읽을 수 있다는 것이다.

퇴계도 어제까지 인간 세상의 환로(宦路)에 나갔다가 험하게 찢긴 심신을 이끌고 귀향하게 되니 '어제올타 헌일을 오늘ᄉ 왼줄알고 / 각건포의(角巾布衣)로 고원(故園)의 도라오니 / 산천(山川)은 녯비치요 송죽(松竹)에 싀닙낫다'라면서 인간세계의 허무를 절실하게 술회하였다. 인간 세상사가 무상함에 허허(虛虛)로운 자신은 '구릐버슨 이내몸이'되어 청풍명월을 벗 삼으면서 언제나 술에 취해 인생 백년을 지낼 수밖에 없다고 했다. 그러므로 인생 백년 곧 삼만 육천 날이 얼마나 지났는지 모르지만, 너그럽고 만족스러운 마음으로 대자연으로 돌아가겠다는 담백한 모습이 담겨져 있다.

이이(李珥)도 퇴계와 같이 낙빈가 기구(起句)에서 허무한 인간세상의 부귀공명을 다 벗어버리고 산수간의 일간모옥으로 되돌아와 안주하면서 세상만사를 모두 다 잊는 은일의 전범을 보이고 있다. 비록 삼순구식(三旬九食)을 하거나, 십 년에 한번 의관을 차려 입을 정도로 가난하더라도 이 한 몸이 한가롭다고 자처한다. 더구나 저녁 연기에 가려 있는 남북촌 두어 집이 마치 삼신산에 자리한 것과 같은 정경 속에서 자신은 신선이 된 듯한 착각에 빠져들기도 하였다.

특히 '누오면 줌이오 씬후엔 이러안ᄌ / 황정경(黃庭經) 손의쥐고 자지곡(紫芝曲) 노릐하니 / 사호(四皓)ㅣ 다슷시오 삼은(三隱)이 네히로다'엔 도가의 경전인 황정경을 읽다 말고 상(商)과 사호(四皓)(한나라 초의 은사인 동원공, 기리계, 하황공, 각리선생의 네 사람)가 지은 자지곡(紫芝曲)을 노래하니 자신을 더해 사호가 아닌 오호(五皓)요, 삼은이 아닌 사은(四隱)이라고 스스로 자족하고 있다. 이것은 이이도 인생의 허무를 절감하면서 스스로 신선이 됨으로써 현실에서 오는 번로를 잊으려하는 모습을 보여준다고 할 수가 있다.

'평싱을 다사라도 빅년이 못되거든 / 공명(功名)이 무어시라 일싱이 골몰ᄒ고 / 하관(下官)을 천력(踐歷)ᄒ고 부귀에 늙어셔도 / 남가(南柯)의 흔 꿈이라 황량(黃粱)이 덜 닉엇대'에서는 인간이란 제 아무리 오래 산다 해도 백년 세월을 다하지 못하는데 허무한 공명에 왜 골몰했는지 스스로 자문하고 있다. 뿐만 아니라 말단 벼슬을 모두 거치면서 부귀(富貴)로 늙었더라도 모든 것이 한갓 남가일몽(南柯一夢)에 지나지 않는다는 허무적 관념에 빠져 인생의 허무를 더욱 절감하는 심사를 그리고 있다.

허무를 일탈(逸脫)하는 방편이란 속세를 떠나 푸른 시냇가에 몇 간의 초가집을 짓고 사는 도인적인 삶이요, 무이(武夷)의 경지라는 전형적인 생활로 일관된다. 그러므로 청산의 부용 같은 흰 구름이 나를 따라 흘러오고 거무룩한 밭두둑에 깔리는 낮은 안개가 흰 띠같이 둘러쳐져 있으니 흰 구름이나 안개조차 자신을 신선으로 여기는 것 같은 착각 속에 빠져들게 한다. 그러므로 결국 내 몸은 속인(俗人)이지만 마음만은 신선이라는 자인식(自認識)의 단계에 이르는 특성을 지닌다.

정철도 성산별곡에서 '세사(世事)는 구름이라 머흐도 머흘시고'라고 함으로써 인간 세상사가 허무하고도 무상하다고 하였다. 성산의 절경 가운데 듣는 일 보는 일 모두가 선간(仙間)에서만 볼 수 있는 일들이라고 술회한 뒤, 높은 하늘가에 떠도는 학을 자신으로 비유함으로써 자신이 이 골짜기의 진선(眞仙)이라는 자의식 속에서 현실을 초극하는 형태로 진술되었다.

다섯째로, 은일형 가사는 다음 표에서 보는 바와 같이 인간 세상의 영리(榮利)를 떠나 단표누항의 생활패턴을 통해서 안빈낙도의 즐거움을 노래하고 있다는 것이다.

| | 세사일탈방편 (世事逸脫方便) | 구도 형태 (求道 形態) |
|---|---|---|
| 상춘곡 | 산림에 묻쳐, 벽계수압 수간모옥, 송죽울울 리예 풍월주인, 답청, 욕기(浴沂), 채산(採山), 조수(釣水),준중만주(樽中滿酒), 무릉의 경지 | 부귀공명과의 무관의식, 단표누항에 백년행락 |
| 매창월가 | 서호임처사, 매창, 녹주갈건, 무현금탄, 채석강두에 일조선, 옥잔만주(玉盞滿酒) | 있으면 일배주, 없으면 청담, 평생 한 시 음영 |
| 낙지가 (이서) | 초당삼간, 영월소석, 죽리독좌(竹裡獨坐), 탄금,천변진일방화(川邊盡日訪花) | 누항단표하여 안빈낙도 |
| 퇴계가 | 각건포의, 수간모옥, 집디ᄌ리흔닙, 목침, 백주황계로 내노리, 질병의술, 일간와옥, 청풍명월의 벗 | 오늘취, 닉일취, 모릭취, 글픽취 |
| 서호별곡 | 각건춘복, 일일수경삼백배(一日須傾三百杯), 창명연월(愴溟烟月) | 무우중점기상(舞雩曾點氣像) |
| 낙빈가 (이이) | 빈천위락, 산수간에 일간모옥, 삼순구식, 십년일관, 소허(巢許)의 몸, 와준(瓦樽)에 탁주, 청풍에 반취(半醉) | 죽장망혜, 부귀망영욕 부지강산 풍월과 동노지락(同老之樂) |
| 낙지가 (이이) | 산중은거, 벽수(碧水)하의 수간모옥, 어초자락, 산조의 벗, 미록의 이웃, 갈의치건, 청려장, 산림간주인 천석고황, 임천상양, 채미채산 경작전답, 소천어 열무국, 부어회, 와준대취, 아해교육 | 전가중일신환락, 누항안거, 은거행의자허, 요순지도 |
| 성산별곡 | 망혜죽장, 무릉도원, 마의갈건, 백구의 벗, 기산소허의 세이(洗耳) | 세사부운, 대취망우(大醉忘憂) |
| 도산가 | 심산궁곡, 나월송풍주인, 삼간초옥, 망혜죽장, 죽림심처, 고침송근(高枕 松根), 강산고촌(江山孤村) | 일배음주, 만사망연, 어조망기(魚釣忘機),어주자(漁舟子), 무무속객(貿貿俗客) |

상게한 〈표10〉에서 보는 바와 같이 은일형 가사는 복잡한 인간 세상을 일탈(逸脫)한 가운데 자연과의 조응(調應) 속에서 스스로 자락(自樂)의 도를 찾는 방식을 취하고 있다. 은일하는 선비들은 중국 성현들이 지향했던 단표누항의 안빈낙도형과 산거(山居)하는 가운데 경작한 곡식과 천렵한 물고기나 산채(山菜) 등 풍성한 자연으로부터 얻어진 것들을 마음껏 즐기는 취락(醉樂)형으로 대별된다. 대개 전자의 경우로는 상춘곡, 낙지가(이

서), 낙빈가, 도산가가 있고, 후자의 경우엔 매창월가, 면앙정가, 서호별곡, 낙지가(이이), 성산별곡 등이 있다.

단표누항을 최상의 가치로 삼는 안빈낙도형은 대부분 거소(居所)를 푸른 시냇가 앞에 마련된 몇 간 안 되는 띠집이나 초옥을 전범으로 한다. 즉 수간모옥, 초당삼간, 일간와옥, 일간모옥, 삼간초옥 등으로 거처를 마련하고 있다는 것이다. 또한 그들은 산이나 들판의 나물을 뜯고, 물고기를 잡아 청빈하게 살아가는 방식을 취하면서 대숲이나 소나무 아래서 거문고를 타거나 소요음영하여 일반인과는 다른 생활패턴을 지향한다. 그들의 구도(求道)방식은 한결같이 단표누항에서 안빈낙도하는 행태를 취하는데 이러한 경향은 대부분 중국의 은사들이 취하는 은일의 방법을 전범으로 삼고 있기 때문이다.

이와는 별도로 인간세상의 영욕(榮辱)을 벗어나 안빈낙도의 길을 좇는 것 같으면서도, 실은 자연 속에 묻혀서 여유 있는 취락을 구가하는 경우도 있다. 이러한 경우는 대개 누대정각의 거소에서 차원 높고 풍족한 자연의 멋을 즐기는 것으로 나타난다. 그러므로 이들은 실제로 남여(藍興)를 타고 다니면서도 청려장(靑藜杖)을 짚고 다니는 것으로 표상되기도 하고, 채석강두에 낚싯배를 띄워 취락에 빠지면서도 녹주갈건(漉酒葛巾)한다고 하거나, 풍성한 삶을 영위하면서도 갈의치건(褐衣緇巾)한다든가 어초(漁樵), 채산(採山)한다는 전범을 따르는 특성을 보인다.

그리하여 있으면 있는 대로 한 잔의 술로 증점의 경지에 이르는 전범을 따르며 세상은 뜬 구름 같은 것이라고 백안시(白眼視)하면서도 그것과 일정한 거리를 두고 있다. 동시에 세상의 명리(名利)를 잊지 못하는 가운데 취락의 한 방편으로 근심을 잊기 위한 가은사(假隱士)의 모습을 보이기도 한다. 여기서 현(顯)과 은(隱)이라는 상대적인 개념 속에서 조선조 사대부들의 고뇌의 단면을 읽을 수가 있다.

여섯째, 은일형 가사는 상게한 가사 상춘곡 등 10여 편을 통계 처리한 바와 같이 3.4조의 율조(854구 / 1533구, 약 55%)를 주로 하는 사대부 가사의 전형을 이루면서 한시 4언시체가 많이 사용된다는 특성을 보인다.

〈표11〉

| | 상춘곡 | 매창월가 | 낙지가 (이서) | 퇴계가 | 서호별곡 | 낙빈가 | 낙지가 (이이) | 성산별곡 | 도산가 |
|---|---|---|---|---|---|---|---|---|---|
| 3·3조 | 1 | 5 | · | 5 | 11 | 3 | 1 | 9 | · |
| 3·4조 | 40 | 7 | · | 31 | 18 | 68 | 518 | 112 | 1 |
| 4·4조 | 16 | 2 | 154 | 9 | 11 | 8 | 90 | 18 | 51 |
| 2·3조 | 9 | 3 | · | 13 | 28 | 15 | 8 | 9 | · |
| 2·4조 | 7 | 1 | · | 1 | 25 | · | 3 | 7 | · |
| 6음보 | 1 | 4 | · | · | 8 | · | 6 | 1 | 2 |
| 4언시 | 17 | 8 | 126 | 20 | 81 | 28 | 212 | 18 | 26 |
| 기타 | · | · | · | · | · | · | · | · | · |
| 총 | 80구 40행 | 29구 16행 | 154구 77행 | 66구 33행 | 125구 62행 | 106구 53행 | 624행 312행 | 170구 85행 | 54구 27행 |
| 결사 | 아모타 백년행락이 이만혼 둘 엇지흐리 | 평생이 흔사를 울프기죠와 흐노라 | 중장통의 낙지론을 아역시숙 흐여셔라 | 휴휴언 우우언 흐야 조화동귀 흐오리라 | 무우예증 졈기상은 어쪄던고 흐노라 | 갑업순 강산풍월과 홈끠늙쟈 흐노라 | 평싱의 이롤즑여 죽도록 닛지마라 | 손이셔 주인드러닐 오딕 그딕권가 흐노라 | 힁하나 어주자 알면 츠즈올가 흐노라 |

상게한 〈표11〉에서 보는 것처럼 4언시구가 많이 사용된 것은 사대부들의 필독서였던 시경이 자연의 경물이나 인간내면의 서정을 진솔하게 표현할 수 있었기 때문이었다고 할 수가 있다. 다시 말하면 자연을 보고 일어나는 감흥을 표현하는 데는 부지불식간에 그들에게 익숙했던 시경의 시구나 그 시체를 사용한다는 것은 극히 자연스러운 일이라는 것이다. 특히 이서의 낙지가에서는 전체 154구 가운데 그 대부분인 126구가 4언시구이고 이이의 낙지가는 624구 중 212구가 4언시구여서 작자에 따라서는 순수

한 우리 국어보다는 한시구를 더 많이 구사하는 것이 오히려 아름답고 자연스럽다고 생각했을 수도 있다.

4언시구는 대개 두 가지의 경우로 풀어쓰는데 그 하나는 현토하여 각 2음보로 만드는 방법이다. 즉 '음양배태(陰陽胚胎), 만물화생(萬物化生), 명산대천(名山大川), 천지종기(天地鐘氣), 곤충초목(昆虫草木), 우로여택(雨露餘澤), 춘대수성(春臺壽城), 물물고무(物物鼓舞)〈이이의 낙지가〉'를 '음양이 배틱ᄒ여 만물을 화싱ᄒ니 / 명산대천은 텬지의 종긔ᄒ고 / 곤츙쵸목은 우로의 여퇵이라 / 츈딕슈역에 물물이 고무ᄒ니'로 가사의 율격에 맞추고 있다는 것이다.

다음으로 원래는 4언시구였던 것을 순 우리 국어로 바꾸려는 노력도 찾아 볼 수 있다. 즉 '믹창 붉은들의 미인이 드러오고 / 듁님 셕권ᄇ람 고인이 츠자온다 / 갈의와 치건으로 표연이 독좌ᄒ여 / 산천의 몰근복을 나혼자 누려시니'의 원형은 4언시 '매창명월(梅窓明月), 미인입실(美人入室), 죽림기풍(竹林起風), 고인방래(故人訪來), 갈의치건(褐衣緇巾), 표연독좌(瓢然獨座), 산천청복(山川淸福), 유아향락(唯我享樂)'이었음을 누구나 쉽게 알 수 있다는 것이다.

끝으로 은일형 가사는 일반 사대부가사의 전형인 결사방식을 취하고 있다는 것이다. 가사의 결사형식은 향가 이래로 시조에 두루 사용되었던 종장형식과 같은 것이다. 상게한 〈표11〉에서 보는 바와 같이 은일형 가사 9편의 결사는 시조 종장과 같은 3.5(3.4), 4(3.5), 3(4)의 자수율을 보이고 있다. 이와 같은 가사의 결사는 본디 향가에 이어 고려속요에 이르러서 음악상 전, 후절로 양단되었는데 이는 그 후절에 해당이 된다.

본디 후절의 첫 어절은 감탄사격이었다. 향가에서는 보통 '아야(阿耶, 阿也), 아사(阿邪), 아사야(阿邪也)'로 표기되었고, 이외에 '후구(後句), 낙구(落句), 격구(隔句), 후언(後言)'이라 이름 했으며, '탄왈(歎曰), 절심(折心), 병음(病吟), 성상인(城上人)' 등의 용어를 두루 사용하기도 하였다. 이것이 고려속요에 이르러선 '어긔야, 아소, 위, 아으'등의 감탄사격으로 이어졌지만, 시조나 가사에 이르러선 '고시가의 전·후절 분단의식이 약화되면서 감탄사의 위치가 후소절의 앞머리에 접근되었고, 나아가서 감탄사의 존재에 대한 의식이 흐려져 차츰 소실되면서 다른 유의어로 바뀌는'[72]경향이 많아졌다.

특히 가사는 이러한 고시가의 전통적인 형태가 결사에 잘 유지하고 있지만, 무의(無義)시격인 감탄사라기보다 대부분 의미를 지니고 있는 유의(有義)시구가 보편적이다. 은일형 가사의 결사는 대부분 첫 구가 3음절로 고정되지만, 상춘곡의 '아모타'를 제외하고는 모두 유의시구로 시작하여 둘째 구는 5음절이나 7음절로 고정됨으로 마치 시조와 같이 모든 시의(詩意)가 둘째 구에 압축되어 있다고 할 만하다.

### 2.2.2 연주 충군형의 가사

고려속요인 정과정곡(鄭瓜亭曲)은 동래로 귀양 간 정서(鄭敍)가 임금의 특소(特召)의 명이 없음을 한탄하며 임금을 그리워하는 심정을 토로한 시가다. 자료상 연군형의 노래로는 이 정과정곡이 효시이며, 또 작중화자가 여성적인 자세에서 남편을 그리워하는 연가풍을 취하는 특성을 지니고 있다. 현실이 여의치 못하면 잠시 관직에서 물러나 은둔생활을 한다든지, 아니면 유배를 받아 갖은 고초를 겪으면서도 임금을 그리는 심회를 읊은 가사를 총칭하여 연주충군형의 가사라 하고자 한다. 이러한 가사의 창작

---

72) 崔東元, 古時調論, 三英社, 1980, p.170.

과 출현은 조선조 유학사상에 근저를 두고 시작되었다.

조선조정은 상하계급의 신분적 질서를 바로 잡고 인민을 계도하여 사회적 질서를 바로 잡기 위해서는 유교를 국교로 삼지 아니할 수 없었다. 그리하여 풍교(風敎)와 윤리도덕을 말하려는 자는 공맹(孔孟)사상과 성리학을 바탕으로 한 사서오경을 반드시 읽어야 했다. 귀족전제국가인 조선조에서 이지적이고도 다분히 귀족적인 이념을 지닌 유교는 당시 사대부들에게는 대단히 현실적이며 과학적이었기 때문에 크게 환영을 받았다.

고려조 국교였던 불교는 무격사상과 혼합되면서 감정적이고도 미신적인 허황한 교리나 의식에 젖어 각종 사회, 정치적 혼란을 야기해 왔었다. 그러나 유교는 이지적이면서도 합리적인 사상을 바탕으로 현세적 이상을 근본으로 하기 때문에 혼란한 사회를 바로 잡고 인륜도덕을 확립하는데 가장 적절한 사상이었으므로 조선조의 사상적 배경이 되어왔다.

유교의 근본이념은 삼강오륜의 인륜도덕으로서 군신간의 충의(忠義), 부모에의 효성(孝誠), 부부간의 절의(節義), 형제간의 우애(友愛), 붕우간의 신의(信義) 등을 근간으로 하였다. 그러므로 자연 이런 관념이 사회의 양속과 관습이 되어 충군(忠君), 사친(事親), 경장(敬長)의 도를 알고 우부우부(愚夫愚婦)일망정 효제충신(孝悌忠信)에 힘써 사회적 질서를 확립할 수 있었다. 특히 유교사상 가운데 충효는 인륜의 근본이라 여기고 충과 효를 동일한 가치 선상에 놓아 충효일치(忠孝一致)라 했고, 이를 도덕의 최상의 가치기준으로 삼았다.

조선조에서 효를 중시했던 까닭도 효는 곧 충에 수렴되는 길이었기 때문에 충과 효는 서로 치환(置換)될 수 있는 가치개념이었다. 예기 제의(祭儀)편에 '사군불충 비효야(事君不忠 非孝也)'라 했던 것처럼 충성하지 않는 것은 곧 불효로 통하는 개념이었다. 논어 위정(爲政)편에 '효자즉충

(孝慈則忠)'이라 한 것은 효는 곧 충이 된다는 충효일치를 의미하기 때문에 조정에서는 충성 못지않게 효를 강조하여 효자열녀정려문을 내려 장려 하였다.

그리하여 동국삼강(東國三綱) 행실(行實) 편을 보게 되면 효도를 하기 위해 '단지(斷指), 작지할고(斫指割股), 할각(割脚)'이라 하여 자신의 몸의 일부를 손상함으로써 부모의 병을 치유하는 효행 사례가 제일 많았다. 다음으로 부모의 묘소를 지키는 거여(居廬)사례, 제철이 아닌 겨울날에도 효심에 감동하여 잉어 등 물고기를 보내준다는 감천(感天) 사례[73] 등을 많이 실어 놓았다. 이러한 사회사상적 배경 아래 조선조 연주충군형의 가사는 비록 유배지에서 갖은 고초와 고독감 속에서도 향주일편단심(向主一片丹心)은 불변이어서 한결같이 충신연주지사의 성격[74]을 지니게 마련 이었다.

사실 유배가사와 연군은 따로 분류하기도 하지만 연군이나 유배는 결국 같은 정조라는 공통된 내용을 다루기 때문에 같이 묶어서 다루어야 할 것이다.[75] 조선 전기 연주충군형의 대표적인 가사는 연산 조에 조위가 순천 배소(配所)에서 지었다는 만분가(萬憤歌)와 송강이 선조 18년 8월에 사간원과 사헌부 양사의 논척(論斥)을 받고 고양을 거쳐 창평에 퇴거한 지 3년 만에 지은 사미인곡과 그 이후에 지었을 속미인곡이 있다.

만분가는 이가원에 의해 안정복의 수록(手錄)인 잡동산이 44책 속에서 찾아짐으로써 학계에 알려진 작품[76]이다. 이 필사본에는 만분가라는 제목

---

73) 東國新三綱行實(乾).
74) 李相寶, 전게서, p.17.
75) 徐元燮 교수도 (歌辭文學硏究)①戀主忠君的인 歌辭 ②安貧樂道的인 歌辭 ③道德的인 歌辭 ④追慕讚頌的인 歌辭 ⑤佛敎的인 歌辭 ⑥戀慕相思的인 歌辭로 내용을 분류하였다.

아래 '조위 호 매계(曺偉 號 梅溪)'라는 안정복의 지적과 왼쪽에 '매계상축 구작소성 양족거요고 수탄현금 곡절상응불차 이위락(梅溪常蹙口作簫聲 兩 足擧腰鼓 手彈玄琴 曲節相應不差 以爲樂)'이라 한 것을 보면 만분가는 조 위가 지은 것이 확실하다.

조위는 김종직의 처남이자 문인으로 성종 5년경에 관직에 올라 성종의 총애를 받았고[77] 두시언해를 하여 그 서(序)를 썼으며, 도승지, 호조참판, 충청도 관찰사 등을 지냈다. 연산군 1년에 대사성을 거쳐 지춘추관사로서 성종실록을 편찬하였으나, 연산군 4년 성절사로 명나라에 갔다가 돌아오 는 도중에 무오사화를 만나 의주에서 체포된 채로 장류(杖流)되었고, 순천 으로 다시 이배(移配)되어 적소(謫所)에서 병사한 사람이다.[78]

신고(辛苦)의 유배생활 5년 끝에 죽은 지 1년 후 다시 전죄를 추록하여 부관참시한 채 문 앞에 3일을 버려 두어 수장(收葬)하지 못한 것은 이와 같은 혹독한 당쟁의 결과였다. 본디 연산군이 문사의 간쟁(諫爭)을 좋아하 지 않는 틈을 타서 김종직과 김일손 등에게 사혐(私嫌)이 있던 유자광, 이극돈 등이 성종 시에 김종직이 지은 조의제문을 발견하고, 이것이 바로 선왕을 무고(誣告)한 것이라 하여 일대 사화를 일으켜서 이들을 능지처참 하고 급기야 부관참시에 이르니 김종직의 문인인 김굉필, 정여창 등 40여 명이 사화(士禍)를 입었다.[79]

이러한 사회적인 불운 속에 유배된 조위는 순천 적소에서 모진 고초를

---

76) 李家源, 萬憤歌研究, 延世大, 東方學志 제6집, 1964, pp.153-169

77) 上命聚弘文館藝文館堂下官. 及注書等. 于仁政殿庭製. 東郊觀獵. 排律三十韻 及駕親行釋奠頌…頌則修撰曺偉居魁. 又命金訴曺偉製仁政殿早朝律詩以定 高下. 但中格各賜馬一匹 (成宗實錄 卷一百二十. 十一年. 庚子八月 乙卯條)

78) 遂杖配偉于義州(燕山君日記 卷三十一. 四年 戊午. 九日 申辰條) 燕山朝. 以修撰估畢詩藁. 定罪謫義州. 移配 順天(諛聞銷錄八張)

79) 玄相允, 朝鮮儒學史, 民衆書館, 1971, p.146.

겪으면서도 일편단심 임금을 그리워하는 만분가를 지었다. 특히 작품 속의 '호남(湖南)어느고디 귀성(鬼城)의 연수(淵藪)런디'라는 구절에서 조위가 의주에서 순천으로 이배(移配)되어 이 작품을 썼다는 근거를 찾을 수도 있다.

성산별곡과 양미인곡을 지은 송강은 송순의 문인인 김인후, 기대승에게 수학하였고, 송순과도 우정이 두터웠던 임억령에게서 시를 배워 명종 16년 진사시와 이듬해에 문과에 장원하였다. 선조 2년에 직제학이 되었으나 이때 동서분당의 불미스러운 대립에 가담되어 공은 서인의 거두가 되었다. 선조 12년에 강원도 관찰사가 되어 관동별곡을 지었고, 선조 15년에는 예조참판, 형조판서, 예조판서에 올랐다. 선조는 공이 마음과 행실이 바르고 직언을 잘하여 세인들로부터 오해와 미움을 받고 있지만 그의 충절은 맑고 아름다워서 초목도 잘 알 정도라고 평한 바[80]와 같이 송강은 뜻이 바르고 성품이 강직하였다.

이러한 성품으로 인하여 선조 17년(공 50세)에 동인들이 합세하여 서인을 공박함이 극에 달하였고, 또 양사의 논척을 피할 길 없어 부득이 조정을 물러 나와 일시 고양에 머무르다가 창평으로 하향하였다. 그리하여 4년여의 창평생활을 끝에 연주충군의 가사를 지은 것이 바로 사미인곡과 속미인곡이었다.

연주충군형의 가사는 당쟁에 의해 관직에서 물러나거나 유배의 경지에 처하여 억울함을 하소연하고, 그런 가운데서도 못내 임금을 그리워하는 형식을 지니면서 어떠한 상황 속에서도 임금에 대한 충성의 도를 지켜야 한다는 재도론(載道論)을 근간으로 하고 있다.

---

80) 至於鄭澈之爲人. 其心也正. 其行也方. 惟其舌也直. 故不客於時. 見憎於人耳.
若其當直畫瘁. 忠淸節義草木亦知其名矣(宣祖實錄. 癸未九月丁玄條)

㉮ 추라리 싀여지여 억만(億萬)번 변화(變化)ᄒ여 / 남산(南山)늣즌봄의 두
견(杜鵑)의 넉시되여 / 옥황향안젼(玉皇 香案前)의 지쳑(咫尺)의 나아안
자 / 흉즁(胸中)의 싸힌말ᄉᆞᆷ 슬커시 ᄉᆞ로리라          (만분가)

㉯ 진채지액(陳蔡之厄)을 셩인(聖人)도 못면ᄒ며 / 유셜비죄(縲絏非罪)ᄅᆞᆯ
군자인들 어이ᄒ리 / 초수남관(楚囚南冠)이 고금(古今)의 흔둘이며 / 백
발황샹(白髮黃裳)의 셔룬일도 하고만타 / 고졍의국(孤情依國)의 원분(冤
憤)만 싸혓시니 / 추라리 할마(瞎馬)ᄀᆞ치 눈금고 지내고져   (만분가)

㉰ 평ᄉᆡᆼ애 원ᄒ요듸 흔듸녜쟈 ᄒ얏더니 / 늙거야 므ᄉᆞ일오 외오두고 그리ᄂᆞᆫ
고 엇그제 님을뫼셔 광안젼(廣寒殿)의 올낫더니 / 그더듸 엇디ᄒᆞ야 하계
(下界)예 ᄂᆞ려오니 / ᄆᆞᄋᆞᆷ의 미친실음 첩첩(疊疊)이 싸혀이셔 / 짓ᄂᆞ니
한숨이오 디ᄂᆞ니 눈물이라                           (사미인곡)

㉱ 츨하리 싀어디어 범나븨 되오리라 / 곳나모 가지마다 간듸족족 안니다가
/ 향므틴 ᄂᆞᆯ애로 님의오싀 올므리라                    (사미인곡)

㉲ 누어 싱각ᄒ고 니러안자 혜여ᄒ니 / 내몸의 지은죄 뫼ᄀᆞ티 싸혀시니 /
하ᄂᆞᆯ히라 원망ᄒ며 사ᄅᆞᆷ이라 허믈하랴 / 셜워 플텨혜니 조물(造物)의 타
시로다 / 글란 싱각마오 미친일이 이셔이다 /           (속미인곡)

㉳ ᄆᆞᄋᆞᆷ의 머근말ᄉᆞᆷ 슬ᄏᆞ장 ᄉᆞᆲ쟈ᄒ니 / 눈믈이 바라나니 말ᄉᆞᆷ인들 어이ᄒ며
/ 졍(情)을 못다ᄒᆞ야 목이조차 메혀ᄒ니 / 오뎐된 계셩(鷄聲)의 ᄌᆞᆷ은엇디
ᄭᆡ돗던고                                          (속미인곡)

만분가 ㉮, ㉯에서 작자는 하소연할 길 없는 억울함을 견디다 못해
피맺힌 이별의 한을 두견새 넋에 비유하였다. 그리하여 생전에 못다 한
하소연을 마음껏 하고 싶다고 진술하고 있지만, 현실은 그럴 수 없는
처지이기 때문에 그를 슬퍼하면서 안타까워하고 있다. 공자 같은 성인도

진(陳)과 채(蔡)에서 횡액(橫厄)을 면치 못하였는데, 죄 없는 사람을 포박하는 일을 어느 군자가 막을 수 있겠냐는 절망이 이 가사에 서려 있다. 이와 같은 억울한 정황은 동서고금을 통해 어찌 한 둘에 한정할 수 있을 것인가라는 한이 서려있는 가운데 늙은 처지에 서러운 일과 원통한 일이 많더라도 차라리 눈감고 지내자는 절망적인 비관이 깔려 있다.

이러한 서정은 송강의 전후 사미인곡에서도 거의 같은 상황으로 그려지는 공통소(共通素)를 발견할 수가 있다. 즉 사미인곡에서는 엊그제까지도 임금을 모시고 있었는데 무엇 때문에 창평에 내려 왔는지 모르겠다는 억울함이 토로되면서 남몰래 첩첩이 싸여 있는 한이 넘쳐 눈물만 흐른다는 한탄이 주조를 이루고 있다는 것이다.

그러나 이러한 한탄은 이에 그치지 아니하고 만분가의 경우처럼 현세에 못다 이룬 사랑일지언정 내세(來世)에 범나비로 환생(還生)하여 자신의 사랑을 쏟겠노라는 사랑의 영원성으로 진술되고 있다. 뿐만 아니라 송강은 자신의 죄를 운명적으로 수용하면서도 마음에 맺혀있는 설움을 억제하지 못하고 꿈속에서라도 진실을 아뢰려 하나 여의치 못함을 애달파하고 있다.

다음으로 이러한 유형의 가사 속에는 사대부일망정 비참한 현실을 벗어나기 위하여 도가나 불가적인 사상에 젖어 이를 극복한다는 것으로 나타난다. 즉 유배의 절망적 상황 속에 처해 있는 유자(儒者)들, 이를테면 조위나 송강의 작품 속에는 신선사상의 선어(仙語)들을 발견할 수가 있을 뿐만 아니라, 송강은 아예 가신선이 되어 절망을 초극[81]하고 있는 양태를 보이고 있다는 것이다.

---

81) 拙稿, 時調歌辭에 나타난 道家思想, 韓國言語文學 제21집, 1982, p.105.

만분가 '천상 백옥경(天上 白玉京) 12루(十二樓) 어듸매오 / 오색운(五色雲) 깁흔곳의 자청전(紫淸殿)이 ᄀ려시니 / …삼청동리(三淸洞裏)의 졈은 한널 구름되여 / ᄇ람의 홀니ᄂ라 자미궁(紫微宮)의 ᄂ라올나 / 옥황향안전(玉皇香案前)의 지척(咫尺)의 나아안자' 엔 온통 도가(道家)의 선어(仙語)가 나열되어 쓰라린 유배 생활의 고초와 아픔을 잊고자 하는 작자의 의지가 표백되어 있다. 천상백옥경, 광한전, 자청전, 삼천동, 자미궁, 천상궁, 태을진인, 진선, 천상군선, 약수, 옥진군자 등의 도가적인 선어(仙語)가 이를 뒷받침하고 있다.

송강의 사미인곡과 속미인곡 중에도 '엊그제 님을 뫼셔 광한전(廣寒殿)의 올낫더니 / 그더듸 엇디ᄒ야 하계(下界)예 ᄂ려오니'와 '천상백옥경(天上 白玉京)을 엇디ᄒ야 이별(離別)ᄒ고 / ᄒ다뎌 져믄날의 눌을 보라 가시ᄂ고' 등엔 도가적인 진술이 크게 돋보인다. 이는 송강 자신이 창평에 하향할 수밖에 없었던 현실적 고통을 상계(上界)에 진선(眞仙)으로 비유하거나, 천상백옥경을 떠나온 신선으로 비유함으로써 조위의 경우처럼 현실적 고통을 잊기 위한 방편으로 해석할 수가 있다.

송강의 이러한 성향은 은일가사인 성산별곡에서도 '듣거나 보는 모든 일이 선간(仙間)'이라 하였고, 창공에 높이 떠 있는 학은 바로 이 고을의 진선인 자신이라 비유한 것에서도 나타난다. 특히 관동별곡에선 술취한 자신을 취선(醉仙)이라 하였고, 도가의 경전을 잘못 읽어 천상에서 지상에 내려 온 것이라 비유한 것은 이백처럼 호쾌한 송강의 풍모를 그대로 드러낸 것이라고 할 수가 있다.

또 조선조 사대부들은 현실의 아픔을 초극하는 한 방편으로 도가사상뿐만이 아니라, 불가의 윤회(輪廻)사상까지도 의지한다는 사실이다. 현세에서 이룰 수 없는 사랑은 저 세상에 가서라도 그 임을 따를 수 있도록 환생하여 항상 임의 곁에 있고자 하는 한결같은 사랑으로 읊고 있다는 것이다.

즉 만분가의 경우 '출라리 싀여지며 억만(億萬)번 변화(變化)ᄒ여 / 남산(南山) 늣즌봄의 두견(杜鵑)의 넉시되여', '삼청동리(三淸河裏)의 졈은 한널 구름되여', '곤륜산(崑崙山) 제일봉(第一峯)의 만장송(萬丈松)이 되어이셔', '윤회만겁(輪廻萬劫)ᄒ여 금강산(金剛山) 학(鶴)이되여', '님의집 창밧긔 외나모 매화(梅花)되며', '산이되고 돌이되여', '비되고 믈이되여' 등에서 보는 바와 같이 두견새의 넋이 되어 임의 창가에 가 울거나, 한 점 구름이 되어 그 임의 지척에 나아가 가슴속에 못다 한 한을 아뢰겠다고 하였다. 그러면서도 곤륜산의 만길 넘는 장송이 되어 비바람 소리를 사랑하는 님에게 전하고자 한다거나, 금강산의 학이 되어서 하늘 높이 솟아올라 그 슬픈 소리를 임에게 들리게 하고 싶다고도 하고, 님의 창밖에 매화가 되어 그 임의 베갯머리에 달빛 따라 비춰고 싶다고도 하였다. 뿐만 아니라 산이 되거나 돌이 되어 그 임을 감싸고 싶고, 비가 되고 물이 되어 그 임이 계신 곳에 흘러 내리거나 어울져 흐르고 싶다고 하는 오직 임으로 향하는 단심(丹心)을 과장적으로 진술하는 가운데 현세의 아픔을 달래고 있다는 것이다.

이러한 불가적인 사상은 송강에게도 그대로 습용(襲用)되어 나타나고 있다. 즉 사미인곡의 '출하리 싀어디여 범나븨 되오리다' 나 속미인곡 '출하리 싀여지여 낙월(落月)이나 되야이셔'에서도 만언사의 경우와 마찬가지로 못다 한 현실적 고통을 서산에 떨어지는 달이나 범나비가 되어 임의 창을 밝히고 싶다거나, 아니면 향기를 임에게 옮기고 싶다는 윤회적 사상으로 현실의 고통을 초극하고 있다.

또 연주 충군형의 가사는 허무사상이 저변에 깔려 있다. 조위의 만분가

'남가(南柯)의 디난꿈을 싱각거든 슬므어라 / 고국송추(故國松楸)를 꿈의
가 몬져보고 / 선인구묘(先人丘墓)를 씬후(後)의 싱각ᄒ니' 는 작자가
순천 배소(配所)에서 지난날의 화려한 벼슬살이가 한바탕 헛된 꿈이었다
는 인생의 비애 속에 허무를 절감하고 세상의 모든 것을 체념하는 염세적
허무사상마저 느끼게 한다. 송강의 속미인곡 '겨근덧 역진(力盡)ᄒ야 픗ᄌᆷ
을 잠간드니 / 정성(精誠)이 지극ᄒ야 꿈의 임을 보니 / 오뎐된 계성(鷄聲)
의 ᄌᆷ은엇디 ᄭᅵ돗던고 / 어와 허사(虛事)로다 이님이 어듸간고' 는 군왕의
총애를 받을 수 없는 현실적 비애 속에 천총(天寵)을 받던 지난 과거로
향하는 가식적 허무ㅡ조선조 사대부에게서 흔히 볼 수 있는ㅡ를 느끼게
하며, 관동별곡에서는 득의(得意)하여 천총을 입고 보니 스스로 신선이
되는 허망한 꿈속에서 현실을 깨닫는 낙천적 허무를 느낄 수가 있다.

다음으로 이러한 유형의 가사는 임금을 그리워하되 모두 여성적인 딕션
과 톤을 깔고 있다는 점이다. 즉 문면(文面) 자체는 님에게서 버림받은
여인의 사랑의 서정시와 같은 형식을 취하고 있으며, 철두철미한 체념이
나 절망이 아니라 미련과 하염없는 기다림의 자세[82]를 취하고 있다는
것이다. 이러한 정조가 최초로 읊어진 것으로는 전술한 바와 같이 고려속
요인 정서의 정과정곡이 그 효시가 된다. 버림받은 청상(靑孀)의 한을
밑바닥에 깔면서도 그 한은 피맺힌 이별의 상징인 접동새에 이입하여
상징화된다. 아무런 과오도 없이 억울한 누명을 쓰고 유배된 몸이지만
모든 것이 밝게 밝혀져 다시 옛날처럼 사랑해 줄 것을 호소[83]한다는 것이

---

82) 全圭泰, 韓國文學의 通時的 硏究, 知文社, 1981, p.69.
83) 鄭瓜亭 內侍郎中 鄭敍所作也. 自號瓜亭聯昏外戚, 有寵於仁宗. 乃毅宗卽位.
　　放歸其鄕東萊曰 今日之行. 迫於朝議也. 不久當召還. 敍在東萊日久. 召命不
　　至. 乃撫琴而歌之詞極悽惋. 李齊賢作詩解之曰. 憶君無日不霑衣. 政似春山
　　蜀子規. 爲是爲非人莫問. 只應殘月曉星知(高麗史 卷七十一. 三十九)

다. 현세에 이룰 수 없는 사랑이라면 내세에 죽은 넋이 되어 임과 같이 지내고 싶다는 영원한 사랑으로 이어진다.

조위는 만분가에서 자신을 두견새나 한 점 구름, 학이나 매화로 이입하여 못다 한 억울한 하소연을 그 임께 다 아뢰고 싶다고 설진하였고, 이러한 윤회전생적인 사상은 송강의 경우에서도 범나비나 낙월(落月)에 비유되어 동일하게 표상되고 있다. 그러한 자세는 버림받은 여성의 입장으로 표백되어 여필종부적인 유자적 윤리로 그려지고 있으며, 또한 그러한 어조로 애소(哀訴)되고 있다는 것이다.

이러한 진술은 유교적인 윤리를 바탕으로 한 조선사회에서 필연적인 소산일 수밖에 없었으리라 보여진다. 그러기 때문에 작중화자는 버림받은 여성으로 표상되어 '오색(五色)실 니음젼녀 님의옷슬 못ᄒᆞ야도 / 바다ᄀᆞ튼 님의은(恩)을 추호(秋毫)나 갑프리라 / 백옥(白玉)ᄀᆞ튼 이내ᄆᆞ음 님위ᄒᆞ여 직희더니 / 장안(長安)어제밤의 무서리 섯거치니 / 일모수죽(日暮脩竹)의 취수(翠袖)도 냉박(冷薄)홀샤'나 '초췌(憔悴)ᄒᆞᆫ 이얼굴이 님그려 이러컨쟈', '옥(玉)ᄀᆞ튼 면목(面目)을 그리다가 말년지고', '내의 긴 소매를 눌위ᄒᆞ여 적시ᄂᆞᆫ고' 로 나타날 수밖에 없다는 것이다.

즉 오색실이 적어 사랑하는 임의 옷을 지을 수 없는 규방여인의 아름다운 마음이 저변에 깔려 있고, 해지는 석양 무렵 대나무에 기대서니 푸른 옷소매가 차갑게 느껴지는 건 현실부재의 임일지라도 죽절(竹節)같은 여성의 정절이 표상화되어 나타난 결과다. 혼자만이 사랑하다 늘 소매를 적시는 흐느낌으로 초췌한 모습이 되어도 임 그린 탓으로 원망하는 모습이 전혀 나타나질 아니하고 스스로의 책임으로 수용하는 미덕도 보여지고 있다.

이러한 정조는 송강의 경우도 그대로 환골(換骨)되어 나타난다. 즉,

'이몸 삼기실제 님을조차 삼기시니', '원앙금(鴛鴦錦) 버혀노코 오색선(五色線) 플텨내어 / 금자히 견화이서 님의옷 지어내니 / 수품(手品)은 ᄏ니와 제도(制度)도 ᄀ즐시고 / 홍상(紅裳)을 니믜ᄎ고 취수(翠袖)를 반(半)반거더 / 일모수죽(日暮脩竹)의 헴가림도 하도홀샤 / 댜른히 수이디여 긴밤을 고초안자 / 청등(靑燈)거론겻틱 세공후(細箜篌)노하두고 / 숨의나 님을보려 틱밧고 비겨시니 / 앙금(鴦衾)도 ᄎ도출샤 이밤은 언제샐고 / …연지분(臙脂粉)잇닉마ᄂ 눌위ᄒ야 고이홀고', '님이야 날인줄 모르셔도 내님조ᄎ려 ᄒ노라'(사미인곡)나, '죽조반조석(粥早飯朝夕)뫼 녜와ᄀ티 셰시ᄂᆞᆫ가 / 기나긴 밤의ᄌᆞᆷ은 엇디자시ᄂᆞᆫ고', '모첨(茅簷) 춘자리의 밤듕만 도라오니 / 반벽청등(半璧靑燈)은 눌위ᄒ야 볼갓ᄂᆞᆫ고', 'ᄎ하리 싀여디여 낙월(落月)이나 되야이서 / 님겨신 창(窓)안히 번드시 비최리라 / 각시님 ᄃᆞ리야 ᄏ니와 구준비나 되쇼셔'(속미인곡)에서는 모두 규방의 용품이 등장되면서 규원(閨怨)에 비긴 여성적 한(恨)이 서려 있음을 쉽게 발견할 수가 있다는 것이다.

이 몸이 생겨날 때에도 임을 따라 생겨났음으로 님이 나를 몰라준다 하더라도 나는 임을 따르겠다는 여필종부의 전통적 유자윤리를 기구(起句)로 하여 결구(結句)로 끝맺고 있다. 그리하여 원앙새 무늬가 있는 비단을 금자로 재단하여 오색실로 님의 옷을 짓는 규방침선의 묘사나, 녹의홍상의 새색시가 석양에 푸른 대나무에 기대서니 만감이 교차한다거나, 긴 겨울밤에 원앙금 깔아 놓았으나 오지 않는 임 생각에 원앙금이 더욱 싸늘하다는 독수공방의 한은 완연한 여성의 정서다.

그러므로 작중화자는 임이 없는 공방(空房)은 아무리 좋은 연지분이 있더라도 누굴 위해 아름답게 치장할 필요가 없다는 섬세한 여인의 심사에 이른다. 뿐만 아니라 외로움과 그리움에 지쳐 얻게 된 상사(相思)의

병은 편작(扁鵲)과 같은 천하의 명의라 하더라도 고칠 수 없는 고질(痼疾)
이 된다는 안타까움에 머문다. 속미인곡에서도 이러한 여성적인 사랑의
감정은 더욱 구상화되어 나타나고 있다. 정성스레 음식을 마련하여 거안
제미(擧案齊眉)하는 현숙한 아내의 심사로 임의 건강을 걱정하며, 기나긴
겨울밤을 어떻게 지내는지 근심하는 아름다운 여심으로 발전하고 있다.

그리하여 초가지붕 아래 독수공방에 밝힌 등불은 누굴 위해 켜둔 것인
지 알 수 없는 처절한 청상(靑孀)의 이미지를 느끼게 한다. 이러한 고독을
초극하기 위해서는 서산에 떨어지는 달이나 궂은비가 되어 임 계신 창가
에 한없이 쏟아버리겠다는 아름다운 사랑으로 귀결되어 버린다. 즉 현실
적으로 감내하기 어려운 쓰라린 아픔과 한은 사랑하는 임과의 이별로
인한 독수공방의 삶이 현실적 비극미로 표층구조를 이루고 있지만, 이상
적인 것은 연인과 해후(邂逅)하여 영원한 사랑을 지속시키려는 의지를
심층구조로 하고 있다는 것이다.

그러나 '후자의 의지는 전자의 비정한 현실의 장벽 앞에 좌절해 버리기
때문에 비극미가 구현되는 것이며 이러한 비극의 원천은 남녀 간의 사랑
이라는 인간의 자연스런 욕망에 바탕을 두고 있음으로 우아미를 심층에
깔고 있음'[84]을 알 수가 있다. 이와 같이 연주충군형의 가사는 사랑을
잃어버린 여성적인 자세에서 그 임과 영원히 사랑을 나누고자 하는 소망
을 이상으로 하는 우아미를 핵심구조로 하고 있지만, 현실에서는 그임과
만날 수 없는 불가능의 비극적 상황에서 발로되는 슬픔을 표상하는 비극
미를 표층구조로 하는 미적구조를 지닌다.

끝으로 이러한 유형의 가사는 일반 사대부 가사와 같은 율격미를 보이

---

84) 金學成, 韓國古典詩歌의 硏究, 圖大出版部, 1980, p.223.

지만 2.3조, 2.4조. 3.3조의 율조가 4.4조의 부음수율과 같을 정도로 율조
를 형성하고 있고, 만분가는 4언시구를 많이 동원했지만 전후사미인곡은
세련된 국어의 수사를 보인다는 특성을 지니고 있다. 〈표12〉에서 보는
바와 같이 만분가에서는 4언시구를 많이 사용하고 있어(44/241구)자연히
이를 2음보로 나누자면 2.3조나 2.4조의 율조를 형성하지만 송강가사는
4언시구가 극히 적은데도 2.3조나 2.4조가 비교적 많고 특히 3.3조의
율조도 많다는 점이 특이하다.

| | 만분가 | 사미인곡 | 속미인곡 |
|---|---|---|---|
| 3 · 4조 | 123 | 71 | 33 |
| 4 · 4조 | 57 | 22 | 30 |
| 2 · 3조 | 18 | 3 | 4 |
| 2 · 4조 | 16 | 8 | 11 |
| 3 · 3조 | 7 | 10 | 13 |
| 4언시구 | 44 | 8 | 3 |
| 6음보 | 3 | · | · |
| 총 | 241구 120행 | 126구 63행 | 96구 48행 |
| 결 사 | ●어와, 이내몸이, 천지간의 느저나니. ●아모나, 이내뜻 알니 곳이시면, 백세교유 만세상감 흐리라 | ●님이야 날인 줄 모룩셔도 내님조추려 하노라 | ●어와, 허사로다 이님이 어딕간고 ●각시님 들이야쿠니와 구준비나 되쇼셔 ●차라리 싀여디여 낙월(落月)이나 되야이서 님겨신 창(窓)안히 번드시 비최리라 |

이러한 율조의 경우도 앞에서 진술한 바와 같이 각 음보의 말음을 장음
화하여 음보간의 등장성(等長性)을 유지하려는 음영독을 하기 때문에 결
국은 여느 3.4조나 4.4조의 율조와 동일한 결과를 가져오게 된다. 송강가
사보다 훨씬 이전에 창작된 것으로 보이는 만분가는 초기가사에서 볼
수 있는 것처럼 4음보로 고정되기 이전 음보의 넘나듦이 보이는 바, 특히

3행 정도는 가사의 일반적 전형의 율조인 4음보격이 아니라 6음보격의
파격을 이루고 있는 특성이 있다.

　이외에도 사대부 가사의 전형 가운데 결사의 형태가 시조 종장과 상사
하다는 점이다. '아모나 이내뜻 알니곳이시면 백세교유(百歲交遊) 만세상
감(萬世相感) ᄒ리라'(만분가)나 '님이야 날인줄 모ᄅ셔도 내님조ᄎ려 ᄒ노
라'(사미인곡), '각시님 ᄃᆞᆯ이야 ᄏᆞ니와 구ᄌᆞᆫ비나 되쇼셔'(속미인곡)는 모두
가사의 결사부분이다. 그러나 일반적으로 사대부 가사의 결사는 시조의
제3행의 리듬과 같다고들 주장하여 심지어 가사가 시조에서 발생했다[85]
는 형식론적 입장을 취하는 경향이 많지만 만분가의 경우는 예외가 된다.
즉 만분가는 '3.3.6.4.4.3'의 리듬을 지니고 있어 시조 종장의 정격율
3.5.4.3과는 너무나 차이가 난다는 것이다.

　그렇지만 전후사미인곡의 경우는 3.7.5.3이나 3.6.4.3의 율격을 지니고
있어 시조의 제3행과 동질적인 리듬을 지니고 있다. 이는 송강이 본디
시조를 많이 창작, 향유하였기 때문에 자신도 모르는 사이에 가사의 결사
를 익숙한 시조 종장의 기법을 사용했을 것이라는 추정도 가능함을 암시
해 준다.

---

85) 李能雨, 전게서, p.125(註23. 참조)

# 제7부

우리 옛 가사문학의 이해

# 결론

　지금까지 조선 전기 가사문학의 연원과 형성을 고찰하고 가사의 특질을 규명함과 아울러 조선 전기의 가사가 형성된 문학적 배경을 중심으로 문헌 자료의 분석과 작품형식 및 표기상의 특질을 규명하여 다음과 같은 결론에 도달할 수 있었다.

　첫째, 가사문학의 연원적 탐색에서 거론되었던 기존연구들은 나름대로 합리적인 면을 지니면서도 전체를 보는 종합적인 시각보다 미시적인 안목으로 부분에 치우쳐서 올바른 분석이 되지 못한 편이었다. 다시 말하면, 외형상의 유사성이나 어느 한 부분의 동질성을 들어 상호영향관계를 논의하고 그의 연원을 밝히는 데 치중되었다는 것이다. 우리의 가사문학은 어느 한 시형의 영향을 받고 갑작스레 나타난 장르가 아니다. 오랜 세월동안 고유한 민요적인 율조의 바탕 위에 향가, 고려속요, 경기체가, 악장시대를 거치면서, 중국의 한시, 사부(辭賦), 병려문(騈儷文) 등 외래영향을 받아 우리의 사상과 감정을 표현하는데 가장 알맞은 독창적 시형으로 형성되었다는 복합적이고도 종합적인 개념으로 보아야 한다.

　즉 조선조의 가사형식이 이루어지는 데는 전대의 어느 특정한 시가의 단일적인 영향이었다기보다 4음보 선율을 바탕으로 한 민요적인 율조의 바탕 위에 향가, 고려속요, 경기체가 등의 시형의 과정을 거치면서 외적으로 한시, 사부, 병려문 등 중국 한문학의 영향을 받아 여과 승화시킨 우리만의 독특한 가사형식으로 발전한 장르라는 것이다.

둘째, 말과 글이 일치한 국문 창제와 그에 대한 사대부들의 각별한 국문의식이 가사 형성의 큰 동인(動因)이 되었다는 것이다. 훈민정음 서문과 해례본 말미의 정인지 서문에 밝혀진 것처럼 일반 백성이나 사대부 계층 모두가 언문이 일치하지 않아 큰 불편을 느꼈기 때문에 훈민정음을 창제하였고, 이러한 국자의 창제는 장형시가의 창작과 수용에 커다란 혁신을 불러일으키게 되었다.

즉 암송적인 창 위주의 단형이나 연장형식의 시가에서 벗어나 문학본위의 긴 시가로 발전할 수가 있었다는 점이다. 이러한 문학적인 여건에 따라 용비어천가나 월인천강지곡과 같은 내용 중심적 장형시가의 실험적 장르 시대를 거쳐서 가사와 같은 새롭고도 독특한 문학 중심의 장형시가를 형성하게 되었다.

실제로 사대부들 중에는 말과 글이 일치하지 않았기 때문에 감정의 진솔한 표현이나 경물의 절묘한 묘사를 하는 데는 한문만이 진서나 문자로 생각했던 그들이었지만, 부득이 국문을 쓰지 아니하고는 불가능하다는 생각을 하고 있었다. 그러므로 국문을 써서 창작한 작품을 그들의 문집에 싣기도 했고, 그런 작품의 시평에 있어서도 극찬했던 예를 이황, 심수경, 이수광, 홍만종, 김천택, 김만중 등의 사대부들에게서 찾아볼 수가 있어 그들의 남다른 국문의식을 헤아려 볼 수가 있다.

뿐만 아니라 그들 가운데는 한문 작품을 쓰면서도 자연 경물의 묘사나 섬세한 감흥을 유려한 국문필치로서 훌륭한 작품을 남긴 분들이 많았다. 정철의 주옥같은 가사 4편과 장진주사 및 훈민가 16수를 비롯한 시조 89수가 '송강가사'와 '송강별집추록유사'에 전하고 있으며, 윤선도는 관계(官界)보다 유찬생활(流竄生活)이 훨씬 긴 가운데 강호에 묻혀 쓰라린 인

생체험을 바탕으로 한 몽천요(夢天謠) 3수, 그리고 어부사시사 40수, 산중신곡, 산중속신곡 20여수 등 유려하고 섬세한 국문학 작품이 고산유고에 실려 전하는 것만 보아도 유별난 사대부들의 국어문의식을 짐작하고도 남는다.

국문학 작품에 관한 시평으로는 이황의 도산십이곡 발(跋)을 비롯하여 송순의 면앙정가를 극찬한 명종조 심수경의 견한잡록, 그리고 진복창의 역대가로부터 원부사에 이르는 총 14편의 가사와 작자를 평한 홍만종의 순오지 등이 있다. 자기 나라 말을 버리고 남의 나라의 언어로서 쓴 시문은 앵무새가 사람의 말을 지껄이는 것과 다를 바 없다고 하고서 송강가사 3편은 우리나라에 있어 가장 참다운 문장이라 했던 김만중의 투철한 국문의식을 서포만필에서 보여주었고, 이 외에 김천택의 청구영언가집서(靑丘永言歌集序) 등에서도 상술한 바와 같은 사대부들의 국문의식을 엿볼 수가 있다.

셋째, 가사는 고대민요가 갖는 4음보격의 선율을 바탕으로 하여 향가의 4구체, 8구체를 거쳐 고려속요와 경기체가 시대를 지나면서 우리 국어가 갖는 2·3조나 3·4조의 기본적인 음수율이 고정이 되고 음영하자면 창본위의 기수(奇數)음보는 자연히 불안정하게 되므로 우수(偶數)의 4음보격을 이루게 되었다는 것이다. 뿐만 아니라 작자 계층이 사대부들이었기 때문에 그들이 즐겨 읽고 암송했던 4언 시경시체의 영향을 받았고, 이 외에 5언, 7언시의 한시 및 유장한 형식의 사부(辭賦)와 병려문의 대우적 수사기교가 녹아들어 복합적인 관계 속에서 가장 보편적인 가사의 전형(典型)이 형성되었다고 보고 싶다.

다시 말하면 고대민요가 지니는 4음보 단위의 진행이 면면히 이어지면서 처용가와 만전춘별사와 같은 4음보 진행이 형성되고, 4언시경시체와 사부의 유장성이 가세되면서 경기체가의 나열적이고도 서경적인 성격이 복합되어 가사와 같은 새로운 장르로의 이행을 가져 왔다는 것이다. 또 하나 여기에 결정적 영향을 끼친 것으로 육조시대로부터 당대에 이르기까지 유려한 문체로서 산문의 형식을 취하면서도 운문적인 요소를 지닌 사륙병려문을 들 수가 있다. 4자나 6자구로 이루어지는 이 병려문은 4자구는 다시 2자씩으로 나눠지고 6자구는 3자 또는 2자씩으로 정연하게 분리되어 음영되는 외형율이 가사의 형식과 상통된다.

또한 비슷한 것들의 대우인 유대(類對)와 동질적인 것의 동대(同對), 전혀 상반되는 반대(反對), 주종관계를 이르는 관대(串對)의 대우적 수사기교가 가사작품에서 주로 사용됨으로써 사실감과 생동감을 불러일으켰다. 이러한 대우적 수사기교는 병려문의 주된 수사기교가 되기 때문에 이의 영향관계를 살펴 볼 수가 있다. 실제로 기봉이나 송강의 작품 속에서 산견(散見)되는 반복과 대조 등의 기법이 한데 어우러진 특유의 수사 기교는 병려문에서 주로 사용된 당구대, 격구대의 기법이 그대로 습용(襲用)된 것이라고 할 수 있다.

넷째, 가사의 효시작은 종래 조선 성종 대 정극인의 상춘곡이라 했기 때문에 가사의 형성기도 한글 창제 이후인 조선 성종대로 보았으나, 최근 학계에서는 고려 말로 끌어올리려는 주장들이 많아지고 있다. 그러나 이를 다시 분석해 보면 그러한 주장이 납득하기 어려운 점이 많다는 것이 여기저기에서 발견이 된다. 고려 말 나옹화상 작이라 하는 승원가나 서왕가, 그리고 공민왕조 신득청이 지었다는 역대전리가(歷代轉理歌)를 분석해 보면 시대와 작자적인 측면에서 이를 믿을만한 증거가 심히 미약하다.

승원가의 경우 '나옹화상승원가라'라고 표제한 필사본이 김종우에 의해 처음 발견된 것인데 그 작품이 우선 이두로 표기되어 있고 소장자가 함안 조씨의 후손으로 조씨십충록, 어계집과 함께 가보처럼 누대(累代)를 보존하여 왔다는 점만을 들어 국자가 없던 고려 말에 가사를 이두로 기록해 가며 창작 향유했을 것이라고 추정하였다. 하지만 아무리 누대를 보전하여 왔다 하더라도 승원가의 형성년대를 고려 말까지 거슬려 올릴 수가 없고, 또 이와 같은 역사적인 근거도 찾을 수 없다. 뿐만 아니라 현재 전하는 나옹집이나 어록(語錄), 가송(歌頌) 등에도 그 이름이나 그것을 창작했다는 사실에 대해 일언반구의 언급이 없으며 이를 표기한 이두문자도 조선초기의 대명률직해(大明律直解)의 이두와 비교할 때 전혀 그 시대의 표기라고 보기도 어렵다.

또한 음차(音借)나 훈차(訓借)에 대한 표기에도 어떤 원칙이 적용됨이 없이 산만할 뿐더러 같은 말도 경우에 따라서 제각각 다르게 표기되어 있다. 생각컨대 이는 침체일로의 길을 걷던 불교가 임란 시 승병들에 의해 호국의지를 불태웠고, 일단 정국이 안정되자 불교융성책의 일환으로 임란 이후에 불승이나 신도들에 의해 전대의 사대부 가사의 표현기법을 빌어 창작 유포된 결과로 생각된다.

그밖에 한시 '풍(諷)'형식의 역대전리가를 신득청이 지어서 바쳤다고 하였으나, 실은 범승락이 신득청의 역대가를 우리말과 글(언문, 방언)을 가지고 구두 현토하였다는 사실을 감안할 때, 현재 우리가 알고 있는 역대전리가는 신득청에 의해 창작된 것이 아니고 범승락에 의해 가사형식으로 재구(再構)된 것임을 화해사전 하권 '복애증손범경술지설(伏厓曾孫范景述誌說)'에 의해 알 수가 있다.

다섯째, 가사는 조선 세조대 이후 적어도 성종 대에 형성되었다고 보아야 한다. 그것은 우리가 여말 작품으로 알고 있었던 역대전리가가 범승락의 지설에 의해 '경태병신년간(景泰丙申年間)'에 본디 풍의 한시체를 현토하여 당시의 가사체에 맞추어 재구했다는 사실과, 세종 조에 국자가 창제된 이후 비록 연장체이긴 하나 용비어천가나 월인천강지곡과 같은 장형시가가 교량적인 역할을 했기 때문이라고 할 수가 있다. 또한 사대부들 가운데는 국문을 폄시(貶視)하는 경향이 있었으나, 국문에 대한 의식이 대단했던 사람도 많았으며, 언문일치의 국자가 없는 상황에서 가사가 창작될 수 없다는 결정적인 요인으로 보면 적어도 경태병신년간인 세종 32년과 세조 2년 사이의 5, 6년간에 가사가 형성될 수 있기 때문이기도 했다.

정극인의 상춘곡은 원전문제에 여러 가지 문제점이 제기되어 왔지만 현존하는 불우헌집은 정극인 이후 7대에 걸쳐 인척(姻戚)이 되어 온 황윤석의 가장(家狀)과 갈문(碣文)속에 본디 시문, 가곡, 지구창수(知舊唱酬)가 일책(一冊)이 있었으나 병란으로 거의 인멸되고 그 중 한 둘만 남아 있다는 걸 보면 임란 이전에는 현존하는 작품보다 훨씬 많은 작품이 존재했다고 할 수가 있다. 성종실록 불우헌의 시가에 관한 것 중에 '장가 6장 단가 2장'이라는 것과 서너 줄 뒤에 '장가 1장 단가 1장 개잡이리어(長歌一章 短歌一章 皆雜以俚語)'라는 말은 전자와 후자의 작품이 서로 같지 않다는 것을 의미하기 때문에 전자는 불우헌곡과 불우헌가이며, 후자는 모두 이어(俚語)로써 이루어졌다는 것으로 보아 상춘곡일 것이라는 생각에서 작자나 원전문제 모두 의심할 수 없을 것이라고 할 수 있다.

이 외에도 성종 6년에 이인형이 지은 매창월가도 매헌선생 실기에 실려 있을 뿐만 아니라 매헌선생문집이나 진주지(晉州誌) 등에도 이 가사를 이인형이 지었다는 기록으로 보아 이를 인정해야 하고, 또 제향(祭享)에 사용했다는 악장이라는 가사 ─여계 충현가(麗季 忠賢歌)라 가칭하기로 한다.─가 경현사지(景賢祠誌)에 실려 있는 바 이것도 조선 초기의 가사형식이라고 추정할 수 있다. 영조가 개성의 선죽교와 두문동에 행차하여 고려충신을 기리는 비석을 세우라는 칙명을 내렸다는 기록 속에 '여정포은 우설지가동전 고노요속이이(與鄭圃隱 雨雪之歌同傳 故老謠俗而已)'라는 구절이 있는 걸로 보아 우설지가는 우설(雨雪)이 상징하는 바와 같이 단심가일 것이며 이것이 오랜 동안 사당의 제의(祭儀)와 더불어 전해 왔다는 점에서 여말 이후 유자세계에서는 여말의 충신들을 배향(配享)해 왔다는 것을 알 수 있고, 그 때에 이 가사도 함께 불려졌을 것이라고 추정할 수 있다.

이러한 관점에서 우리나라의 국문학은 가사의 연원적 배경이나 형성의 필연적 타당성을 제대로 파악하지 못하였다고 보아야 할 것 같다. 어디까지나 가사는 통시적으로 고대로부터 현대에 이르기까지 우리의 독특한 문학적 풍토 속에서 우리의 정서와 호흡을 기조(基調)로 하여 발달된 우리 고유의 문학 양식이다. 이에 가사가 종래 종적인 단일선상에서 형성되었다는 관점을 탈피하여 복합적 소산으로 재조명되어야 하고 다른 문학 장르의 기복도 이러한 시각으로 재검토되어야 마땅하다는 것이다.

여섯째, 가사의 장르적 성격은 다른 장르와 달리 서정과 서사, 교술의 세 성격이 한데 어우러져 융합된 복합성을 지닌다는 것이다. 이러한 가사 장르의 복합성을 이해하지 못하고 또 전체와 부분의 유기적인 분석과 관찰이 이루어지지 않아 종래 가사의 장르 규정에서는 수필이라느니, 서정적 양식, 서사적 양식이라고 규정짓기도 하고, 심지어는 시가로서의 가사와 산문 서사화한 가사라는 이원적 성격규명을 하는 등 혼란을 가져 왔던 것이다.

본디 이러한 복합성을 지닌 가사 장르는 한때 시대 사회적인 배경에 따라 문학적 환경이 달라지고 또 취급하는 주제나 내용 여하에 따라 이러한 성격 가운데 어느 한 성격이 두드러지면서 나머지의 성격은 보조적인 기능을 감당함으로써 장르 성격의 변이(變異)를 가져오게 되었다. 그리하여 후기에 이르러선 장편 산문화하거나 소설화하는 등 장르간의 넘나듦의 경향이 뚜렷하여졌음으로 전기와 후기의 가사장르성격이 서로 달랐다. 그러므로 조선 전기 가사의 복합적 장르 성격 가운데 서정성이 높고 서사와 교술이 보조적 기능을 담당하는 것은 서정적 가사라 하고, 서사성이 높은 것은 서사적 가사, 교술성이 높은 것은 교술적 가사라는 형용사적 용법이 불가피하다고 생각되어진다.

일곱째, 작품연구에 있어 가사의 주제나 내용에 따른 유형의 분류는 종래 전기나 후기의 가사장르 성격의 특성이나 작자층을 고려하지 아니하고 수천 수에 달하는 방대한 가사작품을 한꺼번에 싸잡아서 11유형, 작자별 10유형, 성격 유형별 15유형, 21유형, 34유형으로 나누었으나, 이는 시대나 작자에 따른 문학적 환경을 고려하지 아니한 유형분류로 불합리하다는 것이다. 문학작품이란 본디 시대, 사회적 환경이나 작자에 따라 변모하여 급기야 장르의 분화까지도 일으키는데 특히 가사 작품의 경우는 다른 어느 장르보다 이러한 경향이 많이 나타남으로 문학적 환경이 다른 조선 전기와 후기를 싸잡아서 분류할 수는 없다.

가사 중에는 일동장유가(日東壯遊歌)나 연행가(燕行歌)처럼 장편 서사적인 경향을 보이기도 하고 우부가(愚夫歌)처럼 각기 다른 인물의 성격을 묘사하는 서사적인 기법이 있는가 하면 추풍감별곡과 같은 소설화의 경향을 보이는 작품이 많으므로 다른 장르와의 분화(分化) 내지 변이(變異)현상을 나타내는 조선후기의 가사를 조선 전기와 동일시할 수 없기 때문이다. 그러므로 가사의 유형적 고찰은 우선 그 작품이 어떠한 시대적인 환경과 사회적인 배경 속에 작자의 어떤 심경에서 우러나온 것인지 작자의 생활환경과 생애적인 측면에서 성격 지워져야 하고 거기에서 다시 주제와 내용에 따른 분류를 시도해야 한다는 것이다. 이러한 측면에서 가사의 유형은 문학적 환경이 전혀 다른 임란을 분수령으로 하여 조선전기와 후기로 나누어서 고찰해야만 한다.

조선 전기의 가사 작품은 주로 사대부들에 의해 창작 향유되어 왔는데 이들이 세상을 살아가는 데는 출(出)과 처(處)의 이원(二元)적 생활환경을 벗어나지 못하고 그러한 환경아래 관계(官界)에 진출하면 도를 근간으로 하는 재도(載道)적인 현달형 문학을 형성하였고, 이와는 상대적으로 숱한 당쟁과 사화(士禍)로 인하여 출과 처가 무상한 가운데 치사(致仕)하고 강호에 묻혀 인생을 노래한 강호형 문학을 형성하였다. 현달형의 가사는 '이도위문(以道爲文)'이라는 문학관아래 도(道)가 나타난 것이 곧 문(文)이요, 도는 문의 본(本)이면서 말(末)이라고 한 율곡의 주장처럼 과거에 올라 현달하는 것을 최고의 이상으로 삼았고, 그 길이 효와 충으로 통한다고 생각하였기 때문에 이 유형의 가사는 현달한 이들에 의해서 이루어진 문학이다. 그러므로 등과하여 현달한 이들에 의해 이룩한 가사는 다시 전쟁형, 유람기행형, 도덕교훈형, 풍물 완상형으로 나누어 볼 수 있다.

전쟁형은 전쟁으로 인한 처절한 묘사보다는 전쟁을 해서는 안 된다는 일종의 도(道)를 우리에게 가르쳐 주기 위해 창작되었고, 국가의 안위를 걱정하고 임금의 만수무강을 축수하는 사대부적 재도관이 반영되었으며 패전으로 인한 실의와 슬픔보다는 용전분투하는 장부의 기상이 과장적으로 묘사되는 진취적이고도 희망적인 기상이 주가 되었다. 어떤 경우는 국가와 임금의 안녕을 위해 멸사봉공(滅私奉公)의 정신으로 몸 바쳐야 한다는 사대부의 명분론적인 철학이 근간을 이루며 문학이 이러한 공리적인 입장으로 기우는 것은 유가적인 감계사상(鑑戒思想)이 조선조 사대부들의 기본철학이 되었기 때문이었다.

이런 유형의 가사는 전형적인 형식을 지키면서도 4언시구를 아주 많이 사용되었는데(남정가 119중 87구, 태평사 145구중 66구, 선상탄 144구중 41구) 이는 다시 2·3조나 2·4조의 2음보구로 나누어지고 결사도 시조의 제3행적 리듬을 보유하고 있다. 특히 결사의 첫 어절이 '두어라, 어즈버'등과 같이 무의시구(無義詩句)의 감탄사격이 많다는 점도 지적할 수가 있다.

유람기행형의 가사는 사대부들의 최대 이상인 입신양명사상을 바탕으로 하여 현달한 이들이 목민관이 되어 지방을 순행하는 노정에서 지방풍물이나 승경을 노래하는 가운데 덕망 높은 목민관의 자세를 보이기도 하고 성현들의 지선(至善)한 행적을 따라야 한다는 감계정신(鑑戒精神)을 보이기도 한다. 관서별곡과 관동별곡을 창작한 기봉과 송강은 왕명을 받음으로써 입신양명할 수 있는 계기가 되었고, 남아의 기개를 펼 수 있는 동시에 충효를 발현할 수 있으므로 기봉은 감당소백(甘棠召伯)과 세류(細柳)장군이 되어 민정을 살피고 국방을 튼튼히 하였으며, 송강은 성은이 미치지 못하는 강원도 백성을 잘 다스리려는 목민관의 뜻을 펴서 살기 좋은 사회를 건설하고자 하는 이상을 표백하였다.

이 유형의 가사는 사대부적 풍류가 넘쳐흐르는데 특이하게도 도가(道家)의 풍류사상을 근간으로 하고 있다는 것이다. 기봉 백광홍도 관서별곡에서 연꽃배 타고 하늘에서 하강한 선녀와의 선유(仙遊)적인 풍류로 진술하였고, 송강도 신선들만 마시는 유하주(流霞酒)를 대작하는 풍류를 표상되는 가운데 호쾌한 남아의 기상을 읽을 수 있게 하였다.

또한 전고용사(典故用事)의 기법을 많이 사용하면서도 실제 유람기행형은 그러한 한문시구로는 절묘한 경물(景物)의 진술이 어렵기 때문에 순수한 국어의 세련된 수사를 동원하여 진정한 국문학의 묘미를 보여주었다. 즉 표현이 자유로워야 하며 성정이 진실하게 담겨져 있게 하기 위해서는 언문이 일치해야만 가능하다는 인식을 하고 있었기 때문에 관서별곡, 관동별곡과 같은 세련된 수사를 보임으로써 국문학적 가치를 한층 높였다고 말할 수 있다. 특히 기봉의 이러한 표현 수사는 그대로 송강에 이어지고 이후 작자들에게 큰 영향을 주었고, 이들에 의한 생략, 직유, 은유, 과장, 반복의 기교가 교묘하게 융합된 수사는 유람기행형 가사의 묘미를 가일층 돋보이게 하였다.

다른 사대부 가사처럼 가사의 전형적인 율격을 지니면서 4언시구가 많이 사용되었다는 점도 들을 수 있다. 관서별곡은 176구중 61구, 관동별곡은 294구중 33구가 4언시구인 걸로 보면 송강의 관동별곡은 기봉의 관서별곡보다 국어의 세련된 수사가 더 많음을 알 수 있다. 결사도 시조의 종장과 같은 율격을 보이지만, 관서별곡은 '미구상달(未久上達) 천문(天門) ᄒ리라'라고 되어 있어 시조의 종장과 거리가 있는데 차라리 바로 앞 행인 '어늬제 형승(形勝)을 기록ᄒ야 구중천(九重天)의 ᄉ로료'가 결사에 더 가깝다고 할 수 있을 것 같다.

도덕 교훈형의 가사는 문(文)이란 '이도위문(以道爲文)'이란 재도적인 입장에 있기 때문에 유교적인 도덕이나 교훈적인 생활을 고취하고자 창작된 유목적인 가사다. 이런 가사는 유교의 심오한 이치를 거문고나 건축, 방아, 전민(田民)을 거느린 주종관계 등 구체물을 통한 비유로서 일반인들이 그것을 깨닫도록 진술함과 동시에 이를 통해 유가(儒家)의 도를 가르쳐 주기도 한다. 또한 일반 사대부 가사의 전형적인 율격을 취하는 가운데 전고(典故)에 의한 용사가 많고, 4언, 5언, 7언시구도 많이 나타난다.

조선전기의 문학은 누정(樓亭)문학이 발달함과 동시에 풍물을 완상(玩賞)하는 유형의 가사가 많이 창작되었다. 선조 28년 한음군(漢陰君) 이현(李俔)이 영민사(迎愍使)로서 평북 안주에 머물 때 풍광 좋은 백상루(百祥樓)를 주제로 별곡을 지어 달라는 주민의 요청에 의해 백상루별곡을 지었고, 송순(宋純)은 중종 28년에 면앙정(俛仰亭)을 짓고 면앙정 주위의 풍물을 완상하면서 면앙정가를 창작하였다.

면앙정 주위의 경관을 묘사하는 승경(勝景)의 수사기교는 설의, 점층, 직유, 대구, 반복, 생략 등 온갖 수사기교가 혼융된 송순 특유의 대우적 수사기교를 이루었고, 이러한 수사기교는 이후 송강 등에게 영향을 주어 환골(換骨)되어 나타났다. 이러한 풍물완상형의 가사는 어떤 상황에 처해 있더라도 임금의 치적으로 돌리어 이를 원망하지 아니하고 오직 국가와 임금의 안녕과 만수무강을 축수하는 전형적인 사대부의 재도적인 문학관을 근간으로 하였고, 일반 사대부 가사의 전형적인 율격을 고수해 왔다.

끝으로 강호형 가사는 조선조에 이루어진 각종의 사화(士禍)와 당쟁 속에 현달(顯達)과 은둔(隱遁)이 무상하였으므로 자연히 어지러운 세상을 떠나 강호에 은둔하려는 경향이 농후한 가운데 창작되었다. 현달하지 아니하고 강호에 묻히는 사람들을 은사(隱士)라고 하는데, 이들은 대개 두 가지의 유형으로 분류가 된다.

그 첫째는 행위를 고상하게 하고자 세속을 떠나 인간사를 원망하거나 비방하지 않고 고상한 담론을 하는 산곡(山谷)의 은사로서 이들은 세속의 경쟁에서 패배하였거나 내침을 당하여 염세적인 성향을 띠었지만, 언제든 득의(得意)하면 환속(還俗)할 수 있는 가능성을 지니는 유가적 은둔 처사다.

둘째로, 연못이나 골짜기, 산곡의 소(沼) 등에 한가하게 낚시질이나 소요로 무위자연을 즐기는 소위 해강지인(海江之人) 또는 피세지인(避世之人)으로서 양생(養生)하고 보명(保命)하는 가운데 도를 닦는 도가적 은둔 처사가 있다. 우리나라 사대부들은 세상을 등지고 산야에 묻혀 은자적 생활을 하는 가운데 그러한 풍조가 문학에 투영되어 이른바 강호문학을 형성하였다. 이러한 강호문학에는 은둔 도피적 사상이 태반을 이루지만, 유교철학을 근간으로 하는 조선조의 강호문학은 도가적인 은둔보다는 유가적인 은둔사상이 작품의 저변을 관류하고 있다. 이 강호형 가사는 은일형과 연주충군형으로 대별된다.

은일형 가사는 강호에 소요(逍遙)하면서 자연과의 교감을 통한 즐거움을 주된 정서로 한다. 대부분 은자들이 거처하는 곳은 수간모옥(數間茅屋)이나 일간와옥(一間蝸屋)에 짚자리나 풀 자리 한 닙을 깔고 목침을 베고 누워서 단표누항의 경지에 도달하려는 은자의 전형을 이루었다.

대개 은일형은 자연과 동화되어 무아(無我), 몰아(沒我)의 경지가 최상의 미적 가치가 되며, 정자나 송림을 거닐기도 하고 시냇가에 나가 낚시질하는 것으로 소요(逍遙)의 멋을 삼아 청풍명월을 벗하기도 한다. 이러한 자연과의 교호(交互) 속에 인간 세상의 번로(煩勞)한 마음이나 유회(幽懷)를 해소한다. 대개 해소의 방법은 '주가에 술을 묻거나', '질병의 치온술을 취토록 먹니다가', '일일수경 삼백배(一日須傾 三百杯)'로서 세상을 잊으려는 패턴을 취하고 있다.

은일의 생활은 어떤 원망이나 비애보다는 오히려 군은(君恩)에 감읍(感泣)하는 재도적인 사대부의 윤리를 근간으로 하며, 경우에 따라서는 녹사

(禄仕)도 할 수 있기 때문에 그 때를 위하여 학문을 게을리 하지 아니하고 부단한 자기수양의 형태로 나타난다. 또한 은일형 가사는 허무사상을 근간으로 하면서 현실적 고통을 진은(眞隱)의 처지로 전환하여 소위 신선과 같은 삶으로 승화함으로써 현실을 초극하는 유형으로 나타난다. 이러한 허무를 일탈(逸脫)하는 방법이란 속세를 떠나 푸른 시냇가에 몇 간의 초가집을 짓고 사는 것이 도인(道人)의 삶이요, 무이(武夷)의 경지라는 전형적인 생활로 일관된다는 것이다.

이런 유형의 가사는 일반 사대부 가사와 같은 율조를 취하지만 이서의 낙지가는 154구중 126구, 이이의 낙지가는 624구중 212구가 4언시구라는 점이 특이하고 이들을 모두 현토하여 2음보를 만들거나 본디 4언시구를 순 우리 국어로 바꾸는 방법으로 가사의 율조를 맞추었다는 것이다.

조선조의 건국과 더불어 유교가 국교가 됨에 따라 삼강오륜의 인륜도덕을 근간으로 하여 군신간의 충애와 부모에의 효성이 가장 중요한 덕목이 되었다. 그리하여 '효자즉충(孝慈則忠)'이라는 충효일치 사상을 바탕으로 하기 때문에 조선조의 사대부들은 갖은 고초와 고독을 겪으면서도 향주일편단심(向主一片丹心)을 노래하였다. 연주 충군형의 가사는 당쟁이나 사화에 의해 관직에서 물러나거나 유배의 처지에서 억울함을 하소연하고, 못내 임금을 그리워하는 재도론적인 문학관의 바탕 위에서 창작되었다.

이러한 유형의 가사 속에는 사대부일망정 비참한 현실을 극복하기 위해서 도가(道家)나 불가(佛家)적인 사상에 젖어 이를 극복하기도 했다. 조위(曺偉)나 정철(鄭澈)도 모두 가신선(假神仙)이 되어 현실의 아픔을 초극하거나 불가의 윤회(輪廻)사상에 의지하여 '두견'이나 '범나비'로 환생함으로써 임과 영원히 지내고 싶다는 염원을 노래하였다.

연주충군형의 가사도 허무(虛無)사상이 저변에 깔려 있어 세상의 모든 것을 체념하는 염세적 허무사상과 낙천적 허무사상을 근간으로 하여 이루어졌다. 임금을 그리워하되 대부분 여성적 딕션과 톤을 바탕으로 하여 청상(靑孀)의 한을 노래하였고, 비단, 금자, 원앙금, 음식 등 규방의 구체물을 통하여 현실에서 이룰 수 없는 독수공방(獨宿空房)의 한과 규원(閨怨)을 표층구조로 하면서도 이상적인 것은 연인과 해후(邂逅)하여 영원한 사랑을 지속시키려는 의지를 심층구조로 하는 우아미(優雅美)를 주된 정서로 하고 있다.

# 참고문헌 ▌ 우리 옛 가사문학의 이해

● 一. 著書

姜銓燮,「韓國古典文學硏究」大旺社, 1982

高晶玉,「國語國文學要講」國立서울大學校 出版部, 1949

_____,「國文學槪論」一成堂書店, 1955

權寧徹,「閨房歌辭硏究」二友社, 1980

金起東,「國文學槪論」太學社, 1981

金大幸,「韓國詩歌의 律格構造硏究」三英社, 1976

金東旭,「國文學槪說」普成文化社, 1982

金思燁,「李朝時代의 歌謠硏究」大洋出版社, 1956

金相善,「韓國詩歌形態論」一潮閣, 1979

金允植, 김 현,「韓國文學史」民音社, 1973

金俊榮,「韓國古典文學史」금강출판사, 1971

_____,「國文學槪論」형설출판사, 1972

_____,・崔三龍 共編「古典文學集成」형설출판사, 1983

金學成,「韓國古典詩歌의 硏究」圓光大出版局, 1980

金學主,「中國文學槪論」新雅社, 1977

_____,「詩經」明文堂, 1984

譚永祥, 修辭新格 墜南出版社, 1996

馬積高, 賦史 上海古籍出版社, 1977

文琁奎,「韓國漢文學史」正音社, 1961

朴晟義,「韓國文學背景硏究 上」國語國文學論 Ⅰ輯 三友社, 1975

徐首生,「國文學論攷」大邱문리당, 1965

徐元燮,「歌辭文學硏究」형설출판사, 1979

王希杰, 修辭學通論 南京大出版社, 1996

韋旭昇, 朝鮮文學史 北京大出版社, 1985

李圭虎,「韓國古典詩歌論」새문사, 1985

李能雨,「入門을 위한 國文學槪論」以文堂, 1950

_____,「歌辭文學論」一志社, 1977

李秉岐, 白鐵「國文學全史」新丘文化社, 1957

李相寶,「韓國歌辭文學硏究」형설출판사, 1974

_____,「韓國古詩歌의 硏究」형설출판사, 1975

_____,「韓國佛敎歌辭全集」집문당, 1980

_____,「韓國歌辭文學精選」형설출판사, 1984

李相燮, 「文學硏究의 方法」 探求堂, 1975

李在秀, 「內房歌辭의 硏究」 형설출판사, 1976

李泰極, 「조선전기의 言語와 文學」 형설출판사, 1980

李 鐸, 「國文學論攷」 正音社, 1958

林基中, 한국가사문학사 이화출판사, 1998

林熒澤, 「韓國文學史의 視角」 創作과 批評社, 1984

張德順, 「國文學通論」 新丘文化社, 1960

_____, 「韓國文學史」 同和出版社, 1977

張師勛, 「國樂通論」 正音社, 1980

褚斌杰, 中國古代文體槪論 北京大出版社, 1998

全圭泰, 「韓國文學의 通時的硏究」 知文社, 1981

전형대외, 「韓國古典詩學史」 弘盛社, 1981

정병욱, 「韓國古典詩歌論」 新丘文化社, 1980

鄭在鎬, 「韓國歌辭文學論」 集文堂, 1982

_____, 한국가사문학의 이해 高麗大出版社, 1998

程千帆, 吳新雷 兩宋文學史 上海古籍出版社, 1998

趙東一, 「韓國文學思想史試論」 知識産業社, 1978

_____, 「한국문학통사 2」 知識産業社, 1983

趙潤濟, 「朝鮮詩歌의 硏究」 乙酉文化社, 1948

_____, 「朝鮮詩歌史綱」 乙酉文化社, 1954

周生亞, 古代詩歌修辭 語文出版社, 1996

車相轅, 「中國古典文學評論史」 汎學圖書, 1975

崔康賢, 「歌辭文學論」 새문사, 1986

崔勝範, 「韓國隨筆文學硏究」 正音社, 1980

崔東元, 「古時調論」 三英社, 1980

玄相允, 「朝鮮儒學史」 民衆書館, 1971

洪在烋外, 「國文學新講」 새문사, 1985

「中國文學發達史」 華正書局 中華民國 六十六年 「韓國史(近世前期편)」 震檀學會 乙酉文化社, 1962

劉麟生, 「中國騈文」 商務印書館(臺灣)

Abrams. M. H. A Glossary of Literary Terms. Rinehart & Winston New York, 1971

Danziger. Marliesk & Jhonson. W. Stacy. An Introduction to Criticism D. C. Heath and Company. Boston, 1968

Granet Marcel. Festival and Songs of Ancient China E. D. Edwards, 1971

Hernadi. Paul. Beyond Genre. Cornell University Press. London, 1972 Iser. Wolfgang. The Act of Reading. The Johns Hopkins University Press. Baltimore and London, 1978

Kayer Wolfgang Das Sprachliche Kunstwerk Eine Einführung in die Literaturwissenschaft (金潤涉 譯), 1982

Pike. L. Phonetics. ELMA, 1965

Preminger Alex. Princeton Encyclopedia of Poetry and Poetics. Princeton University Press, 1969

Richards. I. A. Principles of Literary Criticism. London Routledge & Kegan Paul. L. T. D, 1960

Sammons Jeffery. L. Literary Sociology and Practical Criticism. Indiana University Press. Bloomington & London, 1977

Tompkins Jane. P. Reader-Response Criticism. The Johns Hopkins University Press. Baltimore & London, 1980

Weisstein Ulrich Einführung in die Vergleichende Literaturwissenschaft (이유영 譯. 弘盛社.), 1981

Wellek. R & Warren. A. Theory of Literature. Harcourt Brace & World, 1968

● 二. 論文

姜銓燮, 「樂隱別曲研究」 忠南大 大學院, 1965

_____, 「傳栗谷先生作歌辭에 관한 管見」 韓國言語文學 21集, 1982

_____, 「傳懶翁和尙作 歌辭四篇에 대하여」 韓國言語文學 23集, 1984

具壽榮, 「懶翁和尙과 西往歌研究」 국어국문학 62, 63호, 1973

權寧徹, 「不憂軒曲研究」 國文學研究 2集(曉星女大), 1969

金起東, 「歌辭文學의 形態的 考察」 陶南趙潤濟博士回甲論叢, 1954

金鍾雨, 懶翁과 그의 歌辭에 관한 研究 「歌辭文學研究」(국문학회편), 1979

_____, 麗末懶翁과 그의 歌辭 「鄕歌文學研究」부록편, 1980

金俊榮, 「韓日古代俗樂歌辭에 대한 考察」 全北大 人文論叢 8集, 1980

_____, 「詩經風詩의 本體에 대한 고찰」 全北大 국어문학 22집, 1982

金智勇, 「時調終章의 位置」 淸大忠秋(淸州大) 6집, 1961

金台俊, 「別曲의 研究」 東亞日報, 1932

金學成, 「歌辭의 장르性格 再論」 정병욱선생회갑논총, 1983

朴晟義, 「韓國詩歌文學史」 韓國文化史大系(高大民研), 1967

方鍾鉉, 「別曲의 研究」 東亞日報, 1932

徐首生, 「松江의 前後思美人曲研究」 慶北大論文 6集, 1962

徐元燮, 「歌辭의 內容과 形式攷」 慶北大論文 12集, 1968

成鎬周, 「高麗俗謠의 再照明과 研究史的 反省」 瘇蓮語文論集 12집, 1985

양재연, 「公無渡河歌小攷」 國語國文學 5호, 1953

兪昌均, 「韓國詩歌形成의 基調」 가람李秉岐博士回甲論叢, 1966

李家源, 「萬憤歌 研究」 東方學志(延世大) 6집, 1964

李慶善, 「歌辭와 辭賦의 比較研究」 국어국문학논총, 1979

李光雨, 「歌辭文學 樣式 發生說에 대하여」 山金俊榮教授 停年論叢, 1985

李東英, 「歌辭發生說에 대하여」 青丘大併設工專論文集 4호, 1967

李明九, 「景幾體歌 形成過程 研究」 成大論文集 5집, 1961

_____, 「麗志收載宋詞에 관한 考察」 成大論文集 10집, 1966

李相寶, 「丁克仁 賞春曲研究」 明知語文學6집, 1974

李廷卓, 「李朝山林文學 研究」 제14회전국국어국문학회, 1971 연구 발표대회요지

李太極, 「歌辭의 內容攷」 陶南趙潤濟博士回甲論叢, 1954

_____, 「歌辭概念의 再考와 장르考」 國語國文學27집, 1964

張深鉉, 「詩와 賦의 系譜考」 成大論文集 6 · 7集, 1962

全壹煥, 「松江歌辭와 그 以前歌辭의 比較研究」 全北大 大學院, 1979

_____, 「時調 歌辭에 나타난 道家思想」 韓國言語文學 21집, 1983

_____, 「悼二將歌 '二將'에 관한 小考」 一山 金俊榮教授 停年論叢, 1985

_____, 송강 정철 국문시가의 수사기교 韓國言語文學 第45輯. 2000

鄭炳昱, 「歌辭文學과 佛教」 法施 65호, 1970

_____, 「韓國詩歌의 운율과 형태」 金學成外編, 1980 「古典詩歌論」

丁益燮, 「歌辭概念의 數三問題」 湖南文化研究 8집

鄭在鎬, 「歌辭文學研究」 高麗大大學院, 1964

趙東一, 「歌辭의 장르規定」 韓國語文學會 21집, 1969

朱鍾演, 「歌辭의 장르攷」 國語國文學 62집, 1973

車柱環, 「高麗史樂志 唐樂考」 震檀學報 23호

崔康賢, 「歌辭의 發生史的研究」 새국어교육 18, 20호, 1974

_____, 「華陽別曲小攷」 弘大論叢 6집, 1975

崔勝範, 「首陽歌小攷」 국어국문학 55-57, 1975

_____, 「隨筆論」 전국 국어국문학연구 발표대회초(창립30주년), 1982

崔信浩, 「初期詩話에 나타난 用事와 그 變異」 古典文學研究 1집, 1971

內藤虎次郎 「宋樂과 高麗樂과의 關係」 支邦學 제4권 1호

● 三. 資料

「歌曲源流」 亞細亞文化社影印, 1973

「歌詞譜」 李珠煥 編 歌曲保存會, 1960

「遣閑雜錄」 沈守慶 白夜文化社 影印 譯, 1980

「景賢祀志」 居然亭所藏

「高麗史(譯註)」 東亞大 古典硏究室, 1965

「孤山遺稿」 影印本

「嬌警齋私稿」 鄭在赫 自筆寫本

「交翠堂集」 影印本

「國語國文學叢書」 國語國文學會 太學社 影印, 1982

「國語國文學事典」 서울大 東亞文化硏究所 新丘文化社, 1981

「閨房歌辭 Ⅰ」 精神文化硏究院, 1979

「錦湖遺稿」 上·下 影印本

「岐峯集」 上·下 影印本(高麗大所藏)

「懶翁集」 「語錄·歌頌」 韓國의 思想全集4 同和出版社, 1972

「湛軒集」 洪大容

「大東野乘」 민족문화추진회(국역총서), 1971

「大明律直解」 中樞阮影印

「大彌陀懺略抄要覽 普勸念佛文」 國立圖書館藏

「大漢和辭典」 諸橋轍次 大修館書店, 1968

「東國新續三綱行實」 乾坤 國立圖書館 影印, 1959

「東文選」 국역총서 민족문화추진위, 1971

「東學歌辭 Ⅰ·Ⅱ」 精神文硏, 1979

「등왕각서라(趙鐘業, 所藏本)」

「梅軒先生文集」 影印本 國立圖書館藏

「梅軒先生實紀」 影印本

「明谷集」 崔錫鼎

「夢漢零稿」 李緖 影印本 高麗大所藏

「牧隱集」 韓國名著大全集 大洋書籍

「妙法蓮華經」 筆寫本 淨超居士敬書

「武陵雜稿」 影印本

「彌陀懺節要」 新寧修德寺本 影印

「普勸文」 寧邊龍門寺本影印

「不憂軒集」 石版本 影印

「西山大師集」 韓國의 思想全集, 1972

「辭源(正續編合訂本)酉集」 臺灣商務印書館, 1939

「西浦漫筆」 金萬重 韓國의 思想全集, 1972

「釋門儀範」 佛書普及社, 1966

「宣祖實錄」 深求堂 影印, 1986

「惺所覆瓿藁」 許筠 影印本

「星湖僿說」 李瀷 影印本

「成宗實錄」 探求堂 影印, 1986

「世宗實錄」 探求堂 影印

「松江歌辭」 星州本 通文館影印, 1954

「松江別集」 影印本 全州大所藏

「宋子大全」 影印本

「旬五志」 洪萬宗 韓國의 思想全集, 1972

「時用鄕樂譜」 延世大 東方學研 影印, 1954

「詩話總覽」 影印本

「新選 漢和辭典」 小林信明 小學館(東京) 昭和 58年

「新編普勸文」 陜川海印寺本 高大影印

「藥泉集」 南九萬 影印本

「樂章歌詞」 文化財管理局 藏書閣 影印

「與猶堂全集」 丁若鏞 全州大所藏

「蓮宗寶鑑」 陜川海印寺本

「熱河日記」 朴趾源 全州大所藏

「念佛普勸文」 茂長禪雲寺本 影印本

「龍飛御天歌」 亞細亞文化社 影印本

「栗谷全書」 成大 大東文化研 影印

「耳溪集」 洪良浩 影印本

「吏讀集成」 韓國學振興院, 1985

「莊子」 玄岩社(安東林 譯), 1970

「全北文學」 110, 111호, 1986

「帝王韻記」 李奎報 韓國의 思想大全集, 1972

「朝鮮口傳民謠集」 金素雲 編, 1933

「芝峯類說」 李睟光 韓國의 思想大全集, 1972

「晉州誌」 國立圖書館藏

「青丘永言」 海東歌謠 合本 亞細亞文化社 影印 中華民國 六十六年

「太宗實錄」 探求堂 影印, 1986

「退溪全書」 李滉 影印本

「破閑集」 上·下 李仁老 影印本

「圃隱集」 上·下 迎日鄭氏門中 活字本, 1985

「鶴山樵談」 許筠 影印本
「韓國代表歌曲選集」 世光音樂出版社, 1985
「海東雜錄」 上·中·下 太學社 影印
「華海師全」 上·下 筆寫本 高大藏
「華海師全 乾·坤」 活字本 全北大藏
「訓民正音 御製序文」 鄭麟趾 序文

**색인목록** ▌ 우리 옛 가사문학의 이해

전일환 지음

저자 전일환(全壹煥)은 전북 장수 장계출생. 전주대학교 인문대학 한국어문학 전공교
수. 문학박사. 대학신문사 주간, 중앙도서관장, 인문대학장, 입학처장, 교무처장,
부총장 등 대학의 주요보직을 두루 역임했다.
1981년부터 수필을 쓰기 시작, 1993년 〈한국수필〉에 '그 말 한마디'로 등단하였고,
1998년 북경어언대학 한국어과 초빙교수가 되어 한족들에게 한국문학을 강의하는
한편, 북경한글학교장직을 수행하였다. 국어문학회, 한국언어문학회장을 역임하
고 현재 한국시가문학회, 고시가연구회, 한국가사문학 학술진흥회 이사를 맡고
있으며, 저서로 〈조선가사문학론〉, 〈우리 옛 가사문학의 이해〉, 〈고시가선독〉,
〈현실로 본 맹자철학〉, 공저 〈고전시가 엮어 읽기〉, 수필집 〈그 말 한마디〉 등이
있다.

## 우리 옛 가사문학의 이해

초판인쇄  2008년  8월  13일
초판발행  2008년  8월  22일

전일환 지음
제이앤씨 발행
제7-270 등록

서울시 도봉구 창동 624-1 현대홈시티 102-1206 주소
(02) 992 / 3253 전화
(02) 991 / 1285 팩스
http://www.jncbook.co.kr / 제이앤씨북 URL
jncbook@hanmail.net E-mail

ISBN 978-89-5668-628-8 93810    정가 16,000원